AF136525

1116

Verlag Kiepenheuer & Witsch GmbH & Co. KG,
Bahnhofsvorplatz 1, 50667 Köln

Kontaktadresse nach EU-Produktsicherheitsverordnung:
produktsicherheit@kiwi-verlag.de

Das Buch

Nach einer Trennungssache lebt der Held mit einer zeitgemäß prolli-
gen Bitch-Schlampe zusammen und arbeitet – wie alle in der digitalen
Boheme – umsonst für irgendeine Online-Zeitung. Hochstapeln, Zeche
prellen, satt essen an kalten Buffets und »Freunde« finden sind seine
äußerst amüsant erzählten Überlebenstechniken. Totale Verarmung,
Ausgeschlossensein, ja selbst soziale Ächtung nimmt er sportlich und
mit Galgenhumor. Es muß sich doch um eine Durststrecke handeln, die
irgendwann wieder zu Ende geht – denkt selbst der Leser viel zu lange.
Doch alle Hoffnungen erweisen sich als Luftbuchungen. Barbarischer
Hunger und immer härtere Demütigungen plagen ihn, der lebenslang
trainierte Optimismus bleibt ihm allmählich im Halse stecken – wie dem
Leser das Lachen. Wie einst Hiob seinen Glauben, verliert der Icherzäh-
ler seine sonnige Weltsicht aus den Jahren des boomenden Turbokapitalismus. Gerade in dem Moment, da er aufgibt, crasht die Finanzwelt
und läuft die Geschichte auf seltsame Weise rückwärts: Wie durch ein
Wunder kehrt bei ihm das Geld zurück – und damit die Anerkennung,
das Essen, sogar seine Exfrau. Während die Weltwirtschaftskrise alle ins
Elend reißt, fährt er wie ein Geisterfahrer Richtung Glück – und kommt
aus dem Staunen nicht mehr heraus.
Dieser tragikomische Roman eines Lebens ohne Geld zeichnet das Psy-
chogramm einer Neuen Armut und ist *das* Buch zur Krise!

Der Autor

Joachim Lottmann, geboren am 6.12.1959 in Hamburg-Hochkamp,
Kindheit in Belgisch-Kongo. Studium der Theatergeschichte (bei Diedrich
Diederichsen) und Literaturwissenschaft (mit Maxim Biller) in Hamburg.
1986 Übersiedlung nach Köln, Romanerstling »Mai, Juni, Juli« (KiWi 767).
Freundschaft mit Martin Kippenberger, der nach »Die Frauen, die Kunst
und der Staat« mit dem Autor bricht und dafür sorgt, daß er in Ungnade
fällt. 13 Jahre schlägt Lottmann sich als Straßenbahnschaffner in Oslo
und als Leibwächter von Rainer Langhans durch, bis ihn der Literatur-
chef der FAS wiederentdeckt. 2004 sensationelles Comeback mit dem
Roman »Die Jugend von heute« (KiWi 843), danach »Zombie Nation«
(KiWi 930, 2006) und der Reportageband »Auf der Borderline nachts um
halb eins« (KiWi 1002, 2007), der noch heute auf taz.de in die Gegenwart hinein weitergeschrieben wird. Lottmanns in literarischen Kreisen
meistgelobtes Werk »Unter Ärzten« ist bis heute nicht veröffentlicht. Der
Autor lebt seit dem Auszug seiner Nichte Hase aus der gemeinsamen
Wohnung allein in Berlin-Mitte.

Joachim Lottmann

Der Geldkomplex

Roman

Kiepenheuer & Witsch

© 2009 by Verlag Kiepenheuer & Witsch GmbH & Co. KG, Köln
Alle Rechte vorbehalten. Kein Teil des Werkes darf in irgendeiner Form
(durch Fotografie, Mikrofilm oder ein anderes Verfahren) ohne schriftliche
Genehmigung des Verlages reproduziert oder unter Verwendung
elektronischer Systeme verarbeitet, vervielfältigt oder verbreitet werden.
Umschlaggestaltung: Barbara Thoben, Köln
Umschlagmotiv: © plainpicture/Stockwerk
Gesetzt aus der Aldus und der The Sans Mono
Satz: Pinkuin Satz und Datentechnik, Berlin
Printed in Germany
ISBN 978-3-462-04146-0

Erster Teil: Hunger

Daß meine damalige sogenannte Freundin – ich nannte sie nicht so, sondern vermied jede Festlegung – namens Elena Plaschg – auch für diesen Namen kann ich nichts – immer so unangenehm häufig vom Geld sprach, störte mich nur vordergründig. Tatsächlich hatte ich zu dem Thema keine Beziehung. Ohne darüber je nachzudenken, war für mich die erste und letzte aller Wahrheiten, daß feine Menschen über Geld weder redeten noch groß nachdachten. Daran konnte man sie erkennen, die feinen Menschen. Die echten Künstler, großen Dichter, die wirklich Reichen, die Gläubigen und Anständigen. Und wer immer vom Geld sprach, war natürlich ein Prolet, zumindest im Geiste. Also Hip-Hop-Stars, Dieter Bohlen, Politiker und Talk-Show-Gäste. Auch Ehefrauen mit kleinen Kindern sprachen wahrscheinlich manchmal über Geld, aber nur wegen der Kleinen, das mußte man verstehen. Das war die Biologie. Und ebenso Unterschichtsmädchen wie meine damalige »Freundin« Judith. Sie hieß natürlich nicht Judith, aber seit diesem verbotenen Buch von Maxim Biller muß man die Figuren ja immer bis zur Unkenntlichkeit verändern. Ich sage also, sie hieß Elena, Elena Plaschg, und kam aus der Unterschicht. Ihr wirklicher Name war natürlich viel echter und einprägsamer, und sie kam auch nicht direkt aus der Unterschicht, sondern von der Straße. Das klingt nun noch schlimmer, soll aber nur heißen: Sie wurde auf der Straße sozialisiert, etwa ab dem zehnten Lebensjahr. Ich erkläre das noch beizeiten. Übrigens werden viele Kinder heute von der Straße sozialisiert, und die rudimentären Einflüsse der Scheidungseltern verschwinden im Nichts.

Haben wir uns den erfundenen Namen nun merken können?

Plaschg. Sie war ein intelligentes, lustiges Mädchen, hatte aber die fixe Idee, ich könne, würde, müsse, solle und wolle ihr GELD geben. Erst dadurch fiel mir so richtig auf, daß ich keins hatte. Noch nie gehabt hatte, grob gerechnet. Ich dachte, das müsse sie schon selbst bald bemerken, und schwieg vornehm. Wenn es im Restaurant, im Café, im Döner-Imbiß zum Zahlen kam, erwartete sie, daß ich ihre sieben bis neun Weißweinschorlen diskret beglich. Das tat ich anfangs sogar meistens, später seltener, und irgendwann bat ich sie einmal, doch meine Milch mit Honig – das bestellte ich immer, es war der preisgünstigste Posten auf der Karte – mit zu übernehmen. Es folgte ein proletenhafter Tobsuchtsanfall. Ich sei ja wohl der letzte Assi, würde mich aushalten lassen, was ich mir einbildete und so weiter. Ihre Rechnung sah wohl so aus: Sie war 27, ich zirka 20 Jahre älter und somit ganz automatisch und objektiv ein sogenannter Sugar Daddy, der für sein kleines süßes Mädchen etwas springen lassen mußte. In MEINER Rechnung war ich ein erfolgreicher deutscher Schriftsteller, ein auf dem geistigen Olymp Thronender, der dem jungen, unbeholfenen Ding ein bißchen half, Manieren zu lernen und gesellschaftsfähig zu werden. Vielleicht war ihre Auffassung der Lage die realistischere, trotzdem konnte ich ihre Alkoholika nicht bezahlen. Und erklären konnte ich es ihr auch nicht. Ich sprach nicht über Geld, ich konnte es einfach nicht.

So ging das wohl ein ganzes Jahr. Immer wieder stellte sie mich zur Rede, wo denn das Geld sei, sie brauche welches, ihre Wohnung werde sonst gekündigt und dergleichen. Ich schwieg vornehm, murmelte Ausweichendes:

»Das Konto in der Schweiz ist gerade schwierig … Du weißt doch, ich muß warten, bis das Buch in England erscheint …«

Etwas in der Art, ich improvisierte drauflos. Die Lage war für mich durchweg neu, denn die Frau, mit der ich vorher 18 Jahre lang zusammengewesen war, hatte mich nie nach Geld gefragt, sondern selbst stets ein Glas Milch mit Honig bestellt, wie alle guten Frauen in der Boheme. Jeder weiß doch, auch wenn man es verdrängt: Niemand von uns hat Geld. Wenn man dennoch einmal zu Geld kommt, spart man es sofort zur Gänze, wie die Eichhörnchen, für die vielen harten Winter, die das Leben noch für uns bereit hat.

Elenas Verärgerung war manchmal so stark, daß sie tagelang den Kontakt abbrach und ich schon davon ausging, nun sei es vorbei. Aber Straßen- oder Unterschichtsmädchen sind nicht nachtragend. Elena war nie länger als vier Tage böse, und das war mein Glück. Dennoch wunderte ich mich, daß sie mich selbst nach einem Jahr noch für reich hielt. Unzählige Vorträge hatte ich ihr zum Thema E-Kultur und U-Kultur gehalten. Selbst Goethe, erklärte ich, hatte vom »Faust II« nur 200 Stück verkauft. Goethe war arm, aber er war Goethe! Mario Barth dagegen war reich, aber dafür der dümmste und unattraktivste Mensch der Welt.

»Da is mir Mario Barth aba lieba!« antwortete sie dann allen Ernstes. Ich versuchte ihr beizubringen, daß ich Goethe sei und arm, in Worten: A-R-M. Gut, sie glaubte es nicht, das war ihr Recht, aber sie mußte doch anhand von täglichen Beobachtungen sehen, daß ich nur fünf Euro Taschengeld bei mir trug. Meine Garderobe sah vernachlässigt aus, die Hemden waren nicht gebügelt, die Rechnungen stapelten sich ungeöffnet auf dem Garderobenschränkchen. An der Tür stand kein Name, damit die Gerichtsvollzieher es schwerer hatten. Gemeldet war ich ganz woanders, aus demselben Grund.

Eines Tages dachte ich, es sei besser, die Gelddebatte vom Hals zu haben und die Wahrheit zu sagen. Ich mußte einfach über mein Verhältnis zum Geld sprechen, so unvornehm es auch war. Erleichtert wurde mir mein Entschluß durch die Lektüre eines Romans der Gräfin Reventlow. Eine gute Altschwabinger Freundin, die selbst der dortigen Boheme angehörte, hatte ihn mir mit der Post zugeschickt. Franziska Gräfin Reventlow schildert darin ihre finanzielle Lage mit viel Galgenhumor und Verachtung für die Gläubiger.

Ich sagte also Elena Plaschg, wie es um mich stand. Irgendwie hatte ich das Gefühl, daß sie nicht zuhörte. Und so war es auch.

Für sie war alles ein codierter Diskurs mit dem Namen »Gesammelte Ausreden fürs Kohle-nicht-Rausrücken«. Sie rutschte unruhig hin und her, dachte ersichtlich an ganz andere Dinge und fragte schließlich, wann sie endlich »ihr Geld« bekäme. Wieso »ihr Geld«? Was stand ihr denn zu? Und nun begann sie IHRE Litanei, daß die Miete nicht bezahlt, das Telefon bald abgestellt sei, sie Schulden bei »Freunden« habe und dergleichen. Alles wie immer. In ihrem Portemonnaie steckten viele Hundert Euro, auch wie immer. Für den Koksdealer wahrscheinlich.

Ein weiteres Jahr verging, und meine Lage verschlechterte sich. Die letzten beiden Bücher verkauften sich schlecht, ja miserabel, und die Geduld meines Verlags war praktisch aufgebraucht. Die gute Elena Plaschg hielt tapfer zu mir, was ich ihr hoch angerechnet hätte, wenn … ja, wenn ihr die Lage bewußt gewesen wäre. Aber sie dachte immer noch, ich sei 48 Jahre alt und somit »stinkereich«. So nannte sie das. Längst hatte ich mein Auto abmelden müssen, obwohl es sich um das einzige Auto auf dem deutschen Markt handelte, daß keine Kosten verursachte, ein Wartburg Tourist 353. Die Steuern fielen weg, weil er mit Biosprit aus alten DDR-Beständen fuhr. Die Versicherung fiel weg, weil er praktisch so gut wie keine PS besaß. Alle Reparaturen konnte man selbst ausführen, weil das Auto einst dafür ausgelegt worden war: Der klassenbewußte Proletarier sollte den Wartburg ganz und gar selbst warten und ausbessern können. Trotzdem hatte ich eines Tages kein Geld mehr für das Biogemisch. Ich konnte also Elena Plaschg nicht mehr durchs Nachtleben kutschieren. Nun war es nicht mehr weit, bis ein neuer Sugar Daddy rekrutiert werden würde …
Es war die Zeit dieses Fußballturniers, ich glaube, diesmal war es eine Europameisterschaft, ohne diesen Klinsmann, der ja nur für die Weltmeisterschaften zuständig war. Die Menschen in Mitte trafen sich in Wohnungen von Freunden, um nicht teures Geld in die Lokale tragen zu müssen. Man legte zusammen und kaufte im Großmarkt preisgünstige alkoholische Getränke,

so daß zwanzig Freunde nicht mehr Geld ausgaben als Elena Plaschg alleine in einer ihrer Blinc-blinc-Bars.

Ich sollte vielleicht an dieser Stelle etwas vorausschicken, was später erst richtig deutlich werden kann: Ich liebte die junge Frau aus bestimmten Gründen richtig. Ich könnte auch genau sagen, warum. Aber es wären hier nur abstrakte Behauptungen, mit denen ich den Leser nur langweilen würde. Warten wir lieber, bis sie selbst auftritt, mit Haut und Haaren, aufgedonnert und überkandidelt, fröhlich und schwankend wie ein gut angeschickerter Jungelefant im Porzellanladen.

Diesmal will ich nur sagen, daß ich den Beginn dieses Fußballfestivals mit deutschen Kumpels begehen mußte, ohne Elena, und zwar wieder wegen des leidigen Geldkomplexes. Der Streit hatte diesmal mit einem Mantel zu tun, den sie mir genäht hatte. Ja, einen richtigen, echten, tragbaren Mantel, über den ich mich sehr gefreut hatte. Noch nie hatte eine Freundin für mich ein echtes Kleidungsstück hergestellt! Stolz war ich mit dem schönen hellen Sommermantel abends durch die einschlägigen Lokale gezogen. Meine Freunde waren es nicht gewohnt, daß ich mir modische Sachen kaufte, und lobten den Schnitt, die mutige Investition, die Farbe, den Stil, bis ich dann immer sagte:

»Den hat Elena mir genäht.«

»Mensch, Jolo … diese Frau muß dich ja wirklich LIEBEN!«

»Ja, das glaube ich auch. Das ist wohl so!«

Nach einigen Wochen deutete Elena an, ich könne ihr ja ruhig ein bißchen was von den Unkosten erstatten, die sie für den Mantel gehabt hätte, nicht viel natürlich, vielleicht 500 oder 800 Euro. Mir fiel der harte Eisenlöffel in die Suppenterrine.

»F-Fünf … Fünfhundert …«

»Besser schon 800, ich meine, eigentlich habe ich fast 1000 hinblättern müssen.«

»Äh … natürlich … klar.«

Ich stand zitternd auf. Das gute Kind forderte ein Vermögen von mir. Soviel Geld konnte ich in Jahren nicht vom Nötigsten absparen. Ich wischte mir mit einem Blatt Billigklopapier den

Mund ab und wankte unter einem Vorwand nach draußen. Und dann kam, was kommen mußte. Erst ein- bis zweimal die Woche, dann täglich, am Ende quasi pausenlos und immer aggressiver forderte sie »ihr Geld«. Ich sei ein unsympathischer Geizkragen, der Frauen für sich arbeiten lasse, sie ausnutze, sich von ihnen die Getränke zahlen lasse – sie meinte immer noch die eine Milch mit Honig vom vorvorigen November –, einer, der sich, mit einem Wort, AUSHALTEN lasse. Eigentlich beschrieb sie gerade sehr treffend sich selbst, denn sie traf sich andauernd mit obskuren Herren, die ihr verboten teure Geschenke machten. In ihrer Gucci-Tasche waren schon wieder zwei superhippe Minilaptops, die ihr ein trotteliger 53jähriger Amerikaner aus Michigan aus unerfindlichen Gründen Stunden vorher gekauft hatte. Ich murmelte, das kläre sich schon noch alles auf, aber ich müsse nun »zu den Jungs«, um das deutsche Fußballspiel zu gucken.

»Fußball!« schnaubte sie mit größtmöglicher Verachtung. Sie mochte grundsätzlich keine Männer, die Fußball gut fanden, und sie kannte auch keine. Bis auf mich waren alle ihre Freunde entweder schwul oder eben trottelige oder besser kulturlose Amerikaner, die ja Fußball gar nicht kannten in ihrem Land. Elena lernte andauernd weitere Exemplare dieser Spezies kennen, und zwar durch MySpace. Ihre Seite war ganz schön raffiniert, muß ich sagen, ein halbes Dutzend Nacktfotos, auf denen sie mit Kunstblut eingeschmiert war, gab den Usern am anderen Ende der Welt den Rest. Sie wollten diese German Art Bitch unbedingt kennenlernen, bei ihrem nächsten Trip to Berlin.

Ich ging, küßte sie vorher und war ihr nicht wirklich böse. Elena hatte ich es zu verdanken, daß mir zum ersten Mal bewußt geworden war, in welchem Paradies der anderen Werte Leute wie ich lebten. Und das waren viele Leute, wie viele, wußte ich nicht genau. Vielleicht sogar die meisten? Diese Fixierung auf »die Kohle« war das Hauptmerkmal der Unterschicht. Schon die Mittelschicht versuchte, nach einem besseren Leben zu streben. Gelang es ihr, oder steckte sie in denselben finanziellen Zwängen, nur noch angereichert durch Angst und Scham? Wer, außer den Grether-Schwestern und der Gräfin Reventlow, sprach offen von seiner Geldnot? Ich wollte das herauskriegen, vielleicht half es mir selbst.

Auf dem Weg zu »den Jungs« merkte ich, daß ich selbst gerade einem Unterschichtsritual zustrebte. Im Grunde verstand ich Elena. Sie haßte das blöde Fußballspiel, eben weil es Ausdruck von männlichem Proletentum war. So wie ich gewisse Dinge nicht mochte, die die weibliche Entsprechung bildeten, etwa das Schlampentum mitsamt dem Eisenring in der Zunge. Elena kannte die feinen Unterschiede nicht, die eine Fußballparty von Intellektuellen von anderen Fußballpartys unterschied. Ich will das auch gar nicht erklären.

»Na, du machst ja schöne Sachen«, begrüßte mich Mathias etwas indigniert, fast schon mißtrauisch, »gibst der armen Elena ihr Geld einfach nicht.«

Sie mußte, während ich unterwegs hierher war, diesen Mathias angerufen haben. Das Erstaunliche daran war, daß das Gespräch bereits beendet war. Wenn Elena zu reden begann, hörte sie frühestens nach 30 Minuten auf. Nun, das Fußballspiel hatte vor zwei Minuten und 18 Sekunden begonnen.

In der Pause sprach er mich wieder darauf an. Ich sagte, es handele sich um eine Liebesgabe, und dafür könne sie doch nicht Wochen später eine Bezahlung verlangen.

»Liebesgabe? Sie sagt, du hättest einen Mantel bei ihr gekauft!«

»Nein, ich war nur gerührt, daß sie mir tatsächlich etwas genäht hatte. Ich mochte den Mantel eigentlich gar nicht, oder doch, also eben als Liebesbeweis, aber sonst eher nicht, oder gar nicht. Der Stoff ist so schlecht, und die Nähte platzen immer auf, und der Schnitt ist so … karnevalesk!«

»Du hättest ihn ja nicht kaufen brauchen!«

»Ich WUSSTE doch gar nicht, daß ich ihn gekauft hatte, jedenfalls nicht in dem Moment, als sie ihn mir schenkte.«

»Aber jetzt weißt du es und kannst ihr das Geld geben. Sie telefoniert überall herum und beschwert sich über dich.«

»Ja, ja, mach' ich …«

Wann immer Elena mit Menschen über mich sprach, mochten die mich anschließend nicht mehr. Ich mußte mir wegen des Mantels schnell etwas einfallen lassen. Jens begrüßte mich, Jens Tuborg, ein etwas älterer junger Mann, etwa 34 Jahre alt, der mit einer mädchenhaften Professorentochter zusammenlebte. Er wirkte männlich, kräftig und ernsthaft, sprach mich aber stets in meiner Funktion als öffentliche Person an, was ich haßte. Ich war bei ihm immer in der Interviewposition, nie in einer menschlichen, was dazu führte, daß ich ihn floh und ständig das Gespräch mit seiner 21jährigen Freundin suchte, die Luna hieß. Wenn sie auf den Balkon ging, ging ich hinterher, und wir setzten uns in die Hollywoodschaukel und redeten über die weibliche Entwicklung von der Früh- bis zur Spätpubertät, bis Jens uns fand, ihr ernster, bärtiger Mann, der ohne Umschweife nach meinen Buchplänen fragte.

»Weiß ich jetzt nicht … ist ein zu weites Feld«, antwortete ich.

»Wie ist dein Verhältnis zum Verlag? Bleibst du, oder suchst du einen neuen?«

»Äh … immer bleiben natürlich. Man soll immer treu sein im Leben, bei Verlagen wie bei Frauen.«

»Aber machst du nicht noch bei einem anderen Verlag ein Buch? Wie heißt doch gleich der Verlag? Und was ist das für ein Projekt?«

»Ich muß mal kurz in die Küche …«

»Wie ist eigentlich dein Verhältnis jetzt zum SPIEGEL? Hast du gekündigt, oder wurdest du gekündigt?!« rief er mir hinterher.

Der Mann war die Pest. Ich weiß nicht, ob er ein Karrierist war. Er verhielt sich ja fast so. Oder war er in Panik, weil er mit 34 immer noch wie ein Student leben mußte? Wahrscheinlich zahlte die Professorentochter das Appartement. Ich hatte sie ein bißchen ins Herz geschlossen, in väterlicher Weise, und nahm sie sehr gern mit zu berühmten Leuten, wo sie stets »bella figura« machte. Einmal setzte ich sie neben Bazon Brock, der sofort begann, ihren Schädel und ihre Gesichtszüge nachzumessen, da er die fixe Idee hatte, Luna besäße die Idealmaße der Renaissance. Doch meistens, wenn ich sie mitnahm, tauchte irgendwann der karrieresüchtige, vollbärtige Freund auf und drängelte sich auf Lunas Platz, was die gute Stimmung der Runde sofort tötete.

Jens hatte zudem den Nachteil, wahnsinnig langweilig zu sprechen, so hundertprozentig angelesen, man kannte jeden Gedanken seit Urzeiten. Seine Freundin Luna fungierte inzwischen eindeutig als Lockvogel. Alle liebten sie, suchten ihre Nähe, und dann kam der Langweiler und machte seine Geschäfte. Unfaßbar, aber wahr: Auf diese Weise hatte er sich die Unterstützung von Rainald Goetz erschlichen und dadurch Kontakte zum angesagten Suhrkamp-Verlag. Der häßliche Mann wurde langsam mächtig. Nicht mehr lange, und ich würde es mir nicht mehr leisten können, seine journalistischen Fragen abzuwehren.

Oder täuschte ich mich? War er für andere gar nicht so langweilig? Ich persönlich reagierte auf seine schleppende, dröge, mit Binsenweisheiten gesättigte Rede jedenfalls allergisch, also völlig übertrieben, somit krankhaft. So konnten nicht alle reagieren. Vor allem ekelten mich seine Soziologismen. Immer wurden Phänomene ins Allgemeine »heruntergebrochen« und somit liquidiert. Wahrscheinlich war ich aber einfach eifersüchtig. Meine väterlichen Gefühle für die Kleine hatten womöglich eine unterdrückte erotische Grundierung. Da müßte man jetzt einen guten Therapeuten zu Rate ziehen, und vorher bleibt diese Erklärungsrichtung wertlose Spekulation. Ich kann nur sagen, daß ich mir diese Luna immer nackt vorstellte, also mir ihre ohnehin spärliche Kleidung wegzudenken versuchte.

An diesem heißen Juniabend nun, der Abend des Spiels Deutschland gegen Polen, trug sie kaum mehr als ein Unterhemd. Die anderen Fußballfans in der Wohnung dürften ähnlich von Luna angetan gewesen sein, aber nur ich traute mich, sie immer wieder auf den Balkon zu ziehen. Der gebürtige Pole Podolski schoß zwei Tore währenddessen.

In früheren Jahren hätte einer wie dieser ernste, langweilige Jens bestimmt längst sein Glück gemacht, an einer Universität, in diesem Fall der Universität Bonn, von der er kam. Schon nach 18 Semestern und im Alter von 28 Jahren hätte er seine Magisterarbeit in Literatursoziologie abgeschlossen und eine Stelle als Tutor und Hilfsdozent angetreten. Ein Doktorandenstipendium hätte seinen Wohlstand begründet. Die Professorentochter (besser: ihre ältere Schwester) hätte er zu dem Zeitpunkt, spätestens mit 30, schon heiraten können. Heute hätte er zwei Kinder, ein Haus in der Eifel, den Doktorhut, kleine und mittlere Aufträge, literatursoziologische Kommentare für dröge Fachbücher und eine studentische Geliebte. Er müßte keine karrieresüchtigen Fragen stellen, sondern könnte gegenüber Freunden und Gästen über Ballack, Podolski und Hitzlsperger schwadronieren. All das ist vorbei: Das war die alte Bundesrepublik. Man tut ihm unrecht, wenn man diesen historischen Zusammenhang vergißt. Er ist eigentlich ein guter Mann, der nachts sein Püppchen zum Höhepunkt treibt und sich tagsüber den Kopf zerbricht, wie aus seinem verpfuschten Leben noch etwas werden könnte ...

Nach dem Spiel gingen wir zu viert durch die schwülwarme Sommernacht spazieren, das kokette Mädchen, der ernste Freund, Mathias und ich, wobei Mathias von seinen Berlin-Mitte-Projekten sprach. Ich kannte Mathias bis dahin eigentlich gar nicht, wußte nur, daß er vor Wochen in diese viel zu teure Wohnung mit den zwei Balkonen gezogen war. Sie kostete 800 Euro, für Berlin ein Vermögen.

»Diese Wohnung hängt dir doch wie ein Mühlstein um den Hals«, sagte ich, mein neues Geldthema anschneidend.

Mathias kam aus Frankfurt/Oder und war einer dieser gar nicht so seltenen euphorischen Ossis. Seine Jugend in der Verliererhochburg hatte ihn geradezu traumatisiert, das heißt, er haßte jede Art von Elend. Er war hyperaktiv, schlief nie länger als vier Stunden, entwickelte neue Internetzeitschriften für den Holtzbrinck Verlag und schrieb Werbekonzepte für alles und jeden – so genau hatte ich da nicht mehr zugehört. Der Typ gefiel mir. Er sah nett aus, blond, wirr, blaue Augen, ein Kind, das man aus den Trümmern gezogen hatte. Immer völlig offen sprach er über seinen Werdegang, die Pleite seiner Eltern, den Selbstmord des Vaters, die Schwierigkeiten bei Holtzbrinck. Nächste Woche wollte er kündigen. Die neue Wohnung wollte er trotzdem halten. Wo dieser euphorische Verzweifelte wohl in zehn Jahren war? Ein Frauentyp war er nicht. Eine Luna würde ihn nicht retten. Tja, Luna: Sie himmelte leider Jens an. Das war tragisch. Sie hing erregt an seinen Lippen, wenn er die nichtsnutzigen Soziologismen drechselte, langsam, knarrend, depressionstreibend. Sie hielt ihn für ungeheuer klug, ja für dermaßen klug, daß sie in seiner Gegenwart nicht mitzureden wagte. So sind sie wohl, die jungen Mädchen, bei aller Herrlichkeit doch etwas blöd. Gern würde man es für Schüchternheit halten, aber wie könnte man, da man es doch besser weiß. Der verkrachte Gevatter redet drei Sätze über Max Weber, und sie bläst ihm einen vor lauter Hochachtung – wie blöd!

Schließlich übertrieb ich es mit meiner Begeisterung für Luna. Jens fuhr mich nach Hause, und ich setzte mich, obwohl der Beifahrersitz frei war, nach hinten zu ihr. Ich konnte einfach nicht genug kriegen. Sie war so schlank und wohlgeraten! Und wir begannen zufällig, über Jens zu reden. Ich sagte, das Dumme an ihm sei einzig, daß er immer journalistische Fragen stelle. In der Freizeit wolle man aber nur menschlich angesprochen werden. Es sei übrigens leicht zu ändern. Ich beugte mich nach vorn und gab Jens ein paar Beispiele, wie man »menschlich« statt berufsbezogen kommuniziere.

Ich mußte da wohl einen Punkt getroffen haben, denn Jens hielt mit quietschenden Reifen an, öffnete die Seitentür und sagte:

»Das ist ja wohl total unhöflich, was du da redest, und totale

Scheiße! Ich stelle die Fragen, die ich will! Mich kann auch jeder alles fragen, und ich antworte dann auch immer!«

Ich mußte aussteigen. Luna wollte die Situation retten, wußte aber nicht, wie. Sie konnte ja nicht gegen ihren bewunderten ernsten, behaarten Freund Stellung beziehen. Der riß am Türgriff, schlug die Tür zu und gab Gas.

Ich sah dem murkeligen Schrottauto hinterher. Ein 16 Jahre alter japanischer Kleinkompaktwagen, ein Daihatsu Cuore I, der ersichtlich seine letzten Kilometer absolvierte. Ich war so gemein gewesen. Der Mann hatte es im Leben mindestens so schwer wie sein Auto. Wie konnte ich ihn so leichtfertig herausfordern? Ich mußte, wenn ich den Geldkomplex untersuchte, viel feinfühliger werden.

Wo war ich überhaupt? Ah ja, die Münzstraße. Ich konnte von hier aus noch in den Münzclub gehen, in dem ich Mitglied war. Marcel Crome führte ihn, ein in den frühen 90ern reicher, blitzgescheiter Emporkömmling – ich merke, wie unzeitgemäß das Wort »Emporkömmling« ist, und umschreibe es lieber mit ein paar Tatsachen: Crome tauchte ungefähr 1990 aus dem Nichts auf, in Köln, wo er durch eine verblüffend theoriereiche Sprache auffiel. Er schien mindestens drei Doktorarbeiten über Derrida und Deleuze geschrieben zu haben, setzte diesen Diskurs aber im Alltag ein, tagsüber beim Spaziergehen, abends in der Kneipe. Damals gab es noch Flaneure, vielleicht war er der letzte. Die akademische Laufbahn schien er überhaupt nicht im Auge zu haben, und er war auch erst 20 und hatte kein Abitur. Die Kölner Kunstbranche wußte ihn schließlich zu schätzen, Stichwort »geniale« Katalogtexte, und er wurde Kompagnon einer angesehenen internationalen Galerie mit Standorten in Köln, New York und Berlin. Was für eine Laufbahn, wie im Roman, heute undenkbar. Er heiratete die Galeristin und hatte mit ihr zwei Kinder. In Berlin gründete er den Münzclub, eine Art Börse für Berufskontakte in Mitte.

Crome sah ich nicht, dafür aber ein Mädchen, Victoria, das ich mitnahm, da ich ahnte, daß Elena Plaschg einmal wieder woanders übernachtete.

Es kratzte außen an der Zimmertür, Victoria schlüpfte aus dem Bett und wollte die Katze hereinlassen. Im Zimmer war es finster, nur der Fernseher lief, und es war gerade eine dunkle Einstellung, so daß die Katze vielleicht nur das Weiß in Victorias Augen sah – Victoria kam aus Südafrika und war pechschwarz. Das Tier, das nicht ihr, sondern Elena Plaschg gehörte, reagierte äußerst seltsam. Ich hatte oft gelesen, daß Katzen ihr Fell aufrichten können, wenn sie unter Schock stehen, aber es nie gesehen. Nun sah ich es. Ein gräßlicher Moment. Die Katze wirkte in ihrer Schockstarre doppelt so groß und zehnmal so gefährlich. Die Laute, die sie machte, kamen noch dazu. Ich deutete es zunächst als eine Art rassistische Reaktion gegen die viel zu schwarze Frau. Die Katze kannte ja im Grunde nur Elena, die groß, deutsch und polterig war und einen länglichen, dennoch kurvenreichen, perlmuttweißen Frauenkörper hatte: eben Elena Plaschg aus dem Rheinland. Erst Tage später begriff ich, daß die Katze gar nicht auf Victorias Hautfarbe reagiert hatte. Sondern auf etwas anderes, das in der Luft lag. Mit Victoria stimmte nämlich vieles in ganz anderer Hinsicht nicht.

Nach dem Katzenschreck sahen wir noch einen Film von 1956, der »Geliebte Corinna« hieß. Ich besaß 300 Videofilme aus den 50er Jahren und hatte diesen mit Bedacht gewählt. Hans Söhnker spielte einen älteren Herrn, der im Urwald Afrikas ein Krankenhaus leitet. Die junge deutsche Krankenschwester Corinna verliebt sich unsterblich in ihn, aber er ist schon verheiratet. Zum Glück wird aber seine Frau vor Eifersucht wahnsinnig, peitscht die Sklaven aus und wird im Gegenzug von diesen erstochen. Nun können die beiden doch noch heiraten, und alles wird gut. Ein schöner Film. Aber während sich Victoria an mich schmiegte, überdachte ich die Übertragungswege von Aids und den Durchseuchungsgrad in der Bevölkerung Südafrikas. Neben dem Bett stand eine große Flasche Whisky, aus der wir beide direkt tranken, ohne Gläser. Mit einer 39jährigen Südafrikanerin auf diese Weise zu trinken war wohl so gefährlich, wie mit einer 19jährigen Deutschen aus Heilbronn ungeschützten Sex zu haben, statistisch gesehen.

Am nächsten Tag hatte ich keine Lust aufzuräumen. Wozu erst Spuren beseitigen? Ich sagte Elena Plaschg einfach, daß ich mit der Afrodeutschen im Bett gewesen war. Elena reagierte fast wie ihre Katze. Ich hätte auf der Stelle das Laken wechseln müssen, keifte sie und machte sich nicht einmal die Mühe, ihre rassistischen Affekte zu verbergen. Aber da war sie bei mir an der falschen Adresse. Eiskalt konterte ich, Victorias schwarze Haut hätte Elenas weiße Laken nicht abgedunkelt. Ich sagte ihr direkt ins Gesicht, sie reite nichts als schäbige, kleinbürgerliche Eifersucht, und steigerte mich dann fast in eine gewisse Erregung:

»Solange ich mit meinem weißen Körper in deinen Laken liege, ist alles in Ordnung, was? Meine weißen Glieder tun deiner weißen Wäsche wohl nichts, wie? Aber wenn schwarze Knie und schwarze Hände sie berühren, werden sie SCHMUTZIG?!«

Und so weiter. Alles gespielt, aber Elena wußte darauf nichts zu entgegnen. Es gibt keine Argumente gegen die politisch korrekte Haltung in Deutschland. Elena kam nicht einmal dazu, Geld von mir zu fordern.

Am Abend ging ich in die Pony Bar, um die letzte lebende Frau von Stephan T. Ohrt zu treffen, die schöne Bettina Helmi. Ich hatte rote Nummernschilder für mein Auto bekommen, von meinem Ossi-Freund, der sich mit diesen Dingen auskannte. Er hieß Wartburg-Clemens und lebte schon sein ganzes Leben außerhalb des Geldkreislaufs. Ich ließ den Wartburg dann doch in der Garage, da es nur eine kurze Strecke bis zur Pony Bar war, die wie meine Geheimwohnung in Berlin-Mitte lag. Es war bloß eine Station mit der Straßenbahn, und einen Parkplatz hätte ich sowieso nicht bekommen. Ich wollte Victoria anrufen und ebenfalls dorthin bestellen, um sie mit Bettina Helmi zu konfrontieren. Die kluge ältere Dame mit dem Carla-Bruni-Faktor mondäner Lebenserfahrung würde eher herauskriegen als ich, was mit Victoria eigentlich los war. Aber ich wurde abgelenkt: Zwei bemerkenswert unansehnliche Frauen unterhielten sich an der Haltestelle so laut, daß es mir buchstäblich in den Ohren dröhnte. Hörte ich im Alter etwa besser als in der Jugend? Ich entfernte mich wohl gute dreißig Meter von ihnen und hörte sie immer noch. Dann fünfzig Meter, immer noch. Die Frauen waren Ende zwanzig, dick, ungeschminkt, voller Vitalität – das Gegenteil von allem, was die Werbung vorgab. Waren sie die Speerspitze einer Gegenbewegung? Die neue Dreistigkeit? Die neue Wurschtigkeit? Irgendwann würde so etwas kommen, es lag in der Luft.

Als ich die Pony Bar betrat, war Bettina Helmi schon da. Ich erkannte sie sofort, obwohl es dunkel war, und zwar an ihrer geradezu elektromagnetischen fraulichen Schönheit. Man dachte, eine aufgeregte frischgekürte Miss Bukarest winke einem zu, dabei war sie etwa so alt wie Juliette Binoche. Ich stürmte heran, nahm ihren schönen Kopf in beide Hände und küßte sie mitten auf den großen roten Mund. Das war verwegen und kostete mich einiges, denn ich war nur ein alter Jugendfreund. Aber das war es mir wohl wert. Allerdings mußte ich nun damit leben, daß sie die nächste halbe Stunde kühl und reserviert blieb. Zum Glück war ich von Haus aus der Persönlichkeitstyp »Don Juan«. Sonst hätte mich das sofort gekränkt. Ich erzählte ihr nun – es schien jetzt zu passen – die Begebenheit mit der schwarzen Victoria.

»Was, du hast mit ihr GESCHLAFEN?!« reagierte sie schokkiert. Ja, auch die weltläufige ältere Freundin reagierte so.

»Um Gottes willen, im Gegenteil: Sie hat MIT MIR geschlafen!« sagte ich. Nun lachte sie wieder. Ich wollte gern, daß sie Victoria kennenlernte. Diese Person interessierte mich tatsächlich, also diese Victoria, denn ich wußte nicht, wie sie funktionierte, vor allem ökonomisch. Bettina lehnte aber ab, sie kannte Victoria bereits, was ich nicht wußte. Berlin-Mitte war klein, ein Kreis von wenigen Hundert Menschen, und Victoria war auffällig. Sie habe ihre Erfahrungen mit Victoria gemacht, beschied mich Bettina uncharmant, das reiche für den Rest des Lebens. Sie sah mich an, und ich merkte: Die war fertig mit ihr. Irgend etwas Häßliches mußte vorgefallen sein. Es hatte keinen Sinn, weiter zu bohren.

Bettina brachte das Gespräch auf den Kauf von Kunstwerken und die angeblich aufziehende Wirtschaftskrise. Sie wollte ihre Dollarbestände auflösen und in Kunst anlegen. Der Dollar verlor ja allmählich seinen ganzen Wert. Sie fragte mich, ob er je wieder steigen würde, und ich verneinte. Sie solle Armin Boehm, Tim Eitel und Dennis Rudolph kaufen, riet ich. Zumindest Boehm würde sich im Wert bis nächstes Jahr verdoppeln.

»Ich möchte auch drei Bilder von Stephan T. Ohrt verkaufen«, gestand sie, leise, mit leerem Blick. Die Bilder ihres eigenen Mannes, vielleicht die letzten echten Erinnerungsstücke. Die hätte ich selbst gern gekauft. Bettina wollte wohl nicht mehr an die Vergangenheit denken müssen, was ich verstand. Sie hatte ihren Mann sehr geliebt, aber er war freiwillig aus dem Leben geschieden. Oder doch nicht so freiwillig? Er hatte in seinem Leben nur eine einzige Ausstellung gehabt und kein Bild verkauft. Auf Künstlerpartys trank er immer heimlich die Gläser der anderen leer. Er hatte definitiv kein Geld, und wenn seine Frau jetzt diese unverkäuflichen Bilder verkaufen wollte – an mich, wohlgemerkt –, dann wollte und konnte sie keine Dollarbestände vor der drohenden Finanzkrise retten, sondern war selber pleite.

Ich konnte den Gedanken aber jetzt nicht verfolgen und sagte:

»Wenn eine weltweite Wirtschaftskrise kommt und der Turbokapitalismus zusammenbricht, ist das gar nicht so schlimm, jedenfalls nicht für Künstler wie uns. Schlimm ist das nur für China. Und das ist gut so.«

»China interessiert mich NULL!« knallte mir Bettina entgegen. Sie machte dabei ein Gesicht, als müsse sie sich übergeben. Sie fände diesen Staat und dieses Volk absolut grauenvoll und vollkommen uninteressant. In Kanada, wo sie die letzten vier Monate gelebt hatte, sei sie bereits mit Heerscharen von Chinesen konfrontiert worden. Seitdem sei ihr klar:

»Wir wissen gar nicht, was für eine großartige Kultur wir haben. Ich will und werde nie wieder außerhalb von Deutschland leben.«

In China und auch anderswo gebe es gar keine Kultur, am wenigsten in Asien. China sei komplette Kulturlosigkeit plus grausame Diktatur, also die übelste Mischung von allem. Sie, Bettina, werde die Olympischen Spiele boykottieren und nicht eine Minute Olympia im Fernsehen verfolgen.

»Na, dann ist es doch gut, wenn die Finanzkrise ganz Asien lahmlegt und China ins Mittelalter zurückschleudert«, munterte ich die schöne Querulantin auf. Ich merkte, daß sie Emmanuelle Béart noch mehr glich als Juliette Binoche. Alles an ihr war, in diesem Moment, in diesem Licht: die französische Frau … Aber da sie zwei kleine Kinder hatte, blieb ihr die Vorstellung einer verheerenden Weltwirtschaftskrise suspekt. Ihre Kleinen sollten keine kollabierte Welt vorfinden, wenn sie ins Berufsleben eintraten. Sie sagte das nicht, aber ich sah es ihr an. Sie wirkte etwas verstört. Ich meinte daher:

»Vielleicht kommt es auch ganz anders. Die Regierungen wissen jedenfalls sehr gut Bescheid. Die Krisenstäbe sind seit Monaten eingerichtet und tagen rund um die Uhr. Die Merkel läßt bestimmt nichts anbrennen, wenn es nur irgendwie zu vermeiden ist.«

Nun sprachen wir wieder von der Liebe. Bettina hatte, wie alle reiferen Frauen in Mitte, einen Liebhaber, der sie einmal im Quartal besuchte und ansonsten unsichtbar blieb. Ein Phantom der Libido. Eine Figur from outer space. Wunschgestalt & Lebenslüge. Ich verachtete so etwas natürlich, ließ es mir aber diesmal nicht anmerken. Ich registrierte nur, wie unglücklich die Frau dabei war. Dieser Schmarrn, dachte ich, wie konnten die Frauen nur immer so blöd sein. Und ich machte ihr ein besseres Angebot: mich! Denn ich wäre gern ihr Freund gewesen.

Sie nahm es natürlich nicht ernst, aber ich konnte nicht anders. Eine Frau, die China haßte, toll. Und so hübsch. Und die an Deutschland die Kultur schätzte. Das war es doch.

Damals wußte ich noch nicht, immer noch nicht, wie leichtfertig mein Angebot war, wie wertlos und oberflächlich. Mein spätpubertäres Berlin-Mitte-Leben lag in den letzten Zügen, und ich merkte es noch nicht. Ich hatte mich den beiden großen Lebenslügen jener Gemeinschaft, in der ich mich bewegte, und die auf mich selbst am meisten zutrafen, noch nicht WIRKLICH gestellt: Geld und Sex. Ich fing erst damit an. Es war auch schwer, zu einer wenigstens minimalen Wahrheit über Sex vorzustoßen, wenn man seine Zeit mit Elena Plaschg verbrachte. Sie sprach im Schnitt siebeneinhalb Stunden pro Tag darüber, immer im Ton der supererfolgreichen Sexbitch, war aber mit einem Mann noch nie zum Orgasmus gekommen, wie sie mir einmal aus Versehen gestand. Es war also alles nur Diskurs. Eine Art Debatte. Ein Kampf der Ideen.

Elena Plaschg und ich gingen aus. Ich holte sie ab, und in ihrer Wohnung lümmelten zwei Teenager herum, besser gesagt Twens, denn sie waren wahrscheinlich eher in Elenas Alter. Die Unterschiede zwischen 18 und 28 waren für mich schon lange nicht mehr erkennbar, in bezug auf weibliche Menschen. Ich konnte nicht finden, daß in diesen zehn Jahren eine Entwicklung stattfand. Elena war natürlich noch nicht fertig, sie stand im Badezimmer, mit Lockenwicklern im Haar. Sie hielt mir schon wieder vor, ich hätte die Laken wechseln müssen, nachdem ich mit der Schwarzen im Bett gewesen sei.

»Sag nicht ›die Schwarze‹ zu Victoria, sie hat einen Namen wie jede andere Frau auch, ob weiß oder schwarz!«

Außerdem, meinte ich, würden ihre derzeitigen Gäste, die beiden Teenager, auch nicht stündlich die Laken wechseln. Es handelte sich übrigens um ihre blonde Cousine aus dem Rheinland und deren noch blondere Freundin. Eine Woche wollten sie bleiben und »Berlin kennenlernen«. Sie studierten Psychologie.

Im Fernsehen lief »Germany's Next Topmodel«. Eine Unterhaltung scheiterte immer wieder daran, daß die Twens gebannt auf den Fernseher starrten. Die Sendung wurde alle dreißig Sekunden von hektisch-hyperaktiven Werbeclips unterbrochen, und dann redeten wir zwei Sätze, bis es weiterging.

Schließlich stand Elena aufgedonnert wie ein arabisches Zirkuspferd neben mir und wollte los. Sie sah doppelt so groß, schwer, reich behängt, parfümiert und beleuchtet aus wie sonst, alles funkelte und duftete. Man hätte mit ihr jetzt durch die Wüste reiten können. Ein riesiger schwarzer Braunbärpelz blähte den Oberkörper auf, während sie unten nur eine Strumpfhose trug, die wiederum in schweren Dominastiefeln steckte. Nahm man die absurd hochgetürmte Fönfrisur dazu, die geköpfte Bierflasche in der Hand, die lallende, vulgäre, viel zu laute Sprechweise und den torkelnden Gang, so handelte es sich eindeutig um ein Phänomen aus dem Rotlichtmilieu. So wurde Elena jedenfalls von allen Männern wahrgenommen. Und nun kam das Schlimmste: Wir fuhren nach Kreuzberg!

Schon am Moritzplatz wurde der U-Bahn-Verkehr unterbrochen, ab hier gab es nur noch Pendelverkehr. Alle Fahrgäste mußten aussteigen – es waren ohnehin nur noch Schiiten, Sunniten, unbewaffnete Mitglieder der Mahti-Armee El Sadres und andere Grenzgänger – und in Bussen bis Kottbusser Tor weiterfahren. Elena wurde ständig angesprochen. Die Soldaten pfiffen ihr hinterher. Zwei wohlhabende Kaufleute mittleren Alters wollten sie mir abkaufen. Wir kämpften uns in der Panorama Bar zum Partyraum durch, aber es war schwer. Wir kamen durch eine arabische Teestube, die im zweiten Stock lag. Trübes Deckenlicht, wohl achtzig Männer, die auf Matratzen auf dem Boden lagen und wie Opiumleichen wirkten. Im Treppenhaus stank es übel nach Urin, im Männerheim vor allem nach schlechtem Tabak. Elena telefonierte die ganze Zeit lauthals und ungebrochen vulgär auf ihrem Handy. Links hielt sie das Handy, rechts soff sie aus der zweiten Flasche Bier. Lustvoll torkelte sie durch die Menge. Sie war ganz in ihrem Element.

Wäre ihr jemand blöd gekommen, hätte sie sich auch gern geprügelt. Sie höhnte:

»Da, siehst du den verdammten Pisser da an der Säule, der ist total auf Heroin, das sehe ich, der ist total zu, ha, ha, ha!, und die beiden da, siehst du, das sind Dealer, die kenne ich noch vom Weinbergweg her, ha, ha, aber verfickte Scheiße, wo ist denn diese verfickte Scheißparty hier in diesem Arschladen?!«

Ich berechnete immer alle Laufwege, um mit keinem der Verbrecher in Berührung zu kommen. Innerlich wappnete ich mich für den jeweiligen »Worst Case«, achtete auf Fluchtwege, Lücken und Notausgänge. Konnte man auch über das Fenster entkommen? Konnte ich schneller laufen als der mir entgegenkommende fette Zuhälter? Ich war hochkonzentriert.

Schließlich fanden wir die Party. Elena boxte sich plump wie ein vierjähriges Drängel-Kind zu dem Tisch vor, wo es Alkohol geben sollte, und kam mit der nächsten Flasche Bier zurück. Gleich darauf verliebte sie sich: »Guck mal, der da! Ist der nicht SÜÜSSSSS?!«

Sie schmolz dahin. Ich sah einen wenig beeindruckenden 30jährigen mit Hinterkopfglatze, kleinen Augen und breitem Kiefer. Der Kiefer war wirklich breiter als der sich eiförmig verjüngende obere Teil des Schädels. Immerhin hatte der junge Mann eher europäische als anatolische Gesichtszüge und auch keine schwarzen Haare, sondern schüttere dunkelblonde. Ich sprach den Typ an, für Elena. Sie war bereits so verliebt, daß sie keinen Ton mehr herausbrachte. Ich mußte die Konversation führen, was ich aber gern tat. Elena starrte ihn mit großen Augen an. Der Junge schien eigentlich ganz nett zu sein, ein verklemmter Bürgerssohn, und ich fragte mich, wie er in diese Gegend geraten war. Im Laufe der Unterhaltung schwand dann auch der Rest meiner Paranoia, und ich erkannte, daß auch in Kreuzberg Menschen lebten wie du und ich. Nun sah ich weitere Leute, die ich kannte, vor allen Dingen eine bestimmte Person: Victoria! Sie stand in einer Ecke des Partyraumes und unterhielt sich todernst-geschäftsmäßig mit einer Performancekünstlerin, die ich ein bißchen kannte, weil sie einmal ihren Freund als lebenden Blogger ausgestellt hatte. Es ging bestimmt um ein »Projekt«. Victorias Leben bestand zu 90 Prozent aus sogenanntem »Networking«. Auf diese Weise hatte sie es angeblich zu einem realen Vermögen gebracht. Sie wohnte jedenfalls in einer Gründerzeitvilla, die ihr selbst gehörte. Ihr früherer Mann und Vater ihrer Kinder hatte sie ihr kurz vor der überraschenden Trennung überschrieben. Zum Glück hatte ich diesen Mann, den Besitzer des Nachtclubs »SO 36«, nie kennengelernt. Victoria hatte mehrmals ein Treffen zwischen uns arrangiert, aber ich bin einfach nicht hingegangen. Ein intuitiver Schrecken hielt mich zurück. Er war ein fast 60jähriger Lehrer und Rudolf-Steiner-Jünger, der vom Leben, das heißt seiner Frau, übers Ohr gehauen worden war und die Welt nicht mehr verstand. Auch jetzt verspürte ich wieder diesen Schrecken, und so blieb ich weiter bei Elena und ihrer neuen Kleinmädchenliebe stehen, anstatt zu Victoria zu wechseln. Elena war so verliebt, daß sie Victoria gar nicht zur Kenntnis nahm. Normalerweise hätte die Gefahr bestanden, daß sie Victoria eine Szene wegen des nicht gewechselten Bettlakens macht. Sie hätte auf sie zustapfen können, jeden Schritt in den Boden rammend, als gelte es, den Boden zu durchstoßen, hätte ihr mit ihrer voluminösen Frau-Mumin-Handtasche eins überziehen und irgend etwas Ordinäres brüllen können, etwa: »Du verdammte Bitch, fick dich doch selbst in deinem eigenen verfickten Scheiß-Bitch-Bett!« – aber nichts dergleichen geschah. Elena war verzaubert, eine Fünfjährige, unseren Worten lauschend wie in der Märchenstunde. Ich hatte Angst, sie würde gleich am Daumen lutschen.

Dann nahmen wir uns ein Taxi und fuhren zum Broken Hearts Club. Elenas neue große Liebe, er hieß Thomas, wollte da auch hinfahren, tat er aber nicht. Bei unserem Gespräch hatte ich sogar Interesse gespürt, aber deutlich mehr an mir als an Elena Plaschg, die nur an ihrem Strohhalm gesaugt hatte. »Thomas« kannte mich angeblich, hatte gerade einen Artikel über mich und meine Hamburger Familie in der FAS gelesen und dabei gedacht: »Den Typ würde ich echt gern kennenlernen!« Ich hatte gleich seine Visitenkarte bekommen. Als er im Broken Hearts Club nicht auftauchte, googelte Elena später alle Daten ab, die auf der Visitenkarte standen. Die hohltönende Internetfirma gab es nicht mehr, das Telefon war abgestellt, wahrscheinlich mangels Bezahlung. So mußte ersatzweise ich mit Elena schlafen in dieser Nacht, was mich nicht allzusehr belastete, denn unsere Beziehung war ohnehin nur körperlich. Das heißt, ich mochte das große Mädchen schon – Elena war größer als fast jeder Mann –, aber nicht, wenn ich mit ihr geschlafen hatte. Das war einfach zu sehr entfremdend, etwa so, als hätte man mit seinen eigenen Eltern Pornos geguckt. Aber, jeder kennt das ja, irgendwie verbindet es einen doch …

Am nächsten Morgen brannte die Sonne in ungewohnter Intensität auf Deutschland, wie schon in den Tagen zuvor, kein Wunder, es war ja Fußball-Europameisterschaft. Da wollen alle schwitzen, saufen, sich die Kleider vom Leib reißen und »Schlaaand! Deut-Schlaaand!!« brüllen, was nur bei dieser Affenhitze sinnvoll ist. Ich stahl mich schnell aus der Wohnung, bevor ich womöglich noch mal den »Thomas« geben mußte.

Es ging zu einer Lesung in den verpönten alten Westteil der Stadt, und ich ließ den Wartburg lieber noch mal in der Garage. Im Westen reagierte die Polizei anders auf Ostautos mit ungültigen Nummernschildern. Und fehlerhaften Abgaswerten. Und überhaupt. Im Osten durfte ein Wartburg Tourist 353 Super einfach ALLES. Man hätte mit ihm ins Rote Rathaus reinfahren können, und die Polizisten hätten Beifall geklatscht. Im Westen das Gegenteil: Schon die Westbürger warfen mit Bananenschalen und Abfall auf das kommunistische Auto, das für sie ein Symbol für die Mauer, den Schießbefehl und den Todesstreifen an der Grenze mitten durch Deutschland war. Diese Leute, muß man wissen, wählten Friedhelm Pflüger, einen unbekannten No-name-Politiker, den sie für den legitimen Nachfolger eines gewissen Eberhard Diepgen hielten, ebenfalls ein No-name-

Politiker, der wiederum der elfte wiedergeborene Nachfahre des CDU-Großmuftis von West-Zehlendorf gewesen sein soll oder so ähnlich … Ach, wir wollen diese religiösen Feinheiten hier nicht vertiefen. Jedenfalls HASSTEN diese Frontstadt-Fundamentalisten das SED-Auto, und ich fuhr mit der S-Bahn bis Bahnhof Zoo.

Seit Wochen bezahlte ich das S-Bahn-Ticket nicht mehr. Jetzt fiel es mir auf, und ich schämte mich, daß ich mich daran schon vollkommen gewöhnt hatte. Auf dem Handy hatte ich sieben SMS-Nachrichten, davon zwei von Jens Tuborg. Die erste lautete: »Entschuldige mein mir wesensfremdes Verhalten, ich war nur überadrenalisiert vom Deutschlandspiel. Laß uns Do. zusammen wieder gegen Kroatien gucken. Dein Jens«. Die zweite lautete: »PS: Wie ist eigentlich dein Verhältnis zu Frank Schirrmacher?« Das hatte er mich auch schon an dem Abend gefragt, nur andersrum: »Hattest du eigentlich mal etwas mit Rebecca Casati?«

Dann kam schon die erste SMS von Elena. Sie war offenbar aufgewacht und schrieb: »wo ist mein geld?«

Das brachte mich natürlich wieder auf meine Geldgedanken. Zum Beispiel dieser »Thomas«. Ich setze den Namen in Anführungszeichen, weil er so häufig vorkommt, daß er als Name gar nicht mehr funktioniert. Also dieser Halbglatzenmensch mit der verkrachten Internetfirma von der Kreuzbergparty. Er hatte gesagt, er käme noch in den Broken Hearts Club, mit dem nächsten Taxi. Woher hätte er das Taxigeld haben sollen? Und das Geld für den Rückweg? Und den Eintritt für sich und die drei Kumpel, die mit ihm auf der Kreuzbergparty 49-Cent-Bier tranken? Und die 30 Euro für die Getränke im Club? Warum hätte er also diese 100 Euro pro Tag haben sollen, wenn ich sie nicht hatte, der erfolgreiche Schriftsteller? Elena war fest davon überzeugt, ich sei einfach pathologisch GEIZIG und müsse deswegen zum Arzt. Sie hielt das für eine durchaus echte und übliche Macke, wie zum Beispiel Waschzwang oder sexuellen Fetischismus. Das machte sie so wütend: nicht der krankhafte

Geiz, sondern weil ich deswegen nicht zum Arzt ging. Wenn ich dann antwortete, das gebe es alles nicht, sexueller Fetischismus sei eine Erfindung der Pornoindustrie, hielt sie mich erst recht für einen Lügner. Aber so sehe ich es. Ich kann in der ganzen Pornoindustrie nichts als Betrug erkennen. Und dieser Betrug hat dann auch andere Bereiche erfaßt, vor allem den Geldbereich, und durchdringt inzwischen jeden von uns. Niemand ist in Fragen des Geldes und der Liebe noch ehrlich.

Die Bahn fuhr durch die gleißende Sonne, es war wirklich ein schöner Tag, so hell und noch so frisch. War das Leben nicht schön? Noch eine SMS von Elena: »ich schreib dir jetzt ne mahnung. wie is deine adresse genau?«

Das war dieser postkoitale Reflex bei ihr, das kannte ich schon. Reflex deshalb, weil doch eigentlich ICH ihr einen sexuellen Gefallen getan hatte und nicht umgekehrt. Aber ich hatte noch nie Geld dafür gefordert. Das hätte ihr auch kaum gefallen! Sie wäre vor Wut mit ihrer komischen Peitsche auf mich losgegangen, und sie hätte dann dafür noch mal kassieren wollen …

Aber, auch das war natürlich alles Attitüde, die Sache mit der Peitsche und das ganze wilde Getue, Stichwort MySpace-Auftritt. Die Peitsche hing sehr auffällig an der Schranktür in ihrem Schlafzimmer, als würde sie tatsächlich benützt. Manchmal schwankte sie bei einem Luftzug leicht hin und her. Die vielen unbedarften Jungmänner, die durch Elenas Wohnung geführt wurden, reagierten entsprechend. Es waren immer so armselige Exemplare, immer das Gegenteil von den frechen jungen Männern, wie ich selbst einmal einer gewesen war und Millionen andere seit Beginn der Menschheit. Seit wann krochen junge Männer mit gesenktem Kopf und verschluckter Zunge durch Mädchenwohnungen? Und sie waren immer Webdesigner. Das war natürlich auch ein furchtbares Schicksal.

Die Lesung fand in der Pan Am Lounge im zehnten Stock des Eden Hotels statt. Ich kontrollierte im Liftspiegel meinen Anzug. Durch einen alten Trick sah ich nicht allzu abgerissen aus, nämlich den Friseurtrick: Ich ließ mir fast wöchentlich die

Haare schneiden, und so sah der Kopf immer besonders akkurat und sauber aus. Das war dann immer der erste Eindruck, und man registrierte kaum noch die Flecken auf dem Tropenanzug und andere kleine Fehler. Ja, man mußte auf sich achten, auch ohne Geld. Der Friseur kostete normalerweise zehn Euro – zehn fette Euro, Mann! –, aber sie wurden mir von Nicole und Pauline erlassen, da ich in Büchern bezahlte. Nicole und Pauline waren zwei 20jährige Ossi-Tussen aus Hellersdorf, die jede schon ein Kind hatten und eine unglückliche Liebe. Beide sprachen von sich immer in der Wirform, wobei sie jeweils sich und ihr Baby meinten. Sie waren ungelernt und schnitten in einem dieser neuen Nichtmeisterbetriebe die Haare von Asozialen. Nicole war erst besser als Pauline, schaffte den Schnitt in knapp drei Minuten. Inzwischen war Pauline genauso gut. Der Schnitt war – kein Scherz – besser als bei Vidal Sassoon, wo ich aus einem idiotischen Mißverständnis heraus lange Kunde gewesen war.

Die anderen Leute in der Pan Am Lounge hatten keine Flekken auf ihren Anzügen. Ich sah da sehr genau hin und hoffte, die anderen würden es umgekehrt bei mir nicht tun. Manche waren semiprominent, ein bißchen prominenter als ich selber. Ich sah zum Beispiel Oliver Pocher, den ich vor Monaten mal interviewt hatte, und begrüßte ihn. Pocher war natürlich GANZ prominent, aber die anderen nicht. Wenn Elena Plaschg mich jetzt mit Pocher gesehen hätte: Wären ihr endlich die Unterschiede aufgefallen? In ihrem Privatfernsehenweltbild war ich ja »in den Medien«, und auch Oliver Pocher war »in den Medien«, also war ich dasselbe wie Oliver Pocher und somit »stinkereich«. Und ein verficktes Arschloch, weil ich die Kohle nicht rausrückte und ihr nichts kaufte. Nun erzählte mir Pocher ganz aufgeregt, er habe Freikarten für das Viertelfinale bekommen. Ich gratulierte:

»Wahnsinn! Wieviel haste denn da gespart?«

»184,78 Euro mit MwSt. für zwei Personen!«

»Ivancan kommt mit?«

»Jop.«

»Weiß sie, daß die Karten für lau waren?«

»Nee. Das sag ich ihr auch nicht!«

Er lachte. Ich auch. Das hätte ich genauso gemacht. Mit Elena Plaschg in der VIP-Lounge, neben Schweini Schweinsberger oder wie der hieß – das wär ein Punkt für mich geworden, ein Bigpoint!

Ich begrüßte meine Nichte Hase, mit der ich verabredet war. Sie war immer noch klein und zierlich, absolvierte aber schon seit einem Jahr einen Boxkurs, an vier Abenden in der Woche, und das hatte ihr gutgetan. Ihr Gang hatte sich verändert. Er war fast männlich geworden, sehr ausbalanciert, federnd, jeder Muskel in Lauerstellung und schlagbereit. Ein vitales Mädchen und sehr hübsch. Ich hatte auf jeden Fall die hübscheste Nichte in ganz Berlin und war stolz darauf. Sie war auch immer gut gelaunt, ihr Lachen konnte Wände erschüttern, und sie lachte oft und fast unkontrollierbar. Mit ihr war ich im Leben immer gesetzt, ich würde glatt sagen: auf der Pole-position. Alle großen Reisen hatte ich mit ihr gemacht und darüber geschrieben. Legendär waren meine Berichte ›Mit Hase im Nahen Osten‹, ›Mit Hase in Brasilien‹, ›Mit Hase in Bangkok‹ und ›Mit Hase in Afrika‹. Sie waren auf meiner Internetseite für den engeren Freundeskreis erschienen, fanden aber schnell Zehntausende Leser. Meine Nichte war auf diese Weise selbst ein bißchen semiprominent geworden, was sie sehr genoß.

Ein SPIEGEL-Autor las aus einem Buch, das ein Schlüsselroman über die Kanzlerschaft Gerhard Schröders sein sollte. Von der ersten bis zur letzten Zeile wurden alle Politiker als durch und durch unauthentische Wesen dargestellt, leblose Roboter, Sprechmaschinen, die keine anderen Worte und Regungen hatten als ihre sattsam bekannten medialen Sprachregelungen. Das war schon ziemlich öde, und so meldete ich mich zu Wort.

»Finden Sie Ihr Buch nicht demokratiefeindlich?«

»Nö.«

»Alle Ihre Figuren reden und handeln ununterscheidbar in demselben Ton der Falschheit und der Heuchelei. So platt werden ›die da oben‹ auch von der Bild-Zeitung dargestellt.«

»Mir egal.«

»Ich bin ein FROG, ein ›friend of gerd‹, und kann das so nicht akzeptieren. Der mutige Kanzler der Agenda 2010 hat eine andere Darstellung verdient als diese billig-populistische, demokratiefeindliche, parlamentarismusfeindliche Propaganda!«

»Pah!«

»Außerdem sind die Frauenfiguren frauenfeindlich dargestellt.«

Jetzt riß es ihn nach vorn. Die müden, arroganten Augen sprangen auf, ich glaubte Panik zu erkennen.

»Äh, ach so, nein … nein, das täte mir leid, das … ist ganz anders, also ganz anders gemeint! Die Frauen in dem Buch sind meine Helden, die WAHREN Helden, äh, Heldinnen, sie sind die Gegenwelt, die alles zum Einsturz bringt, irgendwie …«

Na, davon stand in dem Pamphlet nichts, aber egal. Ich war froh, ihn endlich zu einer Reaktion gebracht zu haben, und ließ es gut sein. Die übrige Debatte drehte sich dann wieder um die bösen, bösen Politiker, die falschen Hunde, die sich einen feinen Lenz machen und uns in die Tasche greifen.

Irgendwann stand ich erneut auf und verteidigte ein letztes Mal den geschmähten Berufsstand:

»Wie soll man denn die Jugend für unsere freiheitliche Demokratie begeistern, wenn man …«

Der Rest ging im Gelächter unter. Die Leute hielten mich für einen Komiker. Eigentlich hatte ich sagen wollen, daß mein eigener Vater Berufspolitiker gewesen war und sich zu Tode gearbeitet habe, aber trotzdem mehr Zeit für seine geliebte Familie aufgebracht habe als unsere Mutter. Gut, daß ich es nicht sagte, das hätte nur weitere Befremdung ausgelöst, etwa: »Soll das jetzt ein Statement gegen nichtberufstätige Mütter werden, oder was?!«

Ich lächelte unbeholfen, gab das Mikro ab und setzte mich

wieder. Später beim lockeren Sekttrinken raunte ich dem Autor im Vorbeigehen zu:

»Ihre Zunft muß aufpassen!«

Wie kalt und skrupellos der Kanzler in dem vorgestellten Buch war, einfach niederdrückend. Ich dachte dagegen an die Liebeserklärung Schröders vor laufenden Fernsehkameras während der TV-Schlacht mit der Merkel, live, vor 21 Millionen Deutschen. Das war Fernsehgeschichte! Das war wie der Kniefall Willy Brandts in Warschau. Total authentisch und dennoch »gemacht«. Das schafften nur wenige.

Nichte Hase war mit ihrem Power Bike davongefahren, ich saß wieder in der U-Bahn. Bald erreichte ich wieder Mitte und die Szeneviertel. Man merkte es daran, daß plötzlich nur noch Jugendliche im Waggon saßen. Sie waren zwar meistens schon 20, 25 oder 30 Jahre alt, aber geistig noch erkennbar Jugendliche. Sie würden es wohl auch immer bleiben, denn ein Erwachsenenleben wurde ihnen von der Welt nicht angeboten. Also zum Beispiel eine Karriere, ein echtes Berufs- oder ein echtes Eheleben. Wußten sie schon, daß sie niemals eine berufliche Laufbahn haben würden? Daß es bei den sporadischen projektbezogenen Kurzzeitjobs bleiben würde, daß nie etwas Festes, Dauerhaftes folgen würde, gar eine Einkommenssteigerung? Und daß die mühsam installierte aktuelle lockere Halb- oder Viertelbeziehung auch nicht länger dauern würde als die vielen traurigen Versuche davor? Daß sie eines baldigen Tages Vater werden würden, aber nur im biologischen Sinn? Denn ein anderer bemitleidenswerter Tropf würde schon nach kurzer Zeit an die Seite der Mutter treten und den männlichen Elternteil spielen, bis zur nächsten Wachablösung ...

Na, das waren ja wieder Gedanken heute, die wollte ich lieber erst mal an der Wirklichkeit messen. Die Gelegenheit hatte ich direkt im Anschluß, da ich Ina Brox traf, blonde Sängerin einer Mädchenband, leidlich bekannt, Mutter zweier kleiner Kinder, blond wie sie. Ich kannte Ina seit meiner Schulzeit in Hamburg, und ich hatte ihr vor 25 Jahren einmal einen siebenseitigen Heiratsantrag geschrieben. Ich wollte sie also im Prinzip heiraten, da hatte sich in all der Zeit nichts geändert, was daran lag, daß sich meine Gefühle zu Menschen niemals ändern. Ich liebe heute noch alle Verwandten, die ich als Kind hatte, nur sind sie inzwischen alle mehr oder weniger tot. Ich habe nie verstanden, warum andere Menschen ihre Gefühle ändern. Ich liebe und begehre auch noch alle Frauen, die mir jemals nahegekommen sind. Der »Tod der Liebe« ist mir eine unbegreifliche Perversion. Ich finde auch nicht, daß geliebte Menschen durch fortschreitendes Alter unattraktiv werden – ich habe das jedenfalls nie so empfunden. Deshalb freute ich mich jetzt auf die 43jährige Ina fast so sehr wie früher. Das Herzklopfen war natürlich weg, aber wahrscheinlich wurde ich noch rot.

Ina rief jedoch an und verschob unser Date auf den nächsten Tag. Das war der Tag des nächsten Deutschlandspiels, und ich sagte es ihr vorsichtshalber. Das war ihr vollkommen egal. Sie war so froh, einen Babysitter bekommen zu haben für den Tag, daß ihr alles andere recht war. Ob Fußball, Knutschen, Theater oder »das gute Gespräch« – Hauptsache, vier Stunden keine Mutter sein müssen! Ina hatte zwar noch einen Kindsvater, aber der hatte sich ins Ausland abgesetzt. Der war nie da. Dennoch behauptete sie, ihre Ehe bestehe und funktioniere noch.

Die Lesung war früh angesetzt gewesen, der ganze Abend lag noch vor mir. So schrieb ich kurz meinen Bericht für die taz darüber, direkt in der Redaktion in der Rudi-Dutschke-Straße, holte dann mein nicht zugelassenes Auto und düste ein bißchen durch die sommerlichen Straßen von Berlin-Mitte.

Es lief natürlich auf Elena Plaschg hinaus, letzten Endes. Irgendwie war sie der Mensch für jede Lebenslage. Ich schickte eine SMS und kriegte Sekunden später das Okay: »komm doch ins atelier«.

Ich stoppte den Wartburg zehn Minuten später vor der Videothek »451« gegenüber Elenas Werkstatt und wartete auf sie. Der Motor kühlte ab. Ich war mit hoher Geschwindigkeit die lange

Strecke von der Eberswalder Straße bis hierher gefahren, dem Ende der Ackerstraße. Zu Fuß hätte ich dafür einen halben Tag gebraucht. Nicht ein einziges Mal hatte ich halten müssen. Ich drückte auf die Huptaste, einen handtellergroßen runden bauchigen Knopf mitten im Steuerrad:

»Tröööö't!«

Nun überquerte Elena die Straße. Sie hob beide Arme, als sie mich sah. Ich stieg aus dem schweren Wagen, ging die letzten Meter auf sie zu, umarmte sie mehrere Sekunden lang. Ich stellte mich auf die Zehenspitzen und vergrub meinen Kopf in ihren kolossalen Haaren. Sie war »das komische Mädchen«, und ich hatte sie gern, in diesem Moment. Eine riesengroße Puppe, naiv wie Heidi aus den Bergen. In den ersten Augenblicken, bevor sie den Mund aufmachte und schlechtes Deutsch redete, konnte man vergessen, Verena Feldbusch im Arm zu halten.

Zusammen gingen wir in die Videothek und liehen uns eine DVD aus. Da ich mich bei den letzten drei Filmen durchgesetzt hatte, durfte diesmal allein Elena entscheiden. Wir hatten zuletzt dreimal Luis Trenker mit Marianne Hold gesehen, 1950, 1953 und 1956, wunderbare Filme, in denen die junge Marianne Hold alles vorwegnimmt, wofür Brigitte Bardot später berühmt wurde. Wäre ich Cineast, würde ich mich des Themas einmal genauer annehmen. Der alte Bergfex und die reizende Marianne Hold, die, obwohl unwiderstehlich, zehn Jahre lang in Trenkers Almhütte schmollte – was war da passiert? Wie hing das alles zusammen? Mit dem Krieg, der Nachkriegsnot? Elena lieh den Film »Der Tango der Rashovskyis« aus, von 2006. Ich erinnerte mich an ein dunkles, braunes Filmplakat, mit traurigen Gesichtern drauf. Es ging, glaube ich, um eine jüdische Familie der Jetztzeit, die viele Todesfälle zu betrauern hatte. Meine DVD mit »Ave Maria« (1955, Farbe, mit L. Trenker und M. Hold) stellte ich betrübt zurück ins Regal.

»Hey, du mußt mir drei Euro geben«, rief mir Elena zu.

Ich saß am Videothekscomputer und ermittelte die nächsten Trenker-Hold-Filme. Ich hatte auch kein Geld. Man erließ uns den Betrag, da wir die besten Kunden der »Videothek 451« waren.

So war das immer. Sie fragte mich nach Geld, und ich hatte keins. Ich steckte mir einfach keins ein. Sie verstand das nicht. Sie hielt mich für reich. Und jedesmal sagte sie anschließend:

»Warum bezahlst du nicht? Irgendwann werden sie die Bullen holen! Du bist doch stinkereich. Du bist doch in den Medien. Du bist ein verdammter Schriftsteller, verdammte Scheiße! Deine Bücher verkaufen sich wie geschnitten Brot. Du hast einen Vertrag mit einer verdammten Scheißzeitung. Du mußt doch drei Euro haben! Wo ist das Geld?«

»Ähm … was sind schon drei Euro, die hast du doch selbst.«

»Ich bin nur ein armes, junges Mädchen. Ich habe mein Berufsleben noch gar nicht angefangen. Ich habe bis jetzt noch überhaupt keine Chance im Berufsleben gehabt!«

Wir parkten den Wartburg direkt neben Elenas Haustür. Dort war immer Platz, denn es war streng verboten, dort zu parken. Einem Wartburg Tourist 353 Super gab aber kein Ostberliner Polizist ein Ticket, denn hier handelte es sich ja um ein Symbol der untergegangenen eigenen Kultur.

Wir stiegen aus und begegneten den blöden Katzen. Elena hatte zu Tieren dasselbe gestörte Verhältnis wie ich, und sie besaß auch nie welche. Erst im letzten Jahr, als sie sich immer einsamer fühlte, hatte sie zwei Katzen von einer emigrierenden Bekannten übernommen. Sie dachte natürlich, Katzen seien keine wirklichen Tiere, eher Anti-Tiere. So elegant, so leise, so diskret – eigentlich noch besser erzogen als Menschen. Menschen konnten sich betrinken und dann vulgär, sexistisch und animalisch werden. Männer konnten dann wie Ochsen über ihre armen Frauen herfallen. Und was sie alles erst im Krieg taten! Aber Katzen? Die leckten sich vornehm die Pfoten und sahen das Vormittagsprogramm im öffentlich-rechtlichen Fernsehen. Tja, wenn es doch so gewesen wäre! In Wirklichkeit verwahrlosten die Biester binnen Wochen völlig. Sie waren langweilig, verfressen, schlecht gelaunt, und allen war klar, den Katzen und den Menschen, daß die Idee mit der gemeinsamen Wohnung gar keinen Sinn hatte. Die Katzen sprangen genervt und aggressiv hin und her, als wir kamen. Wenigstens erschraken sie sich nicht wie vor der nackten Afrodeutschen. Von Freude keine Spur. Tassen waren zerstört, Kleidungsstücke zerrissen, ein Handtuch war als Toilette zweckentfremdet worden und stank bestialisch. Die ganze Wohnung war voll mit Katzenhaaren, gegen die ich allergisch war. Von Woche zu Woche wurden es mehr Haare, und meine Allergie wurde stärker.

Immer öfter übernachteten wir in der »Geheimwohnung« im Bötzowviertel. Die Geheimwohnung gehörte mir, war aber nicht als Hauptwohnung gedacht. Ich besaß noch eine »repräsentative Stadtwohnung« in der Schönhauser Allee, in der wir allerdings nie waren. Man konnte dort weder Gemütlichkeit und Zurückgezogenheit noch Luxus und Wohnqualität finden. Ich hatte sie nur, weil sie mir Geld einbrachte. Miete bezahlte ich nicht, da es offenbar keinen Besitzer gab, und manchmal vermietete ich sie an Gäste aus anderen Städten. Wenn das noch ein paarmal passierte, konnte ich Elenas mißratenen Mantel bezahlen. Diese repräsentative Stadtwohnung war trotzdem ein einziger Flop. Wir hielten uns dort nie länger als acht Minuten auf.

Elena rannte nun in ihrer Wohnung hin und her, ordnete rasch und hektisch alles Liegengebliebene. Sie machte das laut und plump, aber angenehm schnell. Andere Frauen machten einen Kult aus diesen »hausfraulichen« Tätigkeiten, zogen sie über Stunden hin, begannen mit dem Köcheln gleich dreier verschiedener Speisen in unterschiedlichen Töpfen, demonstrierten, daß nun der wichtige Lebensteil »Die Hausarbeit« im Gange war, und zwangen den Mann auch noch, sich bei diesen zutiefst sinnlosen Aktivitäten »einzubringen«. Das alles war bei Elena anders. Nach fünf Minuten war sie mit dem Quatsch fertig, haute sich ins Bett und warf den DVD-Player an. Man merkte, daß ein Mann sie erzogen hatte, also ihr Vater. Deswegen war sie ja auch so offen und nett. Mit ihr konnte man Drinks stehlen in teuren Bars. Oder einen Mitsubishi Colt tieferlegen. Vielleicht war das auch der Grund, warum sie Playboy-Frauen mochte und sexistischen Sex. Sie betrachtete dieses Terrain offenbar mit den Augen ihres Vaters; ihr Blick auf das ganze Sexthema war ein chauvinistischer, von alter Nachkriegsprägung. Der Vater war ja schon lange tot, ein Mann der Wirtschaftswunderjahre. Nun wurde es für sie selbst kompliziert, da sie ja kein Mann war, sondern selbst das Paradeobjekt jener fast schon antiquierten männlichen Begierden. Der junge Fellini hätte sie sicher als Körperdouble für Sophia Loren gecastet, aber heute? Keira Knightley traf eher den Trend. Das alles war jedenfalls eine paradoxe Ausgangssituation für Elena und ihre seltsamen Verehrer, was nichts Gutes versprach.

Ich ekelte mich manchmal vor Elenas Wohnung, zuletzt immer öfter, wegen der Katzen, doch andererseits verbanden mich mit ihr romantische Erinnerungen. Die Wohnung lag im Erdgeschoß, zur Straße hin, und wenn man aus dem Fenster sah, sah man in Gesichter. Das war ein direkter Zugang zu den Menschen und der Welt. Ich hatte oft auf dem Fensterbrett gesessen und rausgeschaut, im abgelaufenen Jahr, während Elena geschlafen hatte. Ihr Schlaf war unglaublich fest und tief. Selbst eine Vergewaltigung hätte sie entweder gar nicht oder erst im letzten Moment gemerkt. Das finde ich beruhigend, also wenn der Schlaf einer Gefährtin so tief ist. Sonst wachen Frauen ja schon in der ersten Sekunde auf und fragen mit verschlafener, niedlicher Stimme: »Was ist mit dir? Geht es dir nicht gut? Mußt du über etwas nachdenken?«

Das ist natürlich auch sehr schön, und ich hatte es in meinem früheren Leben geliebt. Selbst hochaggressive, emanzipierte, beruflich erfolgreiche Frauen fragen einen im Moment des Aus-dem-Schlaf-Fahrens so zart und mitfühlend, daß man für eine Sekunde denken könnte, sie mochten einen. So hatte alles eben seine Vor- und Nachteile.

Ich legte mich ins Bett und sah den Beginn von »Der Tango der Rashorskyis«. Ein guter Film. ICH hätte ihn nie ausgeliehen, aber meistens bilden einen ja gerade die Dinge, die ein anderer Geist ausgewählt hat. Die Großmutter der Familie will ihren Mann wiedersehen, den sie vor Ewigkeiten verlassen hat und der seitdem verbittert in Israel lebt. Er hat Hebräisch gelernt und weigert sich, je wieder Deutsch zu sprechen. Dann stirbt die Großmutter, ohne mit dem Mann gesprochen zu haben (sie kann kein Hebräisch). Für die Familie ist das traurig. Alle sprechen nun über den Tod, auch den eigenen, und wie sie begraben werden wollen. Dann stirbt der zweite Mann der untreuen Großmutter. Nun kommt der erste Mann, der nur Hebräisch sprechen wollte, zu dessen Beerdigung, worüber die übrigen Trauergäste ganz und gar »not amused« sind. Aber immerhin ist er der wahre Vater der beiden mittleren Söhne. Die wiederum haben Töchter, die jüdisch-orthodoxe Ehemänner suchen, was sich als kompliziert erweist. Zwar konvertiert der eine oder andere, bleibt aber »ein Goi, der konvertiert ist«, also ein Goi, und wie DER begraben werden will, ist ja noch gar nicht geklärt. Die eine Tochter wird über diese Frage frigide, obwohl sie einen guten Therapeuten hat. Auch die anderen Familienmitglieder haben alle einen Therapeuten, was aber keineswegs heißt, der Film sei eine Komödie. Nein, er ist und bleibt dunkel und tragisch. Als schließlich die zweite Frau des wahren Großvaters stirbt und er ihr wenige Monate später verbittert nachfolgt, müssen die örtlichen Rabbis, Sargtischler und Therapeuten Sonderschichten einlegen – und ich überredete Elena, mal kurz ins Fernsehprogramm rüberzuzappen. Sie machte das ungern, denn sie fand den dramatischen Film »interessant«.

»Interessant? Dieses obskure Gerede über Beschneidungsrituale, Konversion, richtige und falsche Begräbnisse?«

»Ja! Natürlich! Was denn sonst?«

»Würdest du denn auch einen Film über die vorletzte Enzyklika des verstorbenen Papstes Johannes Paul den Zweiten interessant finden?«

»Ja, auf jeden! Was soll denn sonst interessant sein?«

Da hatte sie recht. Besser gesagt: So war die Jugend; Glaubensfragen und alles Okkulte fand sie einzig noch interessant.

Doch nun zappten wir, oder besser gesagt sie, durch die verkommenen Schweinesendungen des Privatfernsehens. Elena hatte ihren No-name-Fernseher so eingestellt, daß man die öffentlich-rechtlichen Sender gar nicht mehr empfing. Sie sah ja aus Prinzip nur noch diesen Mist. Oliver Geissen zog irgendwelche letzten Proleten bis aufs Hemd aus, es war unerträglich. Mit versteckter Kamera wurde gefilmt, wie sich eine von RTL bezahlte superschöne Schauspielerin an die arme, übergewichtige Wurst ranmachte, ihn verführte, und dieses Dokument wurde wiederum der armen übergewichtigen Proletenfrau vor laufenden Kameras live vorgeführt, während ihr vertrottelter Mann versteinert neben ihr saß und der Moderator ein verlogen-verschmitztes, »betroffenes« Gesicht machte. Die fette Frau heulte hemmungslos, Elena krähte vor Vergnügen. So waren sie aber immer schon gewesen, die Vergnügungen der Plebs. Auch im alten Rom konnte es nicht brutal genug zugehen. Das Volk ergötzte sich sogar am Zerfetzen und Abschlachten von Menschenkörpern. Waren die römischen Unterschichten deswegen niveauloser als unsere? Wohl kaum. War Oliver Geissen ein edlerer Mensch, weil er »nur« seelisch tötete, weil seine nie versiegende Schadenfreude »nur« inneren Verletzungen galt? Nein, er war wie der Diktator, der den Daumen nach unten senkte. Das mußte man sich immer wieder sagen. Wir durften uns nicht für etwas Besseres halten. Geissen drosch weiter auf die Krüppel ein. Jede Nacht machte er das, sieben Tage die Woche, Jahr für Jahr, ungestraft. Keine Frage: Dieser Mann war die Niedertracht in Person. Benedikt XVI. hätte seine nächste Reise eigentlich nur zum RTL-Sender machen müssen und Geissen dort exorzieren. Dann wäre das Böse besiegt gewesen, und das Himmelreich auf Erden hätte starten können. Ohne weitere Gebete, ohne weiteres Reisen; der Job wäre getan gewesen. Aber auf diese Idee kam keiner, denn niemand außerhalb der Unterschicht sah diese Sendung.

»Oliver Geissen hat sich gerade von seiner Ulrike getrennt«, murmelte Elena.

»Seine Ulrike? Wer soll denn das sein?«

»Seine Frau. Oder sie hat sich von IHM getrennt, dem Armen.«

Elena wußte so etwas aus der neuen »InTouch« oder »InStyle« oder anderen neuen Mode- und Klatschblättern, die sie las und die auch ihre Freundinnen lasen, ich glaube, sogar ihre schwulen Freunde. So war die Zeit.

Im Fernsehen wurde jetzt ein Mann interviewt, der eine so dicke Frau hatte, daß er beim Sex lebensgefährlich erdrückt wurde. Er und seine ebenfalls anwesende – wohl per Lastkran ins Studio geschleppte – Frau sollten dem Publikum erklären, durch welchen akrobatischen Trick sie dennoch zu einer erfüllten Sexualität gelangten. Elena hatte inzwischen den Laptop aufgeklappt und tippte lautlos irgendwas. Das heißt, sie chattete. Ich wollte nie wissen, mit wem, aber ich bekam es meistens dennoch mit, einfach, weil sie mich bei besonders lustigen Stellen zwang, hinzugucken. Diesmal war es ein junger, entsetzlich schlechter »Schriftsteller«, der sie fortwährend beleidigte und sie ihn. Natürlich hatte er Hunderte von obszönen Fotos von sich ins Netz gestellt, und die mußte ich mir alle angucken. Elena hatte sich schon mit ihm getroffen.

»Du, da war er gar nicht so blöd, und wir haben uns richtig nett unterhalten, und jetzt schreibt er wieder diesen Scheiß: ›wanna come round fuck me‹. Was soll das bloß heißen? Verstehst du das? Wollen wir uns den Burschen nicht mal vorknöpfen?«

Stöhn. Wieder so ein Idiot. Jetzt sollte ich, als der berühmte Schriftsteller, den Kerl an Land ziehen. Eindruck auf ihn machen. Aber er würde danach erst recht vom Ficken reden. Die Männer, junge wie alte, mißverstanden grundsätzlich Elenas Selbstpräsentation. Sie lief herum wie ein monströs riesengroßes Lutschbonbon, eingewickelt in goldenes Bonbonpapier, immer angemalt, glänzend, duftend, mit Riesenbrüsten und großen Augen: eine Rauschgoldengelpuppe in hundertfacher

Vergrößerung, dazu naiv, lustig, süß: Jeder Depp wollte sofort zugreifen. Und bekam mächtig was auf die Finger. Ich kann gar nicht sagen, wie oft ich dieses Reiz-Reaktions-Schema schon miterlebt hatte und wie sehr es mich anödete. Schon nach dem dritten Mal ödete es mich an, und nun hatte ich es schon dreihundertmal erlebt. Elena selbst begriff einfach nicht, was passierte.

»Nein, ich will Alexander Hämpel nicht kennenlernen. Er vertritt nicht meine Literaturauffassung.«

Ich mochte nur realistische Sätze, etwa: »Sie hieß Anna und übte nachmittags auf dem Cello.« Aber der Typ schrieb immer nichtssagendes, abstraktes Zeug: »Meine Wut steigt in höhere Sphären, oder ist es Haß, ist es verwandelte Liebe, ich weiß es nicht und weiß es doch.« Dazu nahm er viel Kokain, damit es alles an Fahrt gewann. Es polterte und klapperte nur immer ärger. Ein Nulltalent, schrecklich. Aber Elena war schon bei den nächsten Kandidaten. Sie hatte ihren MySpace-Account geöffnet. Dort tummelten sich an die fünfzig weitere Liebhaber in spe weltweit. Erst wurde ein paar Tage gechattet, dann via Glotzauge und Skype nächtelang telefoniert UND gleichzeitig gechattet, dann per Mastercard ein Flug gekauft – und der Sex konnte starten. Auch diese Chatinhalte waren bereits überlastet vom Sexthema. Diese jungen Leute redeten anscheinend vor allem darüber. Ich fragte mich, ob das besonders authentisch war, somit ehrlich, und ob dadurch der Spaß entstand, und wenn ja, warum es mich immer noch, nach 19 Monaten, so abstieß. Ja, seit 19 Monaten schon lebte ich mit Elena zusammen und wurde Zeuge ihrer Aktivitäten – und die ihrer Freundinnen. Zu deren Ehrenrettung muß man sagen, daß einige der jungen Frauen auch anders auf mich wirkten, zum Beispiel die vom legendären »Girl's Club«.

Der »Girl's Club« tagte jeden Donnerstag nachmittag. Manchmal holte ich Elena ab. Ich klingelte, passierte zwei Sicherheitsschleusen und fuhr mit dem Lift in den fünften Stock. Das

Penthouse erstreckte sich über drei Etagen, war von raffinierter Gestaltung und wirkte in der Lounge wie ein Kirchenschiff des 21. Jahrhunderts. Alles war neu. Ein Kamin brannte, Kerzen, leise Jazzmusik eines Live-Mitschnitts von 1954 strömte durchs Gemäuer. Die Gastgeberin schenkte mir gekonnt ein Glas Sekt ein, wobei sie in der linken Hand die Flasche, in der rechten sehr lässig Glas und Zigarette hielt. Kein Grund, von Sensation zu sprechen, aber diese ehrwürdige Bourgeoise war erst 19 Jahre alt und zierte Werbefotos für Yogurette und kinder Schokolade.

Alle Frauen in Elenas Girl's Club sahen so sensationell gut aus wie die Gastgeberin, bis auf Elena selbst natürlich. Wie Models, dabei aber leger, ohne Künstlichkeit, ohne Modemacher im Hintergrund, einfach selbstbewußt, gutgelaunt. Und diese Wohnstube, dieses Kirchenschiff aus wohliger Wärme, digital prasselndem Feuer, Louis Armstrong, Walnüssen, erlesenen Düften und alles sprengender Megagemütlichkeit hätte kein Mann hingekriegt. Hier saß die herrschende Klasse von morgen. Die kommende Macht. Ob das jemand so nannte, ob das überhaupt jemand wahrnahm, die Medien zum Beispiel, war egal. Es brauchte auch kein neues Wort dafür. Draußen in den schäbigen Kneipen warteten die Kurzzeitlebenspartner darauf, daß sie zurückkommen durften. Aber sie durften nicht.

Womit bezahlten die Mädchen das alles nur? Waren die meisten nicht in der Ausbildung? Ein Mädchen errechnete mit einem Kalkulator die Studiengebühren verschiedener Hochschulen. Eine andere, Dani, erzählte über ihre Prüfung für die Studienstiftung. Sie wollte zusätzlich mit 680 Euro im Monat für ihre Doktorarbeit unterstützt werden. Das Thema dafür war ihr Bachelorthema, das sie ausbauen wollte. Julia, eine andere Blonde, war im Nebenjob Soap-Star. In der ARD-Vormittagsserie »Alisa« spielte sie eine der drei weiblichen Hauptrollen. Man konnte sie jeden Morgen sehen. Elena hatte es sich noch nie angeguckt, obwohl Julia mit ihr in Köln aufgewachsen war. Ihre beste Freundin. Und Soap-Star konnte in Elenas Wertesystem eigentlich nichts Schlechtes sein. Nicht schlechter als der Schweine-Talk-Show-Moderator. Aber eben auch nicht besser als die anderen Möglichkeiten, die die deutsche Hauptstadt gutaussehenden jungen Frauen mit der richtigen Einstellung offenbar zumindest vorübergehend bot. Die tollen Wohnungen waren jedenfalls immer gerade erst bezogen. Ich hatte den Eindruck – ich kannte auch die Wohnungen der anderen Girls vom Club schon –, die wohnten da gar nicht, sondern inszenierten nur eine gewisse Zeit, zum Beispiel den Sommer 2008.

Dani sah so dermaßen gut aus, daß es schon weh tat. Vor allem, wenn man sie in so authentischer Stimmung und Haltung sah. Ich mußte mich immer wieder zwingen, woanders hinzugukken, aber es fiel trotzdem auf. Ich konnte dem munteren Geplauder kaum folgen.

»Ach, Saskia hatte ja Geburtstag …«

»Ist sie denn noch mit dem Mossad-Mann zusammen?«

»Wieso weiß eigentlich jeder, daß er beim Mossad ist? Geheimdienste sollen doch geheim sein …«

»Er ist nur im Personenschutz oder so, glaube ich.«

»Die Leggins passen nicht, ich weiß nicht, wieso.«

»Das ist ein Cidre, der ist schon vier Tage alt, ich weiß nicht, ob der noch schmeckt …«

»Fühlst du dich eigentlich gefüllt, also satt?«

Die Frage ging an ein Mädchen, das im sechsten Monat schwanger war. Sie war mir noch gar nicht aufgefallen, weil ich von Danis künstlicher Schönheit schier geblendet war. Ich überlegte, daß ihr Freund sie in dieser Form Tag und Nacht ansehen und genießen konnte, 365 Tage und Nächte im Jahr. Das waren bei einer wahrscheinlichen Beziehungsdauer von 1,7 Jahren 597 Tage und Nächte! Zehnmal die Ewigkeit und mehr … aber ich irrte mich. Der Freund guckte meistens in die Röhre. Die letzten vier Monate hatte Dani in New York gelebt, natürlich ohne ihn.

Überall standen Blumen, mannshohe Zimmerpflanzen und klassische Schallplatten, nur die besten, edelsten: von Hendrix das beste Album, von Zappa, von Dylan. Sehr geschmäckle-risch. Es fehlte nur noch eine wandfüllende Arbeit von Jasper Johns oder einem anderen US-amerikanischen Abstrakten der frühen 50er Jahre, um genau zu sein. Ich sah auf Danis schö-nen musikalischen Hinterkopf, die glatten perfekten blonden Surf-in-California-Haare, und auf ihre Haut. Sie hatte nur ein Unterhemd an, ihre Beine steckten in schwarzen Markenjeans und weißen Tennissocken. Arme und Hände waren ständig in Bewegung, oft in die Luft geräkelt, als sei sie in einem Foto-shooting. Wahrscheinlich hatte sie so viele Shootings hinter sich, daß sie gar nicht mehr anders konnte. Dagegen sah Ele-na wie die Mutter der Waschkolonne aus. Sie hatte – und das war die ganz große Ausnahme bei ihr – kein überdimensionales Geschenkbonbon aus sich gemacht. Hier waren keine Männer, also kam sie »ganz privat«. Sie saß quasi mit Lockenwicklern im Haar am Couchtisch und knackte laut vernehmlich Nüsse. Manchmal lachte sie kehlig, aber meistens erzählte Dani. Die hatte auch so eine vornehme Höhere-Töchter-Aussprache. Alle Mädchen schienen zunehmend fasziniert von dieser Dani. Oder meine galoppierende Besessenheit ihr gegenüber wirkte ansteckend. Elena verfiel, wenn sie denn sprach, noch stärker als sonst in den sogenannten restringierten Code, also in den Unterschichtsjargon. Sie sprach viel zu schnell, nahm Hände und Mimik zu Hilfe und verwandte dauernd wörtliche Rede, um etwas auszudrücken.

»Hat meine Schwester nen Schrank gekauft, so voll den Schrank, so von IKEA und so, so voll gekauft das Teil, sagt sie: ›Hey, Wahnsinn der Schrank‹ und so, sag ich: ›Kannst doch nich son Teil kaufen‹ und so, sagt sie: ›Halt die Fresse, mir platzt schon der Kopf von der ganzen action!‹, sag ich …«

So DERMASSEN behindert kannte ich sie sonst nur nach der achten line Koks. Und Hannah, einer anderen blonden Super-frau, ging es ähnlich. Auch sie, obwohl mit einer umwerfend komischen und beeindruckenden Cowboy-Reibeisenstimme gesegnet, wurde unsicher, als Dani von den Harvard-Projekten erzählte, die sie demnächst mit Michelle Obama und ähnlichen Alphafrauen in Angriff nehmen würde. Vielleicht hatte ich als Mann die sonst selbstverständliche weibliche Solidarität außer Kraft gesetzt. Oder aber ich verstand das alles falsch. Die Frauen kannten womöglich überhaupt keine Standesunterschiede mehr. Jede konnte reden, wie ihr der Schnabel gewachsen war. Vielleicht galt Dani einigen sogar (auch) als bemitleidenswertes Oldschool-Modell, das sie aber gern nachrüsten und tieferlegen wollten. Irgendwann stand die schöne Gastgeberin auf, ging zum Panoramafenster, sah nach unten, auf den Biergarten einer häßlichen Schultheiss-Kneipe:

»Da! Sie sind noch unten.«

Sie meinte die Männer. Sie waren ja ausgesperrt. Ich fragte nun Elena, ob sie nicht fahren wolle, schließlich war ich nur zum Abholen gekommen. Sie schüttelte den Kopf, und ich sagte, dann würde ich mich mal um die Jungs unten im Biergarten kümmern, die bereits stumpf und vertiert auf einen grünlichen Fernsehschirm starrten und die muskulösen Arme neben den Gartenstühlen baumeln hatten, die halbleere Flasche in der rechten Hand. Das wollte die Plaschg auch nicht, und so kam sie doch mit. Das war gut, denn nun mußte ich das Spiel nicht mit unbekannten Mitbürgern sehen, sondern konnte zu meinem Stammplatz wechseln, in die Kollwitzstraße 44, wo Jens Tuborg und Luna schon auf mich warteten, Jens sicher mit gut vorbereiteten berufsbezogenen Fragen (»Wer ist eigentlich dein Buddy bei der ZEIT?«), dazu der euphorische Ossi. Jens Tuborg und Luna kannten Elena Plaschg schon und hatten nichts gegen sie. Luna hatte Elena sogar einmal aus freien Stücken und ohne Jens' Wissen besucht, um mit ihr über »Prostitution« zu sprechen. Sie, die behütete Professorentochter, fand das Thema wohl interessant. Sie war übrigens nicht irgendeine Professorentochter: Ihr Vater lehrte und forschte in Italien über alt- und mittelhochdeutsche Literatur und Lyrik an der Universität Triest und galt als weltweit konkurrenzlose Koryphäe auf diesem Gebiet. Er lebte mit seinen 340 000 Büchern und ließ nur seine attraktive Tochter an sich heran, manchmal. Natürlich war ich schon neugierig geworden und hatte ihm geschrieben. Er hatte sofort geantwortet und mich nach Triest in sein Haus eingeladen, mit Luna. Leider besaß ich das Geld für die Reise nicht.

Lunas Augen waren rot, sie sah verheult aus, oder aber sie hatte schon befremdlich viel getrunken. Sicher war beides falsch, und der bei einigen jungen Leuten nicht ausrottbare Joint war nur im Spiel. Später sah ich es, oder ihn, den Joint, eine häßliche lange, magere, durchsichtige Zigarette, an der Jens Tuborg vorher umsichtig gebastelt hatte, und ich erinnerte mich, daß Jens das auch bei früheren Treffen immer gemacht hatte, ohne daß ich darauf geachtet hätte. Ich wollte das gar nicht sehen. Diese peinliche Angewohnheit, in seinem Alter – Schwamm drüber. Er tat es bestimmt für Luna. Wahrscheinlich dachte er, so ein junger Mensch wie sie dürfe doch nicht um die üblichen harmlosen Drogenerfahrungen gebracht werden. Mit 19 oder 21 kiffe ohnehin jeder, da sei es besser, wenn er, der über 30jährige, die Sache in der Hand behalte. Zudem mochte ihm die körperliche Enthemmung der Tochter aus gutem Hause gefallen haben. Es sah lustig aus, wie sie ihre langen Glieder in Zeitlupe koordinierte.

Auch Jens selbst war enthemmt, auf seine Weise, denn er schlug mir vor, sein neues Buch zu lektorieren, also vorzulektorieren, bevor Suhrkamp es zu lesen bekam. Ich hätte es sogar gemacht, wenn ich dafür wenigstens fünf Prozent seines Honorars bekommen hätte. Was hätte ich für 500 Euro alles machen können! Hundert Tage hätte ich damit finanzieren können! Als erstes hätte ich drei glasierte Pfannkuchen mit Kirschfüllung zum EM-Aktionspreis von 99 Cent bei »Kamps« gegenüber kaufen können! Sofort rechnete ich weiter, vom maßlosen Appetit und Hunger getrieben. Hundert Tage lang, vom 12. Juni bis zum Herbstanfang am 21. September konnte ich täglich 15 glasierte ofenfrische Pfannkuchen mit Kirschfüllung, wahlweise Marmeladen- oder Pflaumenmusfüllung bei »Kamps« kaufen UND ESSEN … doch ich würde keinen einzigen Euro für diesen absurden Freundschaftsdienst erwarten dürfen. Nur Luna würde sich vielleicht einmal beim Redigieren auf meinen Schoß setzen. Aber nun sagte Jens, sein Agent habe gerade angedeutet, das Buch erscheine vielleicht gar nicht bei Suhrkamp, sondern bei Ullstein, und das bedeute ein noch mal viel höheres Honorar.

»Du hast schon einen Agenten?« fragte ich beeindruckt.

»Ja, Thomas Hölzl, den habe ich doch von dir!«

Von mir? Stimmt, Hölzl war mein Agent, aber woher wußte er das?

»Du weißt, daß Thomas Hölzl mein Agent ist?«

»Ja, du hast es mir doch gesagt, und da habe ich ihn gleich angesprochen.«

Ich erinnerte mich wieder. Er machte gleich weiter:

»Er weiß schon, daß du mir ein bißchen helfen könntest. Übrigens, du hast doch Kontakte zu Ulf Poschardt, oder? Kannst du da nicht mal was für mich tun? Oder sind die Kontakte jetzt nicht mehr so gut seit … (er lachte schäbig) … seit Matusseks Interview in der Vanity Fair? Ist Poschardt eigentlich deswegen rausgeflogen? Du weißt das doch bestimmt.«

Wo anfangen mit dem Aderlaß? Beim SPIEGEL und Matussek, bei der aktuellen Misere der untergehenden Vanity Fair oder gleich die Geschichte mit der Talk-Show erzählen, in der Poschardt von einer Schlampe tätlich angegriffen wurde … wieviel lieber hätte ich einfach nur das Spiel Deutschland gegen Kroatien gesehen! Aber was sollte ich machen, schon wieder unhöflich werden? Ich war alt, er war jung, ich war hinter seinem kleinen Mädchen her, er sah mich kalt mit seinen Kifferaugen an, und ich mußte mein Herrschaftswissen rausrücken, verpackt in erzählbaren, standardisierten Anekdoten, wie eben die von Lady Bitch Ray – großes Vorbild von Elena Plaschg natürlich – und dem Angriff auf Ulf Poschardt in jener österreichischen Talk-Show, in der ich zufällig auch Gast gewesen war. Ich palaverte also launig, wie die Rapperin körpereigene Säfte auf den Hugo-Boss-Anzug von Ulf schleuderte und wie dessen Chef noch während der Sendung zum Hörer griff und … und in diesem Moment fiel ein Tor, und ich durfte endlich das Spiel sehen, weil jetzt alle das Spiel sahen: Irgendein Racezic, Zacketic, Braceticz hatte gegen Deutschland getroffen. Die kleine Runde, vor allem die Frauen, schrie ach und oh, das Entsetzen war erstaunlich groß, als sei wirklich etwas Schlimmes passiert, nur Jens Tuborg behielt mich eisern im Blick. Na gut, dachte ich, spiele ich eben den närrischen Fußballfan:

»So eine Scheiße, Jens, hast du das gesehen! Dieser Scheiß-Jurkewicz, und dann noch Abseits!«

»Es war kein Abseits, Radenkovic hat das passive Abseits doch aufgehoben.«

»So, so.«

»Wenn ich das Baby bei Ullstein auf die Welt bringe, springt für dich auch was raus, wenn du Lust hast. Ich weiß, du hast so was nicht nötig, aber ich könnte dir was überweisen, nur so als Motivationsspritze. Ist ja am Ende doch auch Arbeit.«

»Nein, bloß nicht überweisen!« rutschte es mir raus. Das Geld wäre verloren, schoß es mir durch den Kopf, das Konto war gepfändet. Aber das wollte ich ihm nicht sagen. Ich sagte statt dessen, was jeder an meiner Stelle gesagt hätte:

»Überweisen ist doch blöd, Jens, wir sind doch Freunde, da überweist man sich nichts.«

»Stimmt, Jolo. Geld hat in einer Freundschaft nichts zu suchen.«

Er umarmte mich kurz. Ich dachte unwillkürlich an eine Szene in »Taxi Driver«, in der Harvey Keitel Jodie Foster umarmt. Die war ja auch immer so zugedröhnt wie Luna.

Ich mußte die Profianekdote zu Ende erzählen. Poschardt wurde gefeuert, Lady Bitch Ray stieg auf zu Harald Schmidt, ruinierte auch diesen, was der aber wollte, riß den ahnungslosen Pocher mit nach unten, und mit Matussek hatte es noch am Rande zu tun, weil dessen Interview in Vanity Fair unterirdisch schlecht gewesen war – ein Kündigungsgrund für sich, meiner Ansicht nach. Aber richtig zu leiden hatte nur ich, weil ich mit

Lady Bitch Ray zusammenleben mußte, also mit einer Zwillingsausgabe.

»Hast du eigentlich Kontakt zu Harald Schmidt?« fragte Jens in bekannter »Tatort«-Manier.

Der Ball klatschte an den Pfosten des deutschen Tores, Jens Lehmann flog wie ein kranker Wellensittich in die falsche Richtung, der Ball kullerte parallel zur Torlinie auf Zacketic zu, dem gefährlichen Reservespieler von Dynamo Split. Fast fiel das null zu zwei gegen unser Land. Ich zischte zu Jens:

»Jetzt müssen wir aber wirklich zugucken!«

Er sah es ein. Das zweite Tor fiel dann auch wirklich, das Spiel wurde verloren, und auch das Wetter schlug um. Alle wollten auf einmal etwas ganz anderes erleben. In zwei Autos fuhr man an die Spree. Dort wurde in einem städtischen Kulturzentrum namens »Radialsystem« eine EM-Party gefeiert, viel größer, mit Hunderten von Leuten. Andere Gesichter, anderes Spiel – Österreich gegen Polen – und andere Getränke, Freigetränke. Ich trank mehrere Wodka-Orange, bis der Hunger davon wegging.

Am nächsten Tag fuhr ich in den Bundestag, ebenfalls als Aktion gegen den Hunger. Ich hatte mich mit Melanie Butenschön in der Bundestagskantine zum Interview verabredet, und ich wußte, daß man dort nur mit MdB-Chips zahlen konnte, also nur die junge Abgeordnete für uns beide. Ich konnte ja mit tiefer Stimme sagen, ich würde mich einmal mit einem Drink in einem Club ihrer Wahl revanchieren, und sie würde das als schlecht getarnte Anmache mißverstehen und ablehnen.

Leider trafen wir uns nicht sofort in der Kantine, sondern in einem Sitzungssaal des Reichstages. Frau Butenschön, stellvertretende sozialpolitische Sprecherin der Linkspartei, wollte mir ein bißchen von ihrer Arbeit zeigen. Es gab gerade eine Anhörung über die Verfassungswidrigkeit der sogenannten Hartz-IV-Gesetze, und Melanie Butenschön meinte, das würde mich interessieren. Für spätere Generationen muß man das erklären, dieses unattraktive Wort. »Hartz IV« war auch ein FROG, ein Freund also des großen deutschen Bundeskanzlers Gerhard Schröder, gewesen. Er organisierte Lustreisen von Gewerkschaftsführen in die besten Bordelle der Welt. Also dieser Hartz IV, nicht der Kanzler, der Bordelle nicht nötig hatte. Ich glaube, auch Hartz IV ging nicht mit zu den Nutten, er hatte es ebenfalls nicht nötig. Das war wirklich etwas für die dicken, schwitzenden, völlig überforderten sozialen Aufsteiger aus der Arbeiterschaft, die plötzlich auf Augenhöhe mit den Bossen verkehren sollten und mit heimlichen sechsstelligen Sonderboni beschenkt wurden. Die wollten nur noch rein in den Puff und alles vergessen. Ich verstand das gut. Dieser Hartz IV, also er hieß natürlich anders, hatte auch einen Vornamen, den ich aber nicht mehr weiß, weil er in die Geschichte eben mit dem Kürzel Hartz IV einging (laut Wikipedia lautete der korrekte Name schon in der vierten Generation Günter Eberhard Hartz, also G. E. Hartz IV., abgekürzt Hartz IV), war dann noch gleichzeitig als Undercoverarbeitsminister bei Schröder für die Abschaffung der Arbeitslosenhilfe verantwortlich. Also eigentlich war das seine Hauptaufgabe. Die Sache mit den Bordellen und bezahlten Nutten in Sekretärsrängen – eine brasilianische Prostituierte erhielt als Chefsekretärin bei VW aufgrund ihrer Sonderausbildung zur Topdomina in einem Spezialbordell in Hongkong eine Vergütung von 600 000 Euro jährlich – diente ja nur einem höheren Zweck: Die Gewerkschaftsbosse mußten so lange von den Damen verwöhnt werden, bis sie der Abschaffung der Arbeitslosenhilfe und vieler anderer Sozialleistungen zustimmten. So machte das alles dann doch noch Sinn, und Hartz IV lebt heute unter uns als ehrenwerter Bürger, der sich um die Wirtschaft verdient gemacht hat. So weit, so gut. Was aber wollte nun Melanie Butenschön von dem Mann? War die Sache nicht längst abgehakt? Die Akten geschlossen, die Proteste verstummt? Was sollte die öffentliche Anhörung zum »Thema Hartz IV« heute?

Ich war zeitig am Reichstag, zückte meinen Bundestagsausweis, den mir die Frankfurter Allgemeine Sonntagszeitung einst besorgt hatte. Er galt immer noch, obwohl er seit Jahren abgelaufen war. Jedes Jahr wischte ich mit einem Plastikspezialreiniger die Jahreszahl weg und malte mit dem vorgesehenen Filzstift die aktuelle drauf. Man kannte mich ja auch schon und grüßte ehrfürchtig. In den Augen der für ihre Aufgabe gar nicht ausgebildeten Portiersfrauen im Oma-Alter war ich Dr. Lohmer, MdB, stellvertretender Sprecher des haushaltspolitischen Ausschusses der FDP-Fraktion. Das konnte ich auf Nachfrage ganz gut runterrasseln. Wenn ein Profi dazwischenkam, konnte ich immer noch mit dem genuschelten Zusatz »Medienexperte zum Thema …« alles aufs Journalistische herunterbiegen. Ich war nämlich gern im Bundestag, aus biographischen Gründen. Schon mein Vater hatte dort gesessen, noch in Bonn.

Ich bewegte mich zum Saal A 200, etwas schwerfällig, denn ich hatte meine Aktentasche unter den rechten Arm geklemmt, und die war nicht leicht. In ihr befanden sich sperrige Gegenstände, die schwere Thermoskanne, das Transistorradio mit der Batterie, mein Reisewecker, meine Schreibunterlagen. Der linke Arm steckte wie unbeweglich im Trenchcoat. Eine Portiersfrau fragte mich, ob sie mir etwas abnehmen könne, aber ich verwahrte mich entschieden dagegen. Dann deponierte ich die Tasche unter dem Tisch von »Dr. O. Lafontaine« und suchte den Tisch mit dem Kärtchen »M. Butenschön«. Dort setzte ich mich hin.

Der Saal füllte sich mit unterschiedlichen Leuten, Professoren, Fachleuten, Betroffenen, Politikern, Journalisten. Melanie Butenschön kam sehr rechtzeitig, sehr ruhig, ganz ohne die politikerübliche Hast, und sie war die einzige Person, die sich erst mal ansah, wer da war, wen sie kannte und wen nicht. Sie machte das sehr unauffällig, und nur ich sah es. Sie wirkte wie jemand, der direkt aus einer dreiwöchigen Wellness-Yoga-Kur kam, so ausbalanciert und ruhig und konzentriert. Ihre Bewegungen waren minimalistisch und gleitend, eine Art Anti-Stoiber-Choreographie, und sie schien ganz bei sich und in Gedanken zu sein. Schon mit 24 war sie Fraktionssprecherin geworden, ohne

Gegenkandidaten. Gegen sie wollte niemand antreten, aber jeder wollte neben ihr sitzen. Das erkannte man schnell, wenn man die Kurzberichte im Fernsehen sah, über die PDS, über die Linke. Immer war sie eingerahmt von Gysi, Bisky und Lafontaine, und alle drei wirkten dann so glücklich.

Sie trug ein 20er-Jahre-Kleid, blau, kaum sichtbar golddurchwirkt, und darunter eine schwarze Hose und schwarze Bluse, wobei man nur auf das Kleid achtete, ganz seltsam. So wirkte sie sehr fraulich angezogen und zeigte doch keine Haut. Sie strömte keinen Sex-Appeal aus und faszinierte dennoch alle Anwesenden. Sie kam auf mich zu, wie eine Schlafwandlerin, gab mir die Hand und sagte dabei:

»Ich bin Melanie Butenschön. Ich möchte nur denen, die da sind, guten Tag sagen.«

»Lohmer, FAS!« rief ich und riß beim Hochschnellen den Stuhl fast um. Sie haben keine hochwertigen Möbel im Bundestag.

»Ah«, sagte sie und drehte sich wieder weg.

Dieses »Ah« bedeutete vielleicht, daß sie wußte, wer ich war, also der, mit dem sie verabredet war, und daß sie wußte, wer oder was die FAS war. Nämlich die beste Zeitung der Welt. Das wußten nicht viele, aber es war so. Ich wußte es, weil ich von Zeitungen viel verstand, und es war sogar das einzige, von dem ich etwas verstand. Eigentlich verstand ich sogar alles an Zeitungen. Bestimmt gab es keinen zweiten, der von Zeitungen so viel verstand wie ich. Aber das nützte mir nichts, mein Wissen war bereits dekadent, eben das Wissen der dritten Generation, wie bei Christian Kracht. Jedenfalls konnte ich mühelos jedem Fremden binnen einer einzigen Sekunde das Gefühl geben, er spräche jetzt mit Rudolf Augstein. Das konnte ich sogar gegenüber Frauen, in die ich verliebt war. Oder gegenüber Frauen, die so schön waren wie Angelina Jolie. Aber ob ich es auch gegenüber Melanie Butenschön konnte, dem absoluten Darling des Parlaments? Dem Engel der Entrechteten, Gefallenen, Gedemütigten? Der Schönheit in den 20er-Jahre-Kleidern, der 20er-Jahre-Frisur, dem 20er-Jahre-Bewußtsein?

Frau Butenschön eröffnete die Anhörung, hielt unaufgeregt und gänzlich unpolemisch eine halbstündige Zusammenfassung der Lage seit den Bordellbesuchen, dem Wegfall der Arbeitslosenhilfe, den Einschnitten ins soziale Netz, der Streichung der Mittel für Kranke, Traurige, Todgeweihte, verlassene Frauen, behinderte Kinder, geschlagene Tiere, Lerngestörte, Diabetiker und verzweifelte Trabantfahrer, denen man das Auto zwangsverschrotten wollte. Obwohl die Bordellbesuche der Gewerkschaftsführer nachgelassen hatten, waren weitere Maßnahmen gegen die Armen durchgeführt worden. Erst seit den Erfolgen der Linkspartei habe sich die Lage gedreht. Hartz IV persönlich habe sich bereits bei Maischberger darüber beklagt, daß neuerdings Arbeitsplätze im Bordellgewerbe gefährdet seien, weil sich die Arbeitnehmervertreter immer skrupelloser der Korruption verweigerten und auf die Schalmeienklänge der Linkspartei hörten. Etwas in der Art. Das Wohnungsgeld werde nun erhöht, auch die Rente und die Einkommen älterer Arbeitsloser und so weiter. Aber immer noch gebe es auf der untersten Ebene eine tausendfache Schikane. Kinder dürften nicht bei den Klassenfahrten mitfahren, Rollstuhlfahrern würde der Rollstuhl weggenommen, Scheidungskinder müßten ihren Eltern zwangsweise ihr Pausenbrot abtreten sowie die Schulspeisung, bei der zudem das Salz und die Serviette gestrichen worden sei. Also immer so in der Art ungefähr, im einzelnen konnte ich mir die vielen Fälle nicht merken, obwohl ich eifrig mitschrieb. Im Oktober solle das Kindergeld erhöht werden, schrieb ich zum Beispiel auf, das habe der Bundestag bereits beschlossen. Aber meistens wurden die Sachverhalte in einer Fachsprache vorgetragen, die ich weder verstand noch schnell genug mitschreiben konnte. Solange Melanie Butenschön in ihrer vernünftigen, ruhigen Jogi-Löw-Art die Dinge ausbreitete, ging es noch. Aber als dann die Experten die Anhörung dominierten, hörte man nur noch Fachchinesisch. Beispielsweise sei das Hartz-IV-Gesetz verfassungswidrig, da die in Mithaftung lebenden Personen der Bedarfsgemeinschaft zu einer Art Arbeitsdienst gezwungen würden, vor allem die in eheähnlichen Gemeinschaften, bei denen die unter 25jährigen Stiefkinder nicht mehr ausziehen dürften.

Wie bitte? Warum lebten die denn auch in so scheußlichen »eheähnlichen Gemeinschaften«, warum heirateten die nicht ordentlich? Liebten die sich nicht? Dann sollten sie auch nicht rumficken und die Stiefkinder da mit hineinziehen. Aber wieso waren die schon 25 und durften nicht ausziehen? Ach so, wenn sie auszogen, kriegten die Alten kein Geld mehr für sie. Hm. Ich fand aber, die Stiefkinder sollten sowieso besser bei ihren richtigen Eltern wohnen und eines Tages auch ausziehen, spätestens mit 35, selbst wenn dann weder die richtigen noch die falschen Eltern weiter Kindergeld bekamen, selbst wenn es im Oktober fett erhöht wurde. Aber vielleicht verstand ich auch alles falsch. »Stiefelternteils ist die eheähnliche Gemeinschaft voll einstandspflichtig geworden«, beklagte sich kämpferisch ein Richter des Sozialgerichts Berlin, »und das einzig aus der neu installierten Eheschließungsfreiheit nach 12 SBGO II!« Wie gesagt, das meiste war für mich nur Kauderwelsch.

Die Teilnehmer klopften anerkennend mit den Fingerknöcheln auf die Holzimitattische des Bundestags, was leider ein kaum hörbares Blubb-blubb-Geräusch machte, kein aggressives Donnern oder wenigstens Klopfen. Im Rund saßen lauter Kurt-Beck-Typen, vom Phänotypus und der Kleidung her. Anzug und Krawatte waren hier verpönt, nur ich hielt mich noch an den Dresscode der etablierten Parteien, und, in gewisser Weise, Melanie Butenschön mit ihrem raffinierten Kleid. Wo hatte sie das nur her, diesen Stoff? Mein Nachbar Volker Mundt verriet mir, Melanie Butenschön trage jeden Tag ein anderes Kleid und achte sehr darauf: auf eine bürgerliche Erscheinung. Für den SPIEGEL hatte sie sich sogar einmal überreden lassen, ihre eigene Mode auf dem Laufsteg spazierenzuführen, was mich damals irritierte. Ich hielt sie immer und zu Recht für absolut medienresistent und unkorrumpierbar. Sie war die letzte, wirklich die allerletzte, die einer Zeitung eine Homestory gestattete. Da war sie genauso konsequent wie die Kanzlerin. Und dann – Melanie als betörend schlankes Model in eigener Sache, vor fünf Millionen SPIEGEL-Lesern! Warum hatte sie das gemacht? Ich würde sie fragen müssen. Theoretisch konnte ich sie das sofort fragen, sie saß nun neben mir. Aber ich dachte nicht daran. Ich hätte mich furchtbar geschämt, ihr jetzt noch persönliche Fragen zu stellen, nach ihren Ausführungen über das soziale Elend, das Karl-Heinz Hartz über die unteren Bevölkerungsschichten gebracht hatte. Auch die vielen nicht gutaussehenden Männer bedrückten mich. Ich weiß nicht, warum. Die weiblichen gutachterlichen Professoren machten mir dagegen ein gutes Gefühl. Mit viel Herz und Schmackes vertraten sie die Sache derjenigen, die die Spezialschuhe für ihre Kinder mit Übergröße nicht mehr bezahlt bekamen vom Staat. Melanie Butenschön leitete die Anhörung sehr sanft und umsichtig, hörte bei besonders engagierten Volkskämpferinnen wohlmeinend zu, mit müden Augen und einem feinen Lächeln. Ja, sie wirkte überarbeitet, und das war sie auch ganz sicher. Volker Mundt erzählte mir das. Sie bliebe nie länger als eine halbe Stunde, würde darin aber alle wichtigen Fragen stellen, immer genau auf den Punkt, und alles regeln.

Eine Professorin aus Bremen klagte nun wortgewaltig an, daß ein Scheidungskind aus Bayern nicht an den Wochenenden die Fahrt zum Scheidungsvater nach Berlin bezahlt bekomme:

»Soweit ist es gekommen durch Hartz IV! Soweit sind wir jetzt!«

Wieder empörtes Blubb, Blubb, Blubb. Auch ich blubberte auf die künstlichen Billigtische der Volksvertreter, denn ich wollte Melanie Butenschön denken machen, ich sei ebenfalls auf der Seite Robin Hoods. In Wirklichkeit dachte ich, der Scheidungsvater hätte sich gar nicht erst scheiden lassen sollen. Er lebte jetzt in einer anderen »eheähnlichen Bedarfsgemeinschaft« mit neuen umzugsuntersagten Stiefkindern der dritten Generation und bezog aus allen Ecken und Enden des Landes Kindergeld. Na ja, so genau kannte ich den Fall nicht. Aber Scheidung fand ich doof. Und was hätte ich darum gegeben, selbst Kinder zu besitzen, selbst Scheidungskinder! Ich wäre zu ihnen GETRAMPT und hätte mich immer noch darüber gefreut. Meine Neffen und Nichten, die in meinem Leben die Kinder ein bißchen ersetzten, waren mit mir in alle Kontinente gefahren. Mit Nichte Hase war ich einmal mitten in Asien genauso pleite wie sonst in Berlin. Wochenlang hatten wir uns in China ohne Geld durchgeschlagen, bis Peter Unfried von der taz davon erfuhr und uns Geld schickte. Mit der Einstellung dieser Hartz-Gegner hätte ich bereits die ersten 20 Cent für das Telefonat mit Hase eingeklagt, in dem ich die Reise vorschlug. Und ich wäre bis zum Bundesverfassungsgericht damit gegangen! Und hätte gesiegt! Und hätte den Fall hier vorgetragen! Und alle Aufrechten im Saal hätten auf die Gummitische gepocht, also es versucht! Ein großer Moment wäre es gewesen ...

»Hartz hat in Deutschland, 60 Jahre nach Hitler, den Arbeitsdienst wieder eingeführt«, begann die nächste Gutachterin ihren Vortrag. Ich hatte das gar nicht gewußt, daß es den Arbeitsdienst wieder gab. Leni Riefenstahl muß das gerade noch mitgekriegt haben, kurz vor ihrem Tod 2005. Das wird sie aber gefreut haben. Ihr Film mit den Spatenmännern mit nackten Oberkörpern in gleißender, herrlicher Sonne konnte nun wiederverwendet werden. Und die Führer der deutschen Arbeitsfront konnten ja wieder Gutscheine für ausgewählte Bordelle bekommen. Aber – ich war da natürlich gegen. Ich war GEGEN Hartz, das mußte ich mir endlich klar machen. GEGEN Hartz und FÜR Butenschön! Die war ja auch viel, viel liebenswerter.

Immer, wenn ein Vortrag unverständlich und somit langweilig war, guckte ich ein bißchen nach links und musterte die außergewöhnliche, machtvolle junge Frau. Unsere Demokratie hatte Melanie Butenschön hervorgebracht, und zwar ohne Häßlichkeiten, Kämpfe, Durchstechereien. Jeder hatte sie sofort gemocht, hatte ihre Intelligenz und ihre Menschenliebe gespürt. Andrea Nahles mußte drei SPD-Vorsitzende meucheln und war immer noch umstritten. Melanie wurde ohne eigenes Zutun auf den Thron gesetzt, vorsichtig und zärtlich. Alle nannten sie übrigens nur »Melanie« und duzten sie, während sie alle mit Titel und Nachnamen ansprach und das vertrauensselige Du strikt mied.

Plötzlich rief sie eine Pressekonferenz aus und eine Mittagspause. Das hieß, daß nun alle essen gingen, während sie sich mit mir in einen anderen Raum zurückzog.

Ich war überrascht. Was sollte ich sagen, fragen? Den ganzen Vormittag hatte ich in Gedanken ihre Person behandelt, weniger Hartz und den neuen Arbeitsdienst. Ich hatte nicht damit gerechnet, daß das Interview nun plötzlich starten könnte. Dabei war das exakt die Abmachung gewesen: Interview in der Mittagspause.

Melanie setzte sich gewohnt ruhig genau vor mich hin, jemand schloß die Tür, und wir waren allein. Ich hatte nicht eine Sekunde Zeit, unsicher zu werden. Als ahnte sie meine Lage, gab sie ein zehnminütiges Statement ab, das ich mitschrieb und das sich erstaunlich stark von den Vorträgen in der Anhörung unterschied. Es war eine ganz andere Sprache, eine Pressesprache, auch ein anderer Inhalt, wie mir schien. Nicht mehr Florida-Rolf-Typen, die das Hundefutter für den in Krefeld verbliebenen Bobtail einklagen wollten, kamen zur Sprache, sondern Strategien der Linkspartei, gemeinsame Schnittmengen mit den anderen Parteien, viel Lob für die Familienpolitik Ursula von der Leyens, auch für die Kanzlerin, die Deutschlands Armee partout nicht auf ein Schlachtfeld schickte. Daneben wurde die Verfassungswidrigkeit der Hartz-Gesetze eher angedeutet als behauptet. Ich sagte:

»Wollen Sie mir bei meinem Text helfen?«

»Ich gebe Ihnen meine Handynummer. Bitte rufen Sie mich an.«

Sie nahm eine Visitenkarte aus ihrem Portemonnaie, wobei ihre Finger zitterten. Es fiel mir sofort auf, weil es so gar nicht zu ihr paßte. Sie kriegte die Karten nicht aus dem Ding, fast hätte ich ihr geholfen. Dann schrieb sie mit großen Schulbuchstaben die Ziffern ihres Handys auf die Visitenkarte. Ich nahm sie an mich. Die Karte war schön, Melanies schöner Name war in einem auffälligen Prägedruck darin enthalten. Fast schien es, als hätte das Persönliche doch eine Bedeutung für sie. Aber ich glaubte es immer noch nicht.

»Haben Sie auch eine Karte?« fragte sie nervös.

»Nein«, sagte ich. Sie nickte heftig, als habe sie sich das schon gedacht. Ich stellte nun ein paar Fragen. Ihre Nervosität hatte mir endlich mein journalistisches Selbstbewußtsein zurückgegeben.

»Frau Butenschön, Sie führten vorhin aus, daß 49 Prozent der vielen Tausend Klagen gegen Hartz IV zum Erfolg führen. Hat sich das inzwischen in breitesten Bevölkerungskreisen herumgesprochen? Klagen bald Millionen? Führt das zu einer richtigen BEWEGUNG?«

Sie winkte ab. Nein, die Bewegung habe es eher in der Zeit der Montagsdemonstrationen gegeben.

»Die Linkspartei ist in der aktuellen Sonntagsfrage bei 14 Prozent. Die Medien behaupten, die Linkspartei treibe die etablierten Parteien vor sich her. Werden diese bald die gesamte Hartz-Thematik fallenlassen MÜSSEN, also schon das Wort, dann die Diskurse darüber, einfach, weil es gar nicht anders geht?«

»Nein, es wird nur zu sehr partiellen, symbolischen kleinen Siegen kommen. Mehr ist nicht drin. Wir können die Betroffenen nur ermutigen, ihnen Kraft und Trost geben.«

Ich sah sie an. Ihre Augen waren jetzt nicht müde. Dieser Mensch schien ganz genau zu wissen, was draußen los war, was wirklich passierte, wo die Grenzen lagen. Diese Melanie Butenschön war so desillusioniert wie ein altgedienter Bischof. Die Seele konnte er aufrichten, das war seine Macht, alles andere ging seinen furchtbaren Gang. Das Weltliche war schrecklich, und noch schrecklicher war die Illusion. Sie war nicht mehr jung wie Barack Obama. Auch wenn sie altersmäßig seine Tochter hätte sein können: Sein unerfahrenes »Yes we can« kam ihr nicht über die Lippen, nicht einmal gegenüber einem wohlmeinenden Reporter.

Aber es mußte ja weitergehen.

Ich hatte ihre zehn wichtigsten Forderungen notiert und brachte sie mit viel Emphase in der FAS unter. Die Leute da mochten mich und winkten den Artikel durch, was mehr als ein Gefallen war. Die lupenreine Position der Linkspartei durfte normalerweise nicht in dem feinen Blatt stehen, das aber den Ruf genoß, unkonventionell zu sein. Die verantwortlichen Redakteure hofften, mit einem blauen Auge davonzukommen.

Aber mit etwas Pech durfte ich fortan nicht mehr für diese Zeitung schreiben. Nun ja, das Geld, das ich von ihnen bekam, hatte sowieso immer nur genau für die Miete gereicht. Schon Nahrungsbeschaffung war eine echte Aufgabe für mich geworden, die mir aber seltsamerweise immer mehr Spaß machte. Ich hatte eigentlich seit zwei Jahren jeden Monat weniger Geld für Lebensmittel, hatte es aber durch schiere Kreativität geschafft, keine Einbußen zu erleiden. Noch immer hatte ich jeden Tag zwei Äpfel, eine Tomate, Müsli und etwas Fleisch zur Verfügung. Auch der Kaffee war mir niemals ausgegangen, immerhin das Rohöl für den Schriftsteller. Und wenn ich jetzt die Zeitung als Einnahmequelle verlor, gewann ich vielleicht etwas viel Besseres dazu, nämlich Melanie Butenschön und ihre aufrechten Streiter. Ihre Visitenkarte drehte ich mehrmals am Tag ungläubig in meinen Händen. Ich las mit staunenden Kinderaugen diese schön gedruckten und geprägten Worte. Ich hätte gern gewußt, wie die Schrift hieß, Geramont vielleicht? Ich wollte mich erkundigen. In so einer anständigen Schrift wollte ich auch mein nächstes Buch setzen lassen. Aber die Verheißung ging wohl kaum von der Schrifttype aus, sondern von den Worten: Melanie Butenschön.

Ich hatte dann bald Gelegenheit, sie wiederzusehen, denn in meinem Briefkasten steckte eine Einladung zum Pressefest des »Neuen Deutschland«. Das war die Zeitung der Partei von Melanie Butenschön, und das Pressefest sollte drei Tage lang dauern, weil es das fünfzigste war. Melanies Zeitung bestand also schon mindestens seit 1958, und bestimmt waren auch Kämpfer der ersten Stunde dabei. Das war schon sehr interessant, zumal ich Melanies Schrift wiedererkannte, auf dem Umschlag. Ich wußte, daß sie im Viertel wohnte. Wahrscheinlich hatte sie die Einladung dann Volker Mundt mitgegeben, meinem Nachbarn.

In Berlin atmete eben alles Geschichte. Man mußte nur fragen, wer eigentlich früher in dem Haus gewohnt hatte, in dem man wohnte, und bestimmt war es dann Ernst Thälmann oder so einer. Vielleicht der Vater von Karl Liebknecht. Oder die Frau, für die sich Ferdinand Lassalle duellierte, oder der junge Gregor Gysi, als er Havemann und Bahro das Leben rettete. Das waren die unsichtbaren Zusammenhänge, die dann plötzlich so ein Wesen wie Melanie Butenschön produzierten.

Westler verstehen so was natürlich nicht. Wenn ich »1958« hörte, verstand ich nur Adenauer. Ich meine, was heißt »nur«? Ich dachte natürlich auch an meine 300 Videofilme aus den 50er Jahren, die ich besaß. Eine alte Videothek, die auf DVD umstellte, hatte sie mir überlassen. Alle Farbfilme. Auf DVD hätte sie wohl keiner mehr ausleihen wollen, deshalb gab es sie nur noch auf dem alten, klapprigen Kassettenformat, und das wurde nun abgeschafft. Ich holte mir ein altertümliches Videoabspielgerät und richtete mir in einem fensterlosen Extraraum der Geheimwohnung ein Heimkino ein. Es gab Sessel und sogar einen Gong. Diese Filme zu sehen war mein größtes Glück. Die materielle wie auch die seelische Welt dieser Jahre war so überwältigend schön. Immer wieder spulte ich zurück und sah mir in Slowmotion einen Gegenstand an, der mir besonders gefiel, irgendeine Lampe, einen Vorhang, ein Kleid, ein cremefarbenes DKW Cabriolet 3,6 mit rotem Verdeck, die Augenfarbe und die Lippenstellung von Hertha Feiler, die Grübchen von Marianne Koch. Es gab Milliarden Eindrücke, und alles sah schön aus. Die Deutschen waren noch eine Schicksalsgemeinschaft, man sah es den Menschen und ihren Körpern an, daß sie gemeinsam etwas auf Leben und Tod durchgestanden hatten. Und es gab keinen einzigen Nazi, einfach, weil er nicht typisch gewesen wäre. Der Deutsche ist, im guten wie im schlechten, nicht politisch. Ich bin es schon, und deswegen hat mich diese Indifferenz, ja Apathie gegenüber dem Politischen immer geärgert. Wenn ich früher in der Schule einen Klassenkameraden nach Willy Brandt fragte, schüttelte der garantiert nur den Kopf und sagte, Politik interessiere ihn nicht. Und so war es immer. Auch in der DDR. Und im Kaiserreich. Vor allem in den 50er Jahren. Heute erkenne ich, welche Wohltat das eigentlich gewesen sein muß. Die Leute haben sich ein ganzes Jahrzehnt lang nicht gestritten. Die hatten das nicht nötig, denn: Sie wußten es einfach besser. Die wußten doch, was sie erlebt hatten, mit eigenen Augen gesehen hatten. Sie erkannten sich auch alle wieder. Anständige, rechtschaffene, moralisch einfach gestrickte Leute, die sich keineswegs in mordlüsterne Teufel verwandelt hatten, wie spätere Generationen glaubten. Damals konnte man das den Leuten nicht einreden. Das waren doch die Nachbarn, das war man selbst. Tausend Nächte lang regneten die Brandbomben vom Himmel, mußten die Kinder in den Keller gebracht werden. Und dann – Ruhe! Schluß mit dem Krieg, auch dem Nachkrieg, und vor allem mit der Politik.

Übrigens nannte man neuerdings die Generation, die in den 50er Jahren so glücklich war, die »45er Generation«, in Abgrenzung zur dann folgenden, der »68er Generation«. Ich muß sagen, daß mich jede mediale Erinnerung an 1968 traurig machte, jeder Film aus der Zeit, sogar Spielfilme, sogar Western, vor allem Talk-Runden mit den Beteiligten von damals. Traurig ist das falsche Wort, es machte mich fertig, es wurde mir schlecht davon. Und umgekehrt baute mich nichts so sehr auf wie ein Stündchen in meinem 50er-Jahre-Film-Heimkino. Vor allem jetzt, da mir das Geld immer mehr ausging. Ich hatte ja die sieben Euro nicht mehr, um in ein richtiges Kino zu gehen.

Ehrlich gesagt, war sogar der Heimkinobesuch gefährdet. Denn man hatte mir den Strom abgestellt. Zum Glück wohnte unter meiner Geheimwohnung ein klassischer alter Kiffer, ein sympathischer Freak unbekannten Alters. Bestimmt hatte sich sein Aussehen in den letzten 20 Jahren nicht verändert. Er mochte 38 sein, plus/minus zehn Jahre. Ihn fragte ich, ob ich, da ich einen dringenden Artikel schreiben müsse und die Stromleitung kaputt sei und der Elektriker erst nächste Woche kommen könne, ein kleines Kabel in seine Wohnung schieben dürfe. Er war einverstanden, fragte aber nun andauernd, ob der Elektriker schon dagewesen sei. Schließlich sagte ich, der Elektriker sei nun dagewesen, habe aber gemeint, wir sollten das Kabel sicherheitshalber noch bestehen lassen, das sei besser so. Ich hoffte nun jeden Tag, der nette Freak möge weiter Gnade walten lassen. Mein erster Blick ging morgens immer auf die Standby-Anzeige des Computers. Wenn sie noch leuchtete, dachte ich: noch ein weiterer Tag E-Mails checken, noch ein weiterer Tag teilnehmen an der Welt, super!

Aber auch die E-Mails kosteten Geld, Extragebühren, bei AOL, beim Festnetz, bei »Alice«. Ich war auch hier zum Weltmeister des Sparens geworden. Als die Rechnung der Telekom zu hoch geworden war, war ich zu »Alice« gewechselt, danach hatte ich »Alice« in einen künstlichen Beschwerdekrieg verwickelt, der mir Zeit einbrachte. Doch nun war täglich mit dem endgültigen »Aus der Versorgungseinrichtung« zu rechnen. Auch AOL schuldete ich die letzten Beiträge, und die städtischen Gaswerke forderten 1538,22 Euro von mir, zahlbar in zehn Tagen. Ich konnte also noch zehn Tage kochen, vorausgesetzt, ich besaß dafür die nötigen im Garzustand befindlichen Lebensmittel. Das freilich war ein Problem.

Aber ein zu lösendes! Irgendwie hatte ich eine Möglichkeit gefunden, 11 Euro 70 von einer Zeitung zurückzubekommen, bei der ich ein kostenloses Probe-Abo bestellt und später ordnungsgemäß gekündigt hatte, die mir aber dennoch weiter ihre schönen Zeitungen schickte und schließlich diesen zweistelligen Betrag von meinem damals noch bestehenden Konto abbuchte. Nun hatte ich das viele Geld zurückgekriegt, persönlich, bar auf die Hand, ich hatte mich einfach nicht abwimmeln lassen. Ich wollte die ganze Summe möglichst lange behalten und vor allem immer wieder variierende Pläne erstellen, wofür ich sie verwenden wollte. Das Schrecklichste wäre gewesen, mit Elena Plaschg aus Versehen in die Bar 103 zu geraten und dort unsere Getränke bezahlen zu müssen, also meine heiße Milch mit Honig und ihre drei Weißweinschorlen, die sie nahezu unbemerkt in zwanzig Minuten runtergekippt hätte. Die Rechnung hätte dann exakt 11 Euro 70 betragen.

Ich fragte mich manchmal, was mich eigentlich mit Elena verband. Warum mochte ich sie? Junge Türkenmänner schnalzten ihr hinterher wie einer Katze, wenn sie aufgedonnert und hüftschwingend neben mir herging, und sie drehte sich dann wutschnaubend um und stieß ordinäre Flüche aus – konnte mir das wirklich gefallen? War das nicht der absolute Alptraum für einen verklemmten Bürgerssohn wie mich? Wie konnte ich das überhaupt aushalten, die frauenhassenden Türkenmänner, die pornographische Sprache, die Unfreundlichkeit zwischen den Geschlechtern – ich, der Liebhaber der 50er-Jahre-Seligkeit?

Ich hatte eine Erklärung. Elena Plaschg erinnerte mich an die junge Sophia Loren. An diese Schauspielerin, die bereits mein Vater so verehrte. Sie war seine Lieblingsschauspielerin, und er erzählte mir einmal, Carlo Ponti habe sie Anfang der 50er Jahre als 17jährige aus einem Bordell in Neapel geholt. Geholt oder befreit, ich weiß nicht mehr, welchen Ausdruck er benutzte. Sie spielte dann erst mal neapoletanische Superschlampen, die nach dem Krieg ihren Mann standen, und sie machte das hinreißend. Mit ihrem Mundwerk war sie stärker als ein ganzes Dorf aufgehetzter Machos. Dann heiratete Ponti die Sexbombe, und von da an spielte sie nur noch »ernste« Rollen. Mein Vater sah sie immer noch gern, obwohl ihm in den »ernsten Rollen« Gina Lollobrigida besser gefiel. Auch eine seriöse Frau kann unfaßbar sexy sein, eben wie Gina L., aber nicht, wenn das Straßenmädchen noch überall hervorlugt. Ich glaube, deswegen hatte ich auch nie den Wunsch, Elena möge endlich seriös auftreten. Die Worte meines Vaters hinderten mich daran.

Manchmal dachte ich, mein Vater habe Sophia Loren sogar persönlich gekannt. Jedenfalls muß er nahe dran gewesen sein. Im Krieg war er in Neapel stationiert, und er war verliebt in die italienischen Frauen. Später leitete er eine Fabrik in den Marken, nahe Ascoli Piceno. Er mochte die Gegend, kehrte direkt nach dem Krieg dorthin zurück, studierte Italienisch und Deutsch in Perugia und baute sich in Grottammare ein Haus. Wir Kinder verbrachten 16 Sommer in diesem Haus am Meer, es war für uns das andere Leben, das schöne.

Dieser Typ »Sophia Loren«, also das Rollenmodell, bedeutete ja: Temperament *und* weiches Herz. Sie schlief mit so vielen Männern, weil sie mitfühlend war, weil sie ihr leid taten und weil sie weder die sonst übliche weibliche Machtgier noch andere Zickigkeiten besaß. Sophia Loren war eigentlich, bei allem Kriegsgeschrei, eine Überläuferin. Sie war im Lager der Männer. Und so war es auch bei Elena Plaschg. Sie hatte keine »beste Freundin«, weil sie den Frauen fremd war. Sie war rührend. Ein bellender Hund, der nie biß. Nie hatte sie jemanden verlassen, immer hatten alle mit ihr Schluß gemacht.

Ein weiterer Punkt, der mich für sie einnahm, war ihre ganz offensichtliche und erwiesene Fähigkeit zur Telepathie. Ich hatte gehört, daß alle verliebten Menschen untereinander telepathische Momente kannten, und auch ich hatte das meistens, wenn ich in einer echten, naiven Liebesbeziehung lebte. Auch bei Elena Plaschg war es so, obwohl ich sie doch gar nicht liebte, und nun dachte ich endlich darüber nach. Reicht es schon, daß EINER liebt, damit die Gedankenübertragung zustande kommt? Und war dann dieser eine sie? Dann wollte ich unbedingt nett zu ihr sein. Die zweite Möglichkeit war, daß wir beide ineinander verliebt waren und es nur nicht merkten. Auch dann wollte ich zu ihr stehen, also dann erst recht.

Aber es war manchmal hart, eigentlich immer dann, wenn sie »ihr Geld« forderte. Dann ging es bei uns zu wie in Sophia Lorens Suppenküche im Nachkriegsneapel. Elena wurde so laut, daß mein Tinitus wieder ansprang, der seit zehn Jahren geruht hatte. Es war auch gar nicht so leicht, neben ihr zu liegen und dabei einen so knurrenden Magen zu haben, daß sie davon wach wurde. Ihr Kühlschrank war immer so reichlich gefüllt, daß beim Öffnen alle möglichen Becher, Gläser, Konservendosen und Flaschen nach draußen fielen. Im Prinzip war es nicht verboten, etwas davon zu nehmen, aber ich mußte vorher fragen, und ich war stolz. Auf keinen Fall sollte Elena merken, daß ich Hunger hatte, weil ich kein Geld besaß. Sie selbst aß immer viel. Während sie mir lustige Sexgeschichten aus ihrem Alltag erzählte, kochte sie oft kiloweise Spaghetti, die sie dann aber schneller in sich hineinschaufelte, als ich gucken konnte. Während ich noch die ersten köstlichen Bissen goutierte, war der Topf schon leer.

Ich hatte kein Geld, war aber nicht unglücklich in jener Zeit. Schon gar nicht hatte ich das, was man mir seit Jahrhunderten immer unterstellte, nämlich Depressionen. Ich wußte gar nicht, was das ist. Ich hatte ein, zwei wirklich gute Bücher darüber gelesen und wußte deswegen, daß ich garantiert NICHT depressiv war. Ich hatte weiß Gott schlimmere Probleme. Das hatte ich den Therapeuten auch immer gesagt – zum Beispiel, daß ich nur eine Stunde am Tag die Gesellschaft von Menschen ertrüge –, aber sie hatten mir niemals geglaubt. In den Augen der Ärzte hatte ich eine schwere und verdeckte Depression, und wenn die auskuriert sei, würde ich Tag und Nacht gesellig sein können und wollen. Und ganz viel Geld verdienen dann. Denn mit nur einer Stunde Geselligkeit pro Tag konnte man kein Einkommen erzielen. Diese Erfahrung hatte ja schon Kafka gemacht und war früh gestorben. Aber, wie gesagt, ich lebte eigentlich ganz gern. Oder sogar sehr gern. Ich stellte mir manchmal vor, daß auf meinem Grabstein diese drei Worte eingemeißelt sein sollten: I C H L E B T E G E R N. Das war mir wichtig, daß die Leute das wußten. Es war mir eine ekelhafte Vorstellung, die Nachgeborenen würden ebenso über mich denken wie die Ärzte und mich für einen Trübsal blasenden Slacker halten. Für einen, der das Gas aufdrehte, weil er den Hartz-IV-Regelsatz für menschenunwürdig niedrig hielt. Mit diesem Regelsatz hätte ich wie ein König gelebt! Ich wäre wie dieser Hauptdarsteller von »I'm singing in the rain« durch die Straßen gehüpft. Man stelle sich vor: geschenktes Geld, und noch dazu SOVIEL!

Einmal hatte mir Nici Reidenbach 50 Deutsche Mark geschenkt, vor vielen Jahren, wie gesagt GESCHENKT, und mir bleibt heute noch das Herz stehen vor Fassungslosigkeit und Dankbarkeit. So ein heutiger Hartz-IV-Empfänger hätte die arme Nici wahrscheinlich mit den Worten »NUR 50 MARK?!« geohrfeigt. Oder wenigstens so aggressiv reagiert wie jetzt die Penner am Bahnhof Friedrichstraße, die wütend aufsprangen, wenn ich ihnen nichts gab.

Aber ich durfte nicht ungerecht sein. Ich besaß eine Wohnung, ein illegal angemeldetes Auto, eine Freundin … und sicher noch hundert andere Sachen, die die Hartz-IV-Bezieher nicht hatten, oder die Hunde-Punks, oder die anderen Ausgeschlossenen. Vor allem war ich nicht krank. Schon gar nicht alkoholkrank. Dabei trank ich Alkohol wirklich gern. Ich fand nichts wunderbarer als den Zustand des Betrunkenseins. Ich hatte nur seit Jahren kein Geld mehr für etwas dermaßen Kostspieliges wie einen Rausch. Wie die anderen Menschen das jeden Freitag und jeden Samstag finanzierten, war das größte Rätsel für mich, und ich dachte immer wieder intensiv darüber nach. Aber es gab auch andere Freuden. Zum Beispiel mit einem MP3-Player auf den Ohren Straßenbahn fahren, im Sommer. Die Mitfahrenden fanden es manchmal seltsam, daß ein älterer feiner Herr wie ich, vielleicht ein Mitglied des Bundestages – der Ausweis lugte zufällig aus dem Revers –, so laut das erste Album von »Oasis« in der Straßenbahn hörte, also, daß er überhaupt in der Straßenbahn fuhr statt im Dienstwagen. Ich war eben ein konservativer Politiker, der *zugleich* umweltbewußt war, so ein neues Ole-von-Beust-Modell. Vielleicht war ich sogar für die Homo-Ehe? Oder waren meine Neigungen vielleicht noch weitergehend … nein, dazu war »Oasis« viel zu laut eingestellt. Ich mochte dieses Album einfach nur sehr laut hören, und die James-Blunt-CD von Nichte Hase hatte ich gleich Elena weitergereicht (die Kleinholz daraus machte). Zur Auswahl standen nur noch »Smells like teen spirit«, genauso laut. Das hörte selbst der Lokführer in seinem Häuschen mit da vorn, so laut war das. Ich fütterte den MP3-Player einfach mit doppelt so starken Batterien, also AA statt AAA, und das mußte ich auch, weil man nur diese größeren aufladen konnte. Ich hatte zu Hause in der Geheimwohnung ein Aufladegerät. Neue Batterien waren noch nie Teil des Etats gewesen, auch nicht in den goldenen Zeiten, als ich noch zehn Euro pro Tag zur Verfügung gehabt hatte.

Ja, damals! Als ich noch einen Buchvertrag in der Tasche gehabt hatte.

Als mein Ruf noch nicht durch meine Bekanntschaft mit einem übel beleumundeten SPIEGEL-Mitarbeiter gelitten hatte. In Deutschland paßt man ja sehr auf, mit wem man Umgang hat. Der ganze Kulturbetrieb ist – und das ist eigentlich bewunderungswürdig – wie eine wirklich sehr gut eingespielte Fußballmannschaft, deren international anerkannter Trainer den Spielern perfekt beigebracht hat, wie man auf Abseits spielt. Das können ja nicht viele. Weil es ja auch gefährlich ist. Was mich gleich zum Thema Weltmeisterschaft zurückbringt. Die Deutschen spielten ihr drittes Spiel gegen Österreich, und alle anderen Mannschaften spielten auch irgendwelche Spiele, und es langweilte mich ziemlich, so daß ich es, lieber Leser, bis jetzt gar nicht erwähnte. Aber das geht natürlich nicht. Von einem Autor der Popliteratur – und eine qualifizierte Minderheit hält mich dafür – erwartet das Publikum, daß er Fußballweltmeisterschaften für den Ort alternativer Geschichtsschreibung hält. Aber: Es war ja gar keine Welt-, sondern nur eine Europameisterschaft!

Da gemeinsames Fußballgucken mit Elena Plaschg unmöglich war, schickten meistens Kollegen und Freunde eine SMS, sie guckten das jeweilige Spiel im »Bötzow«, oder im »103«, und ich solle doch auch kommen und mein »Girl« mitbringen. Also, das ging schon GAR NICHT. Weil ich dann im Lokal etwas hätte konsumieren und später bezahlen müssen. Und die ganze Zeit mit ansehen, wie die Freunde sich Wiener Schnitzel in Rahmsoße mit Nockerln im Spieß und so weiter gönnten. Und Elena hätte ebenfalls fünf Gänge bestellt und anschließend verlangt, ich solle zahlen, schließlich schulde ich ihr ja noch IHR GELD. Was für ein Alptraum …

Nein, ich war froh, daß sie diesen Sport haßte. Nur als ich ihr die Geschichte mit der Bundeskanzlerin erzählte, wurde sie neidisch. Und die ging so: Als Gerd Schröder abtrat und der Merkelin ihre neuen Amtsräume im Kanzleramt zeigte, sagte er: »Wenn Sie JEMALS meinen Rat erhalten wollen, scheuen Sie sich nicht, mich einfach anzurufen!« Er meinte das ganz ehrlich, denn er hielt große Stücke auf Merkel. Die antwortete, sie habe von Fußball keine Ahnung, wisse nur, daß das Thema wahlentscheidend sei. Schröder gab ihr den Rat, alle Spiele der Nationalmannschaft zu besuchen. Sie tat das, und schon nach dem ersten Spiel war sie ein echter Fan. Vor allem mochte sie Klinsmann. Sie verstand wirklich nicht, warum er nicht mitspielte, er war doch besser als die meisten, zumindest als der humpelnde Frings. Jogi Löw war ihr unheimlich, weil der so ruhig war und sich wie eine ins Artifizielle modifizierte 60er-Jahre-Barbiepuppe anzog. Beim Spiel gegen Österreich verlor er aber vollkommen die Nerven. Der Schiedsrichter stellte ihn vom Platz. Jogi Löw suchte einen Stuhl auf der Tribüne, aber das Stadion war ausverkauft. Der einzige freie Platz war wie immer der neben der Kanzlerin, denn ihr Mann, der öffentlichkeitsscheue Herr Merkel, hatte sie wieder versetzt. So setzte sich der unheimliche Bundestrainer neben die euphorische Kanzlerin, die bis dahin pausenlos eine SMS nach der anderen geschrieben hatte, an ihre Freundinnen, über den Spielstand. An Friede Springer etwa hatte sie schon viermal die Message »noch immer null zu null! angela« geschickt. Nun umarmte sie Jogi, der das aber sofort abwehrte. Ja, er stand kurz danach auf und kletterte zwei Stufen höher zu Franz Beckenbauer, um sich mit DEM zu unterhalten. Da war mir plötzlich alles klar.

Ich sah also dieses Spiel ganz allein, mit dem Deutschland ins Viertelfinale einzog, und hatte noch Angst, es nicht zu Ende sehen zu können, weil der Nachbar den Stecker rauszog. Tat er aber nicht. Bestimmt hatte ihn längst mein anderer Nachbar, Volker Mundt, davon abgehalten und ihm alles erzählt. Nein, umgekehrt: Der Kabelnachbar hatte dem Melanie-Butenschön-Parteigenossen Volker Mundt mein Malheur erzählt, und daraufhin erst war die Partei aktiv geworden. Daher die Einladung zum Pressefest. Daher Melanies vielsagendes, gedankenvolles »Ah«, als ich meinen Namen sagte. Sie wußten alles. Deswegen auch das kleine Körbchen an der Tür, mit der Leberwurst und den Spreegurken. Es war mir schon ein bißchen peinlich. Ich setzte meinen MP3-Player auf, steckte bis zum Platzen aufgeladene Ersatzbatterien ein und schlich die Treppe runter. Niemand sollte mich sehen.

MP3-Player hören ist übrigens auch sehr gut gegen den Hunger. Man spürt ihn echt überhaupt nicht, solange man die Krachmusik hört, und auch danach noch nicht. Und Hunger wiederum ist ja so gut für die Figur. Ich hatte ohne alles Zutun 26 Kilo abgenommen. Aus einem ekelhaften alten Fettsack war in den letzten zwei Jahren ein drahtiger, sympathischer, altersloser Mitbürger geworden, dessen Anzüge nur viel zu groß waren. Diese Anzüge hatten etwas Vogelscheuchenhaftes. Aber ich sagte natürlich, das sei mein Stil (ich sprach es englisch aus, »style«), und stimmte das nicht auch? Ich mochte es, daß es so aussah.

Überhaupt schien mir überraschend viel an meinem aktuellen Zustand zu gefallen. Zum Beispiel die Menschen. Ich fuhr in dieser Zeit viel Straßenbahn, weil ich kein Benzin mehr für mein illegal angemeldetes Auto hatte, und die Menschen, die da mit mir fuhren, gefielen mir immer besser. Es waren Berliner. Sie sahen alle so gutmütig und mitfühlend aus. Die meisten blickten auf ihr Handy und tippten ab und zu etwas ein. Das waren die, die früher wahrscheinlich Zeitung gelesen hatten. In dem Brecht-Film »Kuhle Wampe« war noch das ganze Abteil voll mit Proleten, die die Bildzeitung lasen. Heute las kein Mensch mehr Zeitung, außer in der ersten Klasse des ICE die Topmanager, weil man ihnen das auf Mickymausheftgröße geschrumpfte Zeitungchen umsonst hinlegte. Dagegen war nichts zu sagen. Im Gegenteil, jetzt konnte man die Gesichter der Leute sehen, die nicht mehr hinter großen Zeitungsseiten versteckt waren.

Ich sah mir also meine lieben Berliner an und machte mir Gedanken. Etwa über Elena Plaschg, das »Girl«, wie die Freunde sagten, oder »die Freundin«, wie ich manchmal sagte, gegen meinen Willen, denn juristisch gesehen war sie gar nicht meine Freundin. Weil sie nämlich einen anderen Freund hatte, wenigstens pro forma. Dieser offizielle andere oder »echte« (in Wirklichkeit unechte) Freund wechselte häufig und kam immer aus dem Internet. Zuletzt hatte sie einen Koreaner aus Neuseeland, von dem sie lange nicht gewußt hatte, daß er ein Koreaner war. Und kleinwüchsig. Und schwerstens crackabhängig. Und verheiratet. Und homosexuell, besser gesagt: auf seine koreanische Mutter fixiert, die noch kleiner war als er selbst. Und … man kann es gar nicht alles aufzählen. Elena hatte wochenlang mit ihm gechattet und ihn für einen attraktiven, erfolgreichen, jungen, bärenstarken Amerikaner gehalten, für einen Künstler vielleicht, oder einen Börsenmakler, oder am besten für beides. Bis eines Tages das Glotzauge eingeschaltet wurde, also »Skype«. Die Geschichte ist zu haarsträubend, um sie zu erzählen. Aber auch nicht haarsträubender als die soapartigen Fortsetzungsgeschichten ihrer vorangegangenen »echten« Freunde, die sie sich aus dem Internet gezogen hatte wie falsche Lose aus einer defekten Lostrommel.

Jedenfalls hatte sich Elena bis dahin schon so in den koreanischen Junkie verliebt, daß sie für sein häßliches Aussehen blind geworden war.

Ich muß es doch ganz kurz skizzieren, diese Geschichte, damit der Leser nicht völlig im dunkeln tappt. Vor allem wird der Leser fragen, warum das Glotzauge nicht von Anfang an eingeschaltet wurde. Nun, das hatte wohl technische Gründe. Das Glotzauge setzte sich erst 2007 im globalen Maßstab durch, und der Koreaner gab vor, anfangs noch keins gehabt zu haben.

Nun, ein erstes Date wurde vereinbart, der Koreaner flog nach Berlin, und man liebte sich Tag und Nacht, so lange, bis Elena genug davon hatte. Was auch daran lag, daß die koreanische Mutter schon Tage später herausgefunden hatte, wo das Bübchen steckte, hinterhergeflogen war und ihn zur Rede stellte. Ihr Vorwurf war, daß er unerlaubt die Entzugsklinik verlassen hatte, in der er seine Drogensucht auskurierte. In Wirklichkeit pflegte er seine Drogensucht genau innerhalb der Klinik, und wieder drinnen, ging es munter weiter mit Crack und Heroin. Elena flog dann dem Geliebten hinterher, wurde aber nicht in die Klinik gelassen, statt dessen von der Mutter finanziell abgefunden. Immerhin brachte er sie zum Flughafen, wo es zum Streit kam, wegen der Mutter und dem Geld, und der Typ Elena verprügelte, was ihm dann leid tat, denn Elena war natürlich viel stärker als er und ließ es ihn spüren … man erspare mir die Details. Es wurde jedenfalls furchtbar emotional, beiden tat alles leid, beide weinten und schworen sich ewige Liebe und eine sofortige Heirat, direkt nach der Scheidung des Idioten.

Elena landete voller Hoffnung in Berlin, wo ich sie abholte und mir den ganzen Schmarrn anhörte. Es klang alles sehr vertraut. Auch der Vorgänger, ein fast 60jähriger verkrachter Geschäftsmann, war ständig für Headlines à la InTouch gut gewesen, vom Erzählstil her, den Elena pflegte. Ihre Freundinnen wurden mit diesem Stoff versorgt, und sie selbst lieferten wahrscheinlich ähnliches. Das war einfach die Zeit, in der wir lebten. Der Medientrash wurde im eigenen blöden Leben nachinszeniert.

Natürlich wird der Leser jetzt wieder denken, diese Elena Plaschg sei ja wohl das Letzte, und wieso läßt sich der Ich-Erzähler bloß mit ihr ein? Nun, seit Adam und Eva gibt es zwei Dinge: die Wirklichkeit und das Reden über die Wirklichkeit. Das sind verschiedene Sachen. Das beste Beispiel ist »Sex«. Gerade in unserem jungen Jahrhundert scheint jeder anhand der Medien bis zum Überdruß zu wissen, was Sex ist. Wenn zwei Menschen aber tatsächlich miteinander schlafen, merken sie, daß nichts von dem, was die Medien behaupteten, nun zutrifft. Es ist alles vollkommen anders. Und das gilt nun auch für Elena Plaschg und ihre Performance. Das Bild, das sie von sich herstellte, hatte nichts mit ihr als Mensch zu tun. Der Mensch kam manchmal zum Vorschein, wenn sie in Köln war. Sie war ja gebürtige Kölnerin, und wir waren manchmal gemeinsam hingefahren, in diese Stadt, in der die Zeit stehengeblieben war. Oder sie wurde wieder Mensch, wenn ihre Kölner Verwandten in Berlin waren, wie jetzt gerade, während der Europameisterschaft. Die guten Leutchen hatten von der Fanmeile gehört und dem neuen friedlichen Patriotismus, und das klang für sie wohl so wie Karneval, und deswegen waren sie gekommen. Elenas Tante – die Familie war volkstümlich, aber offenbar nicht arm – hatte sogar eine Wohnung in der Canabisstraße.

Es war ein Mittwoch, die Deutschen hatten spielfrei, und Elena hatte den ganzen Abend in dieser Wohnung im Kreise der Tante und anderer Kölner Verwandten oder Bekannten verbracht und dabei die Zeit vergessen. Sehr spät rief sie mich an und bat mich, Taxi zu spielen. Der Tank des Wartburg Tourist war fast leer, aber ich mußte es riskieren, denn die Kölner hatten natürlich noch nie ein kommunistisches Auto gesehen und waren darauf gespannt.

Da ich schon im Bett gewesen war, sagte ich: »Okay, aber ich klingele dich nur runter.« Die Tante kam aus Bensberg, ebenso wie ihr Mann, also der Onkel, wobei Bensberg ein Vorort Kölns ist, und beide waren, zusammen mit weiteren Verwandten, nun offenbar doch GANZ nach Berlin gezogen. Das kann man sich schwer vorstellen, also daß Kölner ihrer Stadt für immer Lebewohl sagen, aber es geschah und in letzter Zeit sogar häufig.

Hunderttausende waren schon hier. Es machte ihnen gar nichts aus. Aber sie blieben Kölner, glaube ich. Ich lief also die Treppe runter, wuchtete meinen abgemagerten Männerkörper (schnell wahllos ein Jackett gegriffen, ein braunrotkariertes Hemd darunter) in den gußeisernen Wartburg Kombi und zündete den uralten Motor.

Nur noch wenige Tage, dann griff die neue Abgasordnung des Berliner Senats, und das bedeutete eigentlich: Fahrverbot in der Innenstadt. Aber nicht heute, nicht mit mir, nicht in dieser Nacht. Die mächtigen Zylinder aus der VEB Zylindergroßgießerei Plautzen begannen ihr Werk.

»WOOOAAAAARRRRR!!!!!«

Kleinkinder fielen aus den Betten, Ausländer brachten ihre Frauen in Sicherheit. Der Wartburg Tourist 353 Super war ja ein Automobil für die kommunistische Elite. Den durften nur die Herrschenden fahren. Putin besaß das wertvolle Privileg dafür und fuhr einen, als er KGB-Chef in Ostberlin war.

Ich klingelte bei Elenas Onkel, Tante und Konsorten in der Canabisstraße, und eine Stimme rief durch die Gegensprechanlage:

»Vierter Stock!«

Ich sagte etwas, aber die Anlage war schon wieder ausgestellt. Der Summer ertönte, ich mußte wohl oder übel hochgehen.

Lautes, geselliges Leben oben, Fröhlichkeit, herzliche Begrüßungsworte allenthalben. Schön, daß Sie da sind! Wir haben schon über Sie gesprochen! Gleich darauf ins Du wechselnd:

»Die Elena hat ja schon so viel über dich jeredet!«

»So, so. Ich wollte sie eigentlich nur abholen.«

»Na, nu setz dich doch erst mal. Ein Kölsch?«

»Nein, danke.«

Ich küßte Elena, die ganz feurig und erhitzt wirkte und offenbar mächtig in Fahrt war. Toll sah sie aus. Sie riß die großen dunklen Augen auf und rief:

»Komm, setz dich!« Sie klopfte ungeduldig mit der Hand auf das Sitzkissen des Sessels neben sich.

»Nee, ich setz mich nicht.«

»Wo ist das Problem?« fragte Elena.

»Ja, wo is dat Problem?« fragten die anderen netten Jürgen-Rüttgers-Typen kopfnickend.

»Möchtest du einen Weißwein?« fragte die Tante. Ich wehrte erschrocken ab.

»Er möchte einen Rotwein!« rief ein sympathischer, weißhaariger Kölner und sah mich besorgt an.

»Ich trinke nicht, keinen Alkohol, es ist schon spät, ich habe den ganzen Tag …«

»Einen Fruchtsaft!«

Einen Fruchtsaft? Was sollte ich sagen? Ich war nicht in der Stimmung zum Hinsetzen und Plaudern, ich war Autist, ich war außerdem zu schwach zum Reden mit Fremden. Nur ein richtiges Mittagessen hätte mir jetzt helfen können. Aber bloß keinen Alkohol in den leeren Magen gießen – ich wäre schlagartig bis zum Lallen betrunken gewesen! Die Tante geriet aber fast in Panik und machte hektisch weitere Vorschläge:

»Einen Apfelsaft! Einen Orangensaft! Ein … einen Beerensaft! Einen …«

Sie stand vor mir, die anderen saßen. Jetzt erhob sich auch der Onkel, ging zu mir und legte seinen Arm fürsorglich um meine Schulter. Ich sagte:

»Ich bin … nicht darauf vorbereitet …«

»Sind wir auch nicht!«

»… nicht auf das Ausgehen vorbereitet, auf, äh, geselliges, auf Geselligkeit, auf …«

»Wir auch nicht! Wir sind nur so!«

Das klang nett, dieses »Wir sind nur so«. Ich wurde mutiger:

»Ich fühle mich häßlich, sehen Sie meine Kleidung, ich …«

»Wir sind alle nicht gut angezogen, das macht doch nichts!«

»Ich habe die Haare nicht gewaschen …«

»Das haben wir doch auch alle nicht! Überhaupt nicht, wirklich!«

Eine Frau zupfte an ihren Haaren, um es zu beweisen. Ich sah aber, daß sie eine perfekt gelegte Dauerwelle trug. Ich sagte maliziös:

»Gnädige Frau, Sie haben sogar Schmuck angelegt!«

»Den leg ich ab, das ist nur zufällig!«

Schon zupfte sie sich die Ohrringe ab. Die andere Frau riß sich hastig, mit den fahrigen Bewegungen einer Trinkerin, eine Goldkette vom Hals.

»Wo ist das PROBLEM?!« fragte Elena erneut. Ihre hübsche Nichtdenkerstirn war in gänzlich ungewohnte Falten gelegt, bestimmt acht Stück, ich erkannte das gute Kind kaum wieder.

»Möchtest du etwas essen?« fragte die Tante blitzschnell, ehe ich antworten konnte. Ich preßte trotzdem heraus, daß ich nun einmal SOZIOPHOB sei. Und das sei gut so. Erst dann begriff ich, daß die Leute hier mir tatsächlich etwas zu essen angeboten hatten! Richtige feste Nahrung wahrscheinlich!

»Sozio-phal?« rief der Weißhaarige. Der andere, der Onkel, äffte es ebenfalls nach, ohne dabei gehässig zu sein.

»Sozio… sozio-voll? Hat das was mit Vorhautverengung zu tun?«

Er lachte mich gutmütig an. Sein Arm lag auf meiner Schulter. Er wollte mich auftauen, der Onkel, mal versuchsweise mit Witzen. Konnte ja nicht schaden. Man hat schon Pferde kotzen gesehen. Ich drehte mich angewidert weg. Die anderen fingen den Ball sofort auf, redeten über Soziophimose oder was auch immer, jeder durfte einmal mitraten. Ich sagte streng:

»Vorhautverengung? Sie meinen Beschneidung. Die gibt es im jüdischen Kulturraum, nicht bei uns.«

»Ja, ja, genau, da wird dieses kleine Ding, das zwischen der Haut und …«

Sie redeten allen Ernstes über Beschneidungstechniken hier und Phimose da, so daß ich schnell dazwischenging:

»Im Prinzip haben Sie recht, nur daß es sich nicht um Herren, sondern um Damen handelt, und daß es nicht in Europa stattfindet, sondern in Afrika.«

Sie begriffen sofort, daß ich nun über beschnittene Mädchen

in Darfur sprechen wollte, offenbar, und stellten sich darauf ein.
Aber ich kam auf die Soziophobie zurück:

»Nun, ich bin, wie ich schon sagte, soziophob. Abgeleitet von
Soziophobie. Das ist das etwas schönere Wort für einen deutschen Ausdruck, der heute ziemlich in Vergessenheit geraten
ist, nämlich SCHÜCHTERNHEIT.«

Ein Ruck ging durch die kleine Gesellschaft. Ach so, nur das, er
ist nur schüchtern! Aber das macht doch nichts!

»Elenas Vater war auch so schüchtern! Daher die große Zuneigung!«

»Ach ja? Schüchtern? Das höre ich gern«, sagte ich mit sono-
rer Stimme. Ich stand immer noch, obwohl ich von zwei Seiten
ständig nach unten gezerrt wurde, nämlich von Elenas linker
Hand und von dem schweren Arm des Kölner Onkels. Der Raum
war hell erleuchtet, Lampen brannten, köstliche Schachteln mit
Pralinés und Kölner Keksen standen auf dem Couchtisch. Es fiel
mir schwer, nicht hinzusehen.

»Nicht vielleicht jetzt doch ein Kölsch?« fragte die Tante, setzte
sich und machte eine einladende Bewegung: So geht das, einfach
hinsetzen, gar nicht so schwer. Das Kölsch hatte sie schon ein-
gegossen und stellte es in meine Richtung auf den Couchtisch.
Das Glas war schlank und winzig, eigentlich nur ein Schluck.

»Vielen Dank, nein. Ich habe den ganzen Tag geschrieben.«

»Ja?« fragte Elena, wie immer sofort interessiert. »Was hast du
denn geschrieben?«

»Das … versteht hier doch keiner.«

»Nein, erzähl schon! Ich hab doch allen gesagt, daß du Schriftsteller bist.«

»Ja, das stimmt! Das hat sie gesagt!«

Alle Augen ruhten auf mir. Freudig, muß man wirklich sagen. Das waren Kinder da. Die meinten es nicht bös. Trotzdem
nuschelte ich, ich ließe mich hier nicht als Quasi-Prominenter
vorführen, als Nasenbär, vor lauter Betrunkenen gewisserma-
ßen. Das letztere behielt ich natürlich für mich.

Aber eigentlich waren sie gar nicht so betrunken, außer vielleicht Elena. Die wollten einfach wissen, was ich geschrieben hatte. Konnte ich ihnen wirklich erklären, daß ich gerade einen Kommentar zur EU-Vertragsablehnung in Irland geschrieben hatte, für meinen Blog in der linken taz? Was würde DANN passieren mit der Kommunikation hier? Ich seufzte, holte tief Luft und griff zum Kölschgläschen.

Sechs Stunden später war ich endlich wieder im Bett, diesmal in Elenas. Der Motor war, den letzten Tropfen DDR-Gemisch wie eine Stalinorgel zur finalen Explosion bringend, theatralisch brüllend abgestorben. Elena hatte zuletzt, schon im Schlafzimmer, noch den schlimmsten Schluckauf ihres Lebens bekommen, hatte trotzdem, rücklings auf dem Bett liegend, ihre Schuhe durchs Zimmer geschleudert, indem sie die Beine in die Luft schnellen ließ und die schwarzen Damenstiefel wie Katapultmunition gegen die Decke schossen – so was kannte ich bis dahin nur aus Doris-Day-Filmen –, und war direkt danach eingeschlafen.

Ja, so konnte das Leben mit ihr auch sein, eine Komödie, Millowitsch-Theater, ganz ohne die Härten von Porno, Trash und umgangssprachlicher Grausamkeit.

Irgendwann kam wieder ein spielfreier Tag, und wir konnten gemeinsam eine Geburtstagsparty besuchen. Noch immer standen Public-Viewing-Schirme auf den Bürgersteigen, die Leute starrten noch immer darauf, aber es waren nur Wiederholungen der Spiele vom Vortag. Die Mannschaften quälten sich nach wie vor durch die allererste Vorrunde, ein Ende des Turniers war nicht in Sicht. Italien kämpfte sich nach vorn, auch Portugal, Spanien, Deutschland, alles wie gehabt. Frankreich trat mit elf afrikanischen Feldspielern an, hatte aber einen weißen Intellektuellen als Trainer, Francois Demenech. Was wohl die Deutschen sagen würden, wenn ihr Volk auf diese doppelte Weise provoziert würde? Erst sollten 80 Millionen brave deutsche Bürger aus Münster, Bad Westheim, Erkenschwick, Passau, Köln, Garmisch-Partenkirchen und so weiter von einer schwarzen

Truppe repräsentiert werden, einer Horde direkt aus dem Kral anscheinend – das war schon hart, aber noch hinnehmbar. Suaheli konnte man ja vielleicht noch lernen. Aber dann auch noch einen ausgewiesenen INTELLEKTUELLEN als Bundestrainer, auf dem Stuhl von Sepp Herberger, Helmut Schön, Jupp Derwall und Berti Terrier Vogts! Das hätte zur Revolution geführt, da wäre das Volk aufgestanden, und die Handwerker, Schlosser, Arbeiter, Ärzte, Gendarmen, Korbflechter, Büchsenmacher, Droschkenfahrer und Bauern hätten den Platz gestürmt wie 1848. Und wie 1989, nicht zu vergessen. Der deutsche Michel ließ sich nicht alles gefallen. In Frankreich dagegen war seit Sarkozy alles möglich, nicht zuletzt ein promiskes Rock-'n'-Roll-Groupie als First Lady …

Doch zurück zu Elena und mir und unserem Geburtstagsausflug. Ich mußte Elena dazu erst motivieren, und das tat ich, indem ich von einer Tokio-Hotel-Party sprach, auf die wir gingen. Der Manager der Gruppe, David Jost, habe mich eingeladen. Ich sagte ihr nicht, daß in Wirklichkeit eine Bekannte aus Münchener Tagen, die Sängerin einer Mädchenband war, ihren bereits 35. Geburtstag feierte. Elena dachte, Bill Kaulitz werde volljährig, und sie dürfe ihm den Geburtstagskuß geben. Schnell googelte sie den Namen »David Jost« und sah, daß er tatsächlich der Manager der Gruppe war.

Die Party fand im finsteren alten Westteil Berlins statt, deshalb brauchte ich Elena auch als Navigator. Ich hätte das gar nicht gefunden. Den Wartburg bemühte ich lieber nicht, das hätte die Operation nur noch weiter erschwert. Schon das DDR-Benzin westlich des Tiergartens – unmöglich. Elena hatte sich mehrere Stunden lang herausgeputzt und sah wieder aus wie ein riesiges Knallbonbon. Ich traf sie auf dem Bahnsteig des S-Bahnhofes Hackescher Markt. Sie saß schlecht gelaunt auf einer braunen Holzbank und setzte eine Flasche an die Lippen. Ungeniert soff sie vor den Augen der Passanten und Fahrgäste aus einer Einliterflasche irgendeinen gelblichen Weißwein. Sie fühlte sich angeblich »angepißt«, weil ich sieben Minuten zu spät war. Das stimmte auch, die Bahn hatte Verspätung gehabt, wie ich wahrheitsgemäß berichtete. Dann sagte sie, sie habe auch miese Laune, weil sie gerade mit ihrem Internetfreund aus Neuseeland, dem Koreaner Shao, Schluß gemacht habe und dieser davon gar nicht beeindruckt gewesen sei. Ich sagte, sie dürfe das eben nicht jeden Tag machen.

Um uns herum entstand schnell diese gewalttätige, unangenehme Atmosphäre, genau wie bei unserer Fahrt nach Kreuzberg, nein, diesmal war es unangenehmer. Ein Mann lief ruckartig über den Bahnsteig und rief so dermaßen laut »Du Arschloch!«, daß es weh tat. Diese Lautstärke war wohl seine Spezialität, damit erschreckte er wohl gern Leute meines Schlages. Elena wurde von allen Seiten angestarrt, und ich auch, und ich spürte so viel Widerwillen in den Blicken, daß ich mir dachte, man hielte mich wohl für einen Zuhälter. Nein, den hätte man nicht so ungeniert angestarrt, vor Zuhältern hatte man ja Angst. Man hielt mich natürlich für einen Freier, aber einen, der sein schamloses Geschäft in der Öffentlichkeit vollzieht statt auf dem unbeleuchteten Autobahnparkplatz.

So war es auch im Flugzeug mit Lady Bitch Ray gewesen, nebenbei bemerkt. Die Leute wären am liebsten mit dem Fallschirm nach unten gesprungen. Und Ulf Poschardt, der zwischen ihr und mir saß, drückte seinen Unwillen auch aus, indem er vergleichsweise milde zur Stewardeß sagte, er wolle nicht länger neben dieser Nervensäge sitzen, hinten seien ja noch Plätze frei. Er ging, und später in der Sendung bekam er die Quittung dafür.

Im Bahnhof Zoo mußten wir umsteigen und eine Ewigkeit auf den anderen Zug warten. Ewigkeit, weil jede Sekunde eine Tortur war. Auf den gekachelten Böden schwammen Flüssigkeiten wie Alkohol, verschüttete Reinigungsmittel, Kotze und vieles andere Unaussprechliche. Neben uns saß ein Bulgare im Unterhemd, der aus einem Pappkarton mit den Fingern etwas tiefbraun Ölig-Halbflüssiges fischte und in die Öffnung unterhalb seines dichten Schnauzbartes schob, langsam, immer wieder, es hörte nicht auf. Der Nahrungssabber lief ihm den Arm herunter. Als er endlich fertig war, leckte er sich in Zeitlupe die Finger ab. Dann begann er mit der Zahnreinigung. Inzwischen hatte wohl eine ganze Hundertschaft junger russischer Männer den Bahnsteig besetzt und brüllte und brüllte – es waren hoffentlich Fußballfans. Schwere Gewalt lag in der Luft. Die jugendlichen Türken, die so breitbeinig dastanden, als machten sie gerade Gymnastik – über einen Meter trennte die Füße –, wirkten dagegen mit ihrem konsonantenkrachenden Turkodeutsch wie liebenswerte Karikaturen.

Elena machte das alles nichts aus. Das war ihre Welt, eben der große Abfallhaufen, besser gesagt die »Trash world«. Hier war sie zu Hause, hier hatte sie ihre Pubertät verbracht. Trotzdem war ihr Berlin-Mitte lieber. Ich sagte:

»Alle, die immer über die Ossis herziehen, sollten einmal ein paar Tage hier im alten Westberlin verbringen. Dann würden sie merken, wie lieb die Ossis doch sind!«

Sie stimmte mir sofort zu. Sie verstand auch nicht, wie man freiwillig hierherziehen und Kinder aufziehen konnte, was ja viele junge Deutsche neuerdings taten. Die Geburtenrate stieg, nun auch in ganz Berlin. Ich stellte es mir noch einmal genau vor, ich hielt diesen Gedanken kurz an, für die Langzeitspeicherung: eigene Kinder, klein, dann größer werdend, sensibel und gutherzig, in DIESEM Ambiente! Zwischen Erbrochenem und dem Todesgegröle der Penner mit gesenkten Köpfchen zur Schule gehend, wo schon an der Pforte das erste Schutzgeld fällig wird! Das würde so nicht bleiben, da würde etwas passieren.

Wir fuhren bis zur U-Bahn-Haltestelle Güntzelstraße, stiegen aus, suchten die angegebene Hausnummer. Es war ein Lokal, und man hörte bereits die Musik der Geburtstagsparty. Es war ein »fetziges« Stück von Tina Turner aus den 60er Jahren des vorigen Jahrhunderts. Womit über diese Party alles gesagt wäre. Elena sah mich entgeistert an. SO DERARTIG entgeistert hatte ich ihr ausdrucksvolles Sophia-Loren-Gesicht noch nie gesehen. Ihr Mund stand sogar offen, einen Moment nur, dann schlug ihre Stimmung in Wut um. Durch die Scheiben sahen wir ins Innere der ollen Westberliner Schunkelkneipe, in der sich tatsächlich nur Weißhaarige mit Brillen befanden. Rechts spielten vier 37jährige Hausfrauen, auch mit Brillen. Das war bestimmt die Mädchenband meiner Bekannten aus Münchener Tagen.

»Das ist hier nicht! Das sind hier Rentner, das ist eine pissige Rentnerkneipe! Du rufst jetzt sofort bei Tokio Hotel an!«

»Äh …«

»Bei diesem … David Jost!«

»Hm …«

»Ruf da an!«

»Äh, erst mal reingehn, vielleicht …«

»RUF – JETZT – AN!!«

Ich tat so, als würde ich jemanden anrufen. Dann zuckte ich die Schultern und sagte, Davids Handy sei nicht an. Es gelang mir, Elena hineinzuschieben.

Ich sah nur fremde Gesichter, und nie war dieses Adjektiv so treffend wie diesmal. Das waren Menschen, mit denen ich nicht die allergeringste Schnittmenge hatte. Würde ich ihnen eine Frage stellen, zum Beispiel »Wo ist denn Bill Kaulitz?«, würden sie wahrscheinlich auf Hundesprache antworten, etwa »Wau, wau! Wau, wau, wau! Wau?« So stellte ich es mir jedenfalls vor. Elena machte sich wohl NOCH weniger Illusionen. Sie herrschte mich an, ihr AUF DER STELLE einen Drink zu besorgen, sie müsse sich augenblicklich besaufen! Die Mädchenband sang als nächstes das beliebte Lied aus den 70er Jahren »I'm walking on sunshine«, und sie sangen es, glaube ich, Playback, also wackelten nur einstudiert mit ihren Hausfrauenhänden und -hintern. Elena starrte voller Ekel auf dieses Geschehen.

Ehe ich mich innerlich sortieren konnte, kam eine Bedienung wie ein Geier auf mich zugeflogen und wollte eine Bestellung aufnehmen.

»Danke, später!« sagte ich, was Elena mitbekam und rief:

»Doch, einen Drink! Er nimmt einen Drink! EINEN WEISSWEIN!!«

Die Bedienung nahm die Bestellung auf. Ich sagte schnell, das stimme nicht, ich würde kein Geld dabeihaben und das Mädchen auch nicht. Eine zweite Bedienung kam.

»Einen Moment, bitte.«

Ich hatte die Toilette entdeckt und flüchtete einfach dorthin. Wer wollte mich daran hindern? Auf dem Weg dorthin sackte ich noch schnell ein leeres Glas ein. Allmählich hatte ich Routine in diesen Dingen. In der Toilette holte ich eine Shampooflasche aus der Seitentasche meines weitgewordenen Jacketts. In der war der Ersatzmartini. Diese Flasche hatte sich als praktisch erwiesen, sie war leicht, faßte genau die richtige Menge für einen Abend, nämlich 250 Milliliter, und tropfte nicht. Der Ersatzmartini hieß »Zappo« und kostete 1,79 Euro die 1,5-Liter-Flasche bei »Lidl«. Das waren sechs Füllungen, so daß ich pro Shampoofüllung weniger als 30 Cent aufbringen mußte, was ja trotzdem hart genug war, so daß ich jeden Schluck mit Hochgenuß goutierte, als sei es ein 1949er Château-de-Pape Westhang Oberlese und kein »Zappo« mit Antischuppen-Flavour. Ich schürzte die Lippen beim Trinken, schloß die Augen, nur diesmal nicht, denn gleich drei Geier waren hinter mir her. Ich sah das genau. Ich errechnete also den günstigsten, bedienungsfernsten Weg von der Toilette zu Elena, legte ihn zurück und drückte dem aufgeputzten, in dieser Gesellschaft zu auffällig geschminkten Mädchen den so dringend erbetenen Drink in die Hand. Sie nahm einen Schluck und spuckte fast.

»Was ist denn das für ein pisswarmes Scheißzeug?! Das ist wieder dein Eigengebräu, der beschissene Aldi-Martini! O Gott!!«

»Wohl bekomm's, meine liebe Frau.«

Sie packte mich:

»NENN MICH NIEMALS: M E I N E   F R A U!!«

In dem Moment kam diese Bekannte aus seligen Franz-Josef-

Strauß-Tagen auf mich zu. Der »Gig« war zu Ende, das letzte Lied gespielt. Sie sagte denn auch als erstes:

»Du, das war das letzte Lied! Du hast das Schönste vom Konzert verpaßt.«

»Ach, meinst du … ja, schade. Darf ich dir …«

»Du, wir haben sogar Stücke von ABBA gespielt.«

»Cool.«

»Und ›I will survive‹ … und ›FEVER‹!«

Sie sang es gleich noch einmal, fever, fever in the morning, fever in the evening, I wanna fever … und so weiter. Dabei machte sie ein Gesicht, das »sexy« aussehen sollte, dem Text entsprechend. Elena verdrehte nicht mehr die Augen, sondern starrte wie eine Rachegöttin der minoischen Kultur auf die harmlose Münchenerin. Gleich würde sie sie mit einem einzigen Faustschlag töten. Ich sagte:

»Darf ich dir erst mal Elena Plaschg vorstellen.«

Die Münchenerin sagte hallo, achtete aber nur auf mich. So war das oft. Die Leute starrten Elena entweder haßerfüllt an, oder sie achteten gar nicht auf sie. Für Elena war das wahrscheinlich nicht so schön.

Dann stellte sie mir einen indifferenten Mann vor, den ich angeblich schon kannte, irgendeinen … keine Ahnung. Solche Leute konnte man sich beim besten Willen nicht merken, und in dieser Sekunde lenkte er natürlich nur furchtbar ab, weil er sofort ein Gespräch begann und mich von den beiden Frauen wegzog. Aus den Augenwinkeln sah ich, wie die Münchenerin Elena sofort stehenließ und wie diese Anstalten machte, das Lokal zu verlassen. Ich rief daher schnell:

»Elena, hier ist er, David Jost! DAVID JOST! Er will dich kennenlernen!«

Elena kam mißmutig, aber auch schlagartig wieder interessiert, zu uns. Sie gab dem schwiemeligen Endvierziger die Hand. Offenbar glaubte sie tatsächlich, gegen alle Wahrscheinlichkeit, dies sei jetzt David Jost, der Manager von Tokio Hotel.

»Hallo, David!«

»Hallo-hallo! Ich bin der Ludger, und wer bist du?«

»Elena! Elena Plaschg! Plaschg mit SCH und G! Ich mache Mode. Du bist der Manager von der Band?«

»Na ja ... hö, hö, hö, das ... das ist, würd' ich sagen, ein bißchen übertrieben. Aber klar, ich kümmer' mich schon.«

»Was machst du'n so alles, David, für die Jungs und so, oder eher das Drumherum?«

»Die Jungs? Die Mädels meinst du! Ich bin der Ludger.«

Elena zündete sich langsam eine Zigarette an, natürlich nur, um sie gleich in meinem oder Ludgers Gesicht auszudrücken. Der sagte:

»Du, sorry, hier ist Rauchen verboten. Mach die Zigarette am besten ...«

Den Satz kriegte er nicht mehr zu Ende. Elena wandte sich an mich und röchelte vor unterdrückter Wut, versuchte, jedes Wort zu betonen:

»Hör mal, ich – bin – total – angepißt, ich – haue – jetzt – hier – ab!«

Und stapfte weg, der Boden der alten Kaschemme bebte. Abgang Elena Plaschg, wie gewohnt. Die Frau-Mumin-Handtasche hatte sie fest an ihren Busen gedrückt, den viel zu großen.

Ach, wie gut ich sie kannte. Ich sah mich um. In der Tat ein einziges Schreckenskabinett. Die Münchenerin hatte einen Tisch für uns gefunden, also für sie, ihre engsten Freunde, sprich Ludger und zwei, drei weitere Ludgers, und mich. Der Geburtstag konnte beginnen. Gleich würde man über gute Musik sprechen, über echt guten Soul aus Amerika, auch über Moderneres, etwa ABBA aus Schweden oder diese Pilzköpfe aus Liverpool ...

Ich machte ein Zeichen, daß es dem »Girl« nicht gutgehe. Leider konnte ich Elena nicht folgen, weil der Kneipenwirt und zwei weibliche Bedienungen mir den Weg versperrten und eine Bestellung von mir forderten. Elena riß von außen noch einmal die Glastür auf, brüllte »Jo, du kannst mich mal!« in den versifften Schankraum und schlug die Tür so fest zu, daß ich Glas klirren und brechen hörte. Das war nicht schlecht für mich. So mußte ich der Münchenerin keine Erklärungen abgeben. Für jeden hörte sich das wie »Streit« an, dafür hatte doch jeder Verständnis. So umkurvte ich den Wirt, rannte nach draußen und dem guten Weibsbild hinterher. Nach achtzig Metern hatte ich sie eingeholt.

Sie kochte vor Wut, aber nur sehr kurz, denn sie hatte sich ja an der Glastür maximal abreagiert. Friedlich fuhren wir nach Hause. Friedlich heißt, daß wir nur bis Bahnhof Zoo stritten, bis zum Umsteigen. Elena griff dabei, plötzlich völlig bedenkenlos, zu meiner Shampooflasche und leerte sie bis auf den letzten schaumigen Tropfen. Es schien ihr gutzutun, dieses deutsche No-name-Produkt.

Ich ging auf den Wartburg zu, er war wie immer nicht abgeschlossen, hebelte sachte die schwere Eisentür auf und zwängte mich umständlich nach innen. Weitere Tage ohne Geld waren verstrichen. Mein Neffe Elias besaß ein altes Mofa namens »Schwalbe«, das noch bei uns im Hof stand, und da er sowieso nicht in Berlin war, hatte ich den Tank der »Schwalbe« in den Wartburg umgefüllt. Den Gurt legte ich noch nicht an, das war zu kompliziert, und ich mußte mich auf den Vorgang des Zündens und Startens konzentrieren. Wenn nämlich der Zündfunken auf das Mischbenzin-Gas-Gemisch im Motor traf, mußte man blitzschnell vier- bis achtmal Gas geben, diese erste Sekunde war entscheidend. Der Motor heulte auf, sackte gleich wieder ab, als trete man mit dem Gaspedal nun in ein Luftloch, drohte zu krepieren, abzusaufen, machte einen absinkenden, schrecklichen Orgelton. Und heulte wieder auf, im letzten noch verbliebenen Moment. Eine Viertelsekunde später, und es wäre vorbei gewesen. Dann hätte ich die Ersatzbatterie anschließen müssen – ein zeit- und nervenraubender Vorgang. Dann hätte ich es nicht mehr rechtzeitig bis zu Linda T. geschafft, und zu Elena Plaschg erst recht nicht.

Linda T. war, ich muß das dem Leser erklären, neben Bernadette K. und einigen wenigen anderen aus der Armin-Boehm-Gesellschaft, eine neue Eroberung von mir. Das mußte natürlich gefeiert werden. Am besten mit Elena, der ich das alles noch erzählen wollte, wie auch dem Leser. Es hatte mit einer Party zu tun gehabt, die nach dem Deutschlandspiel gegen Portugal mächtig in Fahrt gekommen war. Eine Party in einer privaten Wohnung, mit freien Getränken, gefülltem Kühlschrank, Häppchen und Erdnüssen! Der Wartburg spielte jedenfalls eine wichtige Rolle an diesem Abend danach. Ich mußte ihn flottbekommen, um bei der neuen Eroberung im Auto vorfahren zu können. Ich wußte doch, wie die Frauen inzwischen auf erfolgreiche Herren mit eigenem Auto standen. Ein Segen, daß das Triebwerk planmäßig gezündet hatte!

Ich fuhr von der Geheimwohnung im Bötzowviertel bis zur Prenzlauer Allee, bog in die kleine Rundbogenstraße mit dem Namen »Prenzlauer Berg« ein und prüfte den Luftdruck in der dortigen Tankstelle. Ich sah, daß die Zapfsäule mit dem falschen Biosprit noch immer stand. Obwohl keine DDR-Fahrzeuge die neue Umweltplakette erhalten hatten und somit gar nicht mehr fahren durften, schenkten die Tankleute also unverdrossen Gemischbenzin aus. Also für die reichen PDS-Bonzen, die es sich leisten konnten. Wahrscheinlich befanden sich noch Tausende Liter im unterirdischen Tank. Ich selbst hatte mir von Volker Mundt eine Umweltplakette faken lassen. Vielleicht war es nun der einzige Wartburg weltweit mit Umweltplakette. Die halbe Belegschaft der Tankstelle kam nach und nach raus und wuselte nun geschäftig um das seltene Fahrzeug herum, wie beim Boxenstop im Formel-1-Rennen. Sie kontrollierten Öl, noch mal den Luftdruck, Kühlwasser, Mischverhältnis und so weiter, in gestoppten elf Komma zwei Sekunden. Den Motor ließ ich natürlich an.

Dann bog ich links in die Torstraße ein und fuhr in einem Rutsch durch bis zu Linda T., also am Volkspark Friedrichshain vorbei bis zur Mulackstraße, Ecke Alte Schönhauser Allee. Dort kam das Auto zur Ruhe. Der Lärm erstarb, und gleichzeitig merkte ich, daß das Handy klingelte, wahrscheinlich schon die ganze Zeit. Elena.

Ich nahm das Gespräch an, stieg aus dem Wagen, brachte Elena auf den neuesten Stand. Sie war ganz aufgeregt, wollte Linda T. UNBEDINGT sofort kennenlernen. Ich versprach es. Linda T. kam nach unten, nachdem ich geklingelt hatte, und nahm mir die Blumen ab. Ein gigantischer Strauß langstieliger Nelken, sehr beeindruckend, die ich bei hochtourig laufendem Motor – Stein auf dem Gaspedal, er durfte nicht ausgehen – im Rondell am Volkspark Friedrichshain gepflückt hatte. Sie brachte die Blumen schnell nach oben, kam wieder und ging mit mir zum Wagen. Elena hatte ihre Werkstatt gleich um die Ecke. Wir fuhren hin und sahen uns die neue Kollektion an. Linda T. fand Elena süß, und das war sie ja auch. Die Kollektion gefiel ihr gut.

Ich fuhr mit Linda T. zur Columbiahalle, wo eine Musikgruppe mit dem Namen Babyshambles spielte. Der Sänger sollte gut sein und vor allem ein Drogenproblem haben. Deshalb gab er das Konzert, weil er Geld brauchte. MEIN Geld. Ich hatte es nur nicht. Das war nun blöd. Pete Doherty hatte auch kein Geld, aber wenigstens ein Drogenproblem, also ein öffentlichkeitswirksames Thema. Hätte ich solch ein Thema gehabt, hätte ich wieder ein Buch schreiben können, nein, Geld damit verdienen können. Schreiben konnte ich ja. Nur der Heißhunger hielt mich manchmal davon ab, zum Beispiel der plötzliche Appetit auf Hühnereier, der mir dann nicht mehr aus dem Kopf ging.

Gerade als ich überlegte, wie ich Linda T. dazu bringen konnte, die Eintrittskarte für mich zu bezahlen, klingelte wieder das Handy. Zum Glück klingelten diese Prepaiddinger selbst dann noch, wenn man seit Monaten kein Guthaben mehr hatte. Es war Neffe Elias, der gute Junge.

»Hi. Du hast mich angerufen. Was wolltest du?« fragte er.

»Ja, hi, ich … wollte dich nur fragen, ob du die ›Schwalbe‹ noch brauchst. Besser gesagt, das Benzin davon.«

»Dir geht's wohl nicht so gut zur Zeit?«

»Weißt du doch.«

»Ja, der Rainer hat es mir gesagt. Du fährst gerade im Wartburg? Was machst du, wo bist du?«

»Ich fahr hier gerade mit einer Braut zu den Babyshambles.«

»Wer ist es?«

»Die Babyshambles!«

»Nein, die Braut, wie heißt sie? Kenn ich sie?«

»Kann ich dir jetzt nicht sagen, sie sitzt ja neben mir.«

»Ja, verstehe … du, übrigens der Rainer, wollt ich dir noch sagen, findet die Idee super mit dem Indienbuch.«

»Woher wißt ihr denn von dem INDIENBUCH?«

»Wieso? Ging das nicht sowieso alles vom Rainer aus?«

»Ah … ja.«

Ich mußte auflegen, das Mädchen wurde unruhig.

Ich begriff plötzlich, daß Rainer Langhans hinter dem Vertrag
mit dem neuen Indienbuch steckte. Ein neuer Verlag hatte mir
angeboten, die Spesen für einen neunmonatigen Indienaufent-
halt zu übernehmen. Dieser Verlag wollte aber partout keinen
Vorschuß für das anvisierte Buch bezahlen. Ich unterschrieb natürlich bereitwillig, hatte damit aber noch immer keinen Cent in
der Tasche. Ich sollte die Passage nach Bombay bezahlt bekommen und anschließend ein regelmäßiges Monatseinkommen,
das für westliche Verhältnisse äußerst gering, für indische aber
verschwenderisch hoch war: 25 Euro am Tag oder 5675 Rupien
pro Stunde. Ich konnte ganze Dörfer leer kaufen, binnen eines
Nachmittags. Nur zurückkommen nach Europa, das konnte ich
dann nie mehr … Das war also der Plan. Ich sollte endlich im
Nirwana verschwinden.

Ich überlegte, wie ich ins Konzert kommen sollte, mit dem
SPIEGEL-Presseausweis? Letztes Jahr noch war ich Mitglied
der Kulturredaktion des SPIEGEL gewesen, aber bei den Babyshambles galt das nicht viel. Nun rief auch noch Elena an,
die irgendwelche Probleme hatte. Ich schaffte es nicht, Linda T.
nicht zu enttäuschen.

»Linda, du mußt alleine da reingehen, ich muß mich leider um
diese Frau kümmern, Elena. Da gibt es Probleme.«

Ich vermied es wieder, Elena meine »Freundin« zu nennen. Letzte Nacht hatten wir uns gut vertragen, was manchmal, wenn auch selten, vorkam, und jedesmal war sie dann am nächsten Morgen ganz besonders aggressiv, wie die Mätresse aus einem schlechten Roman, die schnippisch nach mehr Geld verlangt. »Wo ist MEIN GELD?!« hatte sie heute morgen immer wieder angefangen, und daran erinnerte ich mich gerade. Natürlich erinnerte ich mich sonst eher an nette Dinge, denn von ihrem Geldkomplex abgesehen, war Elena Plaschg ein Schatz. Es machte mir daher auch nichts oder nur wenig aus, Linda T. allein in den Abend zu schicken. Wahrscheinlich gab es nur Stehplätze, und ich wäre bei der dritten Zugabe vor Hunger umgefallen. Linda T. hat es mir nie erzählt, weil sie sich nie mehr gemeldet hat.

Was war also los? Elena hatte sich übelst mit dem Partner ihres Labels gestritten und brauchte Beistand. Oder Ablenkung. Sie wollte innerlich abschalten und in der Geheimwohnung schlafen. Ich fuhr somit in die Geheimwohnung, in der Elena schon wartete. Der Motor war nun warm und machte mir keine Sorgen mehr.

Elena konnte aber nicht so schnell beruhigt werden. Sie bildete sich ein, gerade ihre berufliche Existenz zerstört zu haben. Das stimmte, denn selbst wenn der Streit wieder verflog, als wäre nie etwas gewesen, war das Label geschäftlich gescheitert. Sie hatten drei Kollektionen auf die Beine gestellt und kamen nicht vom Fleck. Sie hatten alle großen Messen für Avantgardemode mitgemacht, und sie waren immer noch da, wo 200 andere Berliner Labelneugründungen auch waren: ein bißchen bekannt, aber ohne Orders. Dabei war Elenas verruchter porn style eigentlich genau das kommende große Ding. Sie hätte für diese Ära das sein können, was Vivienne Westwood für die Punk-Ära gewesen war. Und diszipliniert war Elena auch, in Modedingen, ja *nur* da. Mode war das einzige, was sie konnte. Da war sie ein anderer Mensch.

Wir sahen dann erst den deutschen Farbfilm von 1954 »Salzburger Geschichten« mit Paul Hubschmidt und Marianne Koch. Elena ging noch mal runter und holte zwei Flaschen Sekt vom Nachtverkauf, denn sie hatte Lust auf Saufen. Wir tranken aber doch nur eine Flasche und sahen dann »Bomben auf Monte Carlo« von 1931 mit Hans Albers und Heinz Rühmann.

Wir lagen in dem großen Fernsehsessel, und weil ich nun selbst so angenehm müde wurde und so glücklich bei dem schönen Film, ließ ich uns einfach so einschlafen. Dabei drängte mich Elenas schwerer Körper mit gewaltiger Kraft gegen die Sessellehne. Es war, als schliefe man zu zweit in einer Hängematte. Das gefiel mir, denn das Zimmer kühlte aus, so daß die Körperwärme gut zu gebrauchen war, wie bei den Eskimos, die auch auf diese Weise die Polarnächte bewältigten. Erst um sechs Uhr morgens wechselten wir ins Schlafzimmer, als Elena mit blauen Flecken aufgewacht war.

Morgens vermißten wir ein Frühstück und begaben uns ratlos gleich wieder zum Auto. Wie sollte man ohne Kaffee wach werden? Den gab es nur in Elenas Wohnung. Während Elena das Frühstück zubereitete, sogar mit echten Knack-&-Back-Brötchen, checkte ich meine E-Mails und fand ein bemerkenswertes Schreiben meines alten Verlages vor. Er, mein eigentlicher Verleger, schrieb mir, er habe von dem Indienroman gehört, und es sei wichtig, daß ich jetzt erst mal ein Buch für IHN schriebe. Einen Roman, ja einen großen Roman, das hätten wir doch immer gewollt, mit ganz vielen Seiten und ganz viel Vorschuß: Jetzt sei der richtige Zeitpunkt dafür, auch der Verlag könne einen Knaller wie das Jugendbuch damals nun gut gebrauchen!

Meine Hände zitterten, ich konnte kaum noch die Maus bedienen. Ich sollte Geld bekommen, ja nicht nur das; man stellte mir ein reales VERMÖGEN in Aussicht … so, als würde ich erben. So fühlte ich mich auch. Als hätte ich soeben die Nachricht vom Ableben einer ewig unsympathischen Erbtante erhalten, was meinen finanziellen Triumph bedeutete, aber eben zunächst auch eine Todesnachricht war. Man jubelte nicht dabei, aber gigantisch war es doch, und so zitterte ich. Ich war reich. Wahrscheinlich der reichste Mann in Mitte. Auf jeden Fall ein Krösus unter allen, die ich kannte in meiner kreativen Gegenwelt. Na, es durfte aber keiner erfahren! Es konnte noch viel Wasser die Spree runterfließen, bis ich gerettet war. Womöglich zuviel Wasser. Es stand mir ja bis zum Hals.

Am liebsten hätte ich die Mail gelöscht, damit Elena sie nicht lesen konnte. Ich schloß den Computer, sammelte mich kurz im Badezimmer. Man sollte mir meine Erregung nicht ansehen. Gern hätte ich ein warmes Bad genommen oder wenigstens schnell geduscht, das erfrischt ja so und erklärt dann den frischen, erregten Zustand. Aber die Badewanne stand halbvoll mit Wasser, seit Wochen schon, weil Elenas schwarze Haare das Abflußrohr verstopften. Diese langen schwarzen Haare waren überall in diesem ziemlich zerstörten Badezimmer, auch in den nie trocknenden, halbnassen Handtüchern, die zerknüllt auf den feuchten Fliesen lagen und vergebens auf die Zimmermädchen warteten. Dies war eben kein Hotel, auch wenn die Nacht manchmal etwas kostete. Die armen Handtücher konnten das natürlich nicht wissen. Gedankenverloren öffnete ich ein paar Schublädchen, die, wie in allen Mädchenwohnungen, mit Strass, Klunkern, Drogentütchen, Kämmen und Spielzeug vollgestopft waren. Dann atmete ich tief durch und ging in die Küche zu Elena hinüber.

Die nächsten Tage waren die schönsten seit Jahren für mich, denn ich wußte ja nun, was mir bevorstand. Auf diese Weise konnte ich auch ganz gut mit der Situation umgehen, keinen einzigen Euro zur Verfügung zu haben. Ich war oft in einer mehr als peinlichen Lage, und jeder andere wäre vor Scham gestorben, ich normalerweise auch, aber nun machte es mir nichts mehr aus. Die Leute würden bald merken, mit wem sie es in Wirklichkeit zu tun hatten.

Am schlimmsten war es bei den Fußballspielen, wenn ich vor den Augen meiner besten Freunde das Lokal verlassen mußte, weil ich auch nach der dritten Aufforderung nichts bestellt hatte. Niemand kam dabei jemals auf die Idee, mich einzuladen. Vielleicht waren meine besten Freunde auch nicht so gute Freunde, wie sonst beste Freunde zu sein pflegten? Also, womöglich waren es ehemalige gute Freunde, die abwarteten, ob ich mich wieder fing. Oder sie konnten sich einfach nicht vorstellen, daß ich kein Geld besaß, schließlich war ich berühmt, und sie waren es nicht. Sie hatten dafür anscheinend mehr Geld, als die Medien uns immer weismachen wollten. Eigentlich gehörten sie doch demselben Prekariat an wie ich. Niemand besaß einen Arbeitsvertrag. Von Cornelius zum Beispiel wußte ich, daß er immer noch studierte, obwohl er bereits graue Haare hatte. Aber jeden Abend tafelte die Runde im Lokal, am liebsten im »Brot & Rosen«, einem Italiener aus DDR-Tagen – das war der Geheimtip überhaupt. Dort aß man schlecht, aber teuer. Ich konnte mir nicht einmal die Gemüsesuppe leisten. Die Freunde schlangen ihre Gerichte achtlos in sich hinein, weil sie dabei auf die Public-Viewing-Leinwand schauten. Immer zwischen der 20. und der 35. Minute wurde ich hinauskomplimentiert. Ich streifte dann durch die seltsam sozial aufgeladenen Straßen des sommerlichen Berlins, und überall waren Leinwände und Menschen. Ich konnte mich immer ein Viertelstündchen dazustellen, dann kam erneut ein Kellner.

Aber, wie gesagt, es machte mir alles nichts aus. Bald würde der Tag kommen, an dem auch ich Bestellungen aufgab, und zwar gewaltigere als die meiner besten Freunde: Ich würde Tortellini alla Panna bestellen, als wenn es nichts wäre, ganz beiläufig, ganz zerstreut und voller Arroganz gegenüber dem Personal. Und wenn mich der Kellner nach einem Getränkewunsch fragen würde, sagte ich barsch: »Espresso.« Ich sagte nicht »einen Espresso« oder »bitte einen Espresso«, sondern nur das Wort, als sei es selbstverständlich für mich, so eine Order zu geben. Aber ich würde das schöne neue Vermögen trotzdem nicht einfach verschleudern. Anders als meine sogenannten besten Freunde würde ich nicht sechs Grappa bestellen im Laufe des Abends und allein dadurch 25 Euro verlieren. Nein, ich wollte das Geld für sinnvolle Wunscherfüllungen verwenden. Und mein größter Wunsch, das merkte ich nun besonders deutlich, da ich ohne Geld stundenlang durch Mitte tigerte, war es, Berlin zu verlassen. Also zu reisen. Wie schön war es doch, eine Reise zu tun! Ich hatte dieses Erlebnis seit Ewigkeiten nicht mehr gehabt. Ich malte mir die einzelnen Reiseziele aus.

Als erstes wollte ich eine andere deutsche Stadt besuchen. Irgendeine, nur Berlin sollte hinter mir liegen. Vielleicht München. Dort konnte ich Rainer Langhans besuchen und herauskriegen, ob er mich wirklich nach Indien schickte, um mich für immer aus dem Verkehr zu ziehen. Aber auch aus anderen Gründen. Ich war ja teilweise in München aufgewachsen, hatte die Stadt aber seit dem letzten Jahrhundert nicht mehr gesehen. Noch einfacher war Hamburg. Dort konnte man, wenn man das nötige Geld für die teure Fahrkarte hatte, innerhalb von 90 Minuten hinfahren. Man konnte in Berlin die erste Halbzeit des Spiels Deutschland gegen Portugal sehen, dann in den Hochgeschwindigkeitszug einsteigen, war beim Elfmeterschießen bereits in Hamburg und sah die Entscheidung zugunsten unserer Elf dort. Also, ich ging davon aus, daß wir gewannen, was dann sogar ohne Elfmeterschießen auch geschah.

In Hamburg war ich geboren. Was war aus der schönen Hafenstadt seitdem geworden? Ich wollte es zu gern wissen. Aber noch weitere deutsche Städte interessierten mich. Ich war nämlich kein Tourist. Ich wollte weder neue Städte noch neue Länder kennenlernen. Ich wollte Dinge wiedersehen, die ich schon kannte und die mir lieb waren. Auch den Urlaubsort meiner Eltern wollte ich unbedingt wiedersehen, ja ich verzehrte mich danach. Er lag in Italien, an der Adriaküste, und wenn ich erst vermögend geworden war, dank der üppigen Überweisung des Verlages, konnte ich sogar bis Italien reisen. Auch Paris wollte ich wiedersehen, und Köln am Rhein, die lustige Geburtsstadt Elena Plaschgs. Köln hatte sogar den Vorteil, daß ich nicht allein reisen mußte. Elena würde natürlich mitkommen, dann allerdings schnell die Reisekasse leer saufen. Aber ich würde das Budget einfach limitieren und mich bestimmt nicht durch die Hemmungslosigkeit meiner Begleiterin ruinieren lassen. Ich war der Ältere, ich hatte die Verantwortung, und eigentlich war sie ja doch ein Goldstück, dat kölsche Mädschen, genau die richtige Freundin für solch eine Reise. Na ja, »Freundin« wollte ich sie ja nicht nennen. Sagen wir Bettschatz, wie Goethe es tat, bei seiner nicht standesgemäßen Geliebten. Später hat er sie dann doch geheiratet, aber DAS konnte mir bestimmt nicht passieren. Ein Trashgirl konnte man nämlich gar nicht ehelichen, schon weil das Trashgirl die nötigen Papiere nicht zusammenbrachte. Elena hatte noch nicht einmal einen Personalausweis. Den brauchte sie ja auch nicht, um nach Köln zu kommen.

Aber auch Frankfurt war schön. Oder Stuttgart. Der große Sohn der Stadt, unser amtierender Bundestrainer Joachim »Jogi« Löw, hatte hier gewirkt und gewohnt. Oder auch: Straubing! Das war ein Ort, in dem mein Vater mit uns wohnte, als er Bundestagsabgeordneter war. Es handelte sich nämlich blöderweise um seinen Wahlkreis. Die Zeit dort war nicht schön für ihn und seine kleine Familie, aber ich hatte im Laufe der nun zurückliegenden Jahre und Jahrzehnte ein wachsendes Bedürfnis entwickelt, diesen winzigen Ort noch einmal zu sehen. Er war so klein, und mit seinen 34 000 Einwohnern auf keiner Deutschlandkarte verzeichnet, aber ich war mir sicher, daß es ihn noch gab.

Früher, als ich noch Geld hatte, war dieses Bedürfnis nicht so stark gewesen. Oder gar nicht vorhanden. Jetzt im Alter, Jahre später, ausgezehrt durch Armut und literarische Pleiten, sah ich mein Leben anders. Seit dem Verkaufserfolg von »Die Jugend von heute« waren vier Jahre ins Land gegangen, Hungerjahre, elende Jahre wie 1941 bis 1945, ich meine, auch diese vier Jahre kamen den Überlebenden damals wie eine Ewigkeit vor, obwohl sie wenigstens zu essen hatten. Dafür mußte ich kein Gewehr tragen.

Ich dachte überhaupt viel an den Krieg jetzt, vielleicht weil meine Phantasie so gereizt war, also wieder hungerbedingt. Und weil ich im Heimkino die alten Filme sehen mußte. Ich hatte nun auch noch 230 Videokassetten mit 30er- und 40er-Jahre-Filmen abgestaubt, von der »Videothek 451« in der Torstraße. Das waren nette Leute da. Was die wohl über mich dachten? Ein älterer männlicher Deutscher, der nach ausrangierten Ur-altfilmen im Keller fragt? Sie dachten womöglich, ich würde mich für die Geschichte des Dritten Reiches interessieren, und so trug ich als Beruf »Dozent für Geschichte« beim Registrie-ren ein. Das System konnte mich nun nicht als Nazi-Fan an den BKA-Computer weiterleiten, was es sonst ganz sicher getan hätte. Immerhin lebten wir inzwischen in einem Land höchster Sicherheit.

Dieses Land befand sich inzwischen vollkommen im Fußball-rausch. Ich weiß nicht, warum mir dieses Phänomen so schlech-te Laune machte, aber es war so. Eines Abends spielte die Natio-nalmannschaft der Niederlande gegen die Elf der Sowjetunion, die sich inzwischen Rußland nannte, in Anlehnung an das za-ristische Reich. Ich war in die Straßenbahn gestiegen und hatte eine Linie ausprobiert, die ich noch nicht kannte. Straßenbahn-linien auszuprobieren war eines meiner neuen Hobbys. Dies-mal fuhr ich vom Prenzlauer Berg zur Warschauer Straße. Ein bißchen steif war ich in die Tram gestiegen, was an der Man-gelernährung lag. Ich bewegte mich neuerdings nicht mehr so gewandt wie sonst, wahrscheinlich, weil dazu die Kalorien fehl-ten. Überall im Körper wurde Energie eingespart, auch in den Gelenkmuskeln. Ich war also etwas steif, hatte dafür aber ein geheimes Wundermittel bei mir, nämlich psychopharmazeuti-sche Tabletten, die ich einem Gast Elena Plaschgs stibitzt hatte. Elena hatte fast immer Gäste in ihrer ebenerdigen Wohnung, und diese Leute waren nur in den seltensten Fällen ihre Freun-de. Es waren immer irgendwelche Bekannten von Bekannten, und wieso sie in diese Wohnung kamen, und vor allem wie sie sie wieder verließen, war mir rätselhaft. Diese Leute waren immer jung, und wenn es Mädchen waren, fand ich es nicht völlig uninteressant. Das waren dann diese patenten, völlig normalen, umgänglichen Wesen, die wenigstens einmal die Badewanne putzten. Wenn es Männer waren, waren sie immer depressiv. Sie verließen nie ihr Zimmer, hatten Ohrhörer auf dem Kopf, und manchmal begegneten sie einem in dunkler Nacht auf dem Flur. Übrigens waren sie auch immer homosexuell. Wenn ich Elena nach dem jeweiligen Gast fragte, meinte sie meistens, das sei der … Fahik … der Roberto … der Ichweißnichtwas und dem gehe es wohl gerade nicht so gut, der mache eine Therapie und nehme Psychopharmaka. Nun, dachte ich, das wäre doch mal was für mich, jetzt in den heiklen Tagen, und als ich die Tabletten auch noch deutlich sichtbar im neutralen Badezimmer entdeckte, nahm ich einfach einen der fünf Streifen aus der Großpackung. Da waren zehn Tabletten eingeschweißt, und jede konnte man in vier Teile zerbrechen. Ich hatte somit 40 Einzeltabletten, genug, um damit vom Hunger abzulenken. Diese Tabletten hatte ich also bei mir, als ich nun zur Warschauer Straße fuhr. Das Handy hatte ich ausgeschaltet, nachdem Elena mich wieder mal nur angerufen hatte, um nach »ihrem Geld« zu fragen. Inzwischen sah ich, wenn mein Display »Elena« anzeigte, im Geiste schon die Schrift »WO IST MEIN GELD?« und mochte gar nicht mehr abnehmen. Ich wollte meine Ruhe haben, und dazu hatte ich die Pillen dabei.

Es ist allerdings ein größerer Schritt, als man denkt, plötzlich Psychodrogen zu nehmen. Das macht man nicht so einfach. Die Hemmschwelle war hoch, natürlich nicht so hoch wie bei Heroin, aber immer noch hoch genug. Obwohl die Situation in der unbekannten Straßenbahnlinie unerträglich war, blieb ich erst einmal clean. Die Bahn war vollgestopft mit Fußballanhängern, und noch dazu waren es alles sogenannte junge Leute. Normale Fußballfans, die am Samstag ins Stadion fuhren, waren ja schon die Pest, eigentlich, aber andererseits auch wieder nicht. Man konnte sie belächeln, wie Behinderte, und sich mit ihnen freuen, ihnen zusehen wie einer Klasse von Kindern mit Downsyndrom, die einen Ausflug zum Tierpark machte. Aber DIESE jungen Leute hier waren gar keine Fußballfans, sondern nur sporadische Fans der Europameisterschaft, und in Wirklichkeit waren sie hauptamtliche, staatlich geprüfte JUNGE LEUTE, also diese Berlinzugereisten aus den Gymnasien der deutschen Mittelstädte. Diese immer gleichen erfahrungslosen Gesichter mit der geöffneten Bierflasche in der Hand. Plötzlich konnte ich es nicht mehr ertragen, einfach, weil es so VIELE waren. Ich stieg zwei Haltestellen zu früh aus.

Ich fand mich auf der Oberbaumbrücke wieder, die die Spree an ihrer breitesten Stelle überspannte. Hier war die sonst so kümmerliche Spree breit wie der Amazonas. Ich lief über diese Brücke und registrierte, daß eigentlich alles märchenhaft schön war: die alte steinerne Brücke, seltsamerweise vom Krieg nicht zerstört, der breite Fluß, die schwere Abenddämmerung, die gelben Lichter, die jungen Leute, der Sommer in der Stadt mit seiner schwülen Luft der globalen Klimaerwärmung. Aber ich bekam plötzlich richtige Depressionen, mit Betonung auf richtige. Mein Gesichtsfeld wurde enger, ich konnte den Blick nicht mehr heben, alles schien dunkel wie im Keller zu werden. Schritt für Schritt schleppte ich mich weiter. Vielleicht war es eine schöne Inszenierung meines Unterbewußtseins, um die Einnahme der Psychotabletten zu rechtfertigen. Mitten auf der Brücke hielt ich es nicht mehr aus. Ich fühlte mich so fremd und einsam wie selten zuvor. Ich kannte diese Brücke nicht, diesen Stadtteil nicht, dieses bereits nahende Kreuzberg hatte ich immer gehaßt, und ich ahnte, daß ich gerade auf Friedrichshain zuging, was die Steigerung von Kreuzberg war: noch trostlosere junge Leute, noch mehr alternative Lebensformen, noch mehr umklammerte geöffnete Bierflaschen, noch mehr angehende Künstler, die ein »Projekt« ausstellten, und so weiter.

Daß mein Magen seit drei Tagen vollkommen leer war, war gar nicht einmal wichtig. Ich hätte verhungern können, es wäre weniger schlimm gewesen als allgemein angenommen. Es gab Leute, die hörten irgendwann auf zu essen, weil sie 82 Jahre alt waren und sterben wollten. So etwas ging. Es zerriß einen keineswegs vor folterartigen Schmerzen. Es war vielleicht sogar angenehm, schließlich fasteten auch Milliarden Menschen auf der Welt, und zwar gern und freiwillig.

Aber diese sinnlose und in die Breite ausgetretene Jugendkultur folterte mich, die eben weder mit Jugend noch mit Kultur etwas zu tun hatte, nicht mit Musik, nicht mit Ideen, nicht mit Gefühlen, sondern nur mit glubschäugiger Ratlosigkeit, mit diesem »Hallo?«, das in jedem Satz vorkam, den ich aufschnappte: »Kommt er zu mir, will plötzlich zur Catrin, denk ich, hallo?, was geht denn DA ab, sag ich, du, Volker, da ist die Taxifunknummer, aber laß mich da raus, sagt er, hallo?, was läuft da jetzt ...« und so weiter.

Vor allen Dingen waren es eben so viele. So viele von der gleichen Art. Es gab überhaupt kein demographisches Problem. Auf zehn Millionen junge Leute kam nur ein Erwachsener, nämlich ich, so war das Mischungsverhältnis in Deutschland. Ich griff beherzt zu dem Tablettenstreifen, drückte eine ganze Tablette durch, brach ein Viertel davon ab und schluckte es.

Würg! Womit runterschlucken? Ich wandte mich an den nächsten Typen, der hinter mir ging.

»Du, Alter, darf ich mal aus deiner Flasche trinken? Ich hab grad eine Tablette geschluckt, die steckt noch irgendwie im Hals.«

Ich zeigte ihm den Tablettenstreifen.

»Klar, Mann. Kein Problem.«

Er hielt mir die geöffnete, bräunliche Glasflasche hin, noch mit Spucke am Flaschenhals. Ich tat einen tiefen Zug. Bloß gut, daß diese jungen Spunde immer so kooperativ waren. Ich dankte und ging weiter, ließ mich nur etwas zurückfallen.

Ich spürte natürlich nichts, hoffte aber wenigstens auf einen Placebo-Effekt. Immerhin setzte nach einiger Zeit eine Art verstärkte Gedankentätigkeit ein. Anstatt mich nur schlecht zu fühlen, füllte sich mein Schlechtfühlen mit allen möglichen schlechten Gedanken und Erinnerungen an. Vor allem aber ging die Zeit nun ganz anders vorbei, nämlich schneller. Bald war ich wieder zu Hause. Ich konnte kaum noch das Bett finden, und schon war der Tag zu Ende.

Doch am nächsten Tag war schon wieder ein neuer Tag. Wie in dem Filmklassiker »Und morgens ruft das Murmeltier«. Ich wachte davon auf, daß ich in einem Alptraum davon geträumt hatte, in Deutschland würde die Fußballweltmeisterschaft stattfinden. Und so war es nun auch, fast. Diese Fußballsache dauerte unvermindert an, seit Wochen, oder waren es inzwischen schon Monate? Für wann hatte der Verleger mir noch das Geld und den neuen Vertrag versprochen? Wann hatte man im Achtelfinale Österreich geschlagen? Wann hatte Zinedine Zidane den Maserati per Kopfstoß ausgeschaltet, weil der seine Schwester mißhandelt hatte? Die deutsche Mannschaft spielte jedenfalls schon wieder. Inzwischen hatte sie so viele Achtel-, Viertel-, Sechzehntelfinale gewonnen, und natürlich alle Vorrunden und die Qualifikation, daß der deutsche Mensch in verständlicher Erregung war. Es gab nun wieder genauso viele Fahnen wie während des neopatriotischen Sommermärchens zwei Jahre zuvor. Gegen wen spielte man? Ich wußte es nicht. Schweden? Wieder Brasilien?

Oh nein, es ging gegen die Türken. Es war mehr als nur ein Spiel. Es waren zwei Welten, die gegeneinander kämpften, zwei Systeme, zwei Philosophien. Diktatur gegen Demokratie, Freiheit gegen Unterdrückung, Orient gegen Okzident, Mann gegen Frau, Mittelmeer gegen Nordpol und so weiter. An diesem Tag entschied sich ALLES. Da konnte es wirklich nicht schaden, noch eine kleine Vierteltablette zu schlucken, und ich tat es. In der Wohnung gab es noch frisches hochwertiges deutsches Leitungswasser, und so hatte ich sogar ein kühlendes Getränk zum Nachspülen.

Es war leider schon spät, offenbar verstärkte die Pille die Schlafdauer erheblich. Aber das war auch schon so ziemlich die einzige Wirkung, die die angeblich so gefährliche Psychodroge hatte. Am frühen Abend beschloß ich, ein bißchen durch Kreuzberg zu gehen. Aber diesmal nicht durch die entsetzlichen Jugend- und Studentenviertel, sondern direkt durch die muslimischen und radikal-islamistischen Viertel. Ich war noch nie richtig dagewesen, schon aus Angst vor Übergriffen und Geiselnahmen, aber heute hatte ich auf einmal keine Angst mehr. Ich hatte Lust auf die Gebetsrufe der Muezzin, oder wie die hießen, und, auch das war mir klar: Es war vielleicht die letzte Möglichkeit. Niemand konnte sagen, wie die Welt NACH dem entscheidenden Spiel aussah.

Ich fuhr gut eine Stunde kreuz und quer durch die Stadt, nahm immer die Straßen- und Hochbahn, nie die unterirdischen Bahnen, auch keine Busse. In den Bussen schaukelte es immer so sehr, daß man sich nicht konzentrieren konnte. Aber ich wollte den Burschen ins Gesicht sehen können, genau zwischen die Augen, standhaft und ohne zu zucken und zu schaukeln, also diesen Burschen in roten Türken-T-Shirts, mit Halbmond und »Türkiye«-Schriftzug. Sie waren immer zu fünft, zu sechst, hatten Turbotröten und Musikabspielgeräte dabei, terrorisierten die anderen Fahrgäste damit, hatten allerdings wirklich gute Laune dabei. Diese gute Laune übertrug sich bald auf mich, was auch an der speziellen Musik lag. Die spielten nicht diese doofen unendlich verbrauchten Stimmungslieder, die der westliche Mensch bei Stimmungsanlässen aus der Mottenkiste holt, irgendwelche Rockkracher aus den 80er Jahren, Schlampenhymnen von Madonna, Gruselgejodel von Queen, Bon Jovi, Tina Turner, sondern türkischen Folklorepop von heute und übermorgen. Musik, zu der man unmöglich »sexy« tanzen konnte, schon gar nicht unberührte junge Frauen, aber die waren ja auch nicht in Sichtweite.

Später sah ich sie dann doch, die türkischen Frauen, alle in der Nationalfarbe gekleidet, alle in Rot, manchmal etwas Weiß dabei. Die weibliche türkische Bevölkerung war eindeutig zweigeteilt: Es gab Frauen und Jungfrauen. Zu den Jungfrauen zählten auch alle Kinder, besser gesagt: Die Jungfrauen zählten sich zu den Kindern, und so erschienen sie mir auch. Die Jungfrauen übten keinerlei Reiz auf mich aus, während mir die Frauen viel besser gefielen als die deutschen Frauen. Ich war richtig überwältigt von diesen phantastischen, etwas älteren türkischen Frauen. Überhaupt keinen Mann gehabt zu haben schien zunächst einmal zur Verblödung zu führen, aber dann nicht mehr als EINEN zu haben, tat diesen Wesen sichtbar gut. Die sahen einfach nicht so abgefuckt aus.

Das ganze Viertel war in einer freudigen Erwartung, das merkte man. Ich stieg am Kottbusser Tor aus und traf dort auf etwa zehntausend türkische Fans und tausend deutsche Penner. Ja, überraschend, aber wahr: An diesem Fleck der Stadt bestand die deutsche Bevölkerung tragischerweise nur aus Pennern. Die mußten sich dahin zurückgezogen haben, so wie früher Prostituierte nur in bestimmten Sperrbezirken lebten. Das hatte den Vorteil, daß man in den anderen Teilen der Stadt diese Damen nicht sah. Mit den Pennern war es vielleicht ähnlich. Tatsächlich gab es in den Vierteln, die ich kannte, also in Mitte, im Prenzlauer Berg, im Bötzowviertel, im Zionskirchplatzviertel und in weiten Teilen Ostberlins keine Penner mehr. Früher schon, jetzt nicht mehr. Man lebte wie in einer richtigen Stadt, also so, wie es im Bilderbuch stand: Menschen, Schulen, Straßenbahnen, an jeder Ecke ein Kindergarten, ein Kiosk, ein Schutzmann. Alles wie bei Märklin. Die Sonne schien, Bauarbeiter machten eine Pause. Emil und die Detektive suchten einen Taschendieb. Berlin war eine schöne Stadt.

Ganz anders das, was sich mir hier bot, am Kottbusser Tor. Eine Armee von deutschen Zombies, die sich in das lebendige Rot der Türken eingenistet hatte. Das Schreckliche daran: Die türkischen Heranwachsenden dieses Viertels mußten ein total übles Bild von den Deutschen bekommen. Wenn alle Deutschen, die sie sahen, solche abgerissenen Berber, Säufer, Krakeeler waren, konnten sie gar nicht anders, als sich selbst für rassisch überlegen zu halten.

Ich bog in die Oranienstraße ein. Die Penner verschwanden

allmählich aus dem Blickfeld. Leute wie Melanie Butenschön hätten jetzt gesagt, die Verwahrlosung der Bevölkerung hinge mit dem »totalen Sozialabbau« zusammen. Aber die Wahrheit ging leider genau andersherum: Die Sozialleistungen hatten die Verwahrlosung erst geschaffen. Selbst Barack Obama sagte inzwischen, daß der Niedergang der schwarzen Bevölkerung, bedingt durch die Zerstörung der schwarzen Familien, durch die »Welfare«-Zahlungen gekommen sei. Um so erstaunlicher war eigentlich, daß die türkischen Familien intakt geblieben waren. Anstatt die Kinder mit staatlichen Geldern durchzubringen und dem Mann den Laufpaß zu geben, was aus ihm einen haltlosen Trinker gemacht hätte, hielt die muslimische Frau an der alten Ordnung fest. Das Ergebnis sah ich nun. Eine Lebensfreude, die beachtlich größer war als die der Deutschen. Denn wenn sich die freudige Erregung auf das Fußballspiel bezog, so hätten die Deutschen denselben Grund zur Freude gehabt. Aber ich sah nur miesepetrige Gesichter, also bei den käsigen Gestalten mit deutscher Fahne. Es gab nämlich jetzt auch richtige Deutsche hier. Die ganze Oranienstraße, eine imposante Achse quer durch Kreuzberg, länger als der Kurfürstendamm, füllte sich mit Menschen. Die Vorausberichterstattung für das Spiel hatte offenbar diesmal schon Stunden vorher eingesetzt. Alle zehn Meter stand ein Fernsehapparat oder ein Public-Viewing-Schirm. Auf der linken Seite wurde das Spiel durchgehend auf türkisch übertragen, auf der rechten auf deutsch. In der Mitte der Straße befand sich ein rasch errichteter Metallzaun. Es hieß, der Zaun sei schon vorher dagewesen und sei nur Teil der Kanalarbeiten in der Oranienstraße. Er trennte den türkischen von dem deutschen Teil der Bevölkerung, aber es war jederzeit möglich, hin und her zu wechseln, da es zahlreiche Lücken zwischen diesen Gittern gab, und ich machte Gebrauch davon. Ich wollte gern den Unterschied zwischen den Volksgruppen erkennen. Ich merkte aber, daß die meisten Deutschen sich bei den Türken wohler fühlten und immer dorthin wechselten, also da, wo gute Stimmung war, Lachen, Freude, glänzende Augen, Zurufe,

Scherze, tolle Frauen, rote Kleider, spielende Kinder, weswegen neu dazukommende Türken dann meistens in den deutschen Teil gingen, weil da noch Platz war. Wenn die Deutschen dann merkten, daß auf der anderen Straßenseite, eben der »deutschen«, viel mehr Rot, Jubel, Turbotröten und Raketenböller am Start waren als bei ihnen, wechselten sie wieder. So durchmischte sich das ständig, und ich ging die ganze Oranienstraße einmal rauf und wieder runter, ließ mich treiben, tauschte Blicke mit diesen phantastischen Frauen, setzte mich manchmal, bis ich etwas bestellen sollte, stand wieder auf und schlenderte weiter. Ich hatte noch nie einen so schönen Abend gehabt, ein so schönes Bild vor Augen gehabt, wie diese gut hunderttausend Menschen in der Abendsonne, dieses im besten Sinne des Wortes VOLK. Und dann sah ich sie, die erste gemeinsame deutsch-türkische Fahne, die beiden Stöcke mit einem Gummiband zusammengebunden. Ich merkte, wie ich kurz gegen den Impuls zu weinen ankämpfen mußte. Mir schossen wirklich die Tränen hoch, so überwältigend war es! Und dann sah ich sie überall, diese gemeinsamen Fahnen. Es rührte mich nun nicht mehr, es war ganz normal geworden.

Irgendwie war auch die Zeit stehengeblieben, wegen dieser ins Endlose gedehnten Spielvorausberichterstattung. Seit wann plapperten diese Klopps, Kerners, Netzers und so weiter schon, und wie lange würden sie es noch tun? Keiner konnte es sagen, zumal ich mich meist auf dem türkischen Teil der Straße befand und Kloppo – so hieß der eine Dauerreporter – und Netzer, Delling, Beckmann, Beckenbauer und so weiter nur türkisch synchronisiert hörte.

Dann begann es doch noch, das Spiel. Die türkische Mannschaft spielte furios, aber ich dachte gleich, daß sich so etwas noch nie ausgezahlt hatte; sicher würden die Deutschen gleich das sogenannte völlig überraschende, ungerechte Tor schießen. Nun saß neben mir ausgerechnet ein Landsmann, obwohl ich mir sicher gewesen war, in einer hundertprozentig türkischen Kneipe zu sitzen. Und dieser Landsmann begann in dem Moment, da der erste deutsche Spieler den Ball berührt hatte, zu nörgeln.

»Mein Gott, ist das schlecht! Das ist doch kein Paß, so was. Die stehen ja gar nicht auf dem Platz ... oh nein, was soll denn DAS jetzt sein, hallo?, der kann es doch sowieso nicht, der blöde Schweinsteiger, dem ham'se nach der WM zuviel Puder in den Hintern geblasen ... und jetzt DAS WIEDER! Also nee! Das darf doch nich wahr sein! Der is ja blind, der Ballack ...«

Ballack blind? Mir wurde es zu doof. Die Türken bejubelten jeden eigenen Ballkontakt, und dieser misanthropische Ossi beleidigte sogar unseren Kapitän Michael Ballack? Ich sagte scharf:

»Mein Herr, ich weiß nicht, woher Sie kommen, aber Sie haben soeben den deutschen Mannschaftsführer beleidigt.«

Er sollte sich ruhig ein bißchen fürchten. Immerhin hatten die Medien seit Tagen vor nationalistischen Ausschreitungen gewarnt.

»Och, na ja ...«

»Wollen Sie sich auf der Stelle dafür entschuldigen!«

»Dit war nich so jemeint, wa.«

»Nicht SO GEMEINT, hallo? Sind Sie auf seiten der Muslime, oder was?!«

»Also jut, ick entschuldije mich! Ballack is jut, wa.«

»Danke, und jetzt keine deutschfeindlichen Kommentare mehr, wenn ich bitten darf.«

Er blieb nun ruhig, sagte nur manchmal »gute Flanke«, oder »schön gemacht, Schweini«, bis zur 18. Minute, dann kam die Bedienung, und ich mußte leider aufstehen.

Ich ging nun von Screen zu Screen, und es fielen viele Tore, und die Menschen waren außer Rand und Band. Ich hätte nun das Spiel wirklich gern selbst verfolgt, ohne Unterbrechung, und da fiel mir Jens Tuborg auf meiner Mailbox ein, der mich doch zum Fußballgucken eingeladen hatte, wenn ich ihm im Gegenzug den Draht zum Ex-Kulturchef des SPIEGEL legte. So fuhr ich, zwischen der 30. und der 55. Minute inklusive Pause, zurück zum Prenzlauer Berg, zur Kollwitzstraße. Das letzte Stück ging ich zu Fuß, und da merkte ich erst richtig die sonderbare, einzigartige Stimmung, die über der Stadt lag. Es war eine Stimmung, als fände vor den Toren der Stadt gerade eine jener Schlachten statt, an denen Napoleon beteiligt war und die später in den Geschichtsbüchern stand, etwa die Schlacht bei Auerstedt oder die Schlacht auf den Tempelhofer Feldern. Die Schreie aus Tausenden von Kehlen waren mehr zu erahnen, als zu hören, und sonst war alles vollkommen still. Kein Mensch, kein Tier, kein Pferdefuhrwerk bewegte sich. Alle harrten voller Spannung aus, die Nerven bis zum Zerreißen gedehnt. Jeder wußte: Es geht um alles, und nach diesem Tag würde die Welt nie wieder so sein wie vorher. Selbst die Ampeln waren abgestellt, denn auch die Polizisten wollten lieber das Spiel verfolgen als einen Verkehr, den es nicht gab.

In Jens Tuborgs Wohnung hatten sich etwa 20 Deutsche und eine Türkin versammelt. Auch hier war die Stimmung ungewöhnlich. Niemand schien unkonzentriert, niemand störte den anderen. Auf Kommentare wurde vollkommen verzichtet. Jeder wußte: Die Türken hatten uns unsere Frauen genommen, wenn sie uns auch noch im Fußball schlugen, war alles vorbei …

Es fielen drei weitere Tore, dann war das Spiel aus, Deutschland hatte gewonnen, und die Kanzlerin kam ins Bild. Sie erklärte den Sieg für gültig und die Türkei für ausgeschieden. Die türkischen Spieler mußten binnen 48 Stunden in ihr Heimatland, die Türkei, zurückfliegen. Es gab keine Möglichkeit, das Geschehene rückgängig zu machen. Damit schloß sie, und in der Wohnung brach ohrenbetäubender Jubel aus. Jens zog mich beiseite und fragte, ob ich schon etwas in der »Causa Matussek« unternommen hätte. Ich log, daß man schon bald die nötigen Schritte werde tun können. Die Freunde umarmten sich, schrien ihre Siegesfreude besinnungslos in die Nacht, und der Wohnungsinhaber schlug vor, einen Autokorso zu unternehmen. Es war so laut, daß ich Jens immer schlechter verstand, als der mich über den SPIEGEL befragte und die Leute, die ich außer Matussek dort sonst noch kannte, und wie gut genau meine Kontakte waren und warum. Von hinten schlug mir jemand gutgemeint auf die Schulter. Er hielt mich wohl für seinesgleichen, für einen Freund, einen guten Typen, der jetzt mitfeiern würde über den deutschen Sieg. Ich drehte mich um, schlug zurück, ballte die rechte Faust und jaulte:

»Schlaaaaaand!!«

Da wußte er, daß ich einer der ihren war, ein neuer guter Deutscher, einer aus Mitte, ein Patriot der Berliner Republik, jedenfalls in diesem historischen Moment.

»Kommste mit?« fragte er und meinte den Autokorso.

»Ja!!« schrie ich etwas zu laut.

»Also Cordt Schnibben kann dich nicht leiden«, sagte Jens, »der ist aber gerade in die Mitarbeiter-AG gewählt worden, richtig?«

»Ja, ja, das stimmt …«

Wir wurden aus der Wohnung gedrängt. Der Wohnungsinhaber gab mir eine praktische Deutschlandfahne, so halbgroß, aus Stoff, gut zum Schwenken. Ich hätte viel darum gegeben, jetzt noch eine türkische dazuzukriegen und beide dann zusammen schwenken zu können. Aber die neuen Patrioten der Berliner Republik hätten das wohl nicht so richtig gut gefunden. Ich kämpfte mich zu der Türkin durch und fragte sie, ob sie eine türkische Fahne habe. Sie sagte:

»Eh, krass, Türkei hat verloren, sehr traurig, aber wir trotzdem feiern jetzt für Deutschland.«

Ach so. Sie hatte selbst schon so eine Deutschlandfahne in der Hand. Der deutsche Sieg war total, wie sich bald zeigen sollte. Wir bestiegen die Autos. Zum Glück hatte ich den Wartburg Tourist mangels Benzin nicht dabei. Er hätte sich mit seinem großen Innenraum, der abnehmbaren Heckklappe und den fünf Türen zwar gut für viele jubelnde Mitfahrer geeignet, wäre aber bestimmt zum Spottobjekt für die Türken geworden. Die hätten den kurzerhand abgefackelt. Einem Gerücht nach war die Verkleidung ja aus Pappe. So fuhren wir mit normalen Volkswagen

Golfs los. Der Anführer, zugleich der Wohnungsinhaber, rief, wir würden als erstes mitten durch die Türkenviertel fahren. Und das wurde dann auch gemacht, bei pausenlosem Hupen und Schreien und Fahneschwenken.

Es war dasselbe Viertel, in dem ich kurz zuvor, bei Tageslicht, so glückliche Menschen erlebt hatte. Jetzt, eine Stunde vor Mitternacht, war niemand mehr da. Nur Milliarden Glasscherben. Wir Deutschen brüllten nun erst recht unseren Sieg gegen die Häuser. Wir wußten ja, daß sie da jetzt drinnen saßen, die geschlagenen Muslime, und nicht weiterwußten und sich schämten und ihre Frauen unterdrückten. Jetzt war es vorbei mit Bin Laden und all den Spitzbuben aus ihren Reihen! Allah ist groß, eh? BALLACK ist es, ihr Blindgänger!

Ja, wir hatten den Islam in Europa geschlagen. Sie hatten Wien belagert und nicht erobern können, die Türken, und sie hatten die EM nicht gewinnen können. Alle brüllten wie die Teufel, sogar Jens, der im Auto auf der Rückbank neben mir saß und direkt in mein Ohr schrie:

»Aber wieso verstehst du dich noch mit Philip Oehmke, wenn der doch einer der Verräter beim Putsch gegen Matussek war??!!«

»Weil Oehmke mit Nichte Karline befreundet ist, der Schwester von meinem Neffen Elias!«

»Ist das eigentlich die Tochter vom Suhrkamp-Chef Rainer Weiss oder von Rainer Langhans? Wie stehst du übrigens zu Langhans, so privat??!!«

»Schlaaand, Deut-Schlaaand!!«

Wir fuhren von Kreuzberg aus zum Bahnhof Zoo, wo angeblich eine Million Berliner feierte und wo auch alle Autokorsoautos hinfuhren. Natürlich blieben alle im Umkreis vieler Kilometer um das Ziel herum stecken, aber das gehörte dazu. Chaos sollte entstehen, ohne Chaos keine Entgrenzung, kein unbeschreiblicher Jubel, kein neues Nationbuilding, kein Hambacher Fest des 21. Jahrhunderts. Ein Fahnenmeer wogte weit sichtbar in die Nacht. Überall wurden Raketen gezündet. Ich deklamierte:

»Heute ist Deutschland das glücklichste Volk der Welt!«

Zu Fuß schlugen wir uns weiter Richtung Gedächtniskirche durch. Viele junge Männer hatten sich ihre Hemden ausgezogen, schwer begreiflich, warum. Ich sah nun auch viele alte Bundeswehrfahrzeuge mit echten Neonazis drinnen oder drauf. Ich glaube, ich hatte noch nie zuvor richtig echte Neonazis ganz bewußt gesehen, von nahem, nicht nur gefaked im Fernsehen, sondern echt und in der Wirklichkeit. Sie jubelten uns zu, hupten in unserem Rhythmus, hatten teilweise dieselben Fahnen wie wir, und es war so ein perfektes Gemeinschaftserlebnis, daß ich nun doch froh war, nicht die türkische Fahne zu schwenken und das Nasenbein gebrochen zu kriegen. Die Nazis riefen andauernd »Sieg heil!«, und wir antworteten ebenso überzeugend mit »Schlaaaand! Deut-Schlaaaand!«- Rufen. Heute sollte alles friedlich bleiben, würde dieses Volk der Welt zeigen, daß deutsche Siege ganz ohne Gewalt möglich waren.

»Nichts gegen Neonazis, aber hast du gewußt, daß es SO VIELE davon gibt!?« fragte ich Jens.

»Jetzt lenk nicht ab!!«

Ich schuldete ihm noch die Antwort auf die Frage, wie ich persönlich zu Langhans stünde. Ich machte mir aber gerade ganz andere Gedanken, nämlich wie wir unsere türkische Mitbürgerin schützen konnten. Es war gewiß ein großer, ein historischer Tag für unser Vaterland, aber war es dieses Erlebnis wert, daß die arme Özlan deswegen in einem dieser ausrangierten Bundeswehr-LKW verschwinden und dort leiden sollte? Für Madonna oder Lady Bitch Ray war es vielleicht eine tolle Sache, gleich acht Kerle mit »ganz großen Schwänzen und Eiern so groß wie der Staat Texas« in einer Nacht zu haben, aber türkische Mädchen dachten darüber womöglich ganz anders. Ich schlug daher vor, umzukehren. Ehrlich gesagt, hatte ich auch genug von dem Zirkus. Es ging ja immer weiter rein in diese Hölle. Die Walpurgisnacht war nichts dagegen. Ein Verrückter war nackt auf einen wohl 20 Meter hohen Laternenmast geklettert, hatte dort die deutsche Fahne angebracht, und wollte nun offenbar runterspringen und Pogo Diving in der Menge machen wie beim Punkkonzert. Ich hatte Özlan meinen Arm um die Schultern gelegt, damit alle denken sollten, das sei eine ganz normale deutsche Freundin, mit deutschen Eltern, deutschen Großeltern sowie deutschen Urgroßeltern. Aber würde man uns das auch weiter glauben, wenn wir immer weiter reingingen in den brodelnden Menschenkessel? Seit Stunden kamen wir kaum noch vom Fleck, wurden in diesen Nukleus der Geschichte hineingeschoben.

Ich konnte mich kaum noch orientieren. Selbst wenn ich mich im 360-Grad-Kreis drehte, sah ich überall nur dieses größte Rockkonzert seit den Reichsparteitagen, oder sagen wir, um heikle Vergleiche zu meiden, seit der Love-Parade. Aber dann bemerkte ich doch das Café Kranzler, weil es inzwischen auf dem Dach eines Hochhauses angebracht war und weil es diese charakteristische Tortenform hatte. Ich sagte zu Özlan, ich wisse jetzt, wo wir seien, und wir könnten von hier aus nach Hause fahren. Sie war verständlicherweise froh, das zu hören.

Nur zwei Stunden und unzählige Deutschland-Rufe später erreichten wir den Bahnsteig der städtischen S-Bahn. Der Bahnhof sah erobert, geschleift und geplündert aus, und man konnte sich nicht vorstellen, daß hier je wieder Züge fahren würden. Aber ich sah Polizisten herumstehen, was mich ungeheuer erleichterte, Berliner Polizisten, die nettesten Polizisten des Erdballs. Ich fragte einen, ob noch Züge führen oder ob der Bahnhof und das Gleisnetz zerstört seien. Der Schupo erwiderte strahlend und voller Stolz:

»Ja, es fahren Züge, jetzt wieder! Gleich kommt der erste!«

Und wirklich war der Bahnhof bis eben unpassierbar gewesen. Wir hatten einfach nur Glück gehabt! Von unten drängten schon wieder Hooligans und neue Patrioten der Berliner Republik nach, als der versprochene erste Zug kam und uns aufnahm. Ein Schupo stellte sich sogar mit ins Abteil, und so fuhren wir relativ unbehelligt bis zum Hackeschen Markt. Es reichte, ab und zu »Schlaaand!« zu brüllen, um in Ruhe gelassen zu werden. Auch schützten uns unsere Fahnen.

Am schönsten aber war, daß wir bei unserer Flucht Jens Tuborg verloren hatten. Ich hatte trotzdem ein bißchen schlechte Gefühle deswegen, weil ich seine letzte Frage in dem Lärm nicht verstanden hatte. Es hatte irgend etwas mit seiner Verlegerin zu tun, ich glaubte ihren Namen gehört zu haben, ich sah Jens' wütende Fäuste in der Luft fuchteln, konnte ihm trotzdem nicht adäquat antworten. Er schien sauer zu sein, aber warum? Wir waren schon zu weit von ihm entfernt, konnten nicht mehr zueinander kommen und das klären. Was wollte er? Was hatte Jens mich als letztes fragen wollen?

Özlan wohnte in der Torstraße, und ich brachte sie natürlich hin. Mir fiel ein Stein vom Herzen, als sich die Haustüre schloß, sie in Sicherheit war und bei ihr das Licht anging.

Ich ging von der Torstraße zur Eberswalder Straße und stieß dort auf eine große Menschenansammlung sowie mehrere Hundertschaften Polizisten. Özlan und ich hätten auch diesen Weg wählen können vom Hackeschen Markt aus, das war reiner Zufall, und dann wären wir in die größte Schlägerei der Stadt hineingeraten. Ich ließ mir von den Umstehenden erzählen, daß hier, am Eberswalder Platz, der absolute Bär losgewesen sei. Doch nun habe die Polizei die Lage teilweise wieder unter Kontrolle. Mehrere Tausend Hooligans seien abtransportiert worden. Das war sicher keine objektive, sondern nur eine gefühlte Zahl, aber die Gewalt lag immer noch in der Luft. Es gelang mir, eine Nachtlinie zu Elenas Wohnung zu erwischen. Ich war jetzt sehr erschöpft und band mir das sicherheitsspendende schwarzrotgelbe Tuch einfach um den Kopf, mit einem Sehschlitz vor den Augen. Es waren Gott sei Dank nur drei Stationen. Zu Fuß wäre das aber trotzdem kein Spaß geworden! Ich sehnte mich danach, die vertraute, unaufgeräumte Wohnung von Elena zu betreten, sie schlafend vorzufinden, die gute Elena, mitten im Tiefschlaf, von Fußball nichts ahnend und viel zu fest schlafend, um aufwachen und nach »ihrem Geld« fragen zu können. Und so kam es dann auch. Ich schlüpfte in ihr Bett und ließ das Erlebte hinter mir.

Und zwar gründlich. Ich sah nie wieder in meinem Leben ein Fußballspiel. Ich merkte in der Folgezeit, daß dieses banale und abstoßende Phänomen nichts mit meinem Leben zu tun hatte, oder besser mit meiner Persönlichkeit. Ich bekam gar nicht mehr mit, wer gegen wen spielte und daß die Deutschen das Endspiel gegen Spanien verloren. Ich fand es reizvoller, mir einen Weg auszudenken, wie ich in den kommenden Tagen etwas zu essen bekäme.

Die Lösung hieß für mich überraschenderweise Babysitting. Die alte Bekannte aus guten Münchener Vor-Wende-Tagen, deren Geburtstag ich mit Elena für Minuten besucht hatte, hatte zwei kleine Kinder, die in ihrem Berufsleben doch sehr störten. Sie trat regelmäßig abends mit dieser seltsamen Mädchenband auf, verlor aber den größten Teil ihres Honorars wieder, indem sie während dieser Stunden einen Babysitter bezahlen mußte. Nun stand eine viertägige Tournee bevor. Ich bot ihr an, umsonst auf ihre Kinder aufzupassen, und da sie mich so lange kannte und mir vertraute, nahm sie an und war überglücklich. Nun konnte sie die Geldscheine, die ihr schmierige alte Männer in den Busen schoben beim »fetzigen« Auftritt Marke Tina Turner, für sich behalten. Und ich konnte den gut gefüllten Kühlschrank leer futtern.

Allerdings mußte ich irgendwie die Kinder unterhalten, was natürlich für den ungeübten deutschen Nichtvater eine schwere Aufgabe war. Die Kinder waren sieben und elf Jahre alt, ein Junge und ein Mädchen. Der Junge, sieben, fragte mich niemals nach meinen Kontakten zum SPIEGEL und zum dortigen Ex-Kulturchef, was schon einmal eine Wohltat war. Er wollte allerdings immer mit mir Fußball spielen, im Zimmer. Ich tat ihm manchmal den Gefallen. Nach jeweils zwei Toren für jede Mannschaft pfiff ich dann einfach ab, die Spiele dauerten nur drei Minuten. Mir war Fußball zwar zuwider geworden, aber ganz ohne ging es wohl nicht in Deutschland, und für diesen kleinen Jungen war es anscheinend wichtig, einen körperlichen Kontakt zu spüren. Und das ging nur so. Ich war ja nicht sein Vater und konnte ihn nicht in den Arm nehmen. Dank des blöden Fußballspielens mochte er mich bald richtig gern, und er tat mir den Gefallen, die Stunden durch Unterhaltung zu füllen. Er war musikalisch begabt, oder zumindest trainiert, schließlich hatte er als Role model nur die Musik betreibende Mutter. So spielte er mir auf dem Klavier 30 Stücke vor, die er bereits spielen konnte, ohne auf die Tasten zu gucken. Er kramte einfach irgendwelche Notenhefte hervor und spielte den Stiefel runter. Ich glaube, man hätte ihm auch die Noten von Tokio Hotel hinlegen können, und er hätte es ratzfatz runtergeklimpert. Anscheinend mußte er gar nichts auswendig lernen. Er besaß auch eine Kindergitarre, aber da schummelte er. Er stellte eine Art Playbackmaschine an, sang dazu und tat so, als spielte er die dazugehörigen Griffe. Es ging ihm nur darum, den Popauftritt, also den popmusikalischen Bühnenauftritt zu spielen. Da wußte er natürlich, daß dieser Auftritt das Entscheidende war, nicht die Griffe oder das Handwerk an den Instrumenten. Was ist das erste, das Kinder über die Außenwelt erfahren? Natürlich die Popmusik. Jedenfalls war das in diesem Haushalt noch so, der ja ein höchst konservativer war. Das kleine Mädchen war weniger interessant, aber auch nett. Es zog sich gern zurück, und ich hatte keine Arbeit, konnte in aller Ruhe essen.

Ich war fast eine Woche bei diesen Kindern, und als ich nach Hause kam, fand ich einen Honorarscheck der Frankfurter Allgemeinen Sonntagszeitung im Briefkasten. Es sollten herrliche Wochen folgen. Ich bezahlte das Telefon und hatte sogar noch etwas Geld übrig, um mir die meisten meiner aktuellsten Wünsche zu erfüllen: zum Beispiel zwölf frisch gebackene Negerküsse für insgesamt nur 89 Cent bei Kaiser's, die im Babysitterhaushalt verboten waren. Auch eine Flasche »Zappo« war wieder im Warenkorb, so daß ich wenigstens theoretisch mittrinken konnte beim nächsten geselligen Zusammensein irgendwelcher besten oder auch schlechtesten Freunde. Die wollten zwar gerade nichts von mir wissen, aber ich sagte ja: wenigstens theoretisch. Das Tollste war, daß ich mir ein Kilogramm Billigvollwaschmittel bei Penny leistete und von da an täglich die kleine Waschmaschine laufen ließ. Wie bei den Asiaten, die kein Geld hatten, aber immer saubere Hemden, genoß ich die Reinheit und den ständigen Waschmittelgeruch, den ich um mich verbreitete. Die Leute merkten sofort: Hier war ein Mann, der sich keineswegs aufgegeben hatte.

Tagsüber ging ich wieder einer regelmäßigen Arbeit nach. Pünktlich um zehn Uhr saß ich am Computer und spielte Thomas Mann, drei Stunden lang. Dann las ich alte Zeitungen, ruhte, nahm mein Einheitsmüsli zu mir und machte weiter, indem ich meine »Korrespondenz« pflegte. Die alten Zeitungen besorgte ich mir von Nadine, also dem Friseursalon, wo ich mit eigenen Büchern bezahlen durfte. Meine »Korrespondenz« bestand natürlich vornehmlich aus Schreiben, und zwar an meinen Lektor, den guten alten van der Huelsen. Einmal hatte ich ihn sogar angerufen und die heikle Frage des Vertragsvorschusses direkt angesprochen. Er lachte, und immer, wenn er das tat, also in dieser ganz bestimmten Art, wie Rudi Carrell ungefähr, das wußte ich schon von früheren vergleichbaren Situationen, folgte bald eine lustige Schnurre, die er erzählte. Diesmal ging sie so:

»Ach ja, der Vorschuß, mein lieber Lohmer! … Der Chef sprach davon, wir machen wieder ein Buch zusammen. Schön. Kennen Sie eigentlich die Geschichte mit dem Sechstagerennen in Bremen?«

»Nein, Herr van der Huelsen!«

»Also, Bremen ist ja sehr berühmt für sein Sechstagerennen, die Leute dort sind natürlich sehr stolz darauf, und einmal hat eine Bremer Firma einen Preis ausgelobt, also …«

Ich versuchte, ihm gedanklich zu folgen, was nicht leicht war. Eine Bremer Firma … Preis ausgelobt … 200 Euro … dann das Fernsehen … noch fünf Sekunden, ruft der Aufnahmeleiter, deutet das mit fünf Fingern an ... daraufhin mißversteht der Rennleiter das und erhöht den Preis auf 500 Euro.

Van der Huelsen lachte herzlich. Ich hörte, wie er am anderen Telefonende heftig atmete, an einer Zigarette zog. Wahrscheinlich hatte er auch ein frisches Kölsch neben sich stehen. Was hatte er mir mit dieser 500-statt-200-Euro-Parabel sagen wollen? Ich lachte herzlich mit und tat so, als hätte ich die Pointe verstanden. Ich wollte später noch einmal darüber nachdenken.

Ja, so war mein belgischer Lektor, eine Seele von Mensch. Mit ihm konnte ich über alles reden, und das hieß im Moment: Ich war im Geschäft. Ich mußte nur die Zeit für mich arbeiten lassen. Dazu bedurfte es weiterhin einer guten Organisation meines Alltags.

Von meinem Einheitsmüsli besaß ich einen ganzen Zentner, das konnte mir so schnell nicht ausgehen. Ich aß in diesen Wochen die Luxusvariante mit Sojamilch und echter Banane. Die Sojamilch ersetzte ich später durch Milchpulver, das ich mit gekochtem Wasser zu Milch machte. Die Banane hielt ich lange bei, es gab sie für 80 Cent das Kilo beim netten Obstmann. Dieser nette Obstmann war ein Beispiel dafür, daß man als armer Mensch viel besser und menschlicher behandelt wurde als ein reicher. Jedenfalls war das in Berlin so. Vielleicht differenzierten die Leute auch sehr genau zwischen Armen, die zu Recht arm waren, und solchen Armen wie mir, von denen es womöglich bereits Millionen gab. Leute, die hart arbeiteten, sich ständig bemühten und trotzdem nicht das Geld hatten, um sich auch nur einmal so zu besaufen, wie die Hartzies es jeden Tag taten.

»Hartzies«, das war das liebevolle Wort für Hartz-IV-Empfänger, das mein Nachbar Volker Mundt und seine Freundin Melanie Butenschön immer gebrauchten. Um die beiden nicht zu verprellen, tat ich so, als verträte ich selbstverständlich ebenfalls die Sache der Hartzies, und tatsächlich befaßte ich mich wieder mit dem Thema.

Angeblich war es ja vollkommen ungerecht, was der Staat mit den Armen machte. Er baute immer alles ab, ihr Einkommen, ihre Rechte, ihre Gesundheit, und er tat es schon seit Ewigkeiten, dieses Abbauen. Diese Haltung, dieser Diskurs war mir von Kindesbeinen an vertraut. Auch im letzten Jahrhundert, auch unter Kohl, unter Willy Brandt, unter Adenauer, Stresemann und Bismarck: Immer war angeblich alles schlimmer, gemeiner, perfider geworden für die Armen. Die Daumenschrauben wurden permanent weiter angezogen. Wenn einmal etwas besser wurde, dann nur scheinbar, um eine noch größere gemeine Verschlechterung zu vertuschen. Ich fragte mich, wie das mathematisch möglich gewesen sein sollte, daß seit dem Römischen Reich alles immer weniger wurde für das Volk, das a priori arme. Dann gab mir Volker das Buch von Bertolt Brecht »Die Geschäfte des Herrn Cäsar« zu lesen, und dort sah ich mit Entsetzen, daß angeblich auch die alten Römer das Volk immer mehr ausplünderten, jedes Jahr stärker. Wenn die Armen nach 400 Jahren stets zunehmender Ausplünderung immer noch Mittel besaßen, die man ihnen wegnehmen, kürzen, weiter beschneiden konnte, mußte jeder von ihnen am Anfang einen Reichtum wie Dagobert Duck besessen haben.

Das alles sagte ich natürlich nicht Volker oder gar Melanie Butenschön, die ich ja nicht kränken wollte. Doch diese Gedanken über Hartz IV gingen mir nicht aus dem Kopf, gingen immer weiter: Warum beschwerten sich die Armen immer so völlig selbstgerecht, warum waren sie sich ihrer Haltung so sicher? Wieso konnte sich ein gesunder, kräftiger, gutaussehender Mensch, der die Miete, das Essen für sich und die Kinder, die Kleidung, die Heizkosten, die Malstifte für die Kleinen und so weiter geschenkt bekam und ein Taschengeld von mehreren Hundert Euro monatlich dazu, für vom Leben mißhandelt und benachteiligt halten, während neben ihm Menschen wohnten, die alt waren, hinfällig, schwach, die bald sterben mußten, die Krebs hatten, die keine Kinder hatten, die keinen Partner hatten, die nicht lieb angefaßt wurden, weil ihr Körper schon größtenteils verfallen war oder weil sie schon häßlich auf die Welt gekommen waren, kleinwüchsig, fettwanstig, bebrillt? Oder weil sie in Afrika auf die Welt gekommen waren oder anderen Teilen der dritten Welt, unterernährt, aidsinfiziert, das Gesicht nur ein Totenschädel? Wie kamen diese ostdeutschen Hartzies zu ihrer unumstößlichen Gewißheit, das Leben in Gestalt des Staates behandle sie unfair? Und wenn man ihre Bezüge um zehn Prozent erhöhte, stampften sie vor Empörung mit dem Bein auf die Erde, daß es nicht 20 Prozent waren. Schon das ganze Jahr über verging kaum eine Woche ohne die Nachricht, irgend etwas werde nun ebenfalls erhöht: das Wohngeld, das Kindergeld für das dritte Kind, das Kindergeld für alle Kinder, die Zahl der garantierten Kita-Plätze, das Arbeitslosengeld für Alte, die Rente, der Regelsatz, die Kleiderpauschale, der Sozialbonus, das kostenlose U-Bahn-Fahren und so weiter. Volker Mundt spürte überall Aufwind für seine Sache und klebte nachts diese mir schon bekannten Plakate auf alle Bauzäune und Freiflächen: »Kampf dem totalen Sozialabbau!« Ich wäre gern ebenso empört gewesen, erinnerte mich aber, daß es dieses Wort auch schon gegeben hatte, als ich noch Schüler war: der totale Sozialabbau. Ein beliebter Sport der vom totalen Sozialabbau Betroffenen war es damals, sich für ein paar Tage irgendwo anstellen zu lassen, zu kündigen und dann jahrelang monatliche Beträge einzukassieren, die weit über dem BAföG-Satz lagen.

Das alles ging mir durch den Kopf, genau wie der bald anstehende Vorschuß des Verlages, mit dem sich mein Leben ändern würde. Käme er, der Vorschuß, wäre ich ein Mann mit einem vollen Portemonnaie, elegant gekleidet im überraschenden Dreireiher, dem jungen Joseph Roth nicht unähnlich, meinem Vorbild, und übrigens trotzdem kein Verschwender. Das Geld würde ich mir gut einteilen, wie damals nach »Die Jugend von heute«, das Buch, das den Verlag reich gemacht hatte und mir ein wenig Sicherheit gab, bis zum nächsten echten Bucherfolg.

Leider kam der nicht. Nach drei Jahren fühlte ich mich schon wie Christoph Kolumbus, der seit Ewigkeiten im Meer Richtung Indien starrt und einfach nichts sieht.

Aber ich war clever. Die letzten tausend Euro hatte ich damals in 20 einzelne Briefumschläge zu 50 Euro aufgeteilt, so daß mir das Geld nicht gänzlich ausgehen konnte. Als ich bei den letzten 200 Euro angekommen war, teilte ich diese wiederum in 20 Umschläge auf, nun zu zehn Euro. Irgendwann hatte ich nur noch 1,25 Euro in jedem Umschlag. Und dann eines Tages keinen einzigen Euro mehr. Von da an ging ich dazu über, mit beträchtlichen Beständen kleiner Münzen, vor allem Ein-, Zwei- und Fünfcentmünzen, zu bezahlen. Zum Glück lebte ich in der größten Stadt Deutschlands, die zugleich die ärmste war, und fiel nicht wirklich auf. Wenn ich dann endlich doch wieder ein Honorar erhielt, ging ich klug vor. War es von einer bürgerlichen Zeitung und hoch, bezahlte ich augenblicklich den jeweiligen Mietrückstand, denn eine eigene Wohnung war für jeden Schriftsteller das einzig Wichtige auf der Welt. War es von einer linken Zeitung und niedrig, legte ich es, durch Erfahrung allmählich gewitzt, in Münzen an. Ich kaufte bis zu 20 Rollen prägefrische kleine Centmünzen, bis hin zu 20 Cent. So hatte ich niemals GAR KEIN Geld im Haus. Das war jedenfalls mein Kalkül. Natürlich kam dann doch wieder irgendwann der Moment, an dem ich ein Äpfelchen beim Obstmann kaufen wollte, und die allerletzten 15 Cent dafür nicht reichten, egal, wie klein das ausgesuchte Objekt war. Das war dann auch der Punkt, an dem ich immer dachte:

›Jetzt mußt du Sascha Lobo besuchen!‹

Das war ein Mann, der, obwohl nicht mehr jung an Jahren, plötzlich richtig berühmt geworden war, in den Medien, und reich, und zwar mit Hilfe eines seltsamen Haarschnitts. Er hatte einfach ermittelt, was die auffälligste Frisur im deutschen Fernsehen wäre, und kam auf den »Irokesenschnitt«, eine keineswegs originelle Punkfrisur aus den 70er Jahren, die aber inzwischen niemand mehr trug. Genausogut hätte er sich die päpstliche Tiara aufsetzen können, die allerdings kein Zeichen für »Jugend« gewesen wäre. Darum ging es ihm aber. Mit dem Irokesenschnitt hatte er Zutritt zu jeder Talk-Show, war eben der Vertreter für »Jugend«, ohne das erklären oder beweisen zu müssen. Es paßte ganz gut, denn er war ohnehin ein interessanter, schlagfertiger junger Mann. Nur wenige wußten, daß er noch in den Schröder-Jahren ein ganz normaler Angestellter der »Kampa« gewesen war, ein typischer Medienmann, Ende 30, seriös-dynamisch, Seitenscheitel, Krawatte, feste Freundin, erstes Kind in Planung, damals. Ich mochte ihn. Denn er war der einzige, der mich jemals auf die Trennung von meiner Frau angesprochen hatte. Ich meine, der das wirklich wissen wollte. Mehrmals war er mit mir deswegen stundenlang spazierengegangen. Nun, da er so berühmt geworden war, und so reich, nutzte ich die Spaziergänge dazu, ihm neben meinem seelischen auch das finanzielle Leid zu beichten. Er gab mir dann immer etwas Geld, weiß Gott nicht viel, aber doch zehn Euro, und das reichte dann wieder für zwei Wochen.

Ich rief ihn auf meinem E-Plus-Prepaidhandy an, denn er hatte eine E-Plus-Nummer. Für jedes Handynetz besaß ich ein entsprechendes Prepaidhandy, so daß ich in alle Netze umsonst einwählen konnte. Sascha Lobo freute sich, daß ich anrief. Leider mußte er gerade etwas schreiben.

»Na, dann rufe ich eben danach wieder an.«

Er sagte nicht ja und nicht nein, sprach statt dessen von seiner Arbeit. Also eine Zusage war das nicht. Als ich am Abend wieder anrief, nahm er nicht ab.

Ich hatte es mir aber in den Kopf gesetzt, den Mann jetzt zu sehen. Mir fiel partout kein zweiter mehr ein, den ich hätte treffen können, weder zum Spazierengehen noch zum Reden oder gar zum Geldbekommen. Alles drei wollte ich auf einmal so gern. Ja, sogar ohne Geld wäre ich nun mit Sascha Lobo gern die Torstraße in der Abendsonne entlanggeschlendert!

Zum Glück fiel mir in diesem Moment ein, daß mir dieser letzte Wohlmeinende beim letzten Treffen gesagt hatte, seine

Freundin habe sich von ihm getrennt. Ich hatte das danach völlig vergessen.

Also – es ging ihm selbst schlecht! Dann gab es doch erst recht einen Grund, sich zu treffen. Ich rief noch mal an.

Wieder nichts. So fuhr ich mit dem Rad zu seiner Wohnung und klingelte. Als er durch die Gegensprechanlage meinen Namen hörte, veränderte sich seine Stimme. Und zwar ziemlich. Ich hätte schwören können, es sei gar nicht er, Sascha Lobo, der mich da barsch und hochfahrend, ja höhnisch abwies. Es ginge nicht, also beim besten Willen nicht, unter gar keinen Umständen, und er sagte es wütend und lachte zwischendurch. Ich sagte:

»Sascha, ich mache mir Sorgen um dich. Ich weiß, wie es dir geht; ich habe das alles doch selbst durchgemacht …«

»Ich werde nicht runterkommen, Lohmer.«

»Du mußt unter Leute. Du darfst dich nicht so einschließen, obwohl ich es verstehe!«

»Nein, es geht mir super, und ich kann jetzt BESTIMMT NICHT.«

»Ja, ja, das Wetter soll ja morgen sowieso schöner sein, und wir könnten ja auch morgen … hallo? Wir könnten … hallo, bist du noch da? Hallo? Hallo!! Sascha!«

Er hatte schon beim ersten »morgen« die Anlage abgestellt. Ich konnte ihn nicht treffen, ja ihn nicht einmal kurz in der Wohnungstür angucken, seinen häßlichen roten Bürstenkranz auf der Glatze, sein verständnisvolles Gesicht.

Irgendwann kommt eben immer der letzte Tag für etwas. Für eine Sache, für ein Projekt, für eine Freundschaft. Das hat Gott so gewollt. Am liebsten wäre ich einfach zurückgeradelt in meine Wohnung, hätte meine letzten Münzen auf den Tisch gelegt und mit ihnen gespielt. Das hatte ich nämlich als Kind manchmal getan. Ich sammelte Zehnpfennigstücke, das konnte ich ziemlich lange durchhalten, Monate, bis ich 50, 60 oder sogar 85 Mark zusammenhatte. Jeder Erwachsene gab einem ja gern einen Groschen. Mit all den Münzen spielte ich dann »Geld«. Ich stapelte sie auf, baute damit Türme, Mauern, Straßen oder legte einen Dagobert-Duck-Geldspeicher an, in den eine Playmobilfigur hineinsprang, um sich zu erfrischen. Es war herrlich.

Aber im Moment hatte ich ja keine Münzen, außerdem war der Einfall unterirdisch blöd. Nur harte Arbeit konnte die Antwort auf diese Demütigung sein. Nur kristallklarer finanzieller Erfolg würde Sascha Lobo die Schamröte in den Hendlkopf treiben. Ich MUSSTE wieder eine große Reportage schreiben, die von allen mit Bewunderung gelesen wurde. Ganz deutlich stand endlich dieses nächste Thema vor meinem geistigen Auge: eine große Sozialreportage mit Melanie als Blickfang und rotem Faden: »Arm in Deutschland – ein Tag im Leben der Sozialrevolutionärin Melanie Butenschön«. Sie würde mit mir einen Tag lang durch die sozialen Brennpunkte ihres Wahlkreises ziehen wie einst Evita Perón durch die Armenviertel von Buenos Aires. Melanie Butenschön, die Mutter Teresa des Marxismus. Wenn auch die ganze Welt im Wohlstand ertrank, so behielt diese junge Unberührbare doch den Blick auf jene gerichtet, die im dunkeln standen und die man nicht sah. Leute wie mich!

Am Tag darauf traf ich sie dann wirklich, Melanie Butenschön. Auf meine E-Mail-Anregung, doch eine Sozialreportage im Egon-Erwin-Kisch-Stil mit mir zu machen, hatte sie mit dem Wunsch nach einem intimen Hintergrundgespräch reagiert. Und ein Lokal genannt, nicht das Thälmann-Haus, sondern das »Auszeit« in der Amrumer Straße. Ich kannte es nicht. Man fuhr mit der U 7 bis zum Leopoldplatz und schlug sich dann durch verwunschene, unentdeckte Siedlungen, in denen ich ehemalige Proletarier und nachrückende Türken vermutete, bis zu einem unauffälligen, verkehrsarmen Platz. Hier war das »Auszeit«. Wie das Wort schon sagte, passierte hier nichts.

In dem Lokal war es richtig dunkel, und wenn man in den hinteren Bereich ging – es gab mehrere Räume –, wurde es noch finsterer. So stellte sich Klein Fritzchen die klassische KPD-Kaschemme vor. Wenn nicht gerade eine Saalschlacht mit der

SA auf dem Terminplan stand, konnte man hier tief ins Glas schauen und den Kapitalismus verfluchen.

Wenn schon dunkel, dann ganz dunkel, dachte ich und wählte den schwärzesten Winkel des Etablissements. Ein gelblich runder Lampenschirm mit einer Fünfzehnwattkerzenbirne darin stand genau auf dem Tisch und warf ein flackerndes Theaterlicht auf die schemenhaften Gesichter der beiden großen Persönlichkeiten, die hier gleich Platz nehmen würden, Melanie Butenschön, der Engel der Armen, Tochter Teresa der Verworfenen jenseits von Kalkutta, und Johannes Lohmer, der große sozialistische Realist des 21. Jahrhunderts, vergessen und verkannt von seiner Zeit.

Sie kam, und ich war überrascht, wie wenig Angst ich vor ihr hatte. Ihr altes Fahrrad, zu alt, um gestohlen zu werden, wie sie sagte, hatte sie mit zwei langen schweren Stahlbändern um einen abgestorbenen Baum gebunden und gesichert. Ich sah das, als wir uns verabschiedeten. Nun kam sie rein, hatte den schlanken wohlgeratenen Frauenkörper in ein graues Flanellkleid gehüllt, sehr dezent, unaufreizend, defensiv. Nur wenn sie saß und sich ein bißchen nach vorn beugte, sah ich die Brust, und schon das raubte mir fast den Verstand. Also nur das. Weil sie ebenfalls so wohlgeraten, so fest, leicht anschwellend war, so überraschend nackt. Aber sonst wurde mein Verstand gut behandelt, er funktionierte sogar besonders gut bei diesem »Hintergrundgespräch«. Melanie bestellte einen strammen Max sowie ein großes Glas Lausitzer Apfelsaft. Ich bestellte nichts, sondern log, ich sei noch pappsatt von einem äußerst üppigen, nährstoffreichen Frühstück, das ich gerade genossen hätte. Da ich aber etwas bestellen MUSSTE, nahm ich auch den Lausitzer Natursaft. Ich hob mein Glas:

»Laß uns auf den lieben Gregor Gysi trinken!«

»Da mach ich gerne mit …«

Wir nippten an unseren Gläsern. Ich fragte sie nach ihrer Kindheit, und sie erzählte bereitwillig. Sie war in Dresden geboren und aufgewachsen, im sogenannten Tal der Ahnungslosen, wie man die Stadt nannte, weil sie keinen Westempfang hatte. Also man konnte das Westfernsehen nicht sehen. Für Melanie gab es nur den Sozialismus, und sie war von Anfang an Gruppenratsvorsitzende, die kommunistische Variante des Klassensprechers. Sie trug die Uniform der Jungen Pioniere, beteiligte sich begeistert an der Jugendweihe, schrieb die revolutionären Wandzeitungen mit Durchhalteparolen voll, organisierte die Pfingsttreffen, die man sich phänomenologisch als Hitlerjugend-Zeltlager im DDR-Gewande vorstellen muß. Doch als Melanie elf Jahre alt war, brach das ganze Gebilde zusammen. Honecker stürzte, und die Wessis besetzten das schöne Tal der Ahnungslosen, vorneweg Versicherungsbetrüger und andere Verbrecher. Zugleich stürzte das junge Mädchen unvorbereitet in die Pubertät, und der Vater wurde auch noch von den neuen Herren in die Arbeitslosigkeit gezwungen. Zum Glück gab es noch die Sowjetunion, und Melanie fand Trost in einem freiwilligen Erntejahr in Sibirien. Sie wollte das alles eigentlich gar nicht erzählen, aber ich erinnerte mich gerade rechtzeitig an diesen erfolgreichen Moderator im Fernsehen, Beckmann, der so eine feine Fragetechnik hatte, mit der er die Leute dazu brachte, seelisch auszulaufen wie eine leckende Milchtüte. Ich beugte mich also vor, zog den Kopf dabei ein, versuchte, den Ausschnitt nicht zu beachten, was mir nicht gelang, und sagte feinfühlig und intensiv zugleich:

»Mich also würd halt interessieren, also um das innerlich nachzuvollziehen, wie sich das anfühlt, wenn dem Vater so etwas Furchtbares passiert, und man selbst, also die Pubertät und das alles, ich meine: Wie FÜHLT sich das alles in dem Moment eigentlich von INNEN an?«

Ich merkte, wie sie stockte, wie sie vielleicht schon mit den Tränen kämpfte, aber natürlich bekam sie sich sofort wieder unter Kontrolle. Und dennoch erzählte sie viel von sich. Ihre Reisen durch Rußland, durch Amerika, ihre Begegnungen mit den Schwachen, Kranken, arbeitslosen Jugendlichen, vor allem natürlich in Rußland. Angeblich hatte es ihr immer Spaß gemacht, den Schwachen zu helfen. Sie gebrauchte den Ausdruck immer wieder: Spaß durch Helfen. Und das war sicher der Schlüssel zum Verständnis dieser Person. Melanie Butenschön war eigentlich immer traurig und antriebsschwach, und sie erwachte erst zum Leben, wenn sie helfen konnte. Ihre natürliche Bestimmung war das Helfen. Alles andere ließ sie kalt. Auf Fragen nach Vorlieben, Leidenschaften, Idolen und so weiter gab sie seltsam tote Antworten. Ihre Lieblingsband war angeblich Milli Vanilli. Selbst Wikipedia konnte mit diesem Phänomen nichts anfangen. Die Band hatte es wohl wirklich einmal gegeben, aber in namenloser Vergangenheit. Die Mitglieder der Band waren unbekannt. Es gab Gerüchte, daß die Lieder allesamt nicht von der Band stammten, ja nicht einmal von ihr gesungen wurden. Die entsprechenden Tonträger konnte man nur noch in den neuen Bundesländern sowie in Moldawien kaufen. Sehr seltsam. Melanies Großmutter, die nicht in Dresden wohnte, besaß einen Westfernseher, und deswegen fuhr das aufgeweckte Mädchen manchmal zu ihr. Es sah dann tschechische Zeichentrickfilme. Das war einfach das größte. Und die Jugendsendung »elf-neunundneunzig«. Mit brandheißen Videoclips von Milli Vanilli.

»Wie findest du denn ›Germany's Next Topmodel‹?« fragte ich interessiert, wieder ganz Beckmann, so aufgeschlossen. Aber da kam ich nicht weiter, da die Großmutter inzwischen verstorben war. Kein Westfernsehen mehr seitdem. So fragte ich als nächstes, was sie am liebsten täte in ihrem Leben, womit sie sich für ihre harte Arbeit belohne.

»Lesen!« sagte sie sofort.

Sie las am liebsten Goethe, aber auch die großen Russen, Tolstoi, Dostojewski, Puschkin, Putin.

»Putin auch?!«

»Ja, aber von dem gibt's ja noch nicht soviel.«

»Der russische Ministerpräsident SCHREIBT?«

Nein, es war nur ein Namensvetter, Leonid Putin, ein Autor aus Leningrad, schon verstorben. Er hatte auch das Drehbuch zu »Stalker« geschrieben. Von Goethe mochte sie alles außer »Wahlverwandtschaften«, die ihr etwas zu anrüchig waren.

Ich merkte, daß meine Gesprächspartnerin schnell ermüdete. Dagegen gab es nur ein Mittel: Ich mußte sie auf ihre Lebensaufgabe ansprechen, das Helfen. So sprachen wir über Hartz-IV-Gesetze und die Ungerechtigkeiten, die sie mit sich brachten. Melanie wurde bei dem Thema tatsächlich einen Tick lebhafter, sie redete nun länger und weit ausholend, fast wie eine Politikerin, und ich konnte mich auf das Zuhören beschränken, was ich gerne tat, denn dabei konnte ich mich ganz auf ihr schönes Gesicht konzentrieren, darin, in dieser bewegten Schönheit, schier versinken.

Also Hartz IV, wie das blöde Gesetz immer noch genannt wurde, sei verfassungsrechtlich meist am äußersten Rand des rechtlich Zulässigen. Auch die unterschiedlich hohen Gelder, die Erwachsene und Kinder bekämen, seien verfassungswidrig und führten zur Kinderarmut. Schikanös und juristisch fragwürdig seien die neuen Unterhaltspflichten in sogenannten Bedarfsgemeinschaften. Dort würden neuerdings Väter zur Unterhaltspflicht herangezogen, die gar nicht die echten Väter seien oder so ähnlich. Schließlich sei die strengste Sanktionierung bei kleinsten Pflichtverstößen rechtlich ein Unding. Also wer einmal beim Date mit dem Fallmanager zu spät komme, verliere die staatlichen Gelder und damit seine Existenz – das sei mit der Menschenwürde nicht vereinbar. Ich verstand oft nur halb, was sie meinte. Warum sollten Kinder genausoviel Geld bekommen wie Erwachsene? Wieso war es ein Verfassungsbruch, wenn man den Erwachsenen mehr zusprach? Was war daran Kinderarmut, wenn der Papa sich noch manchmal in der Kneipe ein Bier gönnte, die Kinder dagegen mit weit billigerer Milch abgefunden wurden? Forderte das Grundgesetz eine zwingende Beteiligung der Kinder am Kneipenbesuch? Ich traute mich aber nicht, eine Diskussion darüber zu beginnen. Ich wollte nicht als rechter Knochen dastehen.

Ich studierte weiter die zeitlose Schönheit dieser Frau, die sich vor allem im Ebenmaß ihrer Gesichtszüge, aber auch aller sonstigen Komponenten ihres Körpers – und sicher auch ihrer Seele, die dieser im wahrsten Sinne des Wortes nur verkörperte – zeigte. Ich dachte einmal, daß nun der Moment äußerster Nähe erreicht sei. Ich ging mit meinen Augen auf ihrem Gesicht spazieren, und die Zeit war seit einigen Minuten stehengeblieben. Sie redete, und ich ließ mich gehen. Ich stellte mir vor, mit ihr ganz allein in einer Wohnung zu sein. Es wäre dann nicht anders. Ich war so nahe an ihren ruhigen Augen, ihrer Haut, ihren Lippen, näher kam man sich nicht, auch nicht unter Liebesbedingungen. Schließlich fragte ich, um das Thema nicht sterben zulassen, welche Vorschläge die Linkspartei zur Überwindung der Hartz-IV-Gesetze zu machen habe. Melanie Butenschön redete weiter. Ich betrachtete weiter ihren Kopf und dachte nun, daß er auch etwas Befremdendes habe, etwas Vogelartiges, etwas unheimlich Unvitales, wie ein lebloser Schädel. Sie war so vergeistigt, so gar nicht naiv oder spontan oder niedlich, und dieser Schädel, den zwar eine noch junge Haut makellos umspannte, hatte keine Polster, keine Reserven, nichts Überflüssiges, Unverdautes, Entwicklungsfähiges. Es war der Schädel des späten Goethe, schon jetzt, so kam es mir vor. Und das war natürlich das Gegenteil von sexy. Ob sie sich darüber gefreut hätte, wenn sie es wüßte? Nein, sie litt unter ihrer Art. Sie sagte später, als ich ihr bescheinigte, moralischer zu sein als andere Menschen:

»Ja, wie gräßlich, nicht?«

Es war fast ein Schreckensruf, und ich mußte schnell das Gegenteil beteuern. Ich sagte, man würde im Fernsehen immer mitkriegen, daß alle sie mögen würden. Ich meinte die kurzen, klischeeartigen Zehn-Sekunden-Schnipsel in der Tagesschau, wenn über Parteitage der Linkspartei berichtet wurde. Sie stand dann jedesmal genau in der Mitte, und die älteren Herren der Partei drängelten sich an sie, alle ein bißchen verliebt. Ich dachte, daß auch ich ein bißchen verliebt in sie war und daß das ganz leicht ging, daß das sicher allen so ging, sogar den Frauen. Gleichzeitig kam man ihr niemals persönlich nahe, nicht wirklich. Es kam zu keiner echten Begegnung. Nie trafen sich die Augen in einer persönlichen Art. Nie sahen sich die beiden Ichs an. Melanie war zeitlebens weit weg, in einer anderen Zeit, einem anderen Universum. Sie kam aus dem Reich der Toten, sagen wir: jenen Toten aus den 20er Jahren, die keine Ruhe finden konnten, weil man ihnen zu übel mitgespielt hatte. Da waren noch Rechnungen offen, in seelischer Art. Ein bißchen Religiösität, ein Tick Hinduismus genügte, um das plausibel erscheinen zu lassen. Für mich war das nun fast schon dramatisch, denn ich wäre gern mit Melanie wirklich in Beziehung getreten. Ich hätte ihr gern mein Herz ausgeschüttet. Ich hätte ihr gern gesagt, daß ich verarmt sei, daß ich altes Knäckebrot fremder Leute essen mußte, daß ich bedürftiger war als alle ihre verdammten Hartz-IV-Berufsarmen. ICH war es, auf den sie gewartet hatte, nicht diese Sozialschmarotzer in Lichtenberg. Sie saß einem großen Mißverständnis auf. JETZT war sie am Ziel, indem sie MICH rettete und nicht die anderen. Wenn man einen einzigen Menschen rettet, rettet man die ganze Welt, heißt es im Talmud. Melanie Butenschön hatte immer an der falschen Stelle angesetzt. Aber ich konnte es ihr nicht sagen, weil sie so weit weg war!

Schließlich brachte ich das Thema wieder auf Literatur, in der Hoffnung, von da aus eine Brücke bauen zu können. Was sie denn gerade lese, wollte ich wissen.

»Die Biographie Gandhis!« Sie sagte es strahlend.

»Ich lese gerade das da.«

Ich kramte das Buch »Wenn es nicht mehr wichtig ist« von Juan Carlos Onetti aus meiner Tasche und legte es auf den kleinen eckigen Tisch zwischen uns. Sie las sofort den Klappentext, was mich wunderte. Ich hatte erwartet, daß sie sofort den Originaltext lesen würde. Klappentexte verleideten einem doch jeden wirklich guten Roman.

Sie war aber angetan davon, hätte das Buch gern gelesen. Ich erfuhr, daß Christa Wolf ihre Lieblingsautorin war. Getroffen hatte sie sie noch nie, und das war wieder typisch. Melanie Butenschön war inzwischen viel berühmter und bedeutender als die verblaßte Staatsdichterin, und dennoch hatte sie nicht den Mut, sich ihr zu nähern. Melanie war unentschlossen und schüchtern. Sie glaubte, nirgends dazuzugehören und politisch und parteiintern zwischen allen Stühlen zu sitzen. Sie sagte, sie gehöre keinem Lager an, und das sei schmerzhaft für sie und traurig. In Kindersprache übersetzt hätte diese Aussage gelautet: »Keiner hat mich lieb!«, und sie hätte ganz am Ende gestimmt. Zwar war vordergründig das Gegenteil der Fall – alle liebten Melanie Butenschön –, aber da niemand an sie herankam, nutzte ihr das nichts. Selbst mir ging es so.

Ich überlegte, was eigentlich passieren würde, wenn ich sie nun auf einmal küßte, da im Dunkeln. Nun, es wäre wahrscheinlich so gewesen, als küßte ich den Kopf der Nofretete im Ägyptischen Museum auf der Museumsinsel. Dann wieder überlegte ich, was passieren würde, wenn ich sie fragte, ob sie mir zehn Euro leihen könne. Es sei wichtig für mich, ich sei arm und am Ende, ich hätte nachts vor Hunger Kopfschmerzen. Mir fiel keine Antwort ein, nur eine schaurige Angst kroch in mir hoch bei dem Gedanken, und so ließ ich es.

Wir plauderten noch ein halbes Stündchen, über Literatur, Goethes Kosmopolitanismus, die Sprache der Jugend, die Statusresignation der Eltern, den Dekonstruktivismus bei Derrida, vor allem aber über den aktuellen Trend zur Pornographisierung. Ich begriff allmählich, daß sie von DEM Thema noch gar nichts mitbekommen hatte. Sie dachte, ich spräche von Vergewaltigungen in Kriegen und kriegsähnlichen Einsätzen. Die Linksfraktion hatte dazu nämlich einen Antrag im Parlament eingebracht. Da wußte ich, daß ich ihr über meine Probleme mit Elena Plaschg nichts erzählen konnte. Also sogar über die nicht.

Dann sah ich auf die Uhr und tat so, als hätte ich es eilig. Es waren ja auch wirklich zwei Stunden vergangen, und sie waren schnell vergangen. Ich hätte gern noch mehr über Melanie erfahren, aber, um ehrlich zu sein, nur bei sehr viel Alkohol und im Bett. Ich wußte im Moment nicht weiter. Alles schien mir wie

Beton zu sein, was ich mit ihr hier machte. Noch ein Antrag von der Linksfraktion, und ich wäre ausfallend geworden. Aber der wahre Kern dieser Person, dieser lebenslange Spaß am Helfen, dieses Zu-den-Leprakranken-Stiefeln, den Aussätzigen Suppe reichen, in Sibirien den Bergwerkskindern Lesen beibringen: davon wollte ich noch mehr hören. Ich wollte es VERSTEHEN, schreiben wollte ich darüber nicht mehr.

Inzwischen war die Europameisterschaft vorbei und die Sommerpause ausgerufen worden. In der Ferienzeit wurde es in Berlin-Mitte immer unheimlich. Nicht, weil alle in den Urlaub verschwanden, sondern, weil alle dablieben. Die Menschen in Mitte hatten nämlich kein Geld für Urlaubsreisen. Ich war zwar arm, aber nicht der einzige. Da Berlin ein besonders touristischer Ort war, kamen sogar mehr Leute auf die Straße als sonst. An jedem Wochenende fanden Unmengen von Partys statt, die man eigentlich besuchen mußte. Ohne Auto war das allerdings schwer. Die Taxirechnungen beim Partyhopping hätten selbst reiche junge Studenten aus gutem Hause ruiniert. Seitdem ein Polizist die Fake-Umweltplakette von der Windschutzscheibe meines Wartburg weggekratzt hatte, hatte ich praktisch kein Auto mehr. Nun merkte ich, daß meine große Beliebtheit im Berliner Nachtleben nur damit zusammengehangen hatte: daß ich immer Leute von Party zu Party transportiert hatte. Jetzt ließen mich dieselben Leute fallen.

Man mußte das verstehen, die Zeiten waren nun einmal nicht rosig. Es ehrte Elena, daß wenigstens sie bei mir blieb. Trotzdem sagte sie, als es wieder einmal Freitag abend geworden war, sie wolle jetzt den Abend erst mal ohne mich starten, und später könne man ja per Handy die Aktivitäten wieder koordinieren. Das war ein legitimes Verfahren. Manchmal gab es Partys mit alten Menschen, da war Elena einfach fehl am Platz. Umgekehrt mied ich Partys von schwulen Modedesignern, was übrigens dumm von mir war, denn gerade die schwulen Modedesigner waren immer ausgesprochen nett zu mir. Sie fanden es super, oder zumindest sehr exotisch, einmal einen heterosexuellen Menschen kennenzulernen, noch dazu in Berlin! Ich erzählte ihnen dann, wie das so war, als Hetero in dieser Stadt zu leben, und warb für mehr Toleranz. Oft mit Erfolg. So plädierte ich zum Beispiel dafür, daß die Schwulenehe auch Heteros offenstehen müsse. Warum sollte es einer heterosexuell veranlagten deutschen Frau nicht erlaubt sein, einen schwulen Mann zu heiraten? Was konnte sie für ihre Veranlagung? Sie hatte sie sich nicht aussuchen können, sowenig wie der Mann.

Elena ging also zu ihrer Party, die auf einer Dachterrasse hoch über Berlin am Potsdamer Platz stattfand. Ich dagegen versuchte, selbst etwas zu organisieren, und telefonierte. Das Telefon sollte am Montag darauf abgestellt werden, und schon deswegen fand ich es sinnvoll, mich umzuhören und mit möglichst vielen Freunden zu telefonieren. Es waren letzte Gespräche sozusagen. Ich hatte der Telefongesellschaft noch einmal baldiges Bezahlen versprochen, aber sie waren nun hart geblieben.

Entweder war mein Telefon schon jetzt kaputt, oder es ging mit dem Teufel zu: Überall sprang nach endlosem Getute nur die Mailbox an, wohl ein dutzendmal. Ich sprach überall mein optimistisches Sätzchen drauf, ich sei jetzt einsatzbereit, hey was geht, Mann, was läuft, wer stellt was auf heute, meld dich doch. Als ersten erreichte ich dann endlich Thomas Lindemann, der mir erstaunt mitteilte, er säße mit allen anderen in der »June Bar«, und warum ich denn nicht auch da sei? Die »June Bar« war genau in meiner Straße, nur zwei Häuser weiter. Angeblich hatte er mir eine SMS deswegen geschickt. Ich sah noch einmal nach. Keine SMS. War auch das Handy kaputt? Das war unmöglich. Mein Motorola-Handy von 1998 mit ausfahrbarer Antenne und nachträglich installierter SMS-Funktion KONNTE gar nicht kaputtgehen, weil es so einfach war, einfacher als ein Babyphon. Ich zog mein bestes Hemd an, füllte die Shampooflasche mit edlem »Zappo« und schlenderte gut gelaunt zur »June Bar«.

Leider bekam ich in der Bar sofort einen klaustrophobischen Anfall. Es war dunkel, ich erkannte niemanden, ich wurde sofort von der Bedienung angesprochen, ich begann zu schwitzen, die Musik war unerträglich laut. Ich überlegte ernsthaft, geradewegs wieder zurück in die Wohnung zu gehen und zu arbeiten. Ich konnte doch einen kleinen Artikel schreiben, zum Beispiel für diese Online-Zeitung, die mir drei Cent pro Zeile geboten hatte. Das waren drei Euro für hundert Zeilen und schon zehn Euro, wenn ich ganz normal meine Eindrücke runterklimperte. Ich schrieb ja sehr schnell. Mit zehn Euro konnte ich schon drei Martini Bianco bestellen, mich also stundenlang betrinken, ohne den widerlichen Shampoogeschmack in den Mund zu bekommen. Ich konnte leben wie die anderen, bestellen, ordern, die Kellner springen lassen, den dicken Maxe markieren, den Franjo Poth! Aber dann wurde ich von schräg hinten angesprochen, von Philipp Rühmann, und setzte mich an einen großen Tisch zu den Freunden.

»Na, ist die Geheimwohnung schon gekündigt?« fragte mich Philipp in seiner direkten Art.

»Woher weißt du das?« fragte ich erschrocken.

»Du siehst so aus«, meinte er trocken.

»Nein, die Geheimwohnung gehört mir doch. Ich überlege nur, ob ich die repräsentative Stadtwohnung in der Schönhauser Allee aufgeben soll.«

Da war etwas Wahres dran. Ich bekam seit Monaten keine zahlenden Gäste mehr in diese zweite Wohnung, machte mit ihr keinen Gewinn mehr. Die Geheimwohnung gehörte mir zwar nicht, aber diese Behauptung klang doch schick, außerdem war die Miete bezahlt.

Ich hatte eben einfach ein schlechtes Jahr. Früher fanden es die Leute toll, bei mir wohnen zu dürfen, in dieser zweiten Wohnung. Inzwischen galt ich als Mann von gestern. Es ging sogar das Gerücht um, meine letzten beiden Romanbände würden sich miserabel verkaufen, der Verlag denke über eine Verramschung meiner sämtlichen Werke nach. Eine Freundin, Caroline Fetcher, hatte es mir lustig ins Gesicht gesagt:

»Sie wollen Lohmer verramschen, habe ich gehört?«

Ich hatte verwirrt dementiert, während sie lachte, die blöde Ziege. Ihr Vater war eine Ikone der 68er Bewegung. Solche Kinder hatten keine Sorgen. Diesen Vater hatte ich sogar einmal kennengelernt, nämlich als ich bei ihr übernachtete, in Frankfurt. Der Mann war emeritierter Professor, ich glaube, das war er sogar schon 1968 gewesen. Ein Maulheld also, objektiv gesehen, einer, der nie ein Risiko eingegangen war. Ein Leben lang Beamter, unkündbar. Es gab nur einen Berufsstand, wo die Leute noch weniger Risiken eingingen, das waren die Lektoren. Ich dachte mit einer gewissen Fassungslosigkeit an meinen eigenen Lektor van der Huelsen. Er hatte in seinem ganzen Leben noch keine einzige wilde Sekunde erlebt, hatte nie etwas gewagt, hatte noch nie seinen Kopf für etwas hingehalten, hatte noch niemals seiner Mutter widersprochen oder später seiner Frau. Er war auch noch nie ohne Geld aus dem Haus gelaufen. Er war mein natürliches Gegenteil, und ich bewunderte ihn dafür. Er würde 102 Jahre alt werden, und genau das hatte ich auch immer gewollt. Alt werden wie Knut Hamsun, wie Konrad Adenauer, wie Nelson Mandela, wie Moses! Nicht vor der Zeit sterben und nichts als Gespräche in der »June Bar« erlebt haben, schrecklich.

Ich sah mich um. Philipp, Thomas Lindemann, Jens Tuborg ohne seine Sex-Appeal-Freundin Luna, Holm Friebe, einige untere Funktionäre der Z.I.A., und dann immerhin vier gutaussehende Frauen, die sich als norwegische Schriftstellerinnen entpuppten.

»Was willst du trinken?« fragte die Bedienung.

»Bringen Sie mir die Karte.«

Sie kam umgehend mit der Getränkekarte sowie einem Zettel, der angeblich besagte oder bewies, ich hätte einmal in dem Lokal einen Martini Bianco bestellt und nicht bezahlt. Ich sagte, das könne nicht sein, ich hätte dieses Lokal noch nie zuvor betreten. Irgendwie stimmte das ja auch. Auf jeden Fall HÄTTE ich das Lokal am liebsten nie betreten gehabt, wie mir nun endgültig klar wurde, als Jens Tuborg sich vorbeugte und nach meiner Beziehung zu Ulf Poschardt fragte.

Ulf Poschardt! Was für eine knifflige Angelegenheit. Was für ein weites Feld. Ich hätte eine ruhige Stunde gebraucht dafür, vielleicht nachts, vielleicht im Urlaub am Meer mit einer diskreten Freundin, bei einer Zigarette, nachdem man sich schon alles andere gesagt hatte, DANN vielleicht, so zufällig, so halb in Gedanken der Satz:

»Sag mal … kennst du eigentlich auch diesen … Ulf Poschardt? Der die Süddeutsche ruiniert hat und dann Vanity Fair?«

Aber nicht jetzt, so gebrüllt, in der Öffentlichkeit, vor vielen Zeugen, gegen den Lärm der schlechten 90er-Jahre-Musik. Alle beendeten ihre Gespräche und sahen mich an. Achtung, wichtige Berufsinfo. Jetzt innerlich mitschreiben. Sogar die Bedienung wollte das hören. Gleichwohl meckerte sie:

»Und was willste DIESMAL trinken? Wieder Martini Bianco?«

»Genau!« sagte ich. Dann legte ich los, um abzulenken. Über Poschardt, mit wem er zusammen war, wie er in den Münchener Jahren zu Goetz gestanden hatte, wie der Skandal mit den gefälschten Tom-Kummer-Reportagen zustande kam, und so weiter. Aber wie sollte ich den Martini bezahlen?

Was hätte van der Huelsen jetzt gemacht, an meiner Stelle? Er wäre natürlich auf der Stelle vor Scham gestorben. Ich durfte ihm so etwas gar nicht erzählen. Lektoren denken ja immer, Autoren würden sich ihre Texte nur ausdenken. Da wäre kein wahres Wort dran. In Wirklichkeit würden sie mit ihrer Ehefrau, einer Bibliothekarin des Stadtmuseums, seit 23 Jahren in einem Heidehaus leben und Pfeife rauchen. Auch van der Huelsen dachte das von mir. Auf diese Weise konnte er sich ganz auf den Text stürzen, unbehindert von einem eigenen Ego oder einem fremden. Ein Lektor kann ja überhaupt nur gut sein, wenn er kein eigenes Ego besitzt. Deswegen waren gute Lektoren ja auch so selten und so gefragt.

Nun dachte ich, die Runde genug unterhalten zu haben, und wandte mich an die erstbeste norwegische Schriftstellerin. Ich kannte sie bereits, während mir die anderen drei noch unbekannt waren, sie hieß Ragnhild Moe und sah auch so aus. Sehr blond, blaue Augen, schlank, 30 Jahre alt. Auf dem Umschlag ihres Erfolgsbuches prangte ein gelungenes Ganzkörperfoto von ihr, nackt. Der Reihe nach sprach ich mit allen Frauen. Sie kamen gar nicht alle aus Norwegen. Rose kam aus Kanada, Lee aus Schottland und die dritte aus Neukölln. Diese dritte verstrickte mich sofort in einen Streit. Ich sagte, ich kenne Neukölln nur von der Rütli-Schule. Das war die Schule, in der ausländische Kinder regelmäßig die deutschen Lehrer verprügelten, bis sich diese nicht mehr auf das Schulgelände trauten. Ich sagte, ich sei selbst im Rettungshubschrauber damals auf das Schulgelände gekommen und habe unter dem Schutz von ISAF-Einsatzgruppen eine Reportage über die Lage gemacht. Wir seien natürlich beschossen worden, aber ich hätte die Nerven behalten. Ich sagte das alles auf englisch, damit es alle verstanden. Auf deutsch fügte ich für die Neuköllnerin hinzu, die Schüler seien trotzdem liebe Menschen gewesen. Es sei wichtig, bei der Berichterstattung über Ausländer diesen Aspekt zu berücksichtigen: die Emotionalität. Also daß es liebe Kinder waren und keine Monster. Menschen wie du und ich. Die Frau antwortete, Emotionalität sei völlig falsch bei ökonomischen Konflikten. Wenn Frauen weniger verdienten als Männer, käme man mit Emotion nicht weit. Es folgte ein heftiger Wortwechsel, unterbrochen von der Kellnerin, die den Martini brachte und »diesmal im voraus kassieren« wollte.

Zum Glück wohnte ich ja ein Haus weiter und hatte dort noch ein paar letzte Taler, Reste meines tollen Honorars von der Frankfurter Allgemeinen Sonntagszeitung. Ich holte das Geld und bezahlte den Martini. Die Freunde sahen es mit Erstaunen.

Es schien nun ein netter Abend zu werden. Mit den vier Frauen fuhren wir zu Victorias Geburtstagsparty im Westen der Stadt. Die meisten Freunde verabschiedeten sich zwar zu einem anderen Event, aber Lindemann blieb bei uns, da er mit Ragnhild Moe schlafen wollte. Und die blieb bei mir, weil ich eine Rezension über ihr Buch zu schreiben versprochen hatte. Holm Friebe wiederum wollte nach Hause. Seitdem er kurze Zeit zuvor Vater geworden war, wollte er am liebsten nur noch bei Frau und Kind sein, verstand uns junge Leute nicht mehr.

Rose erzählte von Kanada und von den deutschen Zeitungen, die sie gut kannte; sie war Übersetzerin. Als ich das hörte, sprach ich nur noch deutsch mit ihr. Sie schrieb Liedtexte, Werbetexte, war schon seit sieben Jahren in Berlin.

Auf der Party konnte man natürlich umsonst trinken, und ich wählte Wodka. Ich hatte übrigens sogar ein Geschenk dabei. Der Hausherr persönlich, Victorias Mann, goß mir das erste Glas Wodka ein, sagte dabei, er habe ja Grauenvolles über Victoria und mich in der taz gelesen. Schlagartig fiel mir ein, daß ich in einem Blog, den ich auf taz.online führte, ausführlichst über die Liebesnacht mit Victoria berichtet hatte. Es gab wenig Geld für diese Berichte, deshalb mußte man richtig Zeilen schinden, um nicht völlig leer auszugehen. Meine Beiträge waren entsprechend langweilig, und so war ich froh gewesen, den Lesern wenigstens diesmal etwas bieten zu können. Der Artikel hatte ›In bed with Victoria‹ geheißen, aber niemand hatte mich jemals darauf angesprochen, was meine Vermutung bestätigte, niemand lese Online-Zeitungen. Nun aber dieser Ehemann!

Ich sah ihm kurz ins Gesicht. Ein scheußlicher kleiner Kopf, schwitzend, Glatze, kleine Augen, das Gesicht eines Kindes, aber der Mann war uralt, sicher weit über 50, Victoria sprach einmal von 60 Jahren. Wir begannen die Konversation. Dann kam Victoria und stellte mir Tina vor. Das war eine blonde 40jährige aus Niedersachsen und in dieser Situation genau das richtige. Der Hausherr geriet wieder in den Strudel seiner Party, ich klammerte mich an diese Tina. Die mußte mein Schutzschild gegen den verzweifelten Hausherrn werden, der bestimmt noch einmal das Gespräch suchen würde, dann mutiger, betrunkener, noch schwitzender und dann sogar männlicher.

Tina sah wirklich sehr harmlos aus. Anscheinend hatte sie keinen Freund, und das konnte nur daran liegen, daß sie einfach ZU HARMLOS war, für jeden Kandidaten. Vielleicht stimmte es ja, daß Sexiness an ein Mindestmaß von Coolness gebunden war, und dieses Mindestmaß war hier nicht vorhanden. Ich fand das aber gut und ließ mir ihre Handynummer geben. Schon jetzt. Vielleicht konnte ich, wenn ich die Party vor dem Ehemann flüchtend verlassen mußte, Tina ja nicht mehr fragen.

Und genauso kam es. Der Mann ließ mich nicht mehr aus den Augen und machte schnell die Wodkaflasche leer. Ich mußte auf eine Chance zur Flucht lauern.

»Was ist denn das?!«

Victoria kam mit meinem Geschenk auf mich zu. Sie hatte sich etwas ganz Spezielles gewünscht, nämlich das Geschenkset von Dr. Hauschkas Biokosmetik. Als ich erfuhr, wie teuer das sein sollte, nämlich 45 Euro, hatte ich bei »Schlecker« die fünf billigsten Kosmetikartikel, die es da überhaupt gab, gekauft, die Gesichtscreme für 39 Cent und so weiter, und mit selbstgemalten Dr. Hauschka-Plaketten überklebt. Und hübsch eingepackt. Ich dachte, das sei doch ein gelungener Gag. Berühmter Schriftsteller beteiligt sich an Produktpiraterie, ironisch natürlich. Ich merkte nun, daß Victoria, die aus Johannesburg stammte und aus einer anderen Kultur kam, der schwarzen nämlich, das alles nicht verstand. Sie schien unglaublich wütend zu sein, suchte aber noch nach Worten dafür. Dem Ehemann, übrigens auch Vater der gemeinsamen Kinder, entging die Situation nicht, und er löste sich bereits aus seinem Gespräch. Noch trennten uns ein Gang, ein Zimmer und etwa 50 Partygäste.

»WAS IST DENN DAS, VERDAMMTE SCHEISSE?!« wiederholte Victoria. Ich starrte konzentriert auf die gebastelten Billigkosmetika, hatte aber keine Zeit zum Nachdenken. Ein eleganter, irreführender Ausweg fiel mir nun bestimmt nicht ein. Es war eher ein kindlicher Reflex, der mich sagen ließ:

»Mein Gott, Victoria, das sind die falschen … die richtigen sind im Auto, ich hole sie sofort!«

Drehte mich um und rannte zur Tür.

»Das will ich auch hoffen!« rief mir Victoria hinterher.

Ich nahm drei Stufen auf einmal, hörte noch, wie Victoria und ihr Mann laut redeten, sich stritten. Ich erkannte Victorias harte, knarzige Stimme:

»Nein, laß ihn, jetzt holt er doch das richtige Geschenk!«

Dann krachte die Tür, ging wieder auf, krachte wieder zu. Inzwischen erreichte ich das Freie, floh in entgegengesetzter Richtung der U-Bahn. Über einen Zickzackkurs steuerte ich die weit entfernte S-Bahn an. Die S-Bahn-Waggons waren fluchtsicher, während die U-Bahn-Züge lange, durchlässige Schläuche waren, in denen man nicht entkommen konnte, wenn einem der Häscher so weit gefolgt war.

Dank soviel Klugheit entwischte ich dem Blödmann. Aber meine Stimmung sank nun trotzdem. Ich mußte lange zu Fuß gehen, um meine Wohnung von der S-Bahn-Station aus zu erreichen. Zudem meldete sich nun Elena per SMS:

»Hier super the place to be sascha lobo auch hier sehr schöne coole kluge leute auf dach terrasse schicki schicki ☺«

Es war aber zu spät, gerade hatte ich meine Wohnung wieder erreicht. Zehn Minuten eher, und ich hätte noch umgesteuert. Ich wußte, daß es ein Fehler war, nun nach Hause zu gehen. Ich versuchte, mein Handeln zu rechtfertigen. Hatte ich nicht, an diesem Abend, bereits fast vier norwegische Schriftstellerinnen kennengelernt, dazu eine nette harmlose Tina samt Handynummer erobert? War das nicht Ernte genug? Mußte man es immer zu weit treiben? Wollte ich etwa dabei zugucken, wie Elena Plaschg stundenlang mit irgendeinem Schicki-Schicki-Mode-Stenz flirtete und dann mit ihm abzog? Da draußen wartete doch nur wieder die Hölle auf mich! Weitere Demütigungen und Sinnlosigkeiten! Der Horror ohne Ende!

In meiner diskreten Geheimwohnung wartete statt dessen ein Film, den ich ausgeliehen hatte, von 1954, mit Vittorio De Sica, Marcello Mastroianni und Sophia Loren: »Schade, daß Du eine Kanaille bist«, gedreht im sommerlichen Rom von damals. Ich wollte den Film eigentlich mit Elena zusammen sehen, hatte das auch versucht, in der Nacht davor. Aber sie war nach zehn Minuten laut schnarchend eingeschlafen, wie bei allen Sophia-Loren-Filmen. Ich sagte immer, hey, das bist doch du, das muß dich doch interessieren, aber sie verstand diese Filme nicht. Sie verstand nichts, was älter war als zwei Jahre. Sie konnte auch keine Weltliteratur lesen, aus dem gleichen Grund. Das war schade, aber nicht zu ändern. Elenas Bewußtsein hatte kein Programm, mit dem man etwas anderes öffnen konnte als die Gegenwart, und auch davon nur den populären Teil.

Aber – es war ein Fehler, wie gesagt, in die Geheimwohnung zurückzukehren. Der ältliche Freaknachbar unter meiner Wohnung hatte in der Zwischenzeit wohl einfach den Stecker rausgezogen. Und Elena hatte wirklich die Party des Jahres erwischt, also einen neuen Liebhaber.

Schwere Zeiten brachen nun für mich an, allerdings nicht wegen Elenas neuem Liebhaber. Er war aus der Modebranche, und mit Leuten aus der Modebranche ließ sich das gute Kind eigentlich nie ein. Auch diesmal blieb es bei einem One-Night-Stand, der außerdem schlecht gewesen sein soll. Elena meinte, sie habe den Hohlkopf am nächsten Morgen mit einem Handschlag verabschiedet. Nichtschwule Männer in der Modebranche waren wohl so verunglückt und deplaciert wie schwule Männer im Boxsport. Schade: Ausgerechnet im einzigen Bereich, in dem Elena gut, ja brillant war, gab es keine Männer für sie. Elena war anschließend einige Tage in mich verliebt, weil ich mit Mode nichts zu tun hatte und kein Berlin-Mitte-Weichei war, und sie begleitete mich bald wieder zu Partys. Leider ging ich vorher noch einmal ohne sie aus, was im Horror endete. Ich sah wohl ziemlich schlimm aus, und meine Hose hatte genau am Knie einen deutlich sichtbaren Riß, so daß selbst alte Freunde nicht mit mir sprachen und meine Nähe mieden. Ich versuchte immer wieder, mich in die Schlange vor dem Buffet einzufädeln, bis eine alte Freundin mich ansprach, wohl eine der Gastgeberinnen, und mir anbot, der Fahrservice könne und würde mich auf der Stelle nach Hause fahren. Es war ein Angebot, daß ich nicht ablehnen konnte.

Ich blieb die nächsten Tage zu Hause und mied die gesellschaftlichen Sphären, was aber nur bedingt eine Lösung war. Natürlich dachte ich, durch eine bedingungslose Konzentration meiner geistigen Kräfte wenigstens gedanklich weiterzukommen. Mein Problem war aber oftmals die Qualität der Nahrung, die ich zu mir nahm. In der Küche lagerten nur noch verfaulte oder gar keine Lebensmittel. Also versuchte ich, etwas von den verfaulten zu retten. Zum Beispiel schmeckten Haferflokken, deren Verfallsdatum seit Jahren abgelaufen war, zunächst einmal nicht schlecht. Ich kochte sie auf einem Spirituskocher, den ich vorausblickend im letzten Winter in einem Campinggeschäft gekauft hatte, mit heißem Wasser auf und mischte sie mit alter Marmelade, die im heißen Brei wieder flüssig wurde. Dennoch wurde mir von dem mit großem Appetit verzehrten Mahl hinterher etwas übel. Nicht sehr, aber doch und zunehmend nach einigen Tagen, an denen ich kaum etwas anderes zu mir nahm als das, und zwar morgens und vor dem Schlafengehen. Nun hatte ich zwar kein Geld mehr, keine EC-Karte, keine Kreditkarten, keine Wertgegenstände, aber seltsamerweise eine noch nicht abgelaufene Karte der DAK-Krankenversicherung. Die war ja auch etwas wert.

Um wieder unter Leute zu kommen, und zwar auf eine institutionalisierte, ehrenwerte Weise, begann ich nun, Ärzte aufzusuchen. Mein Plan war, an Tabletten zu kommen, die mich heiter stimmten, mich motivierten, den Appetit zügelten, den Körper mit Vitaminen- und Spurenelementen kräftigten oder die mir sonstwie eine neue Richtung gaben.

Es machte mir nichts aus, lange in Wartezimmern zu warten, im Gegenteil. Endlich war ich einmal unter normalen Leuten, war einer von ihnen. Ich konnte auch besser nachdenken in den fremden Räumen, sozusagen in Gesellschaft, zum Beispiel über die Krankengeschichte, die ich dem Doktor gleich erzählen wollte. Die Leute schienen mir, was mich aufbaute, noch elender als ich zu sein, trotz all des Geldes, das ein jeder von ihnen gewiß bei sich trug. Ja, sie waren direkt reich, hatten womöglich ganze Bündel von Zehneuroscheinen im protzigen nagelneuen Geldbeutel, aber tauschen wollte ich trotzdem mit keinem der zutiefst traurigen Patienten. Immerhin, sie warteten auf den Nervenarzt.

Der erste, ein bekennender Homosexueller, der monatliche Vorträge über Aids in seiner Praxis hielt, verschrieb mir Paraxotin, wovon mir aber erst recht übel wurde. Ich mochte den Mann und freundete mich sogleich ein bißchen mit ihm an, erzählte mit blanken Augen, daß ich gerade Probleme »mit meinem Freund« habe. Aber als ich ihm von der Wirkung seiner Pillen erzählte, wurde er ärgerlich: Ich müsse schon zwei Wochen Geduld haben mit dem Medikament, vorher wirke es nicht. Ein anderer verschrieb mir Fluoxetin, ein dritter Citalopram. Eine homöopathische Ärztin im alten Westen Berlins gab mir eine Probepackung Androgyman mit, wobei sie prophezeite: Die bisherigen »harten« Medikamente würden mein Leben und vor allem meine Niere zerstören. Ich nahm also lieber das neue homöopathische Mittel, das aber seltsamerweise dieselbe Wirkung hatte wie die Hardcorepsychopillen: Mir wurde unendlich flau zumute, als bekäme ich ein Kind. Aber in der Packungsbeilage stand erneut, die euphorisierende und vollständig angstlösende Wirkung setze erst nach einigen Tagen oder gar Wochen ein. Auch die Ärztin gab mir das mahnend mit auf den Weg. So wartete ich tapfer ab, schleppte mich würgend durch die Stunden.

Durch diese Pillen war meine Situation noch einmal um eine Dimension schlimmer geworden. Ich fühlte mich so schlecht wie nie zuvor. Ich merkte, wie sich jede Körperzelle in mir mit letzter Kraft gegen das unheimliche Zeug wehrte, aber eben gar keine Kraft mehr hatte oder keine mehr übrig für etwas anderes. Kochen zum Beispiel. Trotzdem zwang mich der Hunger zu immer neuen Versuchen, meinem kaputten und ausgelaugten Magen flüssige oder harte Materie einzuflößen. Ein besonders mißlungenes Experiment war die Sache mit der alten Linsen-mit-Würstchen-Konservendose aus dem Jahr 1997, von meinem Vormieter. Ich hatte nämlich noch den törichten Kinderglauben gehabt, Konservendosen würden NIE schlecht. Die lagerten in Gorleben, damit die Menschen nach dem Atomschlag noch etwas zu essen hatten, für immer. Doch nun zeigte sich, daß zu alte Lebensmittel in jedem Fall ihre aufbauende Wirkung verlieren. Statt dessen wurde ich schlafunfähig. Sobald ich mich hinlegte, glaubte ich zu sterben. Ich hatte Angst, mein Herz würde aufhören zu schlagen, mein Kreislauf zusammenbrechen. Wenn ich aber aufstand und mich bewegte, hin und her ging, ja einen Spaziergang um den Block vollführte, egal zu welcher nachtschlafenden Zeit, sprang der Kreislauf wieder an. Ich konnte das richtig spüren. Das Herz schlug wieder, das Blut floß wieder durch die Bahnen, was mich verdammt froh machte. Ich konnte auch den Sauerstoff spüren und schmecken, der nun wieder von den schmerzenden Lungenflügeln aufgenommen wurde. Dieses Phänomen war wirklich neu für mich. Aber sobald ich mich wieder hinlegte, erstarben erneut alle Kreislauffunktionen.

So beschäftigte ich mich mehrere Tage und Nächte vor allem mit dem Überleben. Zwischendurch gab es aber immer einmal wieder gute zehn Minuten, in denen die Stimmung ins Optimistische umschlug. Das war auch nötig, denn meine Lage war ja tatsächlich so haarsträubend schlecht, daß ich mir gar nicht leisten konnte, sie mir bewußtzumachen – ich wäre ja augenblicklich in Panikattacken versunken. Als Folge der Tabletten, dem inneren Kampf dagegen, meiner Schwäche und der Vergiftung durch toxische Lebensmittel stellten sich nämlich zwei weitere Übel ein: chronische Migräne und Zahnschmerzen.

Über ersteres muß ich dem Leser nicht viel sagen. Es gab Migräniker, die vor Schmerzen aus dem Fenster gesprungen sind, viele Schriftsteller darunter, oder sich erschossen haben deswegen, zum Beispiel Kurt Tucholsky. Nein, Angst machten mir vor allem die Zahnschmerzen, die waren unberechenbar. Ich würde leichten Herzens aus dem Fenster springen, wenn die Migräne nicht wegging, aber welcher Irrsinn würde sich meiner bemächtigen, wenn der Zahnschmerz unerträglich wurde? Würde ich rasen, töten, direkt in die Hölle einfahren? Ich konnte es mir nicht vorstellen. Es mußte auf jeden Fall ein furchtbarer Tod sein, wie man ihn aus Anti-Kriegsfilmen kannte. Mein einziges Mittel, dies noch abzuwenden, war, mich ganz auf den kranken Weisheitszahn zu konzentrieren und ihn zu beschwören, nicht auszubrechen wie der Vesuv, sondern nur weiter gefährlich vor sich hin zu köcheln. Der Schmerz war gerade noch auszuhalten, und außerdem hatte ich einen Termin beim Zahnarzt in wenigen Tagen. Gern hätte ich ihn früher gekriegt, aber ich war nicht besonders durchsetzungsstark in jener Zeit.

Endlich war der letzte Abend vor dem Termin gekommen. Wegen der rasenden Zahnschmerzen hätte ich ohnehin nichts essen können, und auch der Appetit war aus dem gleichen Grund verflogen. Da es noch gar nicht so spät war und ich mich vor der Dunkelheit in der Wohnung fürchtete, ging ich in eine Internetbude, die gleich nebenan aufgemacht hatte. Ich konnte hier vielleicht ein paar E-Mails lesen und später sagen, ich hätte mein Portemonnaie zu Hause vergessen, so wie bei den Ärzten, deren Sprechstundenhilfen ich immer versprach, die Praxisgebühr gleich am nächsten Tag abzuliefern.

Da ich keine E-Mails bekommen hatte – der Provider oder Browser oder Explorer hatte mir gekündigt – und ich aber unbedingt in der warmen Internetbude bleiben wollte, beschloß ich, einen offenen Brief an die Kanzlerin zu schreiben und den auf meiner taz-online-Seite zu veröffentlichen. Die Idee, das wußte ich natürlich, war komplett verrückt, ja ich erkannte an ihr, daß ich nun die historische Grenze zum echten Realitätsverlust überschritt. Aber ich ließ es geschehen. Mein Blick fiel auf eine Packung »Raffaelo«, die aus der Tasche einer jungen Türkin neben mir lugte. Also die Türkin sah schon ziemlich gut aus und bediente den Computer neben mir. Sie hatte eine schneeweiße Hose an, einen breiten goldenen Gürtel und silberne Turnschuhe. Das Weiß der Hose korrespondierte – in meinen Augen – mit dem Weiß der noch ungeöffneten herrlichen »Raffaelo«-Packung. Ich hätte sie an mich reißen und auffressen mögen, die Kokoskugeln in weißer Schokolade, und zum Nachtisch die freche Türkin dazu, deren runde Brustkugeln ich einsehen konnte. Ich blickte auf die Packung und sah den Busen. Eine Wahrnehmungsverschiebung, nur eine Zehntelsekunde, aber trotzdem crazy.

Ich war nun also durchgeknallt, ein Fall für die Klapse, einer, ja, der der *Kanzlerin* schrieb! Früher hätte sich so einer für Napoleon gehalten und Reden im Dorfpark gehalten. Ich wollte aber nur noch, daß die Zeit schneller verging und ich nicht mehr an Zahn- und Kopfschmerzen denken mußte.

Wenn man der Merkel schrieb, mußte man einen triftigen Grund haben, am besten den Krieg. Dazu durfte sich jeder Bürger äußern, es war ein Menschenrecht. Später konnte ich ja auf meine reale Lage des Hungers und des Geldmangels zu sprechen kommen. Oder auf Barack Obama, der gerade die Stadt besuchen kommen wollte. Oder auf beides, kunstvoll verknüpft. Ich schrieb:

»Liebe Frau Bundeskanzlerin,

ich bin ein Bürger dieses Landes, und Sie kennen mich wahrscheinlich nicht, auch wenn ich schon ein paar Bücher veröffentlicht habe. Ich bin Schriftsteller, und ich bin gegen den Krieg in Afghanistan, also gegen den Einsatz der Bundeswehr dort. Mit mir fühlen die meisten Deutschen. Vier von fünf Deutschen wollen die jetzt beschlossene Truppenverstärkung nicht. Noch weit mehr, nahezu alle, wollen keinen Kampfeinsatz der Bundeswehr im Süden des Landes. Trotzdem tun die Politiker so, als kämpften unsere Soldaten für uns in dem Land. Angeblich hielten sie für uns ihren Kopf hin. Angeblich verteidigten sie für uns unsere Freiheit im Hindukusch. Das stimmt aber nicht, und zwar doppelt nicht: Wenn ich gar nicht will, daß einer etwas für mich tut, und er tut es trotzdem, tut er es nicht für mich. Und zweitens hat Deutschland keinen Feind dort, keinen feindlichen Staat, der unser Land mit seinen Armeen überrollen will wie einst Hitler das kleine Polen. Es gibt dort keinerlei Gefahr für uns. Da leben geschundene Bauern, denen man immerzu Bomben auf den Kopf wirft, aus US-amerikanischen Flugzeugen heraus. Wie sehr es traumatisiert, wenn von oben irgendwas angeflogen kommt, und danach steht alles in Flammen, und die liebsten Angehörigen sind tot, Unschuldige allesamt, sollten wir nach dem 11. September wissen. Aber die Amerikaner machen das munter weiter, jeden Tag. Und damit sie dafür nicht allein am Pranger stehen, sind auch ein paar unserer Truppen dort, wenn auch nur symbolisch. Jetzt fragt man natürlich, warum die Amerikaner das überhaupt machen. Die drei Dutzend Holzgewehre, die die zahnlosen Eseltreiber da noch haben, können doch der Atommacht USA nicht wirklich den Garaus machen, und der Halbmond wird nicht über dem Kapitol in Washington gehißt und die Sharia nicht, nachdem der letzte überlebende Eseltreiber Los Angeles eingenommen hat, in Kalifornien eingeführt werden. Warum also der sadistische Irrsinn? Noch dazu mit symbolischer deutscher, unserer, meiner Unterstützung? Weil mehr Geld und Extraprofite im Spiel sind als in der gesamten Militärgeschichte der Menschheit zusammengenommen vorher. Gerade haben beide US-Parlamente eine weitere dreistellige Milliardensumme ZUSÄTZLICHER Militärausgaben für Irak/Afghanistan abgenickt, ohne Einspruch, ohne Debatte. Eine Milliarde sind tausend Millionen. Schon früher galt, daß mindestens 20 Cent jeden Rüstungsdollars Schmiergeld sind, Extraprofit also, der zum fetten normalen Profit noch dazukommt. Heute, bei dieser Hemmungslosigkeit, werden es 30 bis 35 Cent sein. Das wären dann locker zwanzigtausend Millionen (mindestens und zusätzlich), um Politik und Öffentlichkeit gefügig zu machen. Kein Politiker, schon gar nicht Barack Obama, kann sich gegen diese ungeheure Dynamik stellen. Tausende von Milliarden Dollar sind durch diesen Irak-Afghanistan-Krieg verbrannt worden, nein, nicht verbrannt, sie liegen nun auf den Konten einflußreicher Menschen. Barack Obama hat sich gegen den Irakkrieg ausgesprochen, und seine objektive Aufgabe ist es nun, den Irakkrieg zu beenden, ohne den Krieg insgesamt und die damit verbundenen Rüstungsausgaben abzuwürgen. Daher will er als Ersatz für den Kriegsschauplatz Irak den in

Afghanistan und Pakistan, am besten auch noch Iran, ausbauen. Für Afghanistan will er die Deutschen mit in die moralische Schuld reißen. Ich appelliere an Sie, liebe Frau Bundeskanzlerin, dem zu widerstehen. Geben Sie Herrn Obama keine Zusage für Kampfeinsätze der Bundeswehr in Staaten, die Deutschland in keiner Weise militärisch bedrohen. Denken Sie dabei einfach an das Grundgesetz! Die Bundeswehr ist für die Landesverteidigung da, DAFÜR halten unsere Jungs den Kopf hin, nicht für die Eroberung fremder Territorien.

Mit vorzüglicher Hochachtung

Ihr Johannes Lohmer«

Das war ein schöner offener Brief, ein prima Beginn auf jeden Fall, überzeugend und vielversprechend, und ich wäre nicht jetzt schon zum Ende gekommen, wenn die Lichtenberger Else am Tresen nicht den Laden geschlossen hätte. Um Mitternacht war bei denen wohl Schluß. Es sollte 25 Cent kosten. Ich fragte, ob sie auf 100 Euro herausgeben könne. Konnte sie nicht, ich mußte ohne zu zahlen gehen, leider. Wenn die Kanzlerin antwortete, konnte ich beim nächsten offenen Brief über meine offenen Rechnungen bei den Gaswerken, den Elektrizitätswerken und der Telefongesellschaft reden. Wir würden uns schon einig werden. Hauptsache, unsere Jungs hörten auf mit dem Völkermord oder fingen gar nicht erst damit an. Beim letztenmal, unter Hitler, war das allen schlecht bekommen.

Nach dem Zahnarztbesuch ging es mir besser. Es kam ein kurzes Zwischenhoch, ausgelöst durch einen mir nur sehr entfernt bekannten Afrodeutschen, der mir 25 Euro übergab. Das war eine seltsame Situation, die mich noch lange gedanklich beschäftigte. Zu fünft war ich eher zufällig mit in einen Club geraten, bei dem der Eintritt fünf Euro betrug. Ich wollte mich schon davonmachen, als der Afrodeutsche für mich bezahlte. Später bekam er alles Geld zurück, weil er mit dem Besitzer befreundet war, und gab es mir. Er sagte dabei einen Satz, der für mich jahrzehntelang der Inbegriff des Peinlichen und Dummen war, also der ganzen verblödeten Hip-Hop-Bewegung, und über den ich Ewigkeiten lang Spott und Häme gegossen hatte, in unzähligen Texten und Stellungnahmen, nämlich:

»Weißt du, im Leben, unter den Menschen, gibt es nur eines, was wirklich wichtig ist: ›respect‹.«

Natürlich stimmte ich ihm zu, und tatsächlich beschloß ich, über das ganze Thema – ›respect‹, Hip-Hop, den Mann selbst, der übrigens David hieß, gesprochen Deiwid – noch einmal nachzudenken. Als ich Elena später darauf ansprach, sie kannte ihn besser als ich, kotzte sie in ihrer einfachen Art sofort los: Deiwid, der sei doch strunzdumm, total dumm, ätzend dumm, oder was? Oder wie? Häh?! Inzwischen waren mir aber wieder Momente eingefallen, die ich mit dem Afrodeutschen erlebt hatte. Einmal war ich mit ihm von Berlin nach München gefahren, vor Jahren. Er hatte verantwortungsvoll und ruhig gewirkt am Steuer eines VW-Busses mit Heckmotor. Von meinem Neffen Elias wußte ich, daß David, ein schwarzes Fotomodel, in drei Städten eine weiße Frau mit Kind hatte, daß er aber in allen Fällen das Opfer sei, nämlich das Sexualobjekt herrischer deutscher Frauen, häßlich und kurz vor dem Verfallsdatum. Nun konnte ich das nicht nachprüfen. Immer, wenn ich fragen wollte, hielt mich seine würdevolle Ausstrahlung davon ab. Keinesfalls jedoch konnte dieser feine Herr »dumm« sein, wie Elena immer lauter und vulgärer betonte. Es wurde einer dieser Momente, da ich an ihr verzweifelte. Ich machte den Versuch, ihr mein erweitertes, nun differenziertes Bild von »Deiwid« zu vermitteln, was schlagartig ihr Proletenblut zum Kochen brachte.

Wieso kannte sie keine Zwischentöne? Warum mußte es immer Grellweiß oder Rabenschwarz sein? Immer die Posaune, nie die Violine? Immer der Elefant im Porzellanladen, nie das Rehkitz im stillen Wald? Elena donnerte weiter, ohne den Hauch einer inhaltlichen Variation:

»Hörst du, STRUNZ-MEGA-SUPER-DUMM ist der Arsch!! Wenn ich's dir doch sage, scheißdumm! Blöde! Ein Idiot!!«

Aber das alles passierte erst Tage später. Im Moment, also an jenem Abend der wundersamen Geldschöpfung, fieberte ich in dem Laden nur dem Moment entgegen, mit dem Vermögen nach Hause zu stürzen, um dort die Nacht abzuwarten, beziehungsweise den nächsten Morgen, und dann einzukaufen. Die Mitkumpane hatten nichts von der Geldübergabe gemerkt, und ich hielt mich, fast ohnmächtig, stundenlang an einem Mineralwasser fest und erzählte launig Anekdoten, so wie man es von mir ja immer erwartete. Über Rainald Goetz, Nichte Hase und so weiter. Umgekehrt erfuhr ich immerhin, wie man bei StudiZV am optimalsten gruschelte.

Der Club hieß »Rio« und war natürlich überfüllt. Ich schnappte nach Luft, weil es so unerträglich heiß war, und dann drängte sich in der Enge auch noch Hans-Herrmann Klarczyk an mich, ein Altintellektueller, der immer noch in Köln wohnte und neuerdings im Berliner Nachtleben auftauchte, um die Leute mit der These einer bevorstehenden globalen Wirtschaftskrise apokalyptischen Ausmaßes zu nerven. Alle verdrehten nur die Augen und konnten es nicht mehr hören. Seit Monaten hatte er kein anderes Thema. Ich hätte ihn nicht weiter beachtet, aber irgend etwas faszinierte mich an seinem Aussehen. Er hatte einen guten Kopf, wache und doch melancholische Augen, war in 20 Jahren nicht gealtert, was ja allein schon neugierig machte, und trug eine 70er-Jahre-Tropfenbrille, die ich zuletzt in einem Woody-Allen-Film von 1979 gesehen hatte. Seine Hände waren fein und schmal, die Zähne schön, das Gesicht wohlgestaltet – man konnte wohl auf ihn aufmerksam werden, im besten Sinne. Man mochte ihn, kannte man ihn nicht, für einen nachgeborenen *echten* Schriftsteller halten, einen Schnitzler, Kafka oder Joseph Roth der Gegenwart. Aber leider redete der Mann nur Unsinn. Seiner Meinung nach würden mehrere Tausend Milliarden Dollar an ungesicherten Krediten das weltweite Bankensystem demnächst zu Fall bringen. Er sprach sogar von »Billionen«, ein Wort, das es doch nur in den Dagobert-Duck-Comics gab. Ich meinte, er solle dann lieber gleich von »Trillionen« sprechen, wie Dr. Erika Fuchs, die Übersetzerin der Duck-Geschichten, und die »Illuminaten« für alles verantwortlich machen. Aber er redete weiter, fesselte durch seine Ernsthaftigkeit und Eloquenz, ohne freilich verhindern zu können, daß ich mich immer klaustrophobischer fühlte. Jugend war einfach noch nie meine Sache gewesen. Klarczyk und ich, diskutierend wie Sartre und Cohn-Bendit im Mai '68, vor genervtem Publikum war nicht das, was ich gerade brauchte. Schweißnaß und fiebernd gelangte ich zum Ausgang, die rechte Hand auf die Hosentasche mit den Scheinen gepreßt.

Ein Schwindel erfaßte mich, als ich vorwärtsgehen wollte, ja, echte Gleichgewichtsstörungen. Ich hatte Angst, mein Gleichgewichtsnerv, der ja im Ohr sitzt, könnte beschädigt worden sein, und ich würde vielleicht nicht mehr gehen können, würde trotz des frischen Vermögens, das ich nun umkrallt hielt, nicht mehr das Zuhause erreichen! Passanten beobachteten mich schon und grinsten. Die dachten, ich hätte Alkohol getrunken.

Doch dann wurde alles noch gut, und ich hatte Tage wie im Rausch, diesmal im Glücksrausch. Morgens gab es frische Brötchen mit echter Butter und Orangenkonfitüre, dazu duftender frisch gebrühter Bohnenkaffee in sauber polierten Porzellantassen. Ich besaß Edeljoghurts von Lidl in den Geschmacksrichtungen Kirsche, Banane und Vanille. Grundnahrungsmittel wie naturbelassene Landkartoffeln von Penny und handgepflückte Haferflocken von Aldi arrangierte ich wie selbstverständlich im Küchenregal, neben Äpfel der neuesten Ernte und guatemaltekischen Bananen von Edeka (ich wählte für jedes Produkt den preisgünstigsten Anbieter). Auch Wurst gab es und Käse. Im Lokal ließ ich mir streng die Karte bringen und überlegte lange, ob ich einen Latte macchiato mit heißer Milch und einfachem Espresso für 3 Euro oder lieber einen Rhabarbernektar 3 dl für 3,50 Euro oder gar einen frisch gepreßten Orangensaft 5 dl für 4 Euro bestellen sollte. Ich nahm dann den Latte macchiato, mit viel Zucker. Ich konnte sogar für 1,12 Euro Paracetamol eines

No-name-Pharmaherstellers kaufen und brauchte sie noch nicht einmal.

Eigentlich eine gute Zeit also. Die Welt hatte jedoch nichts von meinem Zwischenhoch mitbekommen. Auch war die Zeit des üppigen Essens schon bald wieder vorbei. Ja, mit dem Ende der Schmerzen war ein gesunder Appetit zurückgekehrt, der jeden Tag größer und unverfrorener wurde.

Einmal besuchte ich Freunde von der digitalen Boheme, und ich wußte gar nicht, daß sie gerade eine Party feierten. Die Freude über mein Erscheinen war eher klein als groß, obwohl einer von ihnen ausdrücklich sagte, es sei schön, mich wieder einmal zu sehen. Er habe mich einladen wollen, aber meine E-Mail-Adresse sei aus Versehen gelöscht worden. Ich sagte gutmütig, das mache doch nichts, meine E-Mail sei ohnehin gerade nicht in Betrieb. Ob ich mich einmal in der Küche umsehen könne? Dort traf ich dann aber auf einen Mann, der mich offen und feindselig fragte:

»Hast du eigentlich keine Freunde in DEINEM Alter?!«

»Ach, subjektiv gefühlt bin ich ja gar nicht älter als ihr, weißt du ...«

Er sah mich von oben bis unten an. Ich traute mich nicht, bei ihm dasselbe zu tun. Er war jünger als ich, aber andererseits älter als die anderen. Die anderen hätten das zu ihm sagen können, was er gerade zu mir gesagt hatte. Mißmutig schweigend verließ er den Raum, während ich mit fliegenden Fingern ein paar Scheiben Käse aus dem Kühlschrank holte.

Dieser Typ war ein Schriftsteller wie ich. Sein letztes Buch »Unter Plüschgewittern« war äußerst positiv besprochen worden. Aber ich wußte, daß er genausowenig Bücher verkaufte wie ich. Er hatte mir lediglich den Jugendbonus voraus. Er kleidete sich wie ein Jugendlicher, obwohl er bereits im fünften Lebensjahrzehnt stand. Das konnte ich nicht. Mir hatte man das Alter immer schon angesehen, auch, als ich noch zwanzig gewesen war. Nie hatte ich das Haus ohne Anzug und Krawatte verlassen.

Ich sah alt und bürgerlich aus, immer schon, und wollte es so. Das rächte sich nun. Man mußte »Jugend« sein, um in Berlin einen Kredit zu bekommen. Am besten, man war so jung wie Wowereit, der Regierende Partymeister der Stadt, flott und fit in jeder Lebenslage, schwul, und zwar gut so. Ich hätte mich outen müssen, am Christopher Street Day wäre das gerade passend gewesen, aber jeder wußte, daß mir attraktive Frauen besser gefielen als häßliche Männer. Es war ein Kreuz. Ich saß in der Patsche, kam da nicht mehr raus. Wie schon in manchem Restaurant verließ ich den Ort über ein hinteres Fenster, obwohl ich diesmal gar keine Rechnung zu bezahlen hatte. Die Wohnung lag im Hochparterre in der Tucholskystraße, allmählich hatte ich ja Übung im Klettern. Zwei Häuser weiter patrouillierten Polizisten, weil da die Wohnung eines Ministers war. Hätte schiefgehen können, mein strategischer Abstieg vor deren Augen …

Wenigstens wurde Elena immer anhänglicher. Sie nahm mich mit zur großen Modeparty von der Melba. Die Melba betrieb die größte Casting-Agentur in Deutschland, und so nebenbei kleidete sie ihre Stars auch selbst ein, also die weiblichen. Natürlich hoffte Elena, daß auch ihr Label »Beauty is my boy« bald für diesen Zweck von der Melba protegiert würde. Andererseits paßte Elena gar nicht in diesen Kreis. Als sie dem neuen Freund der Melba vorgestellt wurde und der sie abschätzig musterte, sagte sie nicht »guten Tag«, sondern »leck mich am Arsch«. Der Mann, er hieß Philipp und hatte ein nicht wegzukriegendes Grienen im Gesicht, das ihn unsympathisch machte, fragte ungläubig:

»Hast du eben ›leck mich am Arsch‹ zu mir gesagt?«

»Nein.«

»Ach so.«

»Aber meinen Weißwein kannst du gleich in die Fresse haben.«

Kopfschüttelnd wandte sich der Mann wieder zu mir. Ich legte meinen Arm um seine Schulter, wie um ihn zu beschützen, und sagte:

»Weißt du, die jungen Leute, da sind Sachen, von denen unsere Schulweisheit nichts wußte.«

Ich sah, daß das Grienen nicht wegging, und zwar, weil er gar nicht griente. Es war einfach sein Gesicht.

»Welche Schulweisheit?« fragte er wütend. Da wußte ich auch nicht weiter.

Elena war eben sehr direkt. Sehr ehrlich! Sie konnte auf einen unbekannten Menschen zugelaufen kommen und ihm erklären, er sehe ja total unsympathisch aus. Handelte es sich um einen Herrn, konnte sie hinzufügen:

»Du bist echt der letzte, mit dem ich heute abend ficken würde!«

Wenn der Herr sich dann beschwerte, würde sie maulend mit den Worten abziehen, sie habe doch bloß EHRLICH sein wollen. Ja, das war natürlich sehr liebenswert, dieses Ehrlichsein. Mich rührte es jedenfalls ein ums andere Mal. Was für ein Riesenbaby sie doch war, mit dem Herz einer Dreijährigen! Aber das sagte ich wohl schon. Und daß das auch der Grund war, warum sie niemals meine Freundin sein konnte, ich meine, DIE Freundin, die echte. Was eigentlich schade war. Ich fand Elena in ihrer Offenheit und Niedlichkeit süß, aber ich konnte sie nicht ernst nehmen. Wenn sie doch bloß etwas schneller erwachsen geworden wäre …

An dem Abend machte sie jedenfalls wieder alles falsch. In nur zwanzig Minuten oder drei gekippten Weißweinschorlen war sie betrunken und erzählte allen Top-Schauspielern, auch Mario Adorf und Christoph M. Ohrt, ihre blöde Liebesgeschichte mit Shao, dem Junkie-Koreaner aus Neuseeland, der sie, sobald er von Heroin runter sei, heiraten würde. Ich meinte achselzuckend, diese Geschichte sei nicht ernst zu nehmen, der Koreaner sei nur 1,43 Meter groß und käme als Mann für eine 1,80-Meter-Frau gar nicht in Frage. Das Schlimme war, daß niemand diese entsetzliche Story hören wollte, Elena das aber nicht merkte und stundenlang weiterredete. Sie war gebürtige Kölnerin und mußte unter Alkoholeinfluß reden. Es gab hundert neue Details zu dem Komplex. Meistens hatten sie mit Telefonaten zu tun, die zwischen Elena, der koreanischen Mutter, dem Therapeuten des Junkies, dem Wellington Police Department, dem wahnsinnig gewordenen Stiefvater, der Frau des Junkies und Mutter seiner Kinder sowie dem Crack-Dealer des Junkies stattgefunden hatten. Die Geschichten strotzten von Blut, Gewalt, Drogen, Psycho, Schizo, Porno und Polizei, als wäre Elenas »Freund« in eine Billig-Cop-Soap geraten. Für ältere Deutsche oder für solche, die keine TV-verdorbenen Kinder hatten, war das ein Schock. Mario Adorf drehte sich verängstigt weg. Heiner Lauterbach hielt es auch irgendwann nicht mehr aus. Und die Melba machte mir Zeichen, ich solle die Dame woanders hintun. Ich schob sie zu zwei fetten Amerikanerinnen, die froh waren, angesprochen zu werden.

Dann sprach ich selbst eine Schauspielerin an, die schon ZIEMLICH alt war, vielleicht älter als ich. Ich hatte plötzlich Lust darauf. Ich hatte sie schon länger aus den Augenwinkeln beobachtet und bemerkt, daß sie Fake-Handygespräche führte. Sie war völlig allein, sie war zu alt für diese karrieresüchtige Bande, niemand redete mit ihr, und damit das nicht auffiel, tat sie so, als telefonierte sie. Als das aber nicht aufhörte, dieses makabre Spiel, konnte ich es nicht mehr mit ansehen.

»Möchten Sie sich nicht an meinen Tisch setzen? Sie sehen so sympathisch aus, und ich würde mich sehr freuen.«

Sie reagierte nicht gerade souverän, war aber natürlich einverstanden. Einwände, sie müsse leider gerade ein wichtiges Gespräch führen, zerbröckelten unter meinem strengen Blick. Sie legte das tote Spielzeughandy weg, ohne noch irgendeinen Knopf zu drücken.

Die Frau sagte als erstes, sie sei 44 Jahre alt, und in dem Alter bekäme man leider solche Hüften, wie sie sie jetzt hätte. Das war sicher ein Verlegenheitsbeginn, denn das Kapital dieser Person war zweifellos ihre gute Figur. Sie redete daraufhin mit mir genauso lang andauernd und einseitig wie vorher mit dem Kinderhandy, was mir nichts ausmachte, weil ich es als Interesse an mir mißverstand. Es schmeichelte mir immer, wenn Leute intensiv auf mich einredeten, dabei vielleicht noch ihr Gesicht einem meiner Ohren zuwandten, als wäre es der alles entscheidende Schalltrichter der Welt. Mußte man sich da nicht wie der Außenminister persönlich vorkommen?

Die Zeit verging, und ich erfuhr, daß die Frau ihre Jugendprägung 1980 erfahren hatte, bei diversen Bandkonzerten im Düsseldorfer Ratinger Hof. Als ich sagte, dort sei ich ebenfalls gewesen, verbat sie sich das. Irgendwann sagte sie, sie müsse jetzt ihren Freund anrufen.

»Welchen Freund? Du hast doch keinen.«

Das war ziemlich direkt von mir. Man könnte auch sagen, es war jene schonungslose Behandlung, die Leute, deren Aktien auf dem erotischen Markt nicht mehr gehandelt wurden, immer erfuhren.

»Ich … habe einen guten Freund, und …«

»Einen Kameraden.«

Es machte mir Spaß, dieses altertümliche Wort dafür zu verwenden.

»Ja … und mehr will ich auch gar nicht. Um nichts in der Welt will ich noch mal eine Affäre haben.«

Ein interessanter Standpunkt. Ich mochte diese Frau nicht, aber, ja tatsächlich: Ich genoß ihre Rede, also Art und Inhalt ihrer Monologe, die nämlich meistens eine Erzählstruktur hatten. Ich erinnerte mich, daß früher alle Menschen in meiner Umgebung so gesprochen hatten, so erzählerisch. Das war entweder vollkommen ausgestorben, oder es war auch früher schon das Einzelphänomen einer bestimmten Generation und Schicht gewesen. Ich hätte ihr gern noch eine weitere Runde zugehört, sagte aber, sie solle jetzt den Kameraden anrufen. Ich hätte ebenfalls eine Kameradin, auf deren Schoß würde ich mich jetzt setzen. Ich machte immer gern Witze über Elenas Größe und Anita-Ekberg-Leibesfülle. Die Männer träumten ja von so etwas, und den Frauen machte es Angst. Ich selbst fand es toll, wenn das riesige Mädchen schlief. Ein friedliches weibliches Gebirge atmete neben einem, frisch wie ein Alpental, und tat einem nichts.

Ich ging auch wirklich zur immer noch vollständig betrunkenen Elena Plaschg, erzählte ihr von meiner generationsnahen Eroberung. Elenas Alkoholismus hatte einige gute und spezielle Eigenschaften. So trank sie sich zwar stets in ein echtes Koma, hatte aber niemals einen Filmriß. Sie erinnerte sich später an jedes Wort, das gewechselt wurde, an jedes Kleid, das irgendwo aufgetaucht war. Ich bewunderte das, hielt es für ein Zeichen von Intelligenz. Als ich sagte, daß diese 44jährige Frau keinen Freund habe, meinte Elena, KEINE der anwesenden Frauen habe einen Freund; sie habe das bereits recherchiert.

»Aber die Melba ist doch mit ihrem Freund hier, diesem grienenden Philipp, dem du …«

»Der ist nur gecastet.«

Das stimmte. Der war nur für diesen einen wichtigen Partyabend als Mann an Melbas Seite engagiert. Trotzdem war es ein Fehler, ihn zu beleidigen. Es blieb schließlich an mir hängen, wie sich später noch zeigen sollte. Elena fand die anwesenden Frauen toll, die allesamt operiert, geliftet, gebotoxt waren, alle blond, alle 32, laut Paß 38 Jahre alt: deutsche Schauspielerinnen im öffentlich-rechtlichen Dauereinsatz, gut im Geschäft, forever young und scheußlich.

Der Service war phantastisch. Andauernd wurde man nach weiteren Getränkewünschen gefragt. Für mich war es aber wichtig, möglichst wenig zu trinken und dafür viel zu essen. So wurde ich wohl ein bißchen zu oft vor dem warmen Buffet gesehen.

»Du scheinst ja richtig Hunger zu haben. Gibt es bei dir nichts mehr zu essen?« fragte die Melba spöttisch.

Ein weiteres Problem war meine Garderobe. Ich hatte keine intakte Hose mehr für das letzte gutsitzende dunkle Jackett, und so trug ich eine fast weiße Leinenhose dazu, was einfach unmöglich war. Ich entschuldigte mich damit, daß ich farbenblind sei – was sogar stimmte – und einen maritimen Look habe erzielen wollen. Die weiße Hose hatte ich drei Tage in kaltes Wasser mit Waschpulver gelegt, damit wenigstens die Flecken rausgingen. Nun sah sie fast gelb aus. Solange ich am Tisch saß, merkten es viele nicht. Aber schlimm wurde es, wenn ich am Buffet stand und die Teller vollstapelte. Einmal stand ich dabei neben Mario Adorf und Esther Schweins. In besseren Zeiten war ich mit letzterer bekannt gewesen, fast befreundet. Nun kannte sie mich nicht mehr, sprach mich aber der Hose wegen an.

»Was ist denn das für eine kranke Hose, die Sie da anhaben?«

»Hey, Esther … erkennst du mich nicht mehr?«

Sie verzog kurz die Lippen zu einem Lächeln. Ich sagte, das sei eine Jogginghose von der Melba, ich sei vorhin hingefallen, die Smokinghose sei dabei geschrottet.

»Geschrottet«, wiederholte Esther leicht angewidert das unpassende, jargonhafte Wort und ließ mich stehen. Mario Adorf sah mich befremdet an, als überlegte er, den Sicherheitsdienst einzuschalten.

Der kam dann später in Person der Melba, die mich fragte, ob ich nicht allmählich genug getrunken und gegessen hätte. Das löste in mir eine gewisse Panik aus, auch, weil ich Elena nicht mehr sah. Wenn sie ohne Abschied verschwand, hieß das immer, daß jemand sie angegraben hatte. Auf deutsch: Ich mußte in der lichtlosen Geheimwohnung schlafen, inzwischen ohne Telefon, ohne Strom, ohne Joghurt im Kühlschrank. Irgendein gebotoxter Nachwuchsschauspieler machte sich über das Riesengebirge her.

Es kränkte mich zudem, daß die Melba mich für betrunken hielt, für einen haltlosen Säufer, wo ich doch extra wenig getrunken hatte und alle anderen voll waren, vor allem die Melba selbst wahrscheinlich.

»Wo … wo ist denn Elena Plaschg … meine Freundin von vorhin?«

»Woher soll ICH das wissen?!«

»Entschuldige, ich dachte, du hättest … sie eingeladen.«

»Ich werde weder sie noch dich je wieder einladen. Und von

Philipp kannst du ihr ausrichten, daß sie ihn am Arsch lecken kann.«

Ich starrte kurz ins Nichts und trat sofort den Rückzug an. Mein einziger Gedanke, wenn ich überhaupt einen Gedanken hatte, war, zwischen diesen Leuten und mir eine Distanz von hundert Metern zu legen. Ich trabte ins Freie, an allen Schauspielerinnen vorbei, auch an dieser älteren, die allein auf dem Boden saß, genauer gesagt, auf dem Bürgersteig und abseits der Party crowd, aber das konnte sie nun auch nicht mehr retten.

»Gehst du?!« rief sie leicht entsetzt.

Ich antwortete nicht, lief weiter. Aber ob das klug war? Einfach abhauen, nachdem ich Stunden in diese Frau investiert hatte? Ich konnte es mir nicht verkneifen, noch einmal innezuhalten. Ich wollte kein Wort mehr hören, aber eine Illusion mitzunehmen war jetzt nicht verkehrt. Ich drehte mich um, sah diese kleine, zusammengekauerte Gestalt auf der Bürgersteigkante. Ich empfand so etwas wie Ekel, oder nein, meine Enttäuschung wurde nur weiter angefacht. Alles war so schrecklich an diesem Kindergeburtstag, alles war Lüge gewesen, auch dieses späte Mädchen, das nichts weiter war als eine Ruine.

Die hatten mich hier rausgeworfen!

Aber ich sagte trotzdem die magischen Worte, und wenn es das letzte Mal war, gelernt ist gelernt:

»Ich fand dich sehr interessant und würde dich gern wiedersehen. Wie lautet deine Telefonnummer?«

Und schon hatte ich meinen Füllfederhalter aus der Jackettinnentasche gerissen und schrieb die Ziffernfolge auf die Innenseite meiner linken Hand. Dann ging ich einfach, schließlich sah man ja, daß ich in Eile war.

Diese verdammte Elena! Sie war wie dieser dicke große Hund, den meine Exfrau gehabt hatte, der immer, wenn er eine Jauchegrube sah, hineinspringen und sich darin wälzen mußte, mit nach oben gestreckten Beinen. Danach kam er angesprungen und schüttelte genau neben den Menschen die ganze Scheiße ekstatisch aus wie ein epileptischer Derwisch. Ja, der Lizzy, so war er, und die Exfrau fand das rührend. Und ich fand es rührend, wie dieses Trash girl immer überall binnen Sekunden die Stimmung verpestete. Ich schmunzelte dann gutmütig wie die Exfrau über den lieben blöden Hund. Ich war doch echt ein Trottel!

Und das Schlimme war, daß nirgendwo eine Alternative, eine Perspektive zu sehen war. Was hatte ich denn, wenn ich mich von Elena lossagte? Auch hatte Elena einen Vorteil: Sie war wirklich talentiert. Wie Mozart war sie im Leben infantil und obszön, in ihrem Metier aber ein Genie. Nicht ausgeschlossen, daß sie sich schon jetzt alles erlaubte, was ihr später einmal, als angesagte Mode-Queen, an Exzentrik sowieso zustand.

Waren meine sogenannten Freunde besser? Besser erzogen, doch genauso kaputt. Aber es konnten doch nicht alle Menschen schlecht sein, es mußte AN MIR liegen, daran führte kein Weg vorbei.

Ich stapfte die Oranienburger Straße entlang. Hier fuhren nur Busse, und die mußte man bezahlen, der Fahrer kontrollierte das, so daß ich zu Fuß die ganze Strecke laufen mußte, in der Smokingjacke und den lächerlichen gelben Pyjamahosen, vorbei an den Rappern, Nutten, Touristen und jugendlichen Szenegängern.

Auf Partys konnte ich von nun an nicht mehr meinen Kalorienbedarf decken. Es mußte einen anderen Weg geben. Wir lebten im nach der Schweiz reichsten Land der Welt. Warum nicht eine der modernen, hygienischen, bürger- und servicefreundlichen öffentlichen Suppenküchen in Anspruch nehmen? So etwas mußte es geben, hatte es ja immer gegeben. Schon Brecht berichtete begeistert davon, und das war achtzig Jahre her! Sicher war das Essen inzwischen noch besser, noch raffinierter geworden. Ich mußte mich nur trauen hinzugehen. Es durfte mich natürlich niemand erkennen, aber wie sollte das auch geschehen? Die Melba aß bestimmt nicht in der Suppenküche …

Irgendwann erreichte ich meine zweite Wohnung, eher zufällig, denn ich mußte an der Schönhauser Allee vorbei. Die zweite Wohnung war ein Relikt aus besseren Tagen. Heute war auch hier der Strom abgestellt und die Miete nicht bezahlt. Die vernachlässigten, ungeliebten Räume sahen traurig der Räumungsklage entgegen. Gerade als ich aufschließen wollte, noch auf der Straße, wurde ich von einem jungen Mann mit bohrenden Augen angesprochen.

»Sind Sie nicht Johannes Lohmer?«

Drei Schritte hinter ihm verharrte ein Mädchen, wohl seine Freundin. Ich bejahte, immer froh, wahrgenommen zu werden von der Welt.

»Würden Sie mir ein Autogramm geben?«

Ich war so positiv überrascht, daß ich zu zittern begann. Also meine Hände zitterten, als ich den alten goldenen Pelikan-Füllfederhalter, den mir der Dichter Frank Hornung geschenkt hatte, aus dem Revers zog und auf ein Stück Papier, das mir der junge Mann reichte, ein paar Worte kritzelte. Danach holte er ein zweites Stück Papier hervor, und ich sollte auch noch für seinen Vater ein Autogramm schreiben. Der sei ebenfalls ein großer Anhänger meiner Bücher. Ich fragte, welches Buch der Junior denn zuletzt gelesen habe, und er nannte einen Titel. Es war der Roman, der meinen Verlag reich gemacht hatte, vor undenkbar langer Zeit, 2004 oder 2005, vor über tausend Tagen und Nächten.

Zweiter Teil: Hiob

Elena rief mich irgendwann in den nächsten Tagen an und stellte mein Leben auf den Kopf, indem sie mich mit der Anklage konfrontierte, ich hätte ihr ein Kind gemacht. Ich! Wo sie doch andauernd mit anderen Männern schlief! Da kam ich doch höchstens als viertrangiger Nebenverdächtiger in Betracht. Außerdem verhütete sie. Wenn also ein Lover in Frage kam, dann einer, mit dem sie Extremsex betrieb, was sie ja durchaus mit einigen tat. Nun meinte sie, es käme von ihren sonstigen Liebhabern bestimmt niemand in Frage, weil sie da immer teuflisch aufpasse. Nichts sei für sie so abscheulich wie eine Schwangerschaft. Das Wachsen eines fremden Gebildes im eigenen Körper sei das Unheimlichste und Abstoßendste von der Welt, lieber wolle sie sterben. Und als Zeugender käme nur ich in Frage, da ich als einziger regelmäßig bei ihr liege und sie, wenn sie volltrunken ihren komatösen Schlaf schlafe, unbemerkt ficken könne. Ich verbat mir das und gebrauchte geharnischte Worte. Mein Verhältnis zu ihr war weiß Gott anders geartet, als sie sich das vorstellte. Mich erregten keine Frauen, die mit vielen Männern schliefen. Sie dachte, daß gerade das besonders erotisch war, dieser redlight touch, aber ich konnte da, wenn ich für mich sprach, nur abwinken. Nun war Elena wenigstens kein häßliches Mädchen, und so konnte ich es mir manchmal gefallen lassen, daß sie über mich herfiel. Welcher Mann fühlte sich da nicht geschmeichelt! Aber mich nachts über die Schlafende hermachen, nein, das war nie oder höchstens in Ausnahmefällen passiert. Elena blieb aber bei ihrer Wahnidee, und ich mußte mich um die Angelegenheit kümmern.

Schon bald wurde dieser ganz spezifische Anti-Baby-Diskurs-

Terror unerträglich. Es war keineswegs unmöglich, daß Elena längst ihre Tage wieder bekommen hatte und trotzdem weiter auf dem Haßthema herumhackte, eben weil es ihr so paßte. Babys, das Ekligste auf der Welt! Schwellende Bäuche, wachsende Zellenhaufen im eigenen Körper, bäh! Sie würde es auf jeden Fall abtreiben, egal, von wem es war. Sie würde das innerhalb von Stunden hinter sich bringen. Rein in die Klinik, raus aus der Klinik, mit den Girls einen saufen gehen. Seelische Gewissensbisse? Ha! Ein Witz! Das hätten sie wohl gern, die Pfaffen, Päpste, Pfarrer, die verlogenen Politiker und alten Männer. Aber ich sollte die Scheißabtreibung bezahlen, verflucht noch mal, und zwar sofort! Wo blieb das Geld? Jetzt aber raus mit der Kohle! Sonst würden noch ganz andere von meiner Schweinerei erfahren! Tausend Euro, her damit! Ich solle die Abtreibung finanzieren, das sei moralisch ja wohl das mindeste, jetzt, nach dem ganzen Schlamassel. Meinen Spaß hätte ich ja wohl gehabt, nun solle ich dafür auch bezahlen …

Wir waren im Badezimmer, ich in der Wanne, was meine Position zusätzlich schwächte. Elena war stark, jung, größer als ich, unterschichtssozialisiert und gewalttätig – und sie stand angezogen und in Stiefeln vor mir, während ich ohnmächtig in der Wanne im schwappenden Wasser hin und her rutschte. Gerade als ich alles zugeben wollte, klingelte mein Handy.

»Laß dein Scheißhandy klingeln, es ruft doch sowieso keiner mehr an!«

»Oh, doch … es könnte wichtig sein.«

»Mir doch egal!«

»Nein, bitte, gib es mir, es nervt so!«

Widerwillig gab sie mir das kiloschwere Motorola von 1997. Ich zog die Antenne heraus und drückte den Knopf.

»Hallo, ja?«

»Ist dort … ha, ha, ha, der … der ›Erfinder der deutschen Popliteratur‹?«

Die Stimme schien einem jungen Mann zu gehören, vielleicht war es auch ein älterer Mann, der aber so albern aufgelegt war, daß man an einen feixenden Lümmel dachte. Ich reagierte wie immer sachlich und unbekümmert:

»Tja, so kann man es natürlich ausdrücken. Hier spricht Johannes Lohmer!«

»Ha – ah – ah – aaah! Der große … ha-a-a … ERFINDER…«

Er hatte plötzlich aufgelegt, oder jemand anderes hatte ihm das Handy weggenommen und auf die Aus-Taste gedrückt. Was hatte er mir wohl sagen wollen?

»Was war denn?« schnarrte Elena.

»Ach, so eine Art Partyscherz, glaube ich.«

»Was? Wie jetzt?«

»Ein Fan. Der wollte … also ich muß das notieren!«

Ich tat so, als gäbe es einen wichtigen Grund, die Wanne zu verlassen. Elena merkte das und kam näher, legte ihre kräftigen Arbeiterhände auf meine Schultern, drückte mich nach unten.

»Wo ist das Geld?! Ich will mein Geld haben!«

»Ich versteh kein Wort!« rief ich und geriet keineswegs in Panik. In Gefahrensituationen wurde ich immer völlig ruhig. Wahrscheinlich reagieren alle vernünftigen Menschen so.

»Du bist berühmt. Du gibst fremden Leuten Autogramme, hast du vorhin erzählt. WO IST DAS GELD?!«

Mein Körper wurde beim Untertauchen nach hinten geschoben, was den Beinen ermöglichte, über den hinteren Beckenrand zu rutschen und über diesen zu klappen. Mit einem einzigen Ruck konnte ich so aus dem Wasser schnellen und eine Sekunde später aus der Wanne springen. Ich sagte, wie schon so oft an dieser Stelle, auch Goethe sei berühmt gewesen, habe aber vom »Faust II« bis heute weniger verkauft als ich von »Zombie Nation«. Geld habe eben nichts mit Bedeutung zu tun.

»Paris Hilton hat auch Geld und trotzdem Bedeutung!«

»Nein, sie hat keine Bedeutung.«

»Aber du, was?!«

»Ich sagte, Goethe habe Bedeutung.«

»So? Nie gehört. Soviel Bedeutung wie Paris Hilton kann er gar nicht haben.«

»Wieviel denn … soviel wie Dieter Bohlen vielleicht?«

»DIETER BOHLEN?! Weißt du, was du da sagst? Selbst der kleine Zeh von Bohlen ist mehr wert als dein … Göther oder wie der heißt. Und jetzt lenk nicht weiter vom Kohlethema ab.«

Ich zog mich schnell an. Dabei versuchte ich, das Gespräch in der Hand zu behalten. Es war klar, diese Frau hielt Dieter Bohlen, das Privatfernsehen mit seinen Casting- und Kuppelshows, eben den ganzen Medienfaschismus für etwas Gutes. Von mir aus. Ich wußte ja, warum es zu dieser kulturellen Hegemonie der heute 55jährigen gekommen war. In meinem Buch »Zombie Nation« hatte ich diese Generation noch deswegen angeklagt. Sie würde ignorieren, was NACH IHNEN kam. Aber nach ihnen kam eben diese Scheußlichkeit. Nach den Beach Boys kam Gina Lisa, verkürzt gesagt. Ich laberte ein bißchen auf dem Thema herum, wohl wissend, daß Elena nicht zuhörte. So kam ich endlich aus dem verdammten Badezimmer raus.

Im Schlafzimmer ging der Kampf weiter. Ich sei einfach über sie drübergestiegen und so weiter, gähn. Wieder sagte ich, daß SIE viel öfter über MICH drübergestiegen sei.

»Außerdem hatten wir von Anfang an den ›Paragraphen der Notgeilheit‹ vereinbart«, fügte ich hinzu.

»Aber nicht, wenn einer SCHLÄFT!«

»Ach egal. Merkt ja keiner.«

»Ich WILL DAS KIND NICHT!«

Und so weiter.

Am nächsten Morgen, eigentlich mitten in der Nacht, schlich ich aus der Wohnung. Es war erst vier Uhr, und man konnte Elenas Schnarchen bis ins Treppenhaus hören. Der Fernseher war noch an, es lief die Wiederholung der Sendung, die wir nach unserem Streit gesehen hatten, »Das Model und der Freak«, mit Monica Ivancan. Es ging dabei darum, daß ein nacktes Model, also Monica Ivancan, einem verklemmten Loser, der noch Jungfrau war, die sexuelle Beichte abnahm, also wie er wichste und wie oft und wie lange und so weiter. Ich hatte es unter Krämpfen mitangesehen, damit Elena keinen Verdacht schöpfte und bald einschlief, auch ohne Koks.

Nun wollte ich zu einem sogenannten »Regionalflughafen« weit außerhalb der Stadt mit der S-Bahn fahren. Das sah mein Fluchtplan vor. In Berlin fuhren die S-Bahnen Hunderte von Kilometern weit ins entvölkerte Landesinnere. Bei der Planung der S-Bahnen vor 100 Jahren, als Berlin fünf Millionen Einwohner zählte, war man wohl von einer baldigen Ausdehnung der Stadt bis an die Ostsee ausgegangen. Die verlorenen Kriege haben das dann leider verhindert.

Immerhin kam ich um fünf Uhr dreißig in dem Flughafen an, neunzig Minuten vor Flugbeginn, wie vorgeschrieben. Und das war eine Meisterleistung, denn die S-Bahn hatte mitten in der Pampa den Betrieb eingestellt, und man mußte mit Ersatzbussen weiterfahren, was viel Zeit kostete. Ich kannte jedoch durch eine heimliche Recherche im Internet seit vorgestern die frühen Abflugzeiten der Billigfluglinien und hatte so einen Zeitpuffer von einer Stunde einkalkuliert. Zwar bezog sich das 9,99-Euro-Ticket, das ich wie geplant am Ryanair-Schalter kaufte, auf einen Flug, den kein Mensch mit einem Rest Selbstachtung antreten würde, aber meine Flucht durfte ich durch absolut nichts gefährden!

Die Sonne war nun aufgegangen. Eigentlich haßte ich es zu warten, aber an diesem Morgen war ich nur glücklich. Dem verhaßten Vaterland, das mich schlechter behandelte als Heinrich Heine, endlich entrinnen! Ich konnte es noch gar nicht fassen.

Natürlich waren die Sitze eng und schmal und unerträglich, aber ich dachte an die Sklaven, die in Sklavenschiffen nach Amerika reisten, und die hatten es weiß Gott noch unkomfortabler. Die Passagiere waren stille, geduckte Kreaturen, jeder einzelne schämte sich wohl, für die 9,99 Euro fliegen zu müssen. Ich schämte mich gar nicht. Mit jeder Minute freute ich mich mehr auf Italien – auf das Land meiner Jugend, also das Ferienland meiner Jugend. Dort stand auch das Ferienhaus meiner Eltern, und dorthin wollte ich gelangen. Die Eltern waren schon tot, und das Haus stand leer, aber es war sicher noch so schön wie damals. Auch das Meer dürfte sich kaum verändert haben. Und außerdem war ja Luna in derselben Gegend, wie die kokette kleine Freundin von Jens Tuborg mir zwei Tage zuvor per SMS mitgeteilt hatte.

Das Flugzeug landete nach gefühlten zwanzig Minuten in Rom, natürlich wieder auf einem Nebenflughafen. Unmittelbar nach der geglückten Landung der kleinen zweimotorigen Maschine klatschten die 130 Passagiere minutenlang wie nach einer epochalen Tannhäuser-Inszenierung in Bayreuth. Für die meisten war es wohl der erste Flug. Ich klatschte mit, dachte dabei aber nicht an die überstandene Todesgefahr, sondern an die freche Luna, die ich bald in die Arme schließen würde.

Nun war ich also in Italien, egal, wo der Flughafen lag. Ich spürte es, und ich erinnerte mich. Aber es waren überraschenderweise nicht die seligen Jugendjahre, an die ich mich erinnerte, sondern an die mit meiner geschiedenen Frau. Mit der war ich nämlich ebenfalls jeden Sommer in Italien gewesen. Ja, meine liebe Exfrau Carla, eine Halbitalienerin, der ich meinen Aufstieg zum Erfolgsautor zu verdanken gehabt hatte, und später, durch die Trennung, meinen Abstieg in die Hartz-IV-Gefilde. Ich dachte ohnehin oft an sie, aber erst jetzt fiel mir das auf. Eigentlich dachte ich ungefähr einmal am Morgen, dreimal am Abend und dazwischen noch etwa fünfmal an sie, was aber nichts Besonderes für mich war, da ich das auch vor der Trennung schon getan hatte. Diese Gedanken waren schmerzlich, aber nicht anders als vor der Trennung. Vor der Trennung hatte ich darunter gelitten, daß diese Frau mich so viel weniger mochte als ich sie und daß sie mich bald verlassen würde, und nach der Trennung, daß sie es getan hatte und mich seitdem so viel weniger vermißte als ich sie. Es war eine normale unglückliche Liebe gewesen, so wie sie zum Beispiel unter Homosexuellen geradezu klassisch ist: Älterer prominenter Herr ist abgöttisch verknallt in jungen selbstverliebten Adonis, der sich das ein paar kostbare Jahre gefallen läßt, bis eben das unvermeidbare tragische, weil grausame Ende kommt, ich muß es nicht beschreiben.

Ja, aber jetzt war die Erinnerung anders als gewohnt. Der Anteil des Schmerzlichen war etwa achtmal höher als in Deutschland. Ich atmete die italienische Luft, blickte auf die umbrische Landschaft oder was das war, diese gelblichen, ausgedörrten Hügel mit den Pinienbäumen, sah die Fiat-Autos, dachte an den Punto, den wir uns noch im vorletzten Sommer gemietet hatten, und brach in Tränen aus. Der Ausdruck »in Tränen ausbrechen« ist allerdings nicht richtig. Ich schlug ja nicht die Hände vors Gesicht und begann vor allen Leuten im Shuttle-Bus laut zu schluchzen. Im Gegenteil. Ich setzte schnell meine Sonnenbrille mit den italienischen Farben am Steg auf, weinte lautlos und tupfte die Tropfen auf der Wange mit einem Taschentuch ab, einer Art Schweißtuch. Niemand merkte es. Wer zufällig auf mich geblickt hätte, hätte gedacht, ich schwitzte. Außerdem weinte ich sowieso gerne. Also über Carla, das hatte ich bereits früher entdeckt. Es war eine Trauer, die einem gefallen konnte. Ich weinte dann auch nicht über Carla und ihren Verlust, wie mir schien, sondern schon nach wenigen Minuten über alles, sozusagen. Es wurde eine Entgrenzung und so schön namenlos. Wenn ich weinte, verschwanden alle Worte. Und so hatte ich einige Monate, vielleicht auch ein Jahr, recht häufig geweint, wenn ich an Carla gedacht hatte, bis Elena es eines Tages mitbekam und dagegen vorging. Sie fand das total peinlich und krank, und am schlimmsten fand sie, daß ich immer noch Fotos von Carla besaß. Sie marschierte umgehend zum Girl's Club, um den Fall vorzutragen. Alle Mädels teilten ihre Ansicht. Die Fotos vom Ex oder von der Ex gehörten automatisch und auf der Stelle vernichtet, am besten verbrannt.

Verbrannt, echt? Ja, das wirkte am besten. Ich wollte mich gern überzeugen lassen und verbrannte die Fotos. Und geweint hatte ich anschließend auch nicht mehr. Aber nur, weil es mir so peinlich war, daß Elena überall kichernd meine angeblich so »voll

krasse« kranke Leidensgeschichte herumerzählte. Als würde ich
etwas Okkultes getan haben, eine Totenanbetung etwa. Es lief
nach der Melodie »Ey, Mann, jetzt weiß ich es, daß der Lohmer
echt krank ist, also jetzt wirklich VOLL MEGAKRANK, weißt
du? Der hat überall noch Fotos von seiner Ex in der Wohnung
rumliegen, stell dir bloß vor, EIN JAHR nachdem sie ihn abgeschossen hat!« Die Leute bekamen sicher eine Gänsehaut und
dachten, ich sei ein Fall für den nächsten »Das Schweigen der
Lämmer«-Film oder sogar für Bärbel Schäfers Krawall-Talk-
Show, Thema: »Pervers oder was – Fotos von der Ex im eigenen
Schlafzimmer!«. Tja, es herrschten strenge Regeln in den pro-
misken Spielen der Proleten, und Proleten waren wir ja alle, inzwischen, irgendwie, also alle, die Kinder hatten und RTL emp-
fangen konnten. Jedenfalls mußte ich nun gegensteuern. Und,
wie gesagt, auch das Weinen unterdrückte ich seitdem. Jetzt
aber, allein in Italien, konnte ich es mir ja wieder erlauben.

Der Bus erreichte die italienische Hauptstadt in nur 30 Minuten
und hielt vor dem Hauptbahnhof. Roma Termini hieß der, ich
kannte ihn aus vielen Filmen. Auch mit der Carla war ich schon
dort gewesen. Von Mussolini 1937 geplant und begonnen, war
er 1950 fertiggestellt worden. Es war sicher der monumental-
ste Bahnhof der Welt, größer als der von New York. Er hätte
auch gut nach »Germania« gepaßt, Albert Speers geplante neue
Reichshauptstadt. Alles war total viereckig, sozusagen totali-
tär viereckig, und marmorweiß. Ich ging in die Eingangshalle,
trank einen Kaffee. Die Busfahrt und das frühe Aufstehen hatten mich geschwächt.

Die gute Laune war immer noch da, aber nicht mehr so stark,
also, man konnte sie nicht mehr Euphorie nennen. Eine leichte Ratlosigkeit kam auf. Ich wollte die Plätze besuchen, die ich
immer mit Carla betreten hatte, aber wollte ich das wirklich?
Wieder »weinen«? Die Lust dazu war plötzlich verschwunden.
Ich hatte es verlernt. Die Magie Roms, ich ahnte es, gab es für
mich nicht mehr. Ich versuchte es trotzdem.

168

Der Zug nach Montepulciano, wo Jens Tuborgs Freundin Luna wartete, fuhr erst um 17 Uhr. Es war der einzige Zug an diesem Tag in das entlegene Nest. Zum Glück kosteten in Italien die Bummelzüge, die von auf Schienen gestellten Diesel-LKW gezogen wurden, nur ein Zehntel der Hochgeschwindigkeitszüge. Trotzdem wurde ich viel Geld los, 9,70 Euro, ein Fünftel meines Vermögens. Ich hatte mir durch einen Trick fünfzig Euro Reisegeld organisiert, was mich die Freundschaft meines letzten Freundes, Matthias Matussek, gekostet hatte. Ich will das lieber nicht erzählen. Na ja, er wäre früher oder später ohnehin zu Jens Tuborg übergelaufen, der ihn schon fest im Visier hatte.

Jedenfalls besaß ich dank dieser Kreditkartenaktion mehr Geld als je zuvor in den letzten Monaten. Es mußte möglich sein, mich damit bis zum verlassenen Ferienhaus meiner toten Eltern durchzuschlagen! Dort konnte ich unerkannt leben und: würde einfach nicht mehr zurückkommen! Das alte entsetzliche Leben konnte dort enden, schlagartig. Bestimmt gab es noch Konservendosen im Keller. Mein Vater war so ein Mensch gewesen, dem das Anlegen von Vorräten zuzutrauen war …

Aber bis 17 Uhr mußte ich noch in Rom ausharren. Ich zahlte den Cappuccino, ärgerte mich über den schamlos überteuerten Touristenpreis – 1,20 Euro, dafür bekam man bei MäcGeiz schon hundertfünfzig ladenfrische No-name-Teebeutel – und fuhr mit dem Express-Bus der Linie 64 zum Pantheon.

Der Bus hieß nicht Express-Bus, weil er weniger Stops einlegte, sondern weil er schlicht doppelt so schnell fuhr wie die normalen Busse. Also beschleunigte er zwischen den kurzen Halts stets auf etwa 100 Stundenkilometer, so daß extreme Fliehkräfte auf die Fahrgäste wirkten. Es war wie in einem NASA-Programm für Astronauten, ständig wurde der Notfall simuliert, und alles stürzte durcheinander. Der Bus hatte zudem keine Stoßdämpfer mehr. Der gerade zum dritten Mal gewählte Staatslenker Berlusconi hatte sich gegen das Erneuern von Stoßdämpfern ausgesprochen, und für den Kauf neuer Fußballstars, und damit die Wahl gewonnen. Also so ungefähr, ich hatte den entsprechenden Artikel im Corriere de la serra nur halb verstanden.

Es war sehr heiß, als ich vor dem Pantheon stand. Die berühmte römische Hitze im Juli. An dem Brunnen des Vorplatzes hatten Carla und ich immer gesessen, sie eine erfolglose Galeristin, ich ein erfolgreicher Schriftsteller. Ich setzte mich wieder hin. Die gelbliche zerbeulte Sommerhose sah hier in der Hitze gar nicht so übel aus wie in Deutschland. Man konnte sie mit etwas Toleranz und Menschenliebe für Freizeitkleidung halten. Ich holte das Papiertaschentuch aus der Hosentasche, das ich mir aus Toilettenpapier gebastelt hatte, und versuchte es wieder mit dem Weinen. Ich wußte doch, wie gut das tat. Es war wie ein kleines, beglückendes Bad abends im warmen Mittelmeer, allein, kurz vor dem Schlafengehen. So etwas hatten Carla und ich ja wirklich gehabt: ein Haus direkt am Strand, privat geführt, nur für uns. Mit ihrem perfekten Italienisch hatte Carla immer mühelos die besten Deals gemacht, in diesem Land. Trotzdem, verflucht noch mal, das Weinen ging nicht mehr so richtig. Es fühlte sich fast schon wie erzwungener Sex an. Ich bemühte meine Phantasie, dachte daran, wie wir an diesem Brunnen Eis gegessen hatten, beide von der Hitze geprägt und durchdrungen, aber so einig, Schulter an Schulter sitzend wie erschöpfte Soldaten. Endlich kamen die Tränen, und ich tupfte die wertvollen Tropfen nicht sofort ab, damit der Strom nicht gleich versiege. Endlich ergriff mich wieder dieses Gefühl der wortlosen und meine gesamte Existenz umfassenden Traurigkeit, der Volksmund nennt den Zustand treffend »das heulende Elend«, und ich tat erst mal nichts dagegen. Auch wenn ich für meine Verzweiflung keine Worte mehr hatte, spürte ich doch eine Art Therapeutenstimme, die mich euphorisch anfeuerte, »es nun endlich alles rauszulassen«. Die Nebenleute am Brunnenrand wunderten sich nicht schlecht. Ein junges Mädchen tappte schon ängstlich und hilfeanbietend auf mich zu, leider.

So stand ich auf und ging ins Pantheon hinein. Das Licht aus der Deckenöffnung fiel gerade äußerst effektvoll auf den Jupiter-Altar, denn der Himmel war an diesem Tag vollkommen klar und die Sonne atomhell. Durch die extreme Helligkeit des Sonnenstrahls, der mehrere Meter dick war und sich von der Dunkelheit abgrenzte wie ein Scheinwerferkegel bei Nacht – Stichwort Lichtdome – wirkte das übrige gewaltige Pantheon lichtlos und schwarz. 2000 Jahre vor Erfindung der Elektrizität erreichten die Römer solche Effekte – da vergaß ich das Weinen gleich wieder. Als Römer hätte ich jedenfalls auch an Jupiter geglaubt und nicht an den verkrachten Hippie aus Palästina.

Aber – nichts gegen Jesus. Sein Kreuzgang war mir Vorlage für den Spaziergang, den ich nun antrat. Ich spürte die Hitze auf meinem Rücken wie die vesammelten Sorgen meines ganzen, viel zu langen, viel zu wirren, verpfuschten Lebens. War nicht alles schiefgelaufen wie bei Jesus? War es nicht an der Zeit, das endlich einmal zu begreifen? Ich lief zur Piazza della Minerva, von dort die Via dei Cestari entlang, bog links ein und lief ein ganzes Stück bergauf, bei sengender Hitze die Via San Caterina di Siena entlang, bog erneut mehrmals ab, bis ich die Orientierung verlor. Eigentlich hatte ich die Gelateria Giolitti gesucht, die beste Eisdiele Roms und der Welt seit dem vorvorigen Jahrhundert. Nun hatte ich den Weg verloren, kein Lüftchen regte sich, die Menschen hatten sich in die Häuser geflüchtet, bis auf die unvermeidlichen dämlichen touristischen Jugendgruppen aus Skandinavien. Als ich diese jungen Menschen sah in ihrer hirnlosen Geschäftigkeit und nie versiegenden Betriebsnudeligkeit, kamen mir erneut die Tränen. Diese Schwachköpfe! Diese immer gleichen Idioten! Dieses Füllmaterial des verstopften Globus! Sie blökten und plapperten, während ICH, das Genie, der letzte lebende MENSCH, zugrunde ging, ohne daß es jemand merkte!

Aber sofort blitzte dadurch eine Idee in meinem Leidenskopf auf: Ja, ich konnte ja wirklich sterben, und zwar zum Schein! Mich einfach im Haus der Eltern verstecken, ein paar Jahre, und irgendwelche Abschiedsbriefe an Meinungsführer schikken, nebulös im Stil, aber einen Suizid nahelegend. DAS wäre ein Coup! Nein, es würde keinen interessieren. Aber der Status war reizvoll: tot und doch nicht tot. Träumte davon nicht jeder Junge irgendwann einmal? Alle stehen am Grab und haben ein schlechtes Gewissen? Carla, obwohl sie sich an meinen Namen kaum noch erinnerte, würde dann doch an mich denken müssen, wenigstens für ein paar Momente.

Aber was würde die arme Elena Plaschg dazu sagen? Die würde sich vor Schreck doch glatt eine Überdosis in die Venen jagen! Das gute Kind! Ja, da mußte ich aufpassen. Auf ihre Assi-Art mochte sie mich ja doch …

Wieder weinte ich ein bißchen, erreichte sekundenweise das heulende Elend, aber dann sah ich die Eisdiele. Richtig: Via Uffici del Vicario. Die herrliche Gelateria, unübertroffen seit 1900, im baulichen Zustand unverändert seit 1934, welch ein Glück … Hunderte von Skandinavierinnen standen zwar unschlüssig davor, manche hielten Stadtpläne in der Hand. Drinnen aber war so gut wie niemand. Ich setzte mich in den Spiegelsaal, und der uralte Ober kam wenig später. Er brachte eine Karte mit 175 Eisspezialitäten. So ging ich erst einmal in die Waschräume nach hinten, um zu prüfen, ob man über ein etwaiges Fenster entkommen konnte. Das war nicht der Fall, es gab kein Fenster. So schrieb ich nur eine Nachricht an die Toiletteninnentür. Ich malte ein Kreuz mit den Namen von mir und Carla. Immerhin waren wir im Giolitti immer besonders glücklich gewesen. Es war IHRE Eisdiele. Schon als Kind war sie mit ihrer Nonna dagewesen.

Wieder vorne, fragte mich der Kellnergreis – sicher ein Freund der Nonna – nach der Bestellung. Ich stand rasch auf, grüßte und verließ das Lokal.

Wohin jetzt? Ich wollte nicht durch Rom irren, also steuerte ich den nächsten Carla-Erinnerungsort an, merkte dabei aber, daß es nun vorbei war. Mit dem Weinen und überhaupt. Mich interessierte es nicht mehr. Es war wie diese Sekunde, wo man nicht mehr an den Weihnachtsmann glaubt. Zack – auf einmal ist er weg. Es soll auch Leute gegeben haben, die ihren Gottesglauben auf diese Weise plötzlich verloren. Da kann ich nicht mitreden, dergleichen könnte mir nicht passieren. Der liebe Gott, das ist doch eine feste Größe und nicht wegzudiskutieren. Aber Carla, da hatte also Elena Plaschg doch recht mit ihren Holzhammeransichten, war eben auch nur eine Ex.

Deshalb ging ich nicht zum Colosseum, um Marina Gozzi zu besuchen, die dort eine Straße weiter wohnte und mit Carla zur Schule gegangen war, sondern zurück zum faschistischen Hauptbahnhof. Es war aber erst 15 Uhr. Ich mußte noch zwei Stunden überbrücken.

Diese zwei Stunden wurden nun seltsam öde. Nachdem ich meinen Carla-Glauben verloren hatte, fehlte der Stadt, ja dem ganzen Land, der spezifische Reiz. Es waren nun sinnlose Stein- und Menschenansammlungen geworden. Ziellos ging ich im Bahnhofsgebäude auf und ab. Zwei Stunden waren ja eine viel zu lange Zeit, um sie einfach nur abwarten zu können. Aber mir blieb nichts anderes übrig. Sie kamen mir wie zehn Stunden vor, und ich versank in Wut und schlechter Laune. Die gute, kokette Luna, das freche Gör, war nun meine einzige Hoffnung auf dem Weg zum elterlichen Ferienhaus.

Endlich saß ich im Zug, also diesem Schienen-LKW, aber er fuhr nicht ab. Es wurde 17.12 Uhr, das war die Abfahrtszeit, aber der LKW blieb ungerührt stehen. Um 17.32 Uhr warf der Brummi-fahrer den Dieselmotor an. Um 17.46 fuhr er los, hielt nach 500 Metern und fuhr wieder zurück. Der Lokführer oder was das war hatte die Blumen für seine Frau vergessen. Und so ging es immer weiter, von Panne zu Panne. Dreieinhalb Stunden lang tuckerte man schließlich durch Latium. Ich hatte eine Karte der Gegend im Maßstab 1:200000 bei mir und verfolgte mit dem Finger auf der Karte die eingezeichnete einspurige Eisenbahn-linie von Dorf zu Dorf, wobei sich mein Finger kaum schneller bewegte als das Schienengefährt. Ängstlich sah ich auf die bei-den Handruder, die man bedienen konnte, wenn der alte Die-sel ausfiel. Das war die Draisinenfunktion. Ich kannte das von meinem Wartburg her, den es nun nicht mehr gab. Schließlich hielt der Lokführer an einem Dorf namens Chiusi. Hier sollte es mit einem richtigen Bus weitergehen, einem mit Reifen, ganz ohne Schienen. Eisenbahn konnte man den dann wirklich nicht mehr nennen. Der Lokführer verschwand mit seinen Blumen auf Nimmerwiedersehen. Der Reifenbus sollte erst am nächsten Dienstag starten. So rief ich vom »Bahnhof« aus Luna an, vom italienischen Festnetz, was seltsamerweise klappte. Sie nahm nach zwölfmal klingeln ab, meldete sich auf italienisch – und freute sich! Sie wollte mich sofort mit dem Auto abholen. Ich wußte gar nicht, daß sie schon einen Führerschein hatte. Na, vielleicht durfte man in Italien schon mit 16 fahren.

Ich wartete in der kleinen Bahnhofsgaststätte von Chiusi. Eine deutlich verrückte Bedienung, eine Frau von 20 Jahren wohl, goß mir ein Glas Leitungswasser ein. Sie ging immer krumm, bewegte sich wie eine Ausdruckstänzerin von Pina Bauschs seltsamer Tanzsekte, sah mir nie in die Augen, schenkte aber das Leitungswasser nach, ruckweise und tänzerisch. Auf mich wirkte das Leitungswasser wie Alkohol, es hatte einen Placebo-Effekt, weil ich dabei an einer Bartheke stand. Ich dachte an Jens Tuborg, den Hund, den großen Gegenspieler … Ich stellte mir vor, was ich mit seiner koketten Freundin gleich alles machen würde und wie ich im einzelnen vorgehen wollte. Daß sie kokett war, hieß ja nicht, daß sie leicht zu erobern war, nein, das hieß es nicht. Maxim Biller, den sie auch schon ganz nervös gemacht hatte, meinte sogar, diese Frau sei raffiniert und würde alle an der Nase herumführen. Sie hatte ihm ein Buch geschenkt und als Widmung ein Liebesgedicht hineingeschrieben. Aber er machte sich nichts vor: »Die wird nie mit mir schlafen.« Den Kontakt hielt er trotzdem aufrecht. Wer weiß, eines Tages kam doch die Gelegenheit, die unerwartete …

Für mich war jetzt dieser Tag. Jens Tuborgs Waterloo-Tag. Ich schlürfte das Leitungswasser. Grottammare, der Ort meiner Kindheit, war gar nicht so weit entfernt. Vielleicht konnte das Mädchen mich sogar hinfahren? In meiner Kindheit hatten mein Bruder und ich den Ort eigentlich kaum gekannt. Unser Haus war nicht direkt am Meer, sondern in den steil aufsteigenden Berg gebaut. Man mußte zu Fuß auf einem steinigen, geröligen, mit Pflanzen durchsetzten Pfad nach oben klettern. Dafür war die Sicht sehr schön: Durch die Höhe wurde das Meer perspektivisch riesig und schier unendlich groß, ein blaues Wunder, Tausende von Kilometern weit und breit. Nachts sah man die vielen kleinen Positionslichter der Fischerboote. Die Fischerei war damals noch die einzige Einnahmequelle des Ortes. Das Haus hatte drei Etagen: Parterre, erster Stock und dann diese Dachterrasse. Im Parterre waren das Kinderzimmer und eine große Küche. Im ersten Stock das Elternzimmer und noch ein Raum. Die ganze Familie saß jeden Abend auf der Dachterrasse und sah auf das Meer, die kleinen fernen Lichter und die vielen Sterne am klaren Nachthimmel. Die Eltern waren zu dieser Uhrzeit überaus friedlich, man könnte sagen glücklich, und tranken in Maßen Rotwein. Auf der Dachterrasse wuchsen auch Weintrauben, so üppig, daß jeden Morgen ein paar Kilo nachgewachsen waren. Das Haus hatten die Leute, die nebenan wohnten, mit ihren eigenen Händen erbaut, in den 50er Jahren wohl, ohne Baugenehmigung. Damals war das so. Man baute ein Haus selbst, mit Freunden, umsonst, und verkaufte es dann einem Deutschen.

Ein weißer VW Polo fuhr vor: Luna. Ich verließ, ohne zu zahlen, spontan den kleinen Bahnhof, nahm das schlanke Mädchen in die Arme. Als ich sie in meiner verständlichen Aufregung auf den Mund küssen wollte, hielt sie mir ihre Hand auf die Lippen. Eine schöne Geste, die zeigte, wie vertraut Luna mit solchen Situationen bereits war. Ich stieg in den Wagen, und wir fuhren umgehend zu einem 30 Kilometer entfernten Restaurant in der weiteren Umgebung, in dem bereits der Vater speiste und auf mich wartete. Immer wieder trug es das leichte Auto fast aus der Kurve, da Luna die Geschwindigkeiten und die Kurvenkrümmungen noch nicht einschätzen konnte. Ich verzichtete daher auf zusätzliche Irritationen und faßte den Körper der jungen Frau nicht mehr an, solange die Fahrt währte. Es war die nun wirklich allerletzte Gnadenfrist für Jens Tuborg.

Neben dem Vater saßen noch zwei Brüder am Tisch, ein jüngerer und ein älterer, und eine etwa 40jährige blonde Frau, wohl die neue Lebensgefährtin des Professors. Der Vater, den ich mir wie Professor Sauerbruch vorgestellt hatte, mit Spitzbart und Nickelbrille, entschieden formulierend und scharf im Denken, schien auf den ersten Blick eher lau zu sein. Körper und Gesicht waren schwammig, der Händedruck schwach, die hellblauen Augen vom Wein gerötet. Er erhob sich schwerfällig, hielt mir die fleischige Hand hin. Ich ließ sie in der Luft verhungern und wandte mich, ganz Gentleman, der 40jährigen Frau zu. Ja, Erziehung will gelernt sein! Ich schnarrte irgendeinen Verehrungsgruß, lächelte eisig beim angedeuteten Handkuß, drückte dann den drei Herren knapp und kernig die Hand. Ich setzte mich dem Vater gegenüber, unfreiwillig, es war so arrangiert. Rechts neben mir saß Luna. Der Alte konnte womöglich sehen, wenn ich meine Hand auf ihre Beine schob. Übrigens war er gar nicht so alt. Zwar grauhaarig und halbglatzig, aber womöglich jünger als ich. Eine unschöne Konstellation irgendwie, und es kam überhaupt keine Diskussion in Gang.

Ich hatte fest damit gerechnet, daß es zwischen dem ordentlichen Professor für deutsche Literatur und uns übrigen zu feurigen, endlosen Wortwechseln kommen würde, daß man sich die Bälle nur so zuwarf. Aber Lunas Vater hatte offenbar Angst vor mir, oder er war schon zu betrunken. Auch seine Maus, die 40jährige Blonde, vielleicht war sie auch schon 45, wirkte immer nur verängstigt. Der Mann saß übrigens im labberigen, kragenlosen T-Shirt am Tisch, trug dazu eine Freizeithose wie ich. Die beiden Söhne sahen bedeutend eleganter aus. Der eine war jünger als Luna und blond, der andere älter und schwarz; alle drei Kinder stammten von verschiedenen Lebenspartnerinnen, von denen keine die am Tisch sitzende war. Ich, der ich 17 Jahre mit meiner Carla ein Paar gewesen war – was für eine lange Zeit –, kam mir wie ein Puritaner vor. Der Professor spürte meine Gedanken, deshalb blieb er so passiv. Ich mußte die Runde unterhalten, also den »Schriftsteller« geben, wie nach Lesungen in der Provinz. Das war eine Rolle, die ich nicht mochte und auch nicht beherrschte. Meine letzte Lesung hatte ich deshalb Ende des letzten Jahrhunderts gegeben. Das anschließende »ungezwungene Beisammensitzen« mit dem Buchhändler, der Apothekerin und dem schwulen Krankenpfleger des kleinstädtischen Altersheims hatte mich für immer von weiteren Lesungen abgehalten. Aber jetzt: wieder dieses Programm. Ich mußte Geschichten erzählen. Dafür hatte man mich eingeladen. Böse, kleine, indiskrete Insidergeschichten aus dem Kulturbetrieb. Ich geriet ins Schwitzen, denn ich kannte kaum welche. Aber alle anderen am Tisch schwiegen gnadenlos. Sie stocherten in ihren Tellern und hörten zu. Ich hielt nur durch, weil ich mir vorstellte, wie Jens Tuborg gerade zur selben Zeit mit Matthias Matussek in einem Hamburger Nobelrestaurant saß und mein endgültiges Hausverbot beim SPIEGEL durchsetzte. Matussek würde gerade fragen, was Jens bloß gegen mich habe, da ich doch so freundlich gewesen war, den Kontakt zu machen, und Jens würde antworten, daß sich die Dinge im Leben manchmal ändern würden. Es würde ihm leid um mich tun, ich sei, und das sei tragisch fast, ein aussichtsloser Fall geworden, ein Stürzender, der im Sturz noch gefährlich werden könne … Na, das sollte er haben! Nach dem Essen wollte ich alle ins Bett schikken, aber mich und Luna in eines. Das ging natürlich nur, wenn ich jetzt durchhielt. Nein, durchhalten allein genügte bei der bella Luna nicht. Ich mußte schon richtig Punkte sammeln. Die geforderten indiskreten Anekdoten aus dem bundesdeutschen Literaturbetrieb unterhielten bestenfalls den betrunkenen Vater. Der Tochter mußte ich mehr bieten.

Sie war eine typische Vatertochter, also ganz vernarrt in den Papa. Ich mußte ihn besiegen. Also lockte ich den Professor in ein Gebiet, wo er sein bequemes Zuhören aufgeben mußte, nämlich sein Spezialgebiet: Italo Svevo. Ich stellte wie nebenbei eine falsche Behauptung auf und wartete ab, bis der Alte losdozierte. Tat er aber nicht. Ich lächelte charmant und legte meine Karten scheinbar auf den Tisch. Ich hätte nur prüfen wollen, ob Svevo wirklich sein Terrain sei. Ich hätte deshalb etwas Falsches gesagt und wolle es sogleich selber berichtigen. Svevo sei keinesfalls nach Joyce gestorben, sondern schon in jungen Jahren, bei einem Autounfall. Nun hatte ich den Professor aber gepackt. Er warf die Serviette zur Seite und blubberte mit vollem Mund los. Svevo habe erst mit 60 das Schreiben begonnen, könne also nicht als junger Mann als Rennfahrer gestorben sein, zumal das Automobil erst im 20. Jahrhundert erfunden worden sei und so weiter. Ich lachte.

»Endlich werden Sie wach, Professore!«

»Erzählen Sie trotzdem nicht solchen Unsinn, nicht wenn Kinder mit am Tisch sitzen!«

»Kinder?« Ich sah Luna fragend an, die rot vor Wut wurde. Dann machte ich weiter mit meinen Verwirrspielen. Der Vater hatte jetzt nämlich wirklich den ersten Fehler gemacht: Svevo wurde zwar erst mit 60 als Autor wahrgenommen, seinen ersten Roman »Zeno Cosini« hatte er aber bereits mit 40 geschrieben und dann in der Schublade vergessen. Durch Zufall geriet James Joyce, sein Nachbar in Triest, an das verblichene Manuskript. Ich erzählte die rührende Geschichte in allen Details und schmückte sie noch aus, damit der eigentliche Spezialist dafür in den Schatten gestellt wurde. In seinem Kopf arbeitete es die ganze Zeit, ich spürte es genau, aber ich ließ mich nicht unterbrechen. Endlich platzte es aus ihm heraus. Im »Erstens, Zweitens, Drittens«-Stil versuchte er, mich zurechtzuweisen. Ich hätte als berufsmäßiger Tintenkleckser wohl zuviel Phantasie, sagte er an einer Stelle sogar, was bereits eine klare Beleidigung darstellte und ihn a priori ins Unrecht setzte. Seine vielen unbedeutenden Einwände waren in der Sache natürlich richtig. Trotzdem unterliefen ihm selbst dabei kleine Flüchtigkeitsfehler, die mich verwunderten. Als ordentlicher Professor für deutsche Literatur in Triest hätte er eigentlich perfekter sein müssen. Ich wies ihn schonend – und so leise, als sollte Luna es nicht hören, wodurch sie es erst recht hörte – auf seine kleinen Mißverständnisse hin. Zum Beispiel sei Joyce trotz allem erheblich älter als Svevo geworden, außerdem eine Generation vor ihm zum Star aufgestiegen, weswegen es ihm erst möglich war, Svevo zu protegieren … Beim dritten oder vierten Punkt sprang der Tischherr auf:

»Ulysses ist für Sie Wissenschaftsdilettanten dann wohl ein Werk des 19. Jahrhunderts, wie?! Aber falsch geraten, mein Herr, GANZ falsch! Ulysses erschien erst 1920! In Worten: Neunzehnhundertzwanzig!«

»1921, um genau zu sein, Sie haben ja vollkommen recht. Aber bitte, verzeihen Sie mir, setzen Sie sich doch wieder.«

Er setzte sich. Ich murmelte gedankenverloren, daß ihn ja auch nicht Ulysses, sondern »Dubliners« zum Star gemacht habe, zwanzig Jahre zuvor. Mehr hätte ich ja gar nicht sagen wollen. Aber es sei unbedacht von mir gewesen, selbstsüchtig, eitel. Ich sei ein schlechter Gesprächspartner, und außerdem verstehe er weiß Gott mehr von der Sache. Er starrte mich mit seinen geröteten Augen sekundenlang an. Dann hob er die Tafel auf.

Alle standen unschlüssig in dem kleinen Restaurant herum, während der Vater bezahlte, und ich hatte Gelegenheit, mich an Luna mit der Bitte zu wenden, sie möge mir mein Zimmer zeigen.

Das tat sie, und so konnten wir uns etwas von den anderen absetzen. Das Ferienhaus des Professors lag nur hundert Meter von der Nudelküche entfernt. Luna sprach noch mit einer Angestellten auf italienisch, dann ging sie mit mir in das Gästezimmer. Nun kam der zweite schwierige Teil. Den Vater hatte ich »getötet«, nun mußte ich Hipness-Kompetenz beweisen. Junge Frauen schlafen grundsätzlich nur mit Menschen, die über Musik in London, Clubs in Berlin, neue Labels in Paris und die Incrowd in Hollywood mehr wissen als sie selbst. Es geht um ein Tauschgeschäft Körper gegen Wissen, genauer gesagt: junger weiblicher Körper gegen Insiderinfos aus angesagten Medien- und Freizeitbereichen. Ich legte mich also ins Zeug und vertraute insgeheim auf meine schon sprichwörtliche Kompetenz in Sachen Popkultur. Es gelang mir tatsächlich, auf meinen eigenen Betrug hereinzufallen und ihn mir auch noch zunutze zu machen. Denn in Wirklichkeit hatte mich Popkultur nie interessiert. Selbst als Teenager hatte ich mir niemals eine Platte gekauft. Ich fand auch das Konzept »Jugend« immer schon doof. Sogar die Pubertät war bei mir ausgefallen oder zumindest für jegliche Persönlichkeitsbildung unbrauchbar gewesen. »Clubs« fand ich einfach unerträglich, gestern wie heute, und in London war ich nie gewesen. Aber ich redete munter drauflos, richtig cool, bereits Müdigkeit signalisierend, und ab und zu sagte ich:

»Komm, bleib noch etwas, gerade ist es mal so richtig entspannt. Es ist schön, hier mit dir zu sitzen. Dein Vater ist, na ja, so …«

»Stressig, ein bißchen?«

Ich lachte und nahm sie in den Arm. Ja, ihr Vater, ich und ihr Vater, wir seien schon zwei so Kerle, und ich würde ihn wirklich mögen. Bestimmt wisse er über andere Dinge viel mehr als über Italo Svevo. Im selben Augenblick schien ein Gedanke mein friedfertig gewordenes Gemüt zu durchzucken; ich ließ sie los, richtete mich auf und sagte, als sei es sehr wichtig:

»Sag mal, kannst du mir wohl noch eine Flasche Wein besorgen? Es würde mir viel bedeuten, jetzt, weißt du?«

»Aber …«

»Also nur, wenn es keine Umstände macht! Ich will dich nicht hier herumhetzen …«

»Doch, doch, das ist kein Problem. Es ist schon Wein im Haus, sehr guter sogar, Montepulciano.«

»Oh, der beste, wie alle sagen! Dann hole doch bitte etwas davon.«

Ich sagte es absichtlich so bestimmt-väterlich, daß die Kleine wie ferngesteuert aufstand und den Befehl, ohne nachzudenken, ausführte.

»Danke schön. Ach, Luna! Du trinkst doch ein Gläschen mit, jetzt, am Ende dieses langen und … bemerkenswerten Tages?«

»Nein, jetzt nicht mehr.«

»Na, dann trinke ich auch nicht noch was. Das darf man nicht, jemandem was vorzutrinken.«

»Na, bei mir mußt du dich doch nicht genieren.«

»Du dich doch auch nicht! Komm, jeder noch ein Schlückchen.«

Ich hatte das wieder so ruhig und bestimmt gesagt, wie für mich selbst, so vertrauenserweckend, was gar nicht leicht gewesen war. Wir begannen zu trinken, auf dem Bett sitzend. Bald erzählte sie kichernd von ihrem Vater. Noch immer drohten Gefahren, obwohl wir nun schon im Schnellzug Richtung Geschlechtsverkehr saßen: Der gedemütigte Vater könnte nachsehen kommen, und/oder das Gespräch konnte auf Jens Tuborg fallen, bevor der Zustand lallender Volltrunkenheit bei dem knochigen, widerstandsarmen Mädchen eingetreten war.

Aber wir hatten Glück. Wir schliefen miteinander, und erst dann sprachen wir über den Jens. Während ich in ihr war, flüsterte sie meinen Namen ins Ohr, und dabei merkte ich erst, was gerade passierte. Ich war dann später fast froh, nicht mehr meinen Namen zu hören, sondern den anderen.

Am nächsten Morgen war ich zunächst allein. Luna war natürlich irgendwann in ihr eigenes Zimmer geschlüpft. Der Vater wollte mit der versammelten Patchworkfamilie zu einer Weinprobe fahren und mich auch mitnehmen, was eine reizvolle Idee war, denn der Montepulciano-Wein hatte zu Recht seinen legendären Ruf. Aber ich hatte schon frühzeitig abgewunken, da ich ja das flugbedingte Schlafdefizit aufzuholen hatte. Als ich also aufwachte, war das Haus bis auf die Dienstmagd leer. Diese führte mich zum Frühstückstisch im Garten. Es war wieder herrliches Wetter, und ich aß, wie man sich denken kann, mit großem Appetit. Aber bald schon quälte mich ein Gedanke, der bereits am Vortag in mir sachte aufgestiegen war, und zwar schon während der Autofahrt mit Luna. Nämlich: die Wirkung, die das Mädchen auf mich ausgeübt hatte, war verschwunden. Ungefähr so wie die Wirkung des Weinenkönnens, die die magischen Erinnerungsstätten des Carla-Lebens gehabt hatten. Ich war in Luna nie verliebt gewesen, aber sie zog mich an. Ich fand sie gänsehauttreibend sexy. Aber schon in der Sekunde, da ich sie wiedersah, merkte ich, daß es nicht mehr so war. Sie ließ mich so kalt wie ihre Brüder. Allein der monatelange Vorlauf, dieses so lange Begehren, ließ mich fast mechanisch weitermachen. Und die Hoffnung, die Glut könne zurückkommen. Aber ich wußte, daß es nicht so war. Ich hatte mit ihr noch schlafen können, weil die Gesetze der Trunkenheit mir zu Hilfe kamen. Es würde wahrscheinlich kein zweites Mal gehen.

Ich mußte also weiterfahren, zum Ferienhaus meiner Eltern, ohne Luna. Weit war es ja nicht mehr. Ich konnte eine Nachricht hinterlassen, daß ich nicht so lange warten konnte und daß ich wiederkommen würde. Das würden alle verstehen.

Und so geschah es, aber nicht sofort. Ein letzter Zweifel ließ mich innehalten. Anstatt Montepulciano rasch zu verlassen, blieb ich am Frühstückstisch sitzen und forderte von der Magd immer neue Speisen und Zutaten. Am Ende hatte ich drei Frühstücke vertilgt. Sie schmeckten ja auch besser als die 29-Cent-pro-Pfund-Haferflocken, die es bei mir in Berlin gab. Dann ging ich auf den kleinen Marktplatz, setzte mich auf einen Stuhl vor einem Café, von dem aus ich das Haus des Professors im Blick behalten konnte, und die Bushaltestelle dazu. Einmal pro Stunde sollte ein Bus Richtung Ascoli Piceno gehen. Als er kam, verpaßte ich ihn, weil ich ihn für einen PKW hielt – so klein war er. Eher ein Großraumtaxi. Dann kam wieder einer, aber wieder stieg ich nicht ein. Ich war wie gelähmt. Am Nebentisch saß ein deutsches Touristenpaar, beide Mitte 60 und weißhaarig. Der Mann, quallig, dickbäuchig, Kurt-Beck-Bart, Dreiviertelhosen, Turnschuhe, 4000-Euro-Digital-Spiegelreflexkamera, griente seine Ehefrau die ganze Zeit verliebt an. Offenbar hatten die beiden jung gebliebenen Eheleute gerade eine Liebesnacht hinter sich. Auch die Frau griente immer verliebt zu ihm. Sie hatte kurze weiße Haare und sah ansonsten einfach nur indiskutabel aus. Fett, aus dem Leim geraten, Krampfadern, ein Tattoo am speckigen Hals. Der Mann knipste manchmal sinnlos mit seiner Kamera herum, auf die Häuser des Marktplatzes. Beide waren höchstwahrscheinlich Gesamtschullehrer aus Nordrhein-Westfalen und seit zwölf oder 15 Jahren frühpensioniert. Ihr verfügbares Einkommen lag bei 100 000 Euro im Jahr. Das war ungefähr das Zwanzigfache dessen, was hart arbeitende Kreative mit kleinen Kindern in Berlin-Mitte zur Verfügung hatten. Oder ich.

Dieses verliebte Touristenpaar löste in mir eine solch heftige Wut aus, daß ich mir meine Wallungen nicht mehr erklären konnte. Vielleicht nur deswegen, weil die Oldies nicht weggingen. Weil sie nicht aufhörten mit dem Grienen und Knipsen und Sich-Wohlfühlen. Ich saß volle zwei Stunden in dem Café, bis zum dritten Bus, und ich haßte die beiden weißgewandeten Alten immer mehr. Es war kein Haß, den man genießt, kein kämpferischer Haß, sondern ein ohnmächtiger, besinnungsloser. Ich hätte vor Haß losheulen können. Diese beiden Abscheulichkeitshaufen hatten KEIN RECHT zu existieren! Tausenden von Kindern hatten sie die Zeit gestohlen, ihnen Multikultiunsinn über die Welt erzählt und sich dann aus dem Staub gemacht, als im Klassenzimmer Mord und Totschlag ausbrach. Nun saßen sie da, die Alt-68er, und grienten selbstzufrieden, als hätten sie alles richtig gemacht. Ich hatte schon das Besteckmesser in der Hand, als der dritte Bus kam und mich mitnahm.

Nun war es also vorbei mit Luna, und auch mit der Erinnerung an Carla, und auch mit Italien. Meine letzten Illusionen hatte ich binnen Tagen verloren. Nur das alte Kindheitshaus in Grottammare löste noch so etwas wie den Glanz der Erinnerung aus. Es war der letzte Sehnsuchtsort, und ich spekulierte, ob auch er wie eine Fata Morgana zusammenfallen würde, wenn ich erst da war.

Auf der Fahrt hatte ich genug Zeit, über alles nachzudenken. Die Eltern traten vor mein geistiges Auge. Sie wirkten nicht glücklich in dem Haus, überhaupt nicht entspannt, eher wie in

Arbeitszusammenhängen. Andauernd mußte irgend etwas getan werden, und nie liefen die Arbeitsprozesse harmonisch ab. Es knirschte immer im Getriebe. Ruhig war es nur, wenn die Eltern schliefen. Wir Kinder wachten schon einen halben Tag vor ihnen auf, mit der hellen Sonne, die ab vier oder spätestens fünf Uhr morgens gegen den Berg knallte. Das Haus war zum Glück kühl, wahrscheinlich wegen der Terrakottaböden in allen Zimmern. Oder die Italiener wußten eben, wie man kühl bleibende Häuser baut. Trotzdem gingen mein Bruder und ich aus schierer Langeweile bald nach draußen, nämlich noch höher auf den Berg hinauf. In einigen Hundert Metern Höhe, die man über einen Eselspfad erreichte, fanden wir dann eine kleine mittelalterliche Kirche, einen zehn Quadratmeter großen Marktplatz und ein Kolonialwarengeschäft, in dem wir Hanuta-Kekse kauften. Im Innern der Hanuta-Packung befand sich ein Fußballerbildchen, und zu jener Zeit war es ganz normal, ein deutsches Fußballergesicht herauszufischen, etwa den Kaiser Franz Beckenbauer oder den weltweit besten Standfußballer Günter Netzer, ein damals weithin bekannter Mann. Heute kannte ihn in Italien niemand mehr. Es muß einigermaßen mühselig gewesen sein, den Eselspfad ohne Esel hochzuklettern, er war, zumindest in meiner Erinnerung, nur zwanzig Zentimeter breit. Die Leute, die oben um den Marktplatz herum wohnten – drei, vier Familien vielleicht –, kamen nur selten ans Meer. Um so erfreuter waren sie, uns semmelblonde Bambini in ihrer Einöde zu treffen. Wir waren ja noch sehr klein, wie junge Katzen, beziehungsweise Kater, noch keine richtigen Menschen. Wir waren Kleinkinder ohne Eltern, eine seltene Spezies. Später, als mein Bruder in die Pubertät kam, fuhren wir nicht mehr nach Grottammare. Es war ein Ort für die Kindheit gewesen, nicht für Problemjahre.

Mit den Hanuta-Bildchen kletterten wir also wieder nach unten und standen dann ratlos im Haus, in dem die Eltern immer noch schliefen und noch LANGE schlafen würden. Was konnte man nur tun? Wir langweilten uns furchtbar, denn wir hatten noch nicht einmal unsere Spielsachen mitnehmen dürfen. In dem Auto, ein schon damals, in den 60er Jahren, mehr als alter, schrottreifer DKW 1000 Universal, war kaum Platz für vier Menschen, zwei Zelte, Kleidung, ein Gummiboot und Proviant für sieben Wochen. Die elektrische Eisenbahnanlage und die 55 Stofftiere durften nicht mit. Die Alpen, die wir über ungesicherte Hangstraßen mit extremen Steigungen überquerten – um die Autobahngebühr zu sparen –, forderten der 50-PS-Zweitaktmaschine das Äußerste ab. In der Regel mußten die Kinder schieben statt mitfahren, da man davon ausging, das sei für den Knochenbau und die körperliche Entwicklung von Vorteil. Ich habe heute noch einen krummen Rücken davon. Wenn die Eltern endlich aufwachten, waren wir ganz schön froh. Die Eltern selbst leider nicht. Kaum begann für sie der Tag, waren auch schon die unvermeidlichen Kinder zugegen. Sie standen auf der Matte und machten ihnen schlechte Laune mit ihren mitleiderregenden Gesichtern. Die Mutter ging mit uns an den Strand, tat das aber nicht einfach so, sondern wirbelte zwei Stunden lang herum, um den Trip in tausend Einzelheiten zu organisieren. Sie tat das genervt, gestresst, mit lauten Befehlen. Man konnte Kopfschmerzen davon bekommen, und das als Kind.

Dabei wollten wir gar nicht an den Strand. Wir langweilten uns da. Aber natürlich wußten wir auch nichts Besseres. Jedenfalls verstanden wir den Vater, daß er nicht mitwollte. Der langweilte sich auch so, der war wie wir. Und deshalb haute er immer nach der ersten Woche ab. Er trat das Gas durch und donnerte mit dem Zweitaktauto ab, Richtung Perugia. Dort hatte er als junger Mann studiert. Dort hatte er Studentenfreunde. Italiener und sogar einen Deutschen, der dort hängengeblieben war. Ich glaube, das war der einzige Freund meines Vaters. Er hieß Dr. Ludwig Schumann und wurde von meinem Vater »Luigi« genannt. Mit Luigi und den Studentenfreunden konnte mein armer Vater ohne jeden nervigen Aufwand die neuesten zur Verfügung stehenden Frauen von Perugia kennenlernen, und das tat er auch. Er verlor da keine Zeit. Der verdiente Urlaub, die eigentlichen Ferien, das Glück, der Wein, die Liebesnächte: Endlich alles da. Eine Frau soll schöner als die andere gewesen sein. Es war ihm zu gönnen, dem armen Papi, aber unsere Mutter mochte »Luigi« nicht. Deshalb kam es vorher und nachher immer zum Streit. Mein Vater war vom alten Schlag, ein Großbürgerssohn, dem Freundschaft etwas bedeutete, und Diskretion auch. Er ließ also gar nicht mit sich reden, wenn es um »Luigi« ging. Aber meine Mutter hackte die ganzen Ferien auf ihm herum.

Wir haben Luigi nie kennengelernt. Das konnte ich nun natürlich nachholen. Sicher lebte er noch. Ich mußte nur mit dem Dieselzug einfach weiterfahren, nach Perugia, also dieselbe Strecke, die ich gekommen war, nur fortsetzen. Chiusi war nicht die Endstation gewesen, auch wenn es so aussah. Einmal pro Tag ging ein Zug nach Perugia, direkt im Anschluß an das Lasttaxi, sobald es ankam. Ich wußte das, weil die Busfahrerin, eine 50jährige Putzfrau, also so sah sie aus, ich meine: so kannten wir Deutsche solche Frauen, mir das bereitwillig erzählte.

Ich bereute bereits, Luna so schnell aufgegeben zu haben. Wäre es nicht objektiv nett gewesen, mit der ganzen Familie die Weinprobe zu erleben? Zum Glück kannte ich mich besser. Ich hätte es nervlich nicht durchgestanden. Allein eine weitere Debatte mit dem Vater über Dinge, die mich gar nicht interessierten, hätte zum Kollaps führen können, also zu unkontrollierten, verrückten Handlungen. Und dann noch die neuen Metaebenen mit Luna, vielleicht den Brüdern, die es mitbekommen hatten, oder Jens Tuborg, der nun per Handy ständig live zugeschaltet würde.

Mein eigenes Handy begann nun auch mit seltsamen Eigeninitiativen. Diverse Nachrichten auf dem Display teilten mir mit, ich sei nun Kunde eines italienischen Mobilnetzes geworden und würde für jeden eingehenden Anruf 29 Cent bezahlen. Da ich kein Guthaben hatte, bedeutete dies: Niemand konnte mich mehr erreichen. Die arme Elena konnte mir nicht mehr mitteilen, zum Beispiel, ob sie abgetrieben hatte. Oder, später, ob es ein Junge oder Mädchen geworden war.

Der Schienendiesel hielt, ich stieg ein und fühlte mich eigentlich erstaunlich gut, wie befreit. Das war ein wichtiges Zeichen. Ich hatte also richtig gehandelt. Die Sitze waren besser als beim letztenmal, der Zug insgesamt neueren Datums. Die Inneneinrichtung war blau, aus Plastik, und überall rund, wie von Colani designt. Plötzlich dachte ich: warum nicht? Ich war in Italien, der Zug etwa 35 Jahre alt – vielleicht hatte ihn wirklich der junge Colani entworfen? Auf eine Fahrkarte hatte ich diesmal verzichtet, nachdem ich schon auf der Hinfahrt nicht kontrolliert worden war.

Unsere Mutter dachte immer, daß ihr Mann sie niemals betrügen würde, das war ihr Spleen, ihre feste Überzeugung, gegen jeden äußeren Anschein. Womöglich hatte er ihr irgend etwas Überzeugendes in dieser Richtung gesagt? Ich selbst hoffte immer, er hätte es doch getan. Ich wollte so gern, daß er wenigstens EINEN ORT auf der Welt hatte, wo es ihm anders erging als unter unserer Mutter. Ich stellte mir immer vor, wie glücklich er in Perugia war. Wenn ich Luigi fand, hatte ich endlich einen Zeugen, und was für einen! Ich rieb mir die Hände. Endlich würde man an des Pudels Kern herankommen.

Wenn mein Vater in Perugia war, entspannte sich im Ferienhaus die Lage ein wenig. Es wurde ruhiger. Auch die Mutter war nicht mehr so ordnungspolitisch-hyperaktiv, sondern machte alles mit halber Geschwindigkeit. Sie stellte ihre Schreibmaschine auf ein Tischchen im ersten Stock und begann zu schreiben. War es nicht das, was sie sowieso am liebsten wollte? War das nicht viel schöner, als den Mann um sich zu haben? Hatte sie ihn nicht unbewußt vertrieben? Der Mann konnte doch gar nicht anders, wollte er einen Rest von Männlichkeit behalten.

Leider ging es nun immer noch täglich zum langweiligen Strand. Der war eigentlich ausgesprochen weiß, feinkörnig, zwanzig Meter breit, richtig toll also, objektiv, und ohne Touristen. Ach, wie gern hätten wir Touristen gehabt! In all den

Jahren hatten unsere Eltern nur einmal andere Touristen kennengelernt, ein Paar aus Amerika, aber die hatten keine Kinder. Nur ein Kindermädchen. Vielleicht hatten sie Kinder im Babyalter, die wir nicht zu Gesicht bekamen? Der Amerikaner war von unserer Mutter beeindruckt, da sie Englisch wie ihre Muttersprache sprach. Er traf sie wohl auch unter vier Augen, was unseren Vater veranlaßte, mit dem Kindermädchen ins Bett zu gehen, einer 19jährigen Blondine aus Detmold. Die Folge war, daß diese befreundete Familie wieder aus unserem Blickfeld verschwand, wir so einsam waren wie zuvor. Das sehr blonde Kindermädchen hatte mir gefallen, und wieder hoffte ich, der Papi habe mit ihr mal was Feines erlebt. Ich konnte es nicht leiden und litt darunter, daß dieser unser Mitmensch namens Papi sein Leben lang nur schikaniert wurde. Die Mutter dachte natürlich immer noch, er habe mit der Lore, so hieß die Angestellte, nicht Ehebruch betrieben. Wahrscheinlich hatte sie ihn in flagranti erwischt, und er hatte beteuert, es sei nicht das, was sie dächte. Alles nur Spaß, Doktorspiele, eine Kinderei, nichts Ernstes, es sei denn, man bezeichne sexuelle Aufklärung als etwas durchaus Ernstes und Ehrenwertes.

Ja, irgend jemand mußte es ja tun. Sonst wäre die unschuldige Lore noch irgendwelchen Machos in die Hände gefallen. Wir bauten währenddessen am Strand Sandburgen – eine Tätigkeit, die man maximal vier Tage durchhalten konnte. Auch das Sonnenbaden fanden wir ungefähr so wohltuend und unterhaltsam wie den Besuch beim Friseur samt Warten im Wartezimmer. Denn das war es: Warten. Die Zeit beim verlangsamten Fortschreiten beobachten. Ein Wunder eigentlich, daß man dabei nicht wahnsinnig wurde. Erwachsene konnten sich ja noch beschäftigen, die konnten lesen oder sich an früher erinnern oder an die Arbeit. Wir Kinder waren einfach nur ausgeliefert.

Nach drei Wochen kam der Papi zurück, meistens. Die Mutter hatte bis dahin 100 Seiten geschrieben und war richtig erholt. Die Differenzen blieben. Immerhin gab es abends einen schönen Moment, jeden Abend nach dem Essen, wenn wir alle mit dem DKW nach San Benedetto del Tronto fuhren. Der Ort war geringfügig größer als Grottammare und hatte eine bescheidene Promenade. Die gingen wir entlang, langsam, schlendernd, hörten dabei italienische Schlager aus Lautsprechern, und die Eltern gingen Arm in Arm und waren restlos ineinander verliebt. Wir Kinder störten diesen Zustand nicht, wir hielten uns zehn Meter hinter ihnen auf und sprachen sie nicht an. Wenn ich später mit Carla in Grottammare war, wollte ich natürlich auch gern DIESEN Moment wiederbeleben, also mit ihr zur Promenade nach San Benedetto del Tronto fahren. Aber es gelang mir nicht, bis auf ein einziges Mal …

Mein Handy klingelte. Was?! Ja, es vibrierte und klingelte, MEIN schon totgeglaubtes Handy!

»Hallo? Dr. Lohmer!«

Es war Luna, die, wie ich später erfuhr, einen Super-Mega-Ultra-Flatrate-Tarif besaß, mit dem sie jedes Telefon der Welt anrufen konnte, sogar meines.

»Wo bist du? Wir haben überall gesucht!«

»Aber ich habe doch den Brief hinterlassen.«

»Ja, genau, wo bist du jetzt? Schon im Bus?«

»Ha! Schon im Zug.«

»Nach Perugia?«

»Ja, woher weißt du das?«

»Es gibt doch nur den, und den nach Rom zurück.«

»Stimmt.«

»Wo schläfst du denn heute nacht?«

»Ich weiß es noch nicht. Vielleicht bei einem Freund meines Vaters.«

»Bei diesem Luigi?«

»Wie bitte? Habe ich dir das erzählt?«

Sie schwieg, also hatte ich davon erzählt. Ich vergaß zu erwähnen, daß Alkohol bei mir zum Gedächtnisverlust führt. Offenbar, ja ganz bestimmt, hatte ich viel gesprochen, bis es zum Äußersten kam. Und ich hatte ihr wohl auch spielerisch vorgeschlagen, zu zweit in ihrem weißen 86er Polo ein bißchen durch Umbrien zu fahren, nämlich bis nach Grottammare, das ich ohne fremde Hilfe kaum erreichen, geschweige denn dort längere Zeit bleiben konnte. Ob ich ihr DAS alles anvertraut hatte? War ich nachts ausgelaufen wie ein Camembert in der Sonne? Nein, das konnte ich mir einfach nicht vorstellen. Die ganz ernsten Themen behandelt man nicht im Suff. Oder gerade die? Um Gottes willen!

Sie sagte, wir könnten trotzdem noch zusammen wegfahren. Es sei nicht weit bis Perugia, sie könne mich dort am Bahnhof abholen. Mit dem Auto sei sie schneller da als ich mit dem Zug.

»Wirklich?«

»Ja. Oder du wartest eben ein bißchen im Bahnhof.«

»Hm.«

»Es ist ja gerade das Europäische Jazz- und Songfestival in Perugia, das können wir uns ansehen.«

»WHAT?!«

»Das mochte ich immer ganz gern. Bernward war mit mir einmal da, da war ich zwölf. Er hat früher selbst Saxophon gespielt.«

»Wer ist Bernward?«

»Na, mein leiblicher Vater!«

»Der von gestern?«

»Jo-han-nes ...«

Sie sagte das ganz laut und energisch, mit einer schönen, zum Loslachen aufgelegten Stimme. Ich konnte mir jetzt ihr Mariengesicht wieder vorstellen, die hellen Augen und kreisrunden Augenbrauen. Ein interessantes Mädchen. Wieso mochte ich sie nicht mehr? Hatte ich eine postkoitale Depression? Unsinn, nicht in meinem Alter. Ich hatte sie doch schon vor dem Trinken nicht mehr gemocht, ohne Grund, oder weil ich eben Frauen um die 40 toller fand. Andererseits, irgendwie ... JETZT gefiel sie mir wieder, auf einmal, für eine Sekunde, mindestens.

»Also gut ...«

»Ich fahre sofort los! Du mußt dir keine Sorgen machen, es ist alles in Ordnung. Du wartest am Bahnhof, und dann suchen wir uns ein Hotel, ich weiß auch schon, welches, das Hotel Signa in der Via del Grillo …«

»Nicht schlecht …«

»… und danach suchen wir deinen ›Luigi‹.«

»Ja, genau, im Telefonbuch … bestimmt haben sie im Hotel eins oder kennen den Herrn sogar.«

»Ja, und wenn nicht, suchen wir ihn morgen früh in aller Ruhe. Und heute abend können wir noch das Intereuropäische Jazz- und Songfestival in der Altstadt besuchen!«

»Lieber nicht.«

»Was? Der Empfang ist immer so schlecht in der Eisenbahn, vorhin habe ich dich GAR NICHT erreicht. Also abgemacht! Du wartest am Bahnhof!«

»Ja.«

»Tschüß! Mein Lieber!«

»Bis dann.«

Wir hängten ein.

Ich schüttelte den Kopf. Jetzt kam mir die wenig inspirierende Person also tatsächlich nachgefahren. Wie hatte das nur passieren können? Der Professor würde toben. Jens Tuborg würde erreichen, daß mir die deutsche Staatsbürgerschaft und alle Ehrenrechte aberkannt wurden. Elena bekam ein Kind und ich eine Anklage wegen Verführung Minderjähriger. Dabei war Luna älter, als sie aussah. Aber auch der Sex gestandener Herren mit unter dreißigjährigen Frauen war im Kulturbetrieb längst ein neuer Straftatbestand.

Ich beruhigte mich sofort wieder. Abtreibung war das Normalste von der Welt. Die Verführung einer Professorentochter noch normaler, ein Kavaliersdelikt, wie man in hochangesehenen Militärkreisen gesagt hätte. Nun fuhren wir auch noch ein bißchen Auto. Und in Grottammare wurde es mit der kleinen Gehilfin womöglich netter als mit der stets grummeligen, schlechtgelaunten, bedrohlichen Exfrau Carla. Die Bilder zogen schon wieder durch meinen Kopf, als würde ich sie, Carla, gleich erwarten, am Endbahnhof in Perugia. Etwa das Bild, wie ich mit Carla in Grottammare ankam, nachts, mit dem Auto, und wir erst mal an den Strand gingen. Dieser schöne, endlose Strand, den man theoretisch bis Pescara gehen kann, die Füße bis zu den Knöcheln im warmen Wasser.

Carla brach das immer nach wenigen Metern ab. Es gab ja nichts zu tun in dem Moment am Strand. Kein Sonnenbaden, kein Eincremen, keine sonstige Aufgabe – also wozu weitergehen? Romantik mit mir war einfach nicht ihre Obsession. Mit dem Hund wäre sie bis zum Mond gelaufen, bei ihm waren alle Gefühle geparkt. Aber mit MIR?! Keine zwanzig Meter. Wir kehrten also um, obwohl die Nacht war wie Seide, die Luft warm und kühl zugleich, die Fischerboote blinkten mit den Sternen um die Wette, die Ureinwohner sangen ihre italienischen Lieder von fern, der würzige Duft der See … und so weiter. Alles ohne Sachbezug, für die Carla. Zurück ins Haus, Sachen auspacken: Das hatte Sachbezug, war also sinnvoll.

Mit Carla hatte ich in Grottammare das geschafft, was alle Neurotiker und Psychopathen, die in die Praxen der Therapeuten strömen, immer nur vorhaben und woran sie so schmerzhaft scheitern: die perfekte Installation der Kindheitssituation, im Fachjargon »Wiederholungstrauma« genannt. Ich hatte eine unzufriedene, schöne Frau, wie mein Vater sie hatte, und war mit ihr am gleichen Ort wie er damals. Wir wohnten im selben Haus, besuchten dieselbe Pizzeria, hatten Sex im gleichen Bett, wobei es da doch Unterschiede gab. So ließen wir immer die Rolläden unten dabei, da wir beide eine Abneigung gegen Licht beim Sex hatten, die mit einer generellen Abneigung gegen alles Pornographische zusammenhing. Es war also immer sehr dunkel, noch viel dunkler als bei uns in unserer Wohnung in Deutschland. Es gab nur unsere Seelen und unsere Wollust. Wir schliefen etwa alle zwei bis vier Stunden miteinander, und zwischendurch waren wir am Strand, bis es zu heiß wurde. Das war unser Rhythmus in Grottammare: Strand, Sex, Strand, Sex, Essen in der Pizzeria, wieder Sex. Das war doch anders als bei den Eltern, die auch noch andere Dinge taten, etwa Luigi besuchen.

Die Stimmung zwischen uns Eheleuten war dennoch nur wenig besser als in Deutschland. Wir waren einigermaßen unter Kontrolle, und ich selbst bildete mir sogar ein, glücklich zu sein. Mein Kalkül war, daß der viele Sex und die viele Sonne uns schließlich in einen anderen Zustand versetzen würden, in eine Art Urlaubsrausch, in dem wir Ort, Zeit und alle Streitthemen irgendwann vergessen würden.

Der Zug passierte im Schrittempo einen Ort namens Castiglione del Lago, und etwas später sah man den Lago Trasimeno, ein Binnenmeer mitten im italienischen Stiefel, aber kein besonders schönes. Man kennt diesen See eigentlich nur aus dem Geschichtsbuch. Hannibal hatte das komplette römische Heer mit seinen Elefanten in diesen See getrieben. Noch immer fand man, wenn man auf seine Füße sah, römische Helme, Schnallen und andere Überbleibsel der 185 000 Krieger. Eine Art Stalingrad der Sonnenseite. Vielleicht wäre ich aus dem fahrenden Zug gesprungen, um mir einen Helm zu holen, aber ich erwartete ja Luna. Ich wollte sie jetzt nicht weiter enttäuschen, sonst dachte sie irgendwann noch schlecht über mich. Wir fuhren weiter, und als nächstes kam der Ort Magione. Die Eisenbahnlinie führte über 20 Kilometer sehr schön am Lago Trasimeno vorbei, und ich versperrte die Abteiltür, legte die Beine hoch, schob die Gardine zur Seite und sah zufrieden nach draußen. Bei dem Gedanken, wie unzufrieden und angstdurchsetzt ich mit meiner Exfrau gelebt hatte und wie völlig belanglos und frohgemut es gleich mit Luna werden würde, bekam ich zum erstenmal seit Wochen gute Laune.

Luna bedeutete wirklich GAR NICHTS. Ich hörte noch nicht einmal zu, wenn sie sprach, mußte es jedenfalls nicht. Es war wie harmlose Privatfernsehwerbung nach 40 Jahren Stalinismus. Wieso war meine Exfrau nur so verbiestert gewesen? Nie hatte sie gelacht, es sei denn, andere kamen ins Spiel. Einmal befreundete sie sich am Strand mit einem etwa achtjährigen Mädchen, das recht anhänglich war. Da merkte ich, daß Carla auftaute und fast so etwas wie Freundlichkeit entwickelte und menschliche Wärme. Sie wirkte mit dem Mädchen ganz natürlich, fast selbst wie ein Mädchen, jedenfalls feminin. Carla hatte ja keine eigenen Kinder und wollte auch keine. Nie hatte sie es auch nur erwogen. Sie war der Meinung, das sei Sache des lieben Gottes. Zuletzt war sie in dem Alter, in dem Torschlußpanik mehr als angebracht gewesen wäre. Aber wenn ich das Thema nur vage berührte, gab es mindestens 48 Stunden lang Funkstille und absolute Feindseligkeit. Im Urlaub mied ich solche sicheren Stimmungstöter, und sonst fast immer auch. Ohne Zweifel empfand Carla für mich exakt jene Verachtung, die meine Mutter wider meinen Vater empfand. Am deutlichsten trat das zutage, wenn ich – oder er – etwas »Peinliches« in der Öffentlichkeit, das heißt: im Restaurant, beging. Das war erstaunlich, weil die Frauen sich faktisch irrten. Sie glaubten in diesen Momenten, einen Tölpel an ihrer Seite zu haben, einen sozial niedrig Stehenden ohne feine Erziehung, einen, von dem sie Klassen trennten. In Wahrheit verlief der Klassenunterschied in beiden Fällen umgekehrt. Die Vorfahren meiner Mutter waren slawische Bauern gewesen, die Carlas italienische Gastarbeiter. Der Vater meines Vaters verlor im Krieg das Vermögen eines Krupp.

Einmal, erinnerte ich mich nun, war ich besonders »peinlich« gewesen in Grottammare. Carla und ich hatten den Eselsweg gesucht, den kleinen Weg, der vom Haus zum mittelalterlichen Marktplatz führte. Nun, viele Jahrzehnte nach meiner Kindheit, gab es den Eselsweg anscheinend nicht mehr. Er war vielleicht zugewachsen? Es war furchtbar heiß, wie damals in den 60er Jahren, aber ich war nicht mehr fünf, sondern über 40, und die Hitze machte mir zu schaffen. Durch den globalen Treibhauseffekt war es womöglich auch heißer als damals. Wir liefen immer weiter, immer höher, und irgendwann kamen wir auf ein struppiges, weites, ansteigendes Feld, an dessen Ende ein Haus stand. Ich war wohl wirklich kurz vor dem Hitzschlag. So und nur so ist es zu erklären, daß ich mich den Anordnungen meiner Frau widersetzte. Ich lief auf diese menschliche Behausung, die womöglich einen Kühlschrank und frisches Wasser bereithielt, zu, während Carla wütend davon abriet und rief, ich solle auf der Stelle stehenbleiben.

Ohne zu klingeln, riß ich die Tür auf. Zwei alte Leute, Oma und Opa, starrten mich verärgert an. Hinter mir rief Carla, ich solle gefälligst die Fremden nicht belästigen. Ich fragte, ob es einen Kühlschrank im Haus gebe. Der Opa antwortete mit einer Schimpfkanonade. Auch Carla schimpfte weiter. Was mir denn bloß einfiele, ich sei ja völlig verrückt geworden. Ich schob den Opa beiseite, drang noch weiter in das Haus ein und suchte die Küche samt Kühlschrank. Da ich ihn nicht fand, kehrte ich um, zwängte mich an den kreischenden Alten vorbei ins Freie und lief weg. Carla blieb bei den Italienern, um sich für mich zu entschuldigen. Mit ihrem perfekten Italienisch, sicher um Lichtjahre besser als das der beiden Krüppel, konnte sie das bestimmt gut.

Ein paar Hundert Meter weiter weg hatte ich mich auf einen Stein gesetzt. Es ging mir schon etwas besser. Carla kam mit einem Glas lauwarmen Wasser, das ihr die Alten gegeben hatten. Ich trank es dankbar. Carla fand mich an diesem Tag, und nicht nur an dem, unmöglich. Wahrscheinlich fiel in diesen Minuten ihr Entschluß, sich von mir zu trennen.

Eigentlich seltsam. Warum wurde man weniger geliebt statt mehr, wenn man eine Schwäche zeigte, emotional wurde oder hilflos? Wenn ein Kind hinfiel und sich das Knie aufschlug, reagierte man doch nicht mit einer Ohrfeige, sondern hatte es erst recht lieb. Umgekehrt konnte ich von mir jedenfalls sagen, daß ich Frauen, die »peinlich« wurden, sofort beschützen wollte. Schnell ins Taxi und ins Bett. Oder bei Eva Herman, als ihr das Wort »Autobahn« entschlüpfte. Gleich bei ihr angerufen. Während sich alle ihre echten Freunde, Verwandten, Kollegen, Liebhaber von ihr abwandten, synchron, im Gleichschritt. Dahinter mußte ein Gesetz stecken, das ich noch nicht kannte.

Immerhin war Carla immer loyal. Sie entschuldigte sich FÜR MICH bei den Häuslebewohnern, während Elena Plaschg zum Beispiel gleich mit dem Opa in die Kiste gesprungen wäre und Witze über mich gerissen hätte. Vielleicht war mir Carla auch gar nicht so böse. In späteren Jahren gehörte diese Geschichte zu den wenigen Anekdoten, die sie gern weitererzählte. Aber etwas anderes stieß ihr übel auf:

Als ich das Glas verseuchtes Wasser geleert hatte, suchten wir weiter den Eselsweg, fanden ihn sogar, mieteten einen Esel und ritten zum Marktplatz hoch. Dort hatte sich inzwischen alles verändert. Aus dem mittelalterlichen Kolonialwarenladen, in dem wir die Hanuta-Waffeln samt Beckenbauer-Bildchen für fünf Lire gekauft hatten, war ein unpersönliches Touristenrestaurant geworden, bei dem man in Euro zu bezahlen hatte. Die kleine Kirche aus dem achten Jahrhundert wurde mit Starkstrom-Halogenscheinwerfern beleuchtet, ebenso der Marktplatz und alle anderen Gebäude sowie das neue Reiterstandbild, das sie aus irgendeinem Depot geholt hatten und das wahrscheinlich Silvio Berlusconi darstellen sollte. Aus dem verwunschenen Ort, diesem Märchen aus meiner Kindheit, war ein typischer Sightseeing-Point wie Millionen andere geworden, eine McDonald's-Strecke wie in der Innenstadt von Halle oder Görlitz. Grausam. Trotzdem war ich natürlich froh, ein Restaurant vor mir zu haben, und setzte mich erschöpft hin, geschwächt vom Hitzschlag, dem verseuchten Wasser, der gnadenlosen Ehefrau und dem ungewohnten Eselsritt. Es kam ein Kellner und sagte, alle Tische seien reserviert. Durch die Enttäuschung über die Zerstörung meiner Kindheitsbilder aufgebracht – die Enttäuschung war größer, als sie sich hier darstellen läßt –, sagte ich zu dem Kellner sinngemäß, dies sei MEIN Platz, mein Restaurant, hier hätte ich schon als Fünfjähriger gesessen, und mein Vater habe damals den ganzen Laden faktisch besessen und aufgekauft. WIEDER fand Carla mein Verhalten unerträglich und zog mich vom Stuhl hoch. Ich schimpfte weiter mit dem Personal, und der Maitre kam und warf mich ganz offiziell hinaus. Ja, nun erinnerte ich mich: DAS war der Augenblick, in dem Carla beschloß, mich zu verlassen. Das muß er ganz offensichtlich gewesen sein …

Es wäre alles nicht passiert, wenn wir nach der Eskapade mit den Bergbauern einfach nach Hause zurückgegangen wären. Nur kam so etwas für Carla nicht in Frage. Es mußte immer etwas gemacht werden, angesteuert werden, in die Tat umgesetzt werden, einem selbst gestellten Sachzwang gehorcht werden, von der Wiege bis zur Bahre. Jede Minute mußte mit dem Sinn eines Sachzwanges aufgeladen werden. Man konnte nicht einfach »nur so« sein. Oder ein Ziel ohne Angabe von zwingenden Gründen aufgeben. Oder nach dem Sex noch ein bißchen rumliegen und sich etwas erzählen. Obwohl – das stimmte nicht so ganz, beim Sex, da konnte schon so etwas wie Stille und Freundlichkeit eintreten, eine Art Waffenruhe, wie bei den Soldaten des Ersten Weltkrieges in den Schützengräben zu Weihnachten, als sie sich zuriefen: »Nicht schießen, Brüder, es ist doch Heilig' Abend!« Ja, diese Option gab es, wurde aber selten gezogen.

An diesem Tag gingen wir übrigens noch in die Pizzeria, die ich so mochte, weil wir ihrer Errichtung ein Menschenalter zuvor noch mit eigenen Augen zugesehen hatten. Und weil die Pizza noch haargenau so schmeckte wie damals, so seltsam pappig und salzig, so ganz und gar keine »Schlemmer-Pizza« mit überlaufendem Schmelzkäse, sondern das harte Brot des Südens. Wenn man tagsüber am Meer war, hatte man ungeheuren Appetit auf so was. In Deutschland kannte man damals noch keine Pizzen. Also ganz früher. Das erste Fast-food-Phänomen, das aufkam, ungefähr zeitgleich, hieß »Wienerwald«. Für unsere Familie war das eine phantastische, unser Leben auf das positivste verändernde Neuerung. Unsere Mutter konnte ja nicht kochen, weswegen der Papi jeden Mittag das Mittagessen zubereitete. Er konnte selbst auch nur ein Gericht, natürlich Spaghetti, von seiner Soldatenzeit in Italien her. Wir hatten bestimmt mehrere tausendmal hintereinander Spaghetti essen müssen, als er eines Tages triumphierend in der Tür stand und den damals neuen Werbeslogan ausrief:

»Kinder, heute bleibt die Küche kalt, wir gehen in den Wienerwald!«

Unsere Mutter haßte den »Wienerwald« von Anfang an, fand die ganze Fast-food-Sache kulturlos. Sie war eben eine Willy-Brandt-Frau, damals schon. Selbst unter Folter hätte sie niemals einen Cheeseburger runtergewürgt. Fein essen gehen, vornehm tun, sich die Karte bringen lassen, dem Herrn an ihrer Seite das affektierte Schlückchen aus dem huldvoll gereichten Wein nehmen lassen, das Personal schikanieren: Das war ihre Welt ...

Der Zug fuhr nun in Perugia Hauptbahnhof ein. Ein mächtiger Bahnhof, hoch in den Bergen, mit mehreren Gleisen, auf denen zu Demonstrationszwecken gleich mehrere blau und gelb gestrichene Personenzüge aus den 60er Jahren standen. Aus den krächzenden Lautsprechern dröhnte eine aufgeregte Stimme, um das baldige Eintreffen und Abfahren von richtigen Zügen zu simulieren. Ein Kofferjunge kam herangesprungen und erbot sich mit vielen Verbeugungen, mir meinen Koffer zu stehlen. Da ich aber ohne Koffer reiste, lehnte ich dankend ab.

Luna erwies sich zunächst einmal als erstaunlich praktisch. Sie fuhr uns mit dem kleinen Auto in gefühlten drei Minuten in eine Einkaufsstraße und hielt vor einem Bekleidungsgeschäft. Früher und in Deutschland hätte man Herrenausstatter dazu gesagt, aber in Italien gab es solche kleinen Geschäfte so häufig wie bei uns Eckkneipen.

»Jetzt kaufen wir dir erst mal ein paar Sachen!« meinte sie.

»Wieso – sehe ich so schrecklich aus?«

»Nein, aber du hast doch gesagt, daß du nichts mehr zum Anziehen hast.«

Hatte ich das gesagt? Wann? Im Bett?

Natürlich.

Sachen anprobieren war für jeden nichtschwulen Mann erniedrigend und scheußlich. Ich nahm einfach von allem zwei Nummern zu groß, denn zu weite Sachen waren erträglich, zu enge nicht. Zu weite Sachen konnte es meiner Meinung nach eigentlich gar nicht geben. Luna bezahlte mit der Kreditkarte ihres Vaters. Ich fand das uncool, aber das Mädchen sagte, Daddy würde das Ding sowieso in wenigen Stunden sperren lassen, und bis dahin müßten wir noch möglichst viel ausgeben.

»Wie? Du … hast ihm gesagt … daß du mit mir AUSREISSEN willst?«

»Nein, das merkt er von selbst.«

»Also – das …«

»Als erstes sollten wir das Hotel damit vorab bezahlen, dann ist das schon mal sicher!«

Das war wirklich praktisch, wie gesagt. Sollte ich ihr jetzt sofort sagen, daß ich nicht mit ihr fliehen würde? Ihr die schöne Schnapsidee sogleich zerstören? So war ich nicht gebaut. Trotzdem murmelte ich:

»Gute Idee. Aber ich glaube nicht, daß wir zusammen ausreißen werden, unter uns gesagt. Nur so.«

Sie starrte mich fassungslos an.

»Aber das war doch dein größter Wunsch!«

»Wie?! Warum jetzt das?«

»Du nimmst mich auf den Arm!«

Ich prüfte kurz ihre Verfassung und merkte, daß sie in einem gefährlichen Zustand war, nämlich dem des tödlich Verletztwerdens, genau in dieser Sekunde, die noch andauerte. Deswegen riß ich in Lichtgeschwindigkeit das Ruder herum und sagte blitzschnell und atemlos:

»Ich mach nur Spaß! Klar machen wir das! Hab ich doch gesagt. Ich bin … so froh, daß du da bist und alles klappt.«

Sie sah mich mit ihren seltsam hellen Augen an, zwang sich zu einem spöttischen Lächeln:

»Du weißt, daß du gesagt hast, daß du mich liebst?«

Nun war das auch noch egal. Zähne zusammenbeißen und durch:

»Natürlich liebe ich dich. Jeder tut das.«

»So meine ich es nicht.«

»Hm, ja …«

»*So* hast du es auch nicht gesagt.«

»Du weißt doch, wie ich es dir gesagt habe.«

»Die Frage ist nur, ob du es auch so gemeint hast. Oder hat der 1967er Montepulciano deine Meinung beeinflußt?«

Ein so wertvoller Wein, Wahnsinn! War das überhaupt noch ein Wein, oder mußte man dafür ein anderes Wort verwenden? Zum Beispiel flüssige Substanz, Droge, Doping, Epo? Ich mußte schnell antworten, um glaubwürdig zu sein:

»Alles ist korrekt, mach dir keine Gedanken. Ich bin ein Mensch, der viele Fehler hat, aber einen bestimmt nicht: in Gefühlsdingen etwas Unwahres zu sagen. Niemals, nada, auf keinen Fall. Ich weiß doch Bescheid!«

Und das heikle Thema klammheimlich zu verlassen, fragte ich mit neutraler, freundlicher Stimme nach dem Wohlergehen von Jens Tuborg.

»Wie meinst du das?!« fragte sie, schon wieder irritiert.

»Ähm, ich wollte sozusagen nur, ähm, vorfühlen, wie wir eigentlich mit dem … dem Problem Jens umgehen wollen … äh werden.«

»Aber das haben wir doch die ganze Nacht über besprochen!«

»Richtig, richtig. Verzeih.«

Ich dachte fieberhaft nach, während sie tatsächlich folgende Worte aussprach:

»Wir haben doch über gar nichts anderes mehr gesprochen als über deinen Jens!«

MEINEN Jens? Ich konnte nur noch mit dem Kopf schütteln. Soweit war es nun schon gekommen. Ich beschränkte mich darauf, ein fragendes Gesicht aufzusetzen und das Mädchen zum Reden zu animieren. Angeblich hatte Jens Tuborg immer sehr gut von mir gesprochen, sei mein Fan gewesen, habe frühzeitig mein erstes Buch gelesen, noch in der Schule, das ihn geprägt habe, und dennoch habe er mich später verraten, wie ich ihr, Luna, in der Nacht in tausend erregten Worten gestanden hatte oder haben mußte – oder so ähnlich. Ich hatte zum Beispiel erzählt, daß …

»Nein, warte, Luna, das bereden wir jetzt nicht. Weil wir das Hotel, diese, Hotel Signa, bezahlen müssen, ehe es zu spät ist.«

»Ja, bevor er die Polizei verständigt, ha, ha, ha …«

Das fand so eine junge unreife Person natürlich äußerst lustig. Ich wollte nicht den Schwarzen Peter bei dem ganzen Mißverständnis haben und lachte betont gutmütig mit.

Besonders groß war meine Angst vor der Polizei ja auch wirklich nicht. Nein, vor der italienischen schon gar nicht. Alles fesche Burschen da, Kavaliere in Uniform, sympathisch. Das würde lustig und abenteuerlich werden, wenn man mit denen in Streit geriet. Mich störte nur, daß ich das alles schon einmal erlebt hatte, vor Urzeiten, besser gesagt: zur richtigen Zeit, nämlich in der Jugend. Ja, ich war einmal ausgerissen, mit einem Mädchen, ohne Führerschein, mit dem Wagen meines Vaters, und ich war selbst noch minderjährig gewesen. Bis nach Neapel hatten wir es geschafft, ein tolles Abenteuer, was auch an dem Auto lag, das ich ja in- und auswendig kannte. Es hatte da auch Konfrontationen mit der Polizei gegeben, einmal mit der deutschen, was deprimierend war. Wir hatten unverhältnismäßig viel Glück gehabt, und am Ende flog die Mutter des Mädchens nach Neapel und gab uns Geld, steckte uns noch eine Woche in ein First-class-Hotel und überredete uns zur Rückreise. Wer so etwas erlebt, bleibt natürlich zusammen, und so heirateten wir gleich nach der Ankunft, quasi als I-Tüpfelchen unserer romantischen Verwegenheit, oder besser Unberechenbarkeit. Aber jetzt, NOCH MAL, als … Farce? Das wollte ich mir lieber nicht antun. Am nächsten Tag würde ich die Kleine zurückschicken.

Wir nahmen das Hotel, von dem Luna gesprochen hatte. Dem Concierge hatte sie wohl Geld gegeben, ich wußte es nicht. Kannte sie den Mann? Es sah alles völlig bieder aus. Wir wohnten im vierten Stock, direkt unter dem Dach, sahen auf Perugias Häuser hinunter, die geringfügig niedriger waren, weil uralt. Auch das Hotel war eher alt als neu, zumindest war seit den

60er Jahren des vorigen Jahrhunderts nichts mehr daran gemacht worden. Es gab auch keinen Fernseher, was mich ärgerte. Was tun, wenn ich nachts nicht schlafen konnte?

Luna setzte nun eine Unterhaltung aus dem Auto fort, die ich abgewürgt hatte, nämlich über Prostitution. Das Thema mochte ich grundsätzlich nicht. Ohne Zweifel waren die Millionen Zwangsprostituierten der größte Schandfleck der westlichen Gesellschaft, und es machte mir schlechte Laune. Luna fand das Thema aber atemberaubend prickelnd. Sie sagte nun:

»Ich kenne in Berlin eine Studentin, die verdient sich nebenher etwas dazu.«

»Das ist schön. Sollte ich vielleicht auch einmal versuchen.«

»Nein, ich meine, sie geht auf den Strich!«

»Was für eine Schlampe. So jemanden kennst du?«

»Ja, ich finde das sehr mutig. Warum haben nicht alle diesen Mut? Diese Frau ist toll! Es ist total super, sich mit ihr zu unterhalten, und sie studiert auch, Mathematik sogar, ist total emanzipiert und klug und so. Du mußt sie unbedingt einmal kennenlernen!«

»Hm … Wieviel nimmt sie denn so?«

»Blasen sechzig, Ficken hundertzwanzig, pervers Ficken mit Stöcken und Ketten zweihun- …«

»Hör auf, ich meinte es nicht ernst!«

»Es ist ganz einfach. Man geht ins Internet, gibt dort eine Anzeige auf, anonym natürlich, und der Freier …«

»Bitte! Ich will es nicht wissen. Ich habe dir doch schon im Auto gesagt, daß mich alle pornographischen Themen deprimieren.«

»Vielleicht bist du einfach nur verklemmt?«

»Ja, ja, bestimmt! Und das ist auch gut so.«

Sie kam im Raubtiergang auf mich zu und flötete:

»Dagegen habe ich ein MITTEL …«

»Halt! Ich bin zu alt für so was! Jetzt ist mal Schluß damit!«

»Gestern warst du doch auch nicht ZU ALT …«

Sie behielt das kindische Gebaren bei. Die verstellte Stimme, den »sexy« Gang … wenn ich nicht wollte, daß sie ihr Gesicht verlor, mußte ich mitspielen. Tat ich aber nicht.

Genau das war der Fehler. Zu dem Spiel gehörte ja gerade, daß der eine stocksteif blieb und nun »geärgert« wurde. Ich spielte also das ewige Idiotenspiel perfekt mit, bis zum Kitzeln, sich Wehren, sich schlagend Wehren … und so weiter. Eben bis zum Äußersten, wie unsere Ahnen sich ausdrückten.

Nur die Zigarette danach mußte sie alleine rauchen, ich war ja Nichtraucher. Schon wieder ging es los:

»Ach komm, EINEN Zug, versuch's doch mal!«

»Ich habe es mir abgewöhnt.«

Das stimmte gar nicht, klang aber besser. Ich hatte wirklich nie geraucht.

»Ach Schatz, sei nicht so streng. Du mußt dich mal gehenlassen.«

»Wieso, sind neuerdings Joints in der Marlboro-Packung?«

»Du würdest einen Joint mit mir rauchen, echt?!«

»Na ja, das hätte jedenfalls eher IRGENDEINEN Sinn.«

»Also abgemacht? Ich besorg' uns was.«

»Komm, du kannst mich nicht andauernd zu was rumkriegen. Nicht zu allem.«

»Das hast du schon mal gesagt, ha, ha, ha, und hast es dann doch gemacht.«

»Was meinst du jetzt?«

»Letzte Nacht!«

»Was soll ich da gesagt haben?«

»Daß du auf keinen Fall mit mir schlafen würdest, solange Bernward direkt im Nebenzimmer wäre und alles hören könne und so weiter …«

Sie lachte derb auf. Es war echt ein Spaß für sie. Wenn ich die Stimmung noch drehen wollte, gab es nur einen Weg – ich mußte das Thema Jens Tuborg wieder anschneiden. Wie unvermittelt sagte ich, plötzlich ganz ernst:

»Du, da fällt mir ein, Jens, sagst du, ist doch ein Fan von mir?«

»Ja, wieso?«

»Ach, nur so.«

»Was meinst du? Wie kommst du jetzt darauf?«

»Ach ... na ja, wir sprachen ja schon darüber ... ich will dich nicht langweilen ... mir ist es nur noch mal eingefallen gerade.«

»Was denn?«

»Na, wie er mich immer ›gemolken‹ hat, wie die Journalisten sagen, oder ›abgeschöpft‹, wie es bei der Stasi hieß. Also, daß er mir immer nur Fragen gestellt hat, die journalistisch und beruflich verwertbar waren, niemals persönliche Fragen.«

»Aber Schatz! Das hat er doch nur mir zuliebe getan! Er wollte, daß ich etwas lerne! Er selbst wußte doch alles über dich, nun wollte er, daß ich es auch erfahre. Das war sein liebevoller Spleen, daß er die Wissenslücke zwischen ihm und mir schließen wollte. Er war ja sehr viel klüger als ich ... fast schon Doktor.«

Er war ewige 32, also wahrscheinlich 38 Jahre alt. Da er aber die für sein Alter normalen beruflichen Erfolge nicht vorweisen konnte, gab er sich immer noch wie ein junger Mann – was übrigens alle in Berlin-Mitte taten. Niemand erreichte dort die normalen beruflichen Erfolge. Er kleidete sich also wie ein Student, verhielt sich auch so und war auch einer. Seit vielen Jahren schrieb er angeblich an seiner Doktorarbeit, damit der bereits 1999 erreichte Magistergrad nicht das Ende jeglicher gesellschaftlicher Verankerung bedeutete. Ich verstand schon, daß er allmählich jeden, der ihm vor die Flinte kam, nur noch »abschöpfte«. Ihm selbst fehlte es an jeglicher Originalität. Schon seine Stimme war entsetzlich: eintönig, knarrend, roboterhaft. Aber in einem hatte Luna vielleicht recht: Sie war stets dabeigewesen, wenn ich von ihm gemolken wurde, und womöglich hatte er es allein für sie getan!

»Komm, wir gehen einen Chianti trinken. Gegenüber war doch ein kleines Restaurant.«

So etwas fiel mir normalerweise nicht auf. In Italien wurde ich früher wie ein Nasenbär von meiner Frau herumgeführt, blind für jede Gelegenheit. Und noch viel früher von meiner Mutter, die immerzu hektisch bestimmte, was zu tun und zu lassen sei. Nun war es Luna, die diesen Job bald übernahm – aber noch war es nicht soweit. Das kleine Restaurant war MIR aufgefallen, und ICH bestimmte jetzt, dort einzukehren.

»Wußtest du, daß Jens wahrscheinlich die Assistenzstelle von meinem Vater bekommt, wenn er dissertiert hat? Toll, oder?«

»Ich dachte, Jens wollte irgend etwas in den Medien werden … Autor oder so, Journalist?«

»Ach wo, er interessiert sich schon sehr dafür … und deswegen ist er auch so froh, mit dir befreundet zu sein. Aber er braucht diese ganzen Eindrücke nur für seine Dissertation.«

»Wie ist denn das Thema?«

»Das darf ich dir nicht sagen.«

Schluck! Der Mann … schrieb wahrscheinlich über … mich! Also über »Johannes Lohmers Borderline-Journalismus und andere Grenzbereiche interdisziplinärer Funktionsweisen in der Tradition Ernst Jandls, der Fluxus-Bewegung und dem Frühwerk Walter Höllerers«, oder wie diese Wissenschaftsthemen dann immer heißen (müssen). In Wirklichkeit schrieb er nur über mich. Das durfte ich natürlich nicht wissen.

»Er kriegt also einen Lehrstuhl für Popliteratur?«

»Genau! Also später einmal, hoffentlich.«

Ich nahm mein Glas und prostete ihr zu:

»Ich trinke auf die Gesundheit von Jens Tuborg!«

»Ja, ich auch!«

Die Gläser klirrten. Möge der junge Mann noch im vierten Lebensjahrzehnt den begehrten Posten bekommen und ihm nicht vorzeitig die Kraft ausgehen.

Ein Italiener wurde neugierig und setzte sich zu uns. Er war ein Stammgast und hatte uns noch nie in dem Lokal gesehen. Wir kamen schnell ins Gespräch, und erneut bewährte sich die unausrottbare Konstante in meinem Leben, daß die Frau an meiner Seite perfekt Italienisch sprach. Luna verstand sich so gut mit dem Herrn, einem Buchhändler aus Perugia, daß ich bald überflüssig wurde. Ich wurde es gern.

Ich stand auf und sagte, noch ein bißchen spazierengehen zu wollen. Ich wolle mir nun die Lieblingsstadt meines Vaters ansehen. Luna wollte mitgehen, der Buchhändler auch. Mir war das nicht recht, da ich zum Glück eine gesunde, stets abrufbare Eifersucht besaß. Aber konnte ich jetzt schon eifersüchtig sein? Der kleine Hüpfer bedeutete mir doch nichts. Es war schon erstaunlich, wie schnell die Frauen in meinem Leben – also selbst wenn sie noch kaum geschlüpft waren wie diese – die Zügel in die Hand nahmen. Nur Elena Plaschg war anders gewesen, die Gute. Das verspätete Punk Trash Girl mußte stets selbst festgehalten werden, damit es nicht zugekokst und laut krakeelend vors nächste Auto lief oder vor die U-Bahn … Ich überlegte nun: Der Buchhändler verdarb mir den Abend, wenn er mich stundenlang zu einem Nichts degradierte. Andererseits konnte man genau mit ihm die Suche nach Luigi starten. Der Mann war gebildet, stadtkundig, eine halbe Generation älter als ich: Wer, wenn nicht er, konnte uns bei der Suche voranbringen? Und so willigte ich ein.

Die beiden gingen wie selbstverständlich vor mir her, waren ein Paar, während ich buchstäblich abgehängt war, aber Zeit für mich hatte. Dies war also die Stadt meines Vaters, sein Zufluchtsort. Ich atmete die Luft ein, besah mir die Häuser. Hier gab es seltsamerweise noch immer keine Tourismusscheinwerfer auf alte Gebäude, offenbar war die Stadt touristisch noch nicht entdeckt. Sie lag abseits und zu fern der beiden Meere. Ich mußte den Buchhändler fragen, ob es einen Rotlichtbezirk gab oder ein Vergnügungsviertel, sozusagen alten Stils … ich hatte keine Ahnung, stand ganz am Anfang. Ich glaube, daß mein Vater gern mit meiner Mutter schlief, daß sie ihm das aber nur einmal in der Woche gestattete, nämlich exakt in der Nacht von Samstag auf Sonntag. Das war problematisch, aber auch gut. Immerhin war es doch ein enormer Positivposten, daß er mit seiner eigenen Frau so überaus gern schlief. Sie also sogar nach 20 Jahren noch sehr begehrte. Das bedeutete mehr, als man denkt. Ich halte nichts von der Trennung sexueller und anderer Aspekte. Wer seinen Liebsten begehrt, hält auch sonst viel von ihm …

Luna ging nun zielstrebig auf einen bestimmten Bereich in der Altstadt zu – eigentlich war alles Altstadt –, in dem das EU-Festival für Folksongs and Old Jazz stattfand. Irgendeine furchtbare Ahnung, vielleicht auch einfach meine vorauseilenden Ohren, sagten mir, daß gleich einzigartig häßliche Laute die italienische Nacht zerstören würden. Und als ich eine Tonfolge identifizierte und gerade zuordnen wollte, sagte Luna auch schon:

»Das ist Santana! Eine weltberühmte *fusion*-Band. Die haben früher Jazz gemacht, glaube ich, und haben sich dann zu world music weiterentwickelt!«

Ich ordnete nun zu: Sie spielten »Black Magic Woman«, älteren westdeutschen Hausfrauen noch aus den Supermärkten vor der Wende bekannt. Ich hielt mir die Ohren zu.

»Was hast du auf einmal? Liebling?«

Ich mußte mich erst sammeln.

»Ich … ich weiß, du bist die Tochter deines Vaters. Du liebst ihn, du liebst seine Generation, also mich, und seine Musik, also … (ich brachte das Wort nur keuchend hervor) … ›Santana‹, und das ist auch gut so.«

»Ja und weiter?«

»Aber ich … ich liebe auch meinen Vater, und ich will jetzt diesen Luigi finden. Bitte frage den Herrn, ob er den Mann kennt. Sag ihm einfach alles, was ich dir über Luigi gesagt habe.«

»Die ganze Luigigeschichte von letzter Nacht? Das dürfte etwas zu lange dauern.«

»Nur die wesentlichen Teile.«

Was hatte ich nur erzählt? Ich wußte doch selbst nur noch Vages. Ich mußte mir einmal alles zurückerzählen lassen, wenn wir beide wieder bei Verstande waren. Inzwischen waren wir ja schon wieder betrunken.

Luna sprach mit dem Buchhändler, übersetzte fleißig, auch meine vielen Fragen. Ja, es gebe den Namen Schumacher in Perugia, und es seien wohl einmal Deutsche gewesen. Er selbst kenne eine Ottilie Ulrike Schumacher, das könne eine Tochter aus der zweiten Generation sein.

Ein seltsamer Name, so hießen die Leute zuletzt unter Kaiser Wilhelm. Aber Emigranten wußten das vielleicht nicht. Wäre ich als Student damals im Ausland geblieben, hätte ich meine Kinder später Petra, Uschi oder Gabi genannt, nicht wissend, daß inzwischen Anna, Domenica und Oxana-Maria zwingend üblich waren. Der Buchhändler, ein auf den ersten Blick halbwegs seriöser, schon grauhaariger Mann Ende 50, gab gern Auskunft. Trotzdem tat er so, als spräche er nur mit Luna. Er sah mich nie an, auch nicht, wenn sie seine Aussagen übersetzte. Ich erinnerte mich nun, daß ich Luna früher für kokett gehalten hatte. Das war sie wohl wirklich. Der schon reichlich verstaubte Büchermensch wäre sonst nicht so für die Kleine entflammt.

Jedenfalls bekamen wir ein paar Angaben, eine Adresse und einen Kontaktmann, der mehr wüßte. Es war zu spät, die Suche fortzusetzen. Ich setzte nun alles daran, den Abend abzukürzen und die Kräfte für den nächsten Tag zu schonen, was mir auch gelang. Die geschätzt sieben Zugaben von »Santana« hörten wir nur noch als erstickendes Winseln, von dem wir uns immer weiter entfernten. Im Hotelzimmer schliefen wir nicht zeitnah ein, wie ich es geplant hatte, sondern Luna kam auf die humane und schreckliche Idee, nun endlich Elena Plaschg anzurufen.

»Morgen ist dafür der bessere Tag«, sagte ich.

»Aber sie erwartet EIN KIND von dir, da kannst du sie nicht tagelang im Ungewissen lassen!«

»Was meinst du damit? Was für'n Ungewissen? Soll ich von hier aus Abtreibungskliniken suchen?«

»Sie ist die Mutter deines Kindes, und sie will WISSEN, wo du gerade bist!«

»Nein!«

»Doch! Wo du gerade steckst und mit wem und ob du sie liebst und ob du dich auf das Baby freust und ob du schon einen Namen dafür hast. So SIND Frauen.«

»Sind sie nicht, wetten? Gib mir dein Handy!«

Und ich hatte recht. Luna erlebte gleich eine Überraschung. Ich wählte Elenas Nummer, sie nahm ab, begann sofort, auf mich einzureden, aber keineswegs über das Baby, sondern über einen Pornofilm, bei dem ich mitspielen sollte. Ich sagte:

»Ich hasse Pornographie und mache da bestimmt nicht mit.«

Luna riß die Augen auf. Dann rückte sie nah an mich heran und versuchte mitzuhören. Elena Plaschg plapperte:

»Du, die wollen mich haben! Verstehst du, was das bedeutet? Es ist doch ganz anders, als du denkst. Für dich und deine Generation ist so eine Sache mit Vorurteilen behaftet, aber …«

»Hör mal, du sprichst doch von einem Porno, oder etwa nicht? Habe ich dich falsch verstanden?«

»Oh Manno, für dich gibt es nur ›Porno‹ und ›nicht Porno‹, aber so ist die Welt nicht mehr. ALLES, was chic ist, ist zugleich ›porn style‹. Heute will JEDER ein ›porn star‹ sein, oder Model, und das ist jetzt die Gelegenheit, verstehst du, sie wollen mich haben!«

»Und MICH dazu? Kapier ich nicht.«

»Na, sie wollen nur deinen Namen. Es ist eine ganz kleine Produktion, weißt du, und wenn ein paar Namen in der Pressemappe auftauchen, die man in der Branche kennt …«

»Man kennt mich nicht in der Porno-Branche!«

»Nein, in der Medienbranche. Nils Bokelberg macht auch mit.«

»Nils Bokelberg? Der … ehemalige VIVA-Moderator?«

»Genau! Siehst du, so funktioniert das. Schon merkt jeder, daß es kein normaler, ich meine, kein altmodischer Porno ist.«

»Nils Bokelberg hat zuletzt vor zehn Jahren moderiert.«

»Und Madonna dreht gerade JETZT ebenfalls einen Porno. Und Paris Hilton hat es schon getan, und Lindsay Lohan letztes Jahr, und …«

»Muß ich mich ausziehen?«

»Ja, klar.«

»ABGELEHNT!«

Ich schaltete Lunas Kinderhandy rabiat aus und gab es ihr angewidert zurück.

»Warum hast du aufgelegt? Das war doch gerade ganz interessant.«

»Ach! Quatsch.«

»Doch, ich finde das Thema Pornogra…«

»Sie hat jedenfalls keine Sorgen um MEIN KIND, wie du das nanntest, darum ging es doch nur.«

»Du bist so gereizt. Komm doch erst mal zu mir her!«

»Nein! Es war ein furchtbar anstrengender Tag, und wir sind seit 24 Stunden im alkoholisierten Zustand, und ich will jetzt …«

»Bin ich ANSTRENGEND für dich gewesen?«

»Nein, nein, das natürlich nicht …«

Wir rückten näher zusammen. Die Frage war, wie ich am schnellsten und zuverlässigsten in einen echten Tiefschlaf kommen konnte. Noch mal mit Luna schlafen? Das machte sie nur noch munterer. Aber mich nicht! Ich würde danach so müde sein, daß ich ihre Worte gar nicht mehr wahrnehmen würde. Und so war es dann auch. Fast. Ich hörte noch folgende Satzfetzen:

»… ja, du hast recht, ich bin danach gar nicht müde … eigentlich erst richtig wach … wie gestern, weißt du noch … als du schon einschlafen wolltest und Bernward kam und du kaum noch ein Wort rausgekriegt hast … ihr seid beide so stumm gewesen, ha, ha, ha … Bernward, dieses GESICHT!, so ein Mäuschengesicht, und ich mußte die ganze Zeit reden … aber ich wollte es ja … ich war, ha, ha, ha, in richtiger Quassellaune … und dann, dann ging es weiter, weißt du noch, als ich Bernward rübergebracht hatte …«

Danach mußte ich eingeschlafen sein. Mein letzter Gedanke war: Darüber kann ich auch morgen nachdenken.

Sie weckte mich noch ein paarmal, aber insgesamt war ich mit der Schlafausbeute zufrieden, als wir kurz nach zwölf Uhr mittags aus der Dusche kamen und das Frühstück bestellten.

In Italien war es nicht üblich, das Frühstück im Zimmer einzunehmen, aber bei uns, dem verliebten jungen Paar, wahlweise dem verliebten älteren Paar, machte man wohl eine romantische Ausnahme.

Luna und ich verstanden uns inzwischen ein bißchen besser, was an Elena Plaschgs Anrufen lag. Unfreiwillig sorgte sie dafür, daß wir uns gut unterhalten fühlten. Natürlich hatte Elena sofort nach unserem ersten Anruf die Handynummer gespeichert und rief nun fast im Stundentakt an. Ich begriff, was ich an Elena gehabt hatte: immer Action, immer Entertainment. Ihre Eifersucht war rasend, aber immer nur sekundenkurz und ohne Kraft, ein Sturm im Wasserglas wie alles andere in ihrem Leben. Real an ihr war dagegen die Lust am Reden, am Nerven, am Schockieren. Ihre Schwangerschaft war gerade nicht das Tagesthema, also dachte sie auch kaum daran. Viel wichtiger war der Film im »porn style«, bei dem sie und Nils Bokelberg die Hauptrollen spielten, und nun, tags darauf und auch in den nächsten Tagen, die Affäre von Sienna Miller mit Balthazar Getty. Letzterer war Elenas Verbindung zur Welt der Trash-Zeitschriften, die sie verschlang, natürlich digital. Sie beschäftigte sich täglich mehrmals mit den neuesten Klatschnachrichten der internationalen Schlampenliga. Sie wußte als erste, ob beim neuesten Adoptivkind von Angelina Jolie die Lippen aufgespritzt waren oder wer das Gerücht über die Penisverlängerung von Madonnas Exmann Guy Ritchie in die Welt gesetzt hatte. Balthazar Getty kannte sie persönlich, genau gesagt über mich, der ich mit ihm verschwägert war. Ich sah ihn ein paarmal im Jahr, bei Hochzeiten, an Weihnachten, in den Sommerferien oder nur so. Natürlich tat ich so, als sei ich immer noch mit meiner repräsentativen Frau zusammen und nicht mit dem verrückten Groupie neben mir. Elena, die sich bei Balthazar keine Chancen ausrechnete, schickte ihre mit Abstand attraktivste Freundin vor, Caroline, die den Mann auch fast rumkriegte, dafür aber von dessen Frau hochkant rausgeschmissen wurde. Statt dessen kam Sienna Miller zum Zug. An diesem Morgen nun brachten es alle Gossip-

Portale, ausführlich und mit kompromittierenden Sexfotos, und Elena war völlig aus dem Häuschen. Dauernd rief sie an und las mit sich überschlagender Stimme den neuesten Dreck vor. Luna und ich, die wir uns sonst wenig zu sagen gehabt hätten, hörten schmunzelnd zu. Für Elena Plaschg ging ein Menschheitstraum in Erfüllung. Sie las die neuesten Schmuddelstorys über einen Mann, den sie persönlich kannte, der mit einer Frau schlief, die vorher mit Jude Law geschlafen hatte! Damit war Elena auf Augenhöhe mit dem ganzen Hollywood-Personal dort, also der Glamourwelt. Sie hatte es geschafft. Sie hatte das Neue Jerusalem der westlichen Hemisphäre erreicht. Natürlich nur mit den Fingerspitzen. Aber vielleicht würde sie bald selbst mit Jude Law schlafen? Plötzlich schien alles möglich!

Ja, es waren wirklich schöne Nachrichten, die uns Elena Plaschg da brachte, und wir freuten uns aufrichtig mit ihr. Vergessen war auf einmal alle Kritik am Medienfaschismus, der junge Leute zu Säuen machte. Aber noch wichtiger war nun trotzdem, wie wir am schnellsten »Luigi« fanden.

Ich wollte verständlicherweise einmal eine Stunde allein sein und machte mit Luna aus, daß ich erst mal ohne sie zur Adresse fahren wollte, die der Buchhändler uns gegeben hatte. Er hatte uns zwar nur den Namen gegeben, aber tatsächlich fand ich im Telefonbuch die dazugehörige Adresse. Luna überließ mir das Auto – alt genug zum Fahren war ich ja –, und um drei Uhr wollten wir uns in dem kleinen Restaurant vom Abend wiedersehen.

Es war ein ganz eigenartiges Gefühl, nun durch das sommerheiße Perugia zu fahren, auf den gleißenden gepflasterten Straßen, alle Fenster weit heruntergekurbelt, zu einer Tagesstunde, in der die Stadt vor Hitze stillstand.

Während ich nun an diesem flirrenden Julitag durch Perugia fuhr, hatte ich so etwas wie einen magischen Moment, ein magisches Erlebnis, nämlich das Gefühl, die Zeit von damals, besser gesagt die Situation von damals, also die damalige Stadt

Perugia, zu verstehen, ich meine die Situation der damaligen Stadt und meinen Vater dazwischen. Wie er da durch die Stadt gefahren ist, mittags, ohne Rotwein, ohne das Prickeln des Nachtlebens, einfach nur so, vielleicht mit schmutziger Wäsche, die er zur Wäscherei fuhr, oder auf dem Weg zu einem Freund, im aufgeheizten Fiat Topolino oder im schwarzen Simca. Alles ist normal, er ist allein und muß kein besonderes Gesicht aufsetzen, er kennt die Stadt, die Straßen mit den Steigungen, alles ist ihm vertraut, der Schädel brummt noch ein wenig vom Ausgehen in der Nacht davor. Es ist ein bißchen wie in München, also wie München für mich in den 70ern war. 1978 lebte ich als junger Student in München und er als alter Student in Perugia. Es waren Doppelleben, denn das eigentliche Leben war ja in Hamburg. Jedenfalls konnte ich mich zum erstenmal in meinem Leben in meinen Vater hineinversetzen, als ich nun mit Lunas Volkswagen Polo herumfuhr. Ich mußte oft halten, um mich zu orientieren. Die Leute sagten mir mal dies, mal jenes, und die Zeit verging. Es machte mir nichts aus.

Ich kam auch in Gegenden, die in ihrer Neubaustruktur wirklich eher an das 70er-Jahre-München als an das mittelalterliche Italien denken ließen. Lebte hier Luigi? Alte Leute liebten häufig das Neue, wurden fast allergisch gegen Vergangenes und Altes. Eine 45 Quadratmeter kleine Neubauwohnung war praktischer als eine 125 Quadratmeter große verfallende Altstadtresidenz.

Luigi war aber nicht da, oder öffnete nicht, und Nachbarn nannten mir eine Adresse, wo er gerade auch sein konnte. Mein Italienisch reichte nicht aus, um mich zu verständigen. Vielleicht reagierten die Nachbarn nur auf den deutschen Nachnamen und meinten nicht Luigi, sondern einen Verwandten. Da die Wohnung ebenerdig war, schlich ich um das Haus und versuchte, hineinzusehen. Ich konnte ein Arbeitszimmer einsehen, und dort hing, neben dem Schreibtisch, ein Bild meines Vaters. Es war gerahmt, im Format eines Schulheftes, und zeigte ihn ungeheuer jung, viel jünger als in seiner Perugia-Zeit, vielleicht mit 18 oder 19. Ich starrte möglichst intensiv drauf. Er sah definitiv sehr ernsthaft aus. Ein ganz und gar ernsthafter, zu keinerlei faulen Scherzen aufgelegter Jüngling in den Zeiten des Krieges, des Todes. Ein ähnliches Foto – aber nicht das gleiche – gab es auch in Hamburg-Hochkamp.

Als ich zu der zweiten Adresse fuhr, verirrte ich mich vollends. Mein Italienisch schien auch immer schlechter zu werden. Immer wieder schickte man mich woandershin, bis ich merkte, daß die Leute nur höflich sein wollten und in Wirklichkeit kein bißchen verstanden, was mein Anliegen war. Niemand kannte Luigi. Auch mit dem Nachnamen konnte niemand mehr etwas anfangen. So war ich froh, als ich, lange nach drei Uhr und viel zu spät, Luna zufällig auf der Straße traf. Das war echtes Glück oder Gedankenübertragung.

Da wir im Hotel bereits ausgecheckt hatten und ich weitere Darbietungen des Song- und Midsummer-Jazz-Festivals fürchtete, fuhren wir einfach weiter nach Grottammare. Es war ja nicht weit, nur ein paar Stunden selbst bei langsamer Fahrweise. Wir mußten uns theoretisch auf derselben Route befinden, die mein Vater 16 Jahre lang benutzt hatte, wenn er seine Kleinfamilie verließ und später zu ihr zurückkehrte. Die Berge ringsum nannte man die Abruzzen. Das Licht, das auf diese Berge und ihre Bergdörfer und Olivenhaine fiel, war noch schöner, also heller und goldgelber, als in der Toskana. Auch wirkte die Gegend gottverlassener oder auch gottnäher, je nach Stimmungslage, als irgendwo sonst in Italien oder auch im Wilden Westen Amerikas. Hier war es selbst für die Mafia zu einsam und elegisch.

Mit Luna konnte man eigentlich ganz gut reisen. Auch sie hatte eine kleine Ader für diese Schönheit draußen, was man ja bei anderen Kindern oder jungen Leuten selten findet. Elena Plaschg etwa hätte nur geflucht und gegen das eventlose, lahmarschige Umfeld angekokst. Sie hätte pausenlos ihren Laptop, der ja an ihrem rechten Arm angewachsen war, online geschaltet und mit Los Angeles gechattet, immer voll lustig, und mich dabei solidarisch und lautstark über alles informiert.

Unsere erste Station war Assisi. Normalerweise schenkte ich mir alle kirchlichen Sehenswürdigkeiten, aber in dieser verzauberten Gegend wirkte selbst diese weiße, hochaufgerichtete Doppelkirche schon von weitem direkt anziehend. Wir begingen also den Fehler, dort einzukehren. Ganz Assisi bestand nur aus dieser Doppelkirche, und Pilger aus der gesamten US-amerikanischen Christenheit fluteten das Gebäude, bestimmt so viele Pilger wie in Mekka, also hunderttausend vielleicht. Der Ort wurde dadurch so heilig wie eine neueröffnete Bulettenbude von Burger King. Wir hatten Mühe, das Auto wieder zu erreichen. Nun waren wir aber erst recht auf eine Pause angewiesen und hielten in einem Bergdorf mit dem Namen Scòpoli.

Wir bekamen Sprudelwasser und Brause, und auch eine Hanuta-Waffel mit Fußballbildchen war noch erhältlich. Hier war es noch wie in Grottammare 1964. Ich sah auf das Bildchen und war noch nicht einmal enttäuscht, daß es diesmal nur Luca Toni war und nicht der Kaiser. Als Kind war ich übrigens stolz darauf gewesen, daß Deutschland einen Kaiser hatte, die Engländer dagegen nur einen König und die Italiener nicht einmal das. Ich saß mit Luna im Innern eines kleinen Geschäftes, das zugleich Bar war und Eisdiele und Poststation. Es gab einen Kühlschrank und einen Deckenventilator sowie nur einen Tisch, an dem wir saßen. Es war kühler als draußen, aber immer noch zu heiß, um Lust auf lange Gespräche zu haben. Man war froh, in Ruhe auf einem Stahlrohrstühlchen zu sitzen und an der Brause zu nippen. Die Professorentochter war insgesamt ein umgängliches Wesen. Mir fiel nun auf, daß wir eigentlich nirgends schief angeguckt wurden. Man hielt uns für völlig integre Leute, ob nun Vater und Tochter oder nicht. Niemand entwickelte schlüpfrige Gedanken, wenn er uns sah. Bei Elena und mir dachte immer jeder etwas Häßliches, also mindestens gingen die Gedanken in Richtung bezahlter Liebe. Jetzt aber, da nun endlich jede Berechtigung für Empörung vorhanden war, sahen alle in uns nur edle Menschen. Was natürlich auch an Luna lag, die zwar wie ein Kind aussah, aber wie eines, das garantiert noch nie betatscht, genötigt oder mißbraucht worden war. Sie sah nicht wie eine junge Frau aus, die jünger aussah, als sie war, nicht wie so eine zarte, stupsnäsige 23jährige in Teenagerverpackung. Luna sah dünn und rustikal zugleich aus; ein fröhliches, vorzeitig in die Höhe geschossenes Kind, das sein Erwachsenengewicht erst noch erreichen mußte. Sie trug robuste Jungshosen, Turnschuhe, Pullover, Blusen, war nie auf Sexyness aus und wirkte trotzdem mädchenhaft, schon wegen ihres ovalen Mariengesichts. Sie hatte eine schöne, volle Stimme mit einer ganzen Palette herzhaft erotischer Untertöne, die sie jederzeit in der Lautstärke variieren konnte und zusammen mit lautem Lachen einsetzte, was sie an jeder lustigen Stelle der Kommunikation auch tat. Die meisten Menschen dachten gar nicht darüber nach, wie alt sie war. Nur ich wußte es, weil ich mir ihren deutschen Führerschein hatte zeigen lassen. Man konnte mutmaßen, daß sie eben einfach aus einem guten Stall kam. Da sich ihr Vater als Flop herausgestellt hatte, war ich nun um so neugieriger auf ihre Mutter.

Wir hatten natürlich die einfachen Fragen nach Mutter, Vater, Familie, Exfrau und so weiter schon hinter uns. Auf der Weiterfahrt unterhielt ich uns beide mit absurden Vorfällen aus meiner gescheiterten Ehe. Elena konnte ich so etwas unmöglich erzählen, weil ich ihre Kommentare – »hey, du und die Alte haben ECHT nicht zusammengepaßt!« – einfach nicht ertragen hätte. Aber Luna schien mir für eine kleine Strindberg-Theorie zugänglicher zu sein. So schloß ich die Anekdote, wie Carla mich in Wien wegen eines Witzes über ihren Hund verlassen hatte, mit den Worten:

»Ich verstehe gar nicht, wieso wir nicht mehr zusammen sind, da wir uns doch immer gestritten haben!«

Luna kapierte es sofort. In der Strindberg-Ehe waren gerade die lebenslangen Streitereien und Unversöhnlichkeiten der Kitt, der die Eheleute zusammenhielt. Wichtig war, daß man sich trotzdem und gerade deswegen liebte. Nein, nicht deswegen. Aber eben trotzdem. Auf Strindberg hätte ich mich jederzeit einigen können. Erst als Carla mit ostindischen Esoterik-Billig-formeln ankam und über Harmonie und freie Liebe nachdachte, kam das Ende. Ich fügte das an, entschuldigte mich aber sofort für diesen Ausflug ins Psychologische: Das Thema Liebe sei zu kompliziert, um darüber sprechen zu können.

Als Tochter eines Büchermenschen konnte sie über diesen Standpunkt nur lächeln. Natürlich gab es weltweit kein besseres Thema als die Liebe, und so ermunterte sie mich, mehr über Carla preiszugeben. Ich wiederum dachte mir, daß mich das billiger käme als eine Stunde beim Therapeuten, und versuchte es einfach, ließ mich auf Lunas Fragen in gewisser Weise ein. So fragte sie mich, was denn der aktuelle Stand der Beziehungen sei. Schon die Frage verwunderte mich, besser gesagt meine Antwort:

»Welchen ›Stand‹ soll es da geben? Wir haben seit der Trennung keinen Kontakt mehr.«

»Nicht einmal telefoniert, gar nichts? Keine E-Mail, keine SMS?«

»Nein, das wäre völlig unmöglich mit Carla. Sie revidiert niemals eine Entscheidung.«

Luna schwieg vielsagend. Ich versank in Gedanken. Ich dachte, daß jede Gesellschaft ihre Bereiche legitimierter Grausamkeit hatte. Meistens war es der Krieg, wo man grausam sein durfte. In der postmodernen westlichen Gesellschaft war es ganz bestimmt das Trennungsverhalten der Frau. Das war mir schon in dem Kinofilm »Sex and the City« aufgefallen. Am Anfang beging der Mann einen kleinen Fehler, der eigentlich ein Mißverständnis war, woraufhin die Frau den ganzen Film über, also angeblich mehrere Jahre lang, den Kontakt radikal verweigerte. Der Mann kriegte erst nach Jahren eher zufällig die Chance, das Mißverständnis aufzuklären. Danach dann ein flaues Happy-End.

Ich dachte plötzlich an einen Roman, den ich gelesen hatte, »Neue Erde« von Knut Hamsun, der 120 Jahre alt war und die Sachlage genau umgekehrt schilderte. Ein anständiger Kaufmann hatte eine junge Frau. Die ging irgendwann mit einem

Künstler fremd, was sie sehr bereute. Der anständige Kaufmann verstieß sie daraufhin und blieb ihr auch weiterhin böse. Jahrelang bettelte die arme junge Frau um Vergebung, aber der anständige Kaufmann ließ sich durch nichts erweichen. Das ganze Buch über blieb die Konstellation die gleiche: Die Frau winselte herzzerreißend um Gnade, der Mann blieb ungerührt. Schließlich, sieben Jahren später, erhängt sich die vollkommen verarmte, nun auch gesellschaftlich (durch ihn) geächtete, reumütige Frau. Als man die Nachricht dem anständigen Kaufmann überbrachte, atmete der auf und sagte: »Gut so! Das hat sie nun davon.«

Das Buch war zu seiner Zeit ein großer Erfolg, der Autor angesehen und später mit dem Nobelpreis bedacht, da er so schön die allgemeine Moral beförderte. Auch ich mochte das Buch, da dort endlich einmal das eigene Geschlecht grausam sein durfte anstatt wie heute umgekehrt. Die Rollen hatten sich binnen einem Jahrhundert komplett vertauscht. Die inhumane Härte, die sich in der erlaubten völligen Maßlosigkeit der Reaktion ausdrückte, das wußte ich, lag nun in der Hand der Frau. Und deshalb wußte ich auch, daß ich bei Carla keine Chance mehr haben würde, unter keinen Umständen, niemals. Ich sagte das Luna.

»Welchen Fehler hattest denn DU begangen?« wollte sie wissen.

»Sagte ich doch schon, ich hatte einen Witz über ihren Hund gemacht.«

Luna lachte ihr Lilo-Pulver-Lachen, wurde aber still, als sie mein ernstes Gesicht sah. Nun schwiegen wir lieber, ein paar Minuten, bis Luna auf die praktische Ebene auswich:

»Und jetzt bist du ebenfalls gesellschaftlich geächtet und verarmt?«

»Jedenfalls verarmt.«

»Warum eigentlich?«

»Na ja, Carla hatte alles Finanzielle gemanagt. Heutzutage machen das oft die Frauen, glaube ich. Die können das besser, jedenfalls, wenn der Mann der Künstler ist.«

»Hast du Schulden?«

Ich nickte. Luna spürte sofort, daß wir nun nicht weitersprechen sollten. All die üblichen häßlichen Dinge, zu denen sich trennende Frauen in plötzlicher ungeahnter Animalität fähig waren, wie Schloß austauschen, Kreditkarte sperren, Manuskripte verbrennen, alle Freunde übernehmen, vor allem die beruflich wichtigen, alle Sachen des Mannes auf die Müllkippe werfen – wir wollten das beide lieber nicht hören, hier in dieser romantischen Landschaft.

Schließlich sagte Luna, ohne von Carlas Einfluß auf die Frau meines Verlegers wissen zu können, den Satz:

»Bernward kennt den Holtzbrinck ganz gut, wenn dir das was nützt.«

»Äh … was NÜTZT? Bernward haßt mich doch sicher … jetzt.«

»Ach was, das wird schon wieder. Du bringst mich einfach wohlbehalten zurück, und ich wickle ihn wieder um den Finger. Es ist doch nichts passiert.«

Ich sah sie von der Seite an. Tja. Wenn ich sie gut behandelte, konnte es so kommen. Wenn ich sie kränkte, warf Holtzbrinck mich aus dem Verlag. Mir wurde etwas schwach, und ich bat Luna, das Steuer zu übernehmen:

»Bitte fahr du weiter.«

Ich fuhr an den Straßenrand, wir tauschten die Sitzposition. Die Unterhaltung wurde jetzt spröder, weil Luna sich sehr konzentrieren mußte. Einmal aber sagte sie gedankenverloren, sie glaube nicht, daß meine Frau mir geschadet habe. Die Leute hätten sich eher darüber geärgert, daß ich immer mit dieser Schlampe überall aufgetaucht wäre.

»Mit Elena Plaschg?« fuhr es aus mir heraus.

»Klar.«

Schluck! War es das? So simpel? Hatte ich schlicht den ältesten Fehler der Welt gemacht? Wäre alles anders gekommen, wenn ich Elena Plaschg nicht getroffen hätte? Mein Herz schlug wie wild.

»Du meinst das nicht ernst, oder? Elena ist doch ein liebes Mädchen … was kann sie dafür, daß sie kokainabhängig ist?«

»Und pornographieabhängig.«

»Ja, das natürlich auch. Solche Menschen brauchen unsere Hilfe genau wie andere Minderheiten unseren ›respect‹.«

»Lieber helfe ich dir.«

»Aha. Was muß ich dafür tun?«

Autsch! Das hätte ich nicht sagen sollen. Aber Luna sagte ganz ruhig und dunkel, ich bräuchte dafür nichts zu tun. Sie wisse doch, daß zwischen uns gar nichts sei.

»Nein?«

»Natürlich nicht.«

Sie lächelte mich kurz an, drehte den Marienkopf schnell wieder zur Fahrbahn. Ich glaubte ihr sofort.

Wir schwiegen, damit sie sich besser konzentrieren konnte. Aber es war auf die Dauer trotzdem zu anstrengend für sie. Sie erwartete die Befehle des Fahrlehrers, die ich aber nicht geben konnte.

Sie beging am Ende einen Fahrfehler nach dem anderen, hatte nur noch ein Ziel: die Adria zu erreichen, die nur noch wenige Kilometer entfernt war und die man schon roch. Ich drückte uns beiden die Daumen, bei jedem Lastwagen, der uns entgegenkam oder den wir überholten. Einmal sah ich einen blau- und weiß-lackierten Lancia mit dem Schriftzug POLIZIA im Rückspiegel. Ich sagte zu Luna, jetzt sei ein Polizeiauto genau hinter uns. Anstatt nun vorsichtiger zu fahren, trat sie aufs Gas. Es kam mir vor, als spielten wir Bonnie and Clyde. Das war ein schlechter Film aus dem letzten Jahrhundert, den Luna hoffentlich nicht kannte. Sie hatte auch instinktiv richtig gehandelt, denn die Bullen verschwanden wieder.

Schließlich sahen wir das Meer. Prachtvoll streckte es sich in die Ewigkeit, Billionen von Kubikmetern tiefblaues Wasser: Da wir von den Bergen kamen und noch hundert Meter über dem Meeresspiegel waren, hatten wir diese spektakuläre Perspektive. Schon wenige Minuten später, als die Landstraße direkt neben dem verschmutzten Strand entlangführte, wirkte alles viel armseliger. Das Wasser war nun nicht mehr blau, sondern schlammig grün. Es hätte auch ein unbekannter See in Mecklenburg sein können. Erst als wir ausstiegen, merkten wir den Unterschied, nämlich die mediterrane Hitze.

Luna ging hinter einen dürren Busch und zog sich aus. Wir hatten keine Badesachen dabei. Warum versteckte sie sich hinter dem Busch, da wir ja doch nackt baden mußten? Außerdem wollte ich nicht nackt baden, da das in Italien verboten war.

»Komm, zieh dich aus! Das Wasser ist jetzt herrlich.«

»Ich kann hier nicht nackt rumlaufen.«

»Sei nicht so verklemmt!«

»Doch! Ich bin ein erwachsener Mann und kein kleines Mädchen! Das sieht einfach blöd aus.«

»Du bist nur ein alter Mann und spießig.«

»Wir sind hier in der Öffentlichkeit. Da sind sogar Häuser.«

Sie kam nackt auf mich zu und zerrte lachend an meiner Hose. Nun war es ohnehin egal, und ich zog mich aus. Da ich tatsächlich äußerst verklemmt war, hatte ich es eilig, ins schützende Wasser zu kommen.

Es war wirklich herrlich, wie Luna gesagt hatte, nämlich überhaupt nicht kalt. Das Wasser kam mir gar nicht wie Wasser vor, gar nicht naß, eben weil es so warm und kühlend zugleich war. Dieses Gefühl kannte ich nur von früher, eben von Grottammare, das nur noch zehn Kilometer entfernt war. An allen anderen Plätzen war ich immer wasserscheu gewesen, vor allem in Schwimm- und Freibädern in Deutschland, wo ich schon beim Anblick des nassen Beckens eine Erkältung bekam. Nun aber durchströmte mich Glück, und Luna merkte das und nutzte es gleich wieder schamlos aus. Noch bevor wir die echte Meerestiefe erreichten und also noch stehen konnten, fiel sie mich an und schlang ihre schlanken Glieder um meinen Körper. Es gab für mich faktisch keine Möglichkeit, eine Erektion zu vermeiden, und nur eine, sie wieder rückgängig zu machen.

Als wir zurückkamen, stand der Lancia neben dem Auto. Die

beiden Beamten waren ausgestiegen. Einer trug eine Kalaschnikow, oder das, was ich dafür hielt. Sie warteten neben unseren Sachen am Strand. Offenbar hatten sie sich schon informiert, wer wir waren. Ich hörte, wie mich der eine auf italienisch fragte, ob ich Johannes Lohmer sei.

Ich bejahte. Dann fragte mich der andere etwas in aggressiver Weise. Es klang wie Turko-Deutsch, gar nicht wie das melodiöse Italienisch. Luna mußte übersetzen:

»Er will wissen, was du mit ›dem Kind‹ gerade gemacht hast. Ich glaube, er meint mich und denkt, ich sei minderjährig oder so.«

Sie fand die Situation schon wieder lustig. Wahrscheinlich hatte sie einfach einen guten Realitätssinn und wußte genau, daß ihr überhaupt nichts passieren konnte. Auch ich erinnerte mich nun daran, daß »das Kind« weit über 18 war und keine Islamistin. Ich faßte also Mut und ließ übersetzen:

»Dies ist kein Kind, meine Herren. Die Dame ist vollständig erwachsen und die Tochter eines deutschen Professors, der in Italien lehrt!«

Der Polizist entgegnete schroff, man wisse, daß sie das Kind des Professors sei – er habe sie schließlich selbst darüber in Kenntnis gesetzt. Es bestehe Anzeige gegen mich wegen Entführung einer schutzbefohlenen Person. Dieser Anzeige müsse man nachgehen, ob die Beschuldigung nun zutreffe oder nicht. Damit gab man uns ein Zeichen, daß die Debatte beendet sei und wir uns anziehen sollten. Ein letztes Mal musterten sie Lunas noch reifenden Körper von unten bis oben. Wirklich dumm für mich, daß sie noch den Busen einer 13jährigen hatte. Aber das hatte Gott, der Schöpfer, verbockt, nicht ich.

Als ich meine Sachen wieder anhatte, fühlte ich mich schon besser. Ich herrschte Luna an, sie solle die Situation auf der Stelle klären. Sie sei keine Schutzbefohlene, könne es gar nicht sein im dritten Lebensjahrzehnt. Ein Blick in ihren Personalausweis würde das beweisen.

Wir gingen zu den Autos, Luna zeigte ihren Pass und ihren

italienischen Führerschein, redete immer eloquenter auf die unbedarften Polizisten ein. Der eine war wohl gar kein gebürtiger Italiener, sondern hatte einen Migrantenhintergrund, und war somit angreifbarer als wir selbst. Aber der andere verlegte sich nun auf andere Felder der Anschuldigung, auf die Erregung öffentlichen Ärgernisses, auf Verletzung der allgemeinen Moral, auf sittenwidriges Verhalten am hellichten Tage, auf sexuelle Tätigkeit im öffentlichen Raum. Außerdem sei der Professor ein einflußreicher Mann, dessen Interessen man zu schützen habe. Und der, Lunas Vater, habe nun einmal Alarm geschlagen. Deshalb müsse auf jeden Fall »das Kind« in Verwahrung genommen werden, bis der Professor eintreffe und den Fall aufkläre. Ich dagegen könne abreisen, ja solle es sogar tun. Es sei besser für mich. Ich staunte nicht schlecht, stotterte:

»Wahnsinn … Ist der Professor ein Freund von Berlusconi oder was?«

Luna übersetzte auch das, die Polizisten wechselten einen langen Blick, und dann holte der Turko-Italiener zu einer gezielten Ohrfeige aus. Es klatschte nicht schlecht. Es war aber keine Körperverletzung, sondern nur der symbolische Ausdruck der Empörung, den der Turko-Bulle über mein sexuelles Verhalten gegenüber »dem Kind« noch immer empfand, verbunden mit einem anderen Reflex, den er mir sogleich erklärte:

»Sag niemals etwas gegen den Chef!«

Damit meinte er Silvio. Ich hatte das alles richtig verstanden, denn ich hatte meine sechs Sinne wieder beisammen. Ich hatte auch die Ohrfeige genau kommen sehen und nicht gezuckt.

Nachdem das nun geklärt war, stieg Luna in den Lancia und ich in den alten Polo. Sie holte noch ihre Tasche, gab mir den Schlüssel, und wir verabschiedeten uns per Handschlag. Man würde sich ja bald wiedersehen. Ich machte das weltweit bekannte Handyzeichen mit dem kleinen Finger und dem Daumen. Dann braußten die drei davon, während ich erst mal im Wagen blieb und nichts tat.

Die Bullen hatten ganz selbstverständlich angenommen, daß das Auto mir gehörte. Somit hatte ich nun einen Wagen. Das war eine ganz außerordentliche Verbesserung meiner Lage in Italien. Ich sah auf die Tankanzeige. Noch halb voll. Damit konnte ich den ganzen noch verbleibenden Sommer in Grottammare herumgurken. Ich dachte natürlich keine Sekunde daran, zu Luna zurückzufahren, sie zu befreien und all das. Sie hatte zuletzt ja selbst gesagt, daß nichts zwischen uns sei. Sie war das verwöhnte Rich Kid eines sorgenfreien deutschen Spitzenbeamten, das ein bißchen mit mir gespielt hatte.

Ich ließ den kleinen Wagen an und fuhr in Richtung Grottammare. Obwohl ich sechzehn Sommer in dieser Gegend verbracht hatte, erkannte ich im Grunde nichts wieder, was wohl daran lag, daß ich nie mit einem eigenen Auto und allein hier gewesen war. Ich fuhr durch Porto d'Ascoli, dann durch San Benedetto del Tronto und erreichte schließlich die ersten Häuser, die Grottammare zugerechnet wurden. Eigentlich gingen die letzten beiden Orte bereits ineinander über. Es gab nur noch eine Lücke von wenigen Hundert Metern, die nicht bebaut war.

Endlich erkannte ich etwas wieder, nämlich die Ausfahrt nach rechts in den Berg hoch, die zum alten Lohmer-Haus führte. Ich bog ein und fuhr langsam nach oben. Der alte DKW 1000 Universal, den mein Vater fuhr, hatte die Steigung nur im ersten Gang geschafft, und das mit Ach und Krach. Der 93er Polo schaffte es locker im dritten, ohne daß der Motor laut wurde. Er war ja auch 30 Jahre jünger und moderner. Nur mit meinem siechen Wartburg hätte ich in der Situation von damals gesteckt, denn der hatte denselben zeichnungsgleichen Motor, von der DDR übernommen, damals nach der Zerschlagung der Auto Union. Und Honecker dachte nicht daran, etwas so Bewährtes wie den guten DKW Dreizylinder-Zweitaktmotor von 1939 zu ändern. Ohne Gorbatschow und die Wende würde er heute noch in alle Neuwagen des Zweiten Deutschen Staates eingebaut werden, zur großen Freude von Gregor Gysi und

Konsorten. Aber das war nun vorbei. Der Kapitalismus hielt Einzug in Grottammare.

Ich fuhr bis zum Lohmer-Haus und schämte mich etwas, mit einem so schicken Westauto anzugeben. Die Leute dort oben waren bettelarm. Die Tochter unseres Nachbarn, die schöne Sorella, konnte nicht heiraten, weil die Eltern keinen einzigen Cent für die Aussteuer aufbringen konnten. So war die Lage jedenfalls in den 60er Jahren gewesen.

Ich erkannte das Haus sofort. Leider gab es den Weinstock nicht mehr. Es schien außerdem verlassen zu sein. Nun, das war nur logisch; meine Eltern lebten ja nicht mehr, und mein Bruder hielt sich gerade in Berlin auf. Wer sollte also sonst in unserem Ferienhaus sein? Alle Rolläden waren heruntergelassen. Ich ging zum Nachbarhaus und klingelte dort. Der Name stand noch dran, Anna Pomili, vulgo die schöne Sorella, sie wohnte also dort. Als niemand aufmachte, ging ich nach hinten und öffnete dort die Gartentür zu unserem Häuschen. Ich kannte mich ja aus, gelangte ohne große Mühe ins Erdgeschoß. Bis auf zwei Betten und eine Leiter, die die Maler zurückgelassen hatten, befand sich nichts in dem Haus.

Immerhin war die Übernachtungsfrage geklärt. Ich ging wieder zum Auto, suchte nach Gegenständen, die ich vielleicht gebrauchen könnte. Ich fand eine Decke, eine Flasche Eistee, eine Familienpackung Kartoffelchips, eine Taschenlampe, ein deutsches Donald-Duck-Sonderheft und einen Verbandskasten. Damit zog ich mich erst mal zurück und testete die Betten im Haus. Es gelang mir auf Anhieb ein schönes Schläfchen, ja ein traumloser, tiefer, in mehreren Etappen angelegter Schlaf bis zum Morgengrauen und dann bis zum späten Vormittag. Zwischendurch trank ich den Eistee, ging aufs Klo, las das Comicheft und futterte in Trance die gestaltlosen, nie endenden Chips.

An Luna dachte ich nicht mehr. Sie interessierte mich nicht. Die kleine Hure konnte mir für immer gestohlen bleiben. Ich war nun dort angekommen, wo ich das Leben anhalten konnte. Von jetzt an konnte ich wie ein Toter weitermachen, ohne daß ich sterben mußte. Denn natürlich wollte ich nicht sterben. Auf keinen Fall. In Berlin hätte mir aber ganz genau DAS bevorgestanden. Nun war ich erst mal gerettet. Niemand würde mich je wieder demütigen, ja überhaupt wahrnehmen.

Ich duschte ausgiebig und sah mich dann in der Küche um. Wie in jeder verlassenen Küche gab es auch hier Überreste, die einfach übersehen worden waren, etwa eine Zitronenpresse, ein Dosenöffner, ein verschraubter Petroleumkocher samt Campinggeschirr. Ich erkannte es wieder, es hatte einmal uns gehört. Ich fuhr in die Stadt, um einzukaufen. Ein paar letzte Euro hatte ich ja noch. Ich konnte Grundnahrungsmittel kaufen, mit denen ich es Wochen aushielt. Petroleum, Pasta, Nescafé, Hanuta, Kerzen. Später, im Winter, würde ich mir Arbeit suchen und ganz normal in dem Ort leben.

Ich parkte das Auto neben dem Hotel Sylvia und ging zu Fuß weiter. Das Sylvia war das einzige Hochhaus des Ortes und 1964 vor unseren Augen errichtet worden. Mit Carla hatte ich einige Male dort gewohnt, weil sie Hotels schätzte und ich ihr das Lohmer-Haus und meine Familiennostalgie nicht auf Dauer zumuten durfte. Ich war nun froh, Luna nicht mehr bei mir zu haben; so konnte ich ungestört an früher denken. Eigentlich störten Kinder ja nur. Immer machten sie Schwierigkeiten. Ich verstand plötzlich meine Eltern, die immer unter sich bleiben wollten. Natürlich vor allem im Urlaub. Mein Bruder und ich bekamen immer zehn Lire und mußten damit den ganzen Tag finanzieren. Manchmal mieteten wir uns eine Barka, das war ein unsinkbares hölzernes Viereck, mit der wir aufs offene Meer ruderten. Seltsamerweise wurden wir nie von einem Sturm überrascht, durch den wir in Seenot und Todesgefahr geraten konnten. In Grottammare gab es im Sommer nie so was, sondern nur Sonne, ganz zuverlässig. Niemals mußten unsere Eltern sich Sorgen um uns machen. Nie passierte ein Unglück. Kein Seestern, kein Skorpion stach uns. Wir traten auf keinen spitzen Gegenstand, verdarben uns nicht den Magen, verliefen uns nicht, wurden nicht von Fremden angesprochen. Die Zeit lag bleiern auf unseren Tagen. Oft kamen wir mit den zehn Lire wieder nach Hause, weil wir nicht wußten, was wir dafür kaufen sollten. Wir waren sparsame Kinder und wollten unseren Eltern nicht auf der Tasche liegen.

Bei dem Gedanken wurde mir das Gehen etwas schwerer. Ich war vom Sylvia aus die Viale Cristofer Colombo entlanggegangen, dann auf den nebenliegenden Strand gewechselt und schleppte mich nun Schritt für Schritt durch den heißen Sand ans Meer. Ich wollte dem schönen Stück Welt meine Reverenz erweisen, wenn ich schon da war, das gehörte zum guten Ton. Vielleicht bekam ich beim Anblick der Wellen gute Laune. Ich ließ mich in einen soliden Strandkorb fallen, ziemlich genau an der Stelle, an dem wir früher immer lagerten und ins Wasser gingen. Der Strandkorb war neu, den gab es damals noch nicht, und wir hätten ihn auch nicht gemietet. So wenig wie ich heute. Sicher kam gleich ein Mensch, der Geld von mir verlangte.

Jetzt einen Kaffee … dann sähe alles gleich ganz anders aus. Oder auch nicht. In Grottammare war die Müdigkeit zu Hause. Ich erinnerte mich, auch als Kind von der sengenden Sonne schnell müde geworden zu sein. Mein Bruder und ich liefen morgens frohgemut den Eselsweg hoch, passierten das alte, mittelalterliche Tor auf halber Strecke, das immer ein wenig unheimlich, weil innen dunkel war, und waren dann schon recht bald zermürbt. Kein Wunder, daß der einzige nennenswerte Beruf am Ort der des Fischers war – den konnte man nachts ausüben. Wenn ich im Winter Geld verdienen wollte, mußte ich auch Fischer werden. Ob das schwer war? Bestimmt nicht schwerer als Popliteratur schreiben. Das waren echte Männer da! Der schwule Kulturbetrieb lag dann endgültig hinter mir.

Auch meine Eltern erwachten immer erst abends richtig zum Leben, in San Benedetto del Tronto, beim Spazierengehen auf der Promenade. Für meinen Bruder und mich war es etwas langweilig, hinter ihnen herzutrotten. Aber wenn sie sich dann hinsetzten und uno quatro litro de vino bianco tranken, wurde es netter. Dann sprachen sie sogar miteinander. Beim Spazierengehen wirkte unser Vater immer auf unangenehme Weise glücklich: Sein Unterkiefer war nach vorn geschoben, der Mund aber fest verschlossen, die Mundwinkel zeigten nach oben, und auch der Blick war etwas mehr nach oben gerichtet. Er, unser Papi, fühlte sich sichtbar wohl, war dabei aber ganz bei sich, wollte sein Glück weder teilen noch mitteilen. Immerhin entfuhr ihm im Laufe des Abends wenigstens einmal der Standardsatz:

»Kinder, ist es nun nicht wirklich schön!«

Seine Frau, meine Mutter, reagierte durchaus symmetrisch mit einem ebenso euphorischen »Ja, es ist wirklich ganz herrlich! Wunder-wunder-schön!«, so ungefähr, und wir Kinder leierten pflichtschuldigst auch noch ein paar zustimmende Floskeln, als laues Echo. Man wollte den Alten ja nicht ihre gute Laune verderben, außerdem widersprachen wir unseren Eltern nie, aus Prinzip. Wir kamen aus einem liberalen Elternhaus und achteten den Mann, der in Hamburg die FDP mitgegründet hatte, zusammen mit Peter Müller-Link, und seine Frau ebenso. Papi und Mami hielten sich an dem quatro litro fest, den ganzen Abend, bestellten nie nach. Verständlich, daß wir sie nie betrunken oder wenigstens beschwipst gesehen haben.

Ein Ball kullerte durch mein Blickfeld. Hier am Strand hatten wir mit unserem Vater ebenfalls Ball gespielt. Sagen wir, es kam zu Berührungen. Der Vater warf den schmächtigen Gummiball weit ins Meer, und wir holten ihn dann. Da wir Hände hatten, mußten wir die alte Beule nicht ins Maul nehmen beim Apportieren, was schon ein Vorteil war.

Manchmal ging Papi dann auch mit ins Wasser, und wir konnten uns den Ball gegenseitig zuwerfen und fangen, zu dritt. Wir warfen immer so, daß sich der arme Papi nicht strecken mußte. Waren wir zu viert im Meer, also mit der Mutter, nahmen die Erwachsenen je ein Kind auf die Schulter und veranstalteten Ritterkämpfe: Oben kämpften wir Kinder als Ritter gegeneinander, hoch auf unseren feurigen Pferden sitzend, den Eltern. Die ließen sich das nur wenige Minuten gefallen, wie sich denken läßt; gleichwohl war es der Höhepunkt an Spaß in jedem Urlaub. Von da an konnte es nur noch bergab gehen.

Obwohl … nein, so schlimm war es nicht. Auch andere Dinge machten viel Spaß, jeden Tag aufs neue. Zum Beispiel die Dachterrasse mit den Weintrauben, die, an Drähten befestigt, über unseren Köpfen wuchsen. Sie spendeten sogar etwas Schatten in der Morgensonne, wenn wir frühstückten. Ich hatte mich nie gefragt, wo die Weintrauben eigentlich herkamen. Irgendwie vom hinteren Teil des Hauses, wo es keine Fenster gab und wo man nie hinguckte. Nachher wollte ich einmal nachsehen, ob da Wurzeln im Boden steckten.

Wenn man also auf der Dachterrasse saß und frühstückte und aufs Meer guckte und eine Zeitung las, konnte man nicht unzufrieden sein. Unsere Eltern hatten in Deutschland eine Tageszeitung abonniert, natürlich die billigste, und weil sie jeden Pfennig zehnmal umdrehen mußten, konnten sie den Gedanken nicht ertragen, die schöne Zeitung sieben Wochen lang umsonst zu bezahlen. Deshalb stellte die Mutter einen Nachsendeantrag nach Italien, mit der Folge, daß jeden Morgen die neueste Ausgabe mit dem Postboten mittels einer Vespa zu uns gebracht wurde – mit jeweils 14 Tagen Verspätung. Wir lasen jeden Morgen beim herrlichen Frühstück, was vor 14 Tagen in der Welt passiert war. Einmal erfuhren wir im September die schreckliche Nachricht, daß am 18. August die Truppen des Warschauer Paktes in Prag einmarschiert waren. Mich trafen diese Zeitungsberichte noch am wenigsten. Da wir die Zeitung gleichzeitig lasen, bekam ich immer den Wirtschaftsteil. Mein Bruder war für den Sport zuständig, Papi für die Politik und Mami für das Feuilleton. Papi lief aufgeregt auf der Dachterrasse herum und legte die Stirn in Falten:

»Kinder, sie marschieren gerade in die Tschechoslowakei ein! Hoffentlich kann Dubcek den Angriff zurückschlagen …«

Jeden Morgen verfolgten wir das dramatische Auf und Ab der Kämpfe, während in Wirklichkeit dort längst wieder absolute Friedhofsruhe eingekehrt war.

Um nichts von den historischen Ereignissen zu verpassen, erwog Papi, vorzeitig nach Deutschland zurückzufahren, allein, mit dem Mercedes. Es ging immerhin um das beginnende Ende der kommunistischen Diktatur. Und in dem Jahr waren wir mit zwei Autos vor Ort. Papi, obwohl meist ohne Geld, war lebenslang ein Autonarr. Schon im Krieg – ebenfalls in Italien war das – hatte er als 18jähriger überall die schönsten Autos konfisziert und danach nicht mehr davon lassen können. Natürlich wollte er auch einmal einen echten Mercedes besitzen. Ein neuer war unerschwinglich, und auch der zehn Jahre alte 220 SE von 1956 mit acht Zylindern und 105 PS führte zum definitiven Ruin unseres kleinen Haushaltes. Aber in dem Jahr fuhr er damit nach Italien, um bei Luigi und den Frauen in Perugia angeben zu können. Das Auto sah gut aus, blitzend vor Chrom und noch wie neu. Der Motor war so laufruhig, daß man ein Fünfmarkstück auf die Kühlerhaube hochkant stellen konnte, und es fiel nicht um. Mit dem Schlitten konnte der Fahrer die Bräute massenweise abräumen, hier in den Abruzzen, wie später Snoop Dogg in Beverly Hills. Papi gab sogar bei uns Kindern damit an, indem er, wann immer er ein italienisches Auto sah, also einen Fiat 600, das Gas durchdrückte und dem automobilen Gegner in einem viel zu scharfen Überholmanöver das Fürchten lehrte. Wir wurden dann in die weichen Luxussitze gedrückt wie Astronauten beim Start. Keine Frage, daß wir Papi nun endlich bewunderten.

Das Auto war wohl mindestens eine Tonne schwerer als der DKW, und beim Abwärtsfahren auf dem Eselsweg drohte der kettenlose Panzer schlicht in den Abgrund zu rutschen. Als das überwunden war, wollte Papi nur noch weg: nach Deutschland, nach Prag zu Dubcek, vor allem erst mal nach Perugia. Er kam nie wieder mit dem Daimler nach Grottammare. Im nächsten Sommer hatte er das Statussymbol schon nicht mehr.

Ich war müde geworden, eingelullt von den schönen Erinnerungen und natürlich vom Meeresrauschen, und als ich merkte, daß ich einschlafen könnte, ließ ich es zu. Es kam ja keiner und wollte Geld, und vielleicht gelang es mir sogar, von früher zu träumen. Dazu rief ich mir als letzten Gedanken die Geschichte meines Vaters mit dem blonden Dienstmädchen in Erinnerung, meine liebste Kindheitsgeschichte überhaupt. Aber es kam anders.

Ich nickte zwar ein und schlief sogar eine fatal lange Zeit in dem harten Strandkorb, aber als ich aufwachte, war meine Stimmung umgeschlagen. Auch hatte mir ein blöder Alptraum, den ich nicht erzählen werde, zugesetzt. Niemand will Träume hören, nicht einmal ein frisch verliebtes Mädchen. Ich sage nur: Es hatte mit Wilhelm Busch zu tun, einem Streich, einem Knall, einer peinlichen Situation, mit Schmach und Schande. Ein alter Lehrer, Bählamm, war ich, und ich starb, während Kinder mich auslachten. Ich war unfaßbar alt, allein und peinlich. Wie im wirklichen Leben.

Jetzt erinnerte ich mich auch an den Chat von Elena mit dem Koreaner Shao, den ich in der letzten Woche heimlich gelesen hatte. Das hatte ich noch nicht einmal geträumt, und es war weit peinlicher als der Max-und-Moritz-Alptraum. Für mich. Die beiden hatten über *mich* gechattet. Auf englisch. Besser gesagt auf english lowclass porn slang. Anders konnten sie sich nicht verständigen. Es war niederträchtig, ich kann es, verehrter Leser, nicht wiedergeben. Ich rappelte mich hoch, zog das Jackett vom Kopf, das meine Augen abgedunkelt hatte. Was für ein unglücklicher Mensch ich doch war! Es gab überhaupt nichts, was ich tun konnte. Ich lebte im Zustand des Unglücks, es umlagerte mich in einem Umkreis von 360 Grad. Ich konnte nur sitzen bleiben und auf die Wellen starren.

Papi war tot. Fratello und Fratellino waren es ebenso. Nonna und Nonno, tot. Die Frau meines Vaters, tot. Alle Einwohner des Ortes, tot. Nur mein Bruder lebte noch, hatte aber das Gedächtnis verloren. War also auch tot, in gewisser Weise. Er erinnerte sich nicht an Grottammare und unsere Kindheit. Wenn man ihn darauf ansprach, verglich er den Ort mit anderen touristischen

Orten und meinte dann, Kanada gefalle ihm besser, und Australien, und auf den Malediven sei der Strand … ich kann sie gar nicht zu Ende denken, diese Sätze, diesen … Verrat! Ruckartig setzte ich mich auf, blickte nach hinten.

Alles noch da. Alles wie früher. Die einfachen Blechduschen auf porösem Zementboden, die wenigen Umkleidekabinen, weiß und blau angestrichen. Eine einsame Eisverkäuferin, nett, sicher schon Mutter, aber noch jung. Sie saß an ihrem Freilufttresen und wartete. War damals sicher noch gar nicht auf der Welt. Alle Menschen hier waren damals noch nicht geboren. Grottammare hatte sich menschenmäßig total ausgetauscht, wahrscheinlich. Nur ich saß immer noch hier, mit meinen Gefährten: den Dingen. Und auf dem Buckel dieses entsetzliche, viel zu lange, viel zu kaputte Leben.

Ich hätte aufstehen und ein bißchen herumgehen können, aber warum? Fünfzig Meter weiter war es auch nicht besser, mein Leben. Ich blieb jetzt einfach sitzen, bewegte mich nicht mehr, basta.

Warum nur hatte ich so viele Menschen kennengelernt? Weil ich Journalist war? Jeder Journalist, auch der unbedeutendste, lernt fast täglich neue Menschen kennen, vor allem Prominente. Nach 30 Dienstjahren hat selbst der Schlußredakteur eines Szeneblättchens mindestens hundert Prominente persönlich kennengelernt. Der Onlinefuzzi hat schon mal mit Wolfgang Lippert eine Mail getauscht, der wo vor der Wende im Osten mal fast richtig bekannt gewesen sei, wie er seinen staunenden Kindern erzählt. Nein, das meinte ich nicht, das war es nicht. Ich meinte die vielen Freundschaften, die sich in Nichts auflösten. Deren Zahl war einfach krankhaft hoch. Das konnte keine Seele verarbeiten. Oder die vielen Frauen, in die ich mich richtig verliebt hatte, mit denen ich auf immer verschmelzen wollte. Nicht zwei oder vier, nicht zwanzig oder vierzig, es waren noch weit mehr, eher 120 oder 140. Was für ein Raubbau am doch so zarten Innenleben. Jede verlorene Liebschaft erlebte ich wie eine Tracht Prügel. Ebenso die vielen echten Freunde, die mich eines Tages nicht mehr leiden konnten, ja mich haßten. Jens Tuborg, der am Ende nur noch Zoten über mich riß. Die SPIEGEL-Mitarbeiter, die grimassierten, wenn ich sie ansah, nach meiner Demission; Leute, die mich vorher bewundert hatten! Das war nicht normal. Das erlebten andere nicht. Das mußte an einer *Schuld* liegen, die ich auf mich geladen hatte.

Kam nicht auch das Wort Schulden von Schuld? Ich hatte wohl in jeder Hinsicht Schulden gemacht. Gerichtsvollzieher belagerten meine Wohnung, zum Glück inzwischen vergeblich – ich war ja ausgeflogen. Hier im Strandkorb vermuteten sie mich nicht. Vielleicht hatte meine liebe Frau auch deswegen solche Angst vor meiner Rückkehr ... daß dann plötzlich riesige Geldbeträge, die ich zu zahlen hatte, vor ihrer Tür standen ... was für ein ekliger Gedanke! Vielleicht sah sie mich so, nur so, wie mein Bruder ja auch. Für den war ich einfach nur ein unsolider Zeitgenosse, der ihm eines Tages Scherereien machen konnte. Ein geborener Betrüger, der schon einmal ein Telefon auf seinen Namen angemeldet und vier Jahre später die Schlußrechnung nicht bezahlt hatte. 86 Mark waren das gewesen, damals viel Geld. So einer war ich für meinen Bruder, ein Lump im Grunde, einer, der sein Fahrrad nicht absperrte. Dem er zutraute, die GEZ nicht zu bezahlen.

Ich fror ein bißchen, und das lag daran, daß die Sonne gar nicht mehr schien. Ja, der Himmel hatte sich bezogen. Ich hatte ganz vergessen – aber jetzt fiel es mir wieder ein –, daß es auch in Grottammare schlechtes Wetter geben konnte. Wir waren früher immer bis Mitte September hier gewesen, damals gingen die bayerischen Schulferien so lange, und im September war der Himmel schon manchmal bedeckt, und es regnete. Wenn ich mich nun verkühlt hatte beim Schlafen, konnte es heikel werden. Denn ich hatte ja auch kaum etwas zu essen, konnte nicht wieder zu Kräften kommen. Dann ging ich hier einfach ein, wie Jon Voight in dem Film »Asphalt Cowboy«. Ein junger Mann, der einfach stirbt, weil er gestrandet ist im Leben, genau gesagt in der Großstadt, und sich erkältet und kein Geld mehr hat. Exakt mein Schicksal. Dabei hat Jon Voight noch einen Freund, der sich anfangs um ihn kümmert; allerdings ist der genauso abgebrannt.

Diese Elena! Die war in dem Bild der Kumpel von Jon Voight. Aber was für ein Schmutz immer in ihrem Kopf. Ich schüttelte mich. In diesem Chat ging es immer nur darum, ob ich gerade in ihr drinsteckte oder nicht. Der Koreaner behauptete das dauernd. Und wie groß mein dickes Ding sei. Wahrscheinlich war der Koreaner wieder einmal clean geworden, seit einigen Wochen. Dann regten sich bei ihm allmählich die Lebensgeister, und er hatte Spaß beim Chatten, wie Milliarden andere junge Leute. Ich durfte mir nichts vormachen: So versaut redeten sie inzwischen alle miteinander, in diesen Chats, und abends, in geselliger Runde, gehörte es ebenfalls zum guten neuen Ton, bei jung und alt. Man mußte schon nach Grottammare fahren und sich in einen einsamen Strandkorb setzen, um das weltweite Gebrabbel über Sex nicht mehr zu hören, den globalen Porno talk. So gesehen war ich hier schon ganz richtig und folgerichtig im Sinne von: Es war sehr logisch. Ich mußte nur noch ins Wasser hineinlaufen, zwanzig Minuten schwimmen und dann ertrinken. Der liebe Gott würde es mutig und konsequent finden!

Tat ich natürlich nicht. Selbstmord, nein, danke. Es war immer schon völlig ausgeschlossen gewesen, daß ich etwas unternahm, was meinem Körper weh tat. Andererseits kroch Verzweiflung in mir hoch, weil die Lage so hanebüchen aussichtslos war. Die Welt war ja auch so verrückt geworden … also, so positiv, so erfolgreich, so dauerhaft. Es gab überhaupt keine Krisen mehr, und deshalb paßte ein zerrissener Typ wie ich nicht mehr in die Zeit. Seit Ronald Reagan, also seit drei Jahrzehnten, befand sich die Weltwirtschaft im Aufschwung. Kein einziges Jahr ohne fettes Wachstum. Milliarden neue Jobs weltweit. Ein technischer Fortschritt, der jeden Tag größer und vor allem schneller wurde. Keine Musikindustrie mehr, keine kulturelle Produktion mehr, keine seelische Verarbeitung des Ganzen mehr, sondern: Erfolgsgefühle für immer mehr Menschen weltweit. Das war toll für die Menschen und fatal für mich.

Zu viele Leute hatte ich enttäuscht, zu viele Frauen vor den Kopf gestoßen. So unwahrscheinlich es klingt: Schon in der Mittelstufe des Gymnasiums hatte ich den Spitznamen »Guilty«. Ich fühlte mich immer schuldig, zum Beispiel für die Verbrechen der deutschen Wehrmacht; von dem Tag an, als man mir das erzählte, also da war ich ungefähr zehn Jahre alt. Und vielleicht war das ja auch die Ahnung, daß ich tatsächlich »schuldig« veranlagt war und es später werden würde. Ein fanatischer, buchstäblich geifernder, also speicheltropfender Pastor, dessen Manie die Erbsünde war, hinterließ womöglich auch Spuren, von meinem sechsten Lebensjahr an.

Die nette, etwas mollige Eisverkäuferin kam und blickte in den Strandkorb, um zu sehen, ob mit mir alles in Ordnung sei. Ich hing ja schon ungewöhnlich lange in dem Ding. Ich nickte freundlich, und sie ging wieder. In Deutschland hätte ich mit ihr reden können, also auf deutsch, so hatte es keinen Sinn, den Mund aufzutun.

In Deutschland war ich, obwohl als Journalist nur Teil der Masse, gleichzeitig auch ein bißchen halbprominent. Ich konnte jedenfalls so tun, als sei ich es. Es gab genügend Belege dafür, und so konnte ich die meisten Frauen damit beeindrucken. Aber das war auch wieder so eine Falle, in die ich immer häufiger getappt war. Diese Frauen gingen sehr bald dazu über, mich für meinen Status zu verachten, ja mich zu bekämpfen, nach dem Motto: »Dem wollen wir es aber mal zeigen, diesem ach so wichtigen Mann, dieser Berühmtheit!« Vom ersten Augenblick an erzählten sie kichernd jedem und jeder, wen sie da an Land gezogen hatten und daß der überhaupt nichts Besonderes für sie sei. Sie machten sich wichtig, indem sie vor Dritten und in Gesellschaft schlecht über mich sprachen, mir grundsätzlich über den Mund fuhren, sich als frech und selbstbewußt positionierten, damit niemand dächte, sie seien ein »Fan« oder gar ein Anhängsel des vermeintlich großartigen Frauenjägers.

Vor allem aber verstanden sie mich nicht. Wenn ich ihnen meine Ideen oder sogar mein Wesen erklärte, dachten sie wieder, ich wolle mich über sie stellen und sie belehren. Wenn ich ihnen Komplimente machte oder meine Gefühle in edle Worte kleidete, so gingen die Frauen fest davon aus, daß ich mich über sie lustig mache und sie also beleidige. Sie antworteten dann stets mit Beschimpfungen. Ja, ich erntete nichts als Schimpf und pausenlosen Verrat bei diesen Frauenzimmern, die in mir einen Prominenten sahen. Nachts im Bett drehten sie dann total auf, waren wie losgelassen, wie verrückt geworden, und erst allmählich begriff ich, wieso. Sie wollten nun zeigen, was wirklich zählte. Wo der Hammer hing. Was realer war als mein Angebergeschwätz. Dabei schwätzte ich überhaupt nicht gern. Ich haßte es, mich selber reden zu hören, ohne Gegenstimme. Es war mir zutiefst zuwider, denn ich liebte es zuzuhören. Aber umsonst, sie hielten mich für einen Promi und zwangen mich in die Rolle des Redners. Pausenlos wurde ich angegriffen, während sie selbst nichts von sich preisgaben, wie pseudokritische Reporter. Und im Bett dann plötzlich die absurde grenzenlose Hingabe ...

Meine Gedanken schweiften nun immer weiter ab, zu Christian Kracht, meiner Begegnung mit ihm in der »Maxim-Biller-Bar« am Zionskirchplatz. Wie lange war das hergewesen, gefühlte zehn Jahre! Doch es war exakt am 3. September 2006 gewesen. Nie zuvor und nie danach hatte ich den Meister gesehen, mein großes Vorbild, den Mann, der mich zum Schreiben gebracht hatte: Old Kracht. Eine Stunde später hatte ich mich von meiner Frau getrennt, als sie mir nämlich sagte, Gang-Bang-Sex im Ashram sei gut gegen kleinbürgerliche Verklemmung. Wirklich viel passiert an dem Tag. Bei dem Treffen mit Kracht war sie dabei. Sie saß neben mir, mit Netzstrümpfen, aber der wunderbare Kracht, ganz würdevoller Großschriftsteller, interessierte sich nur für meinen Neffen Elias, der auch dabei war und gerade seinen ersten Roman »Stille Tage in L. A.« publiziert hatte. Ein gutes Buch übrigens, wie Kracht gleich gemerkt hatte, eher als ich.

Eigentlich stimmte es nicht, dachte ich auf einmal, daß mir die

Frauen, die mit mir geschlafen hatten, weil sie mich für »einen Promi« hielten, nichts gegeben hätten. Sie erlaubten mir nämlich, mich in ihnen zu spiegeln, wobei sie die Gesellschaft darstellten. Durch sie wußte ich, wie die Gesellschaft mich sah. Ein scheußliches Bild. Diese Frauen waren ja keine dummen Frauen, keine Vertreter der bildungsfernen Schichten oder vulgär und unanständig. Im Gegenteil. Wer »Die Jugend von heute« las, hatte vorher tausend andere Klassiker gelesen. Es waren gerade die gebildeten Frauen, die sich für einen »echten Schriftsteller« interessierten. So wie die Frauen, die 1911 das Atelier Picassos stürmten und seine abartigen Bilder zerstören wollten, nicht der Plebs waren, sondern die vornehmsten Damen der Stadt. Sehr sensible, hochanständige, tugendhafte Mädchen, die die Perversion aus den schönen Künsten verbannen wollten. Diese Frauen waren, menschlich gesehen, von höchster Reinheit: Sie waren immer ehrlich und treu, halfen den Armen, förderten die Kunst und machten niemals Schulden. Dennoch war es falsch von ihnen, Picassos Bilder vernichten zu wollen. Picasso wiederum, obwohl verschlagen, geldgierig, ohne Idealismus und nicht einmal fromm, hatte in meinen Augen recht gegen diese sittsamen Engel. Und auch ich hatte gegen die Frauen recht, die mich entlarven, bloßstellen und lächerlich machen wollten. Übrigens hätten sie auch gern meine Bücher vernichtet, die sie als Beleidigung von »echter Literatur« verstanden.

Einmal war eine dieser Frauen bei mir eingebrochen, mit einem Freund, und sie wollten wirklich Manuskripte stehlen. Das sollte wohl eine besonders kunstsinnige Tat sein. Diese Frau hat mich später dann buchstäblich um den Verstand gevögelt – und ihr Ziel damit doch noch erreicht, in gewisser Weise. Noch viel später hat sie ein Buch über mich geschrieben. Dadurch fühlte ich mich in beispielloser Weise geschmeichelt. Das Buch war wirklich gut, das einzige Porträt, das es von mir gab, literarisch. Sollte ich bald sterben, würde vielleicht nur das von mir übrigbleiben, als einzige echte Beschreibung meiner Person …

Trotzdem: Das alles entlastete mich nicht. Ich durfte den

Strandkorb nicht verlassen, bevor ich das nicht geklärt hatte, also die Frage nach meiner Schuld. Das Beispiel mit Pablo Picasso war ja gut und schön, beantwortete aber nicht meine Fragen.

Die Sonne kam jetzt wieder auf, und ich wäre wirklich gern aufgestanden, aber ich mußte das jetzt durchziehen. Hier. Meinen Gerichtstermin in eigener Sache.

Die Selbstanklage warf mir vor, für meine aussichtslose Lage verantwortlich zu sein. Zudem warf sie mir vor, gegenüber Frauen und Freunden Schuld auf mich geladen zu haben. Nahmen wir die Frau, die ein Buch über mich schrieb: War sie nicht verliebt in mich gewesen und ich in sie, und hatte sie mir nicht vertraut und war furchtbar enttäuscht worden? Sie war eine arme kleine Studentin, die ihren Lebensunterhalt nebenher als Aushilfskraft verdienen mußte. Sie bediente den letzten in Europa noch tätigen Fernschreiber, eine lokomotivgroße eiserne Maschine aus der Zeit der Telegraphentechnik. Kam ein Fernschreiben an, ratterte die Maschine wie in höchster Panik und druckte eigenhändig die sicherlich furchtbare Nachricht. Das Mädchen mußte den Zettel dann abreißen und in die zuständige Redaktion tragen. Manchmal kamen die Nachrichten von weit her, von ganz anderen Städten, zum Beispiel aus Düsseldorf oder sogar aus dem fernen Hamburg. Jedenfalls hob die kleine Frau ihr gesamtes Erspartes ab, um uns eine gemeinsame Wohnung zu mieten. Ich zog auch ein, stellte aber eines Tages fest, dort nicht schreiben zu können. Diese Frau stellte mir den ganzen Tag Fragen, wollte mich nie allein lassen, wohl weil sie mich liebte. Damals fing das schon an, daß ich in die Rolle des Redners und des Didakten gedrängt wurde. Das lag an meinem ersten Buch, das ein Erfolg gewesen war. Von da an mußte ich mich erklären. Ich war plötzlich »oben« und hatte das zu rechtfertigen.

Rechtfertigen mußte ich dann aber vor allem, warum ich sie immer wieder verließ. Das erste Mal nach einem Jahr. Meine Begründung: Ich mußte wieder schreiben, also Geld verdienen. Stimmte das, Angeklagter? Ja, es stimmte.

Das Mädchen war fassungslos. Stammelnd sprach es meine Erklärung nach: »Du mußt mich verlassen wegen einem *Buch* ...?!« Also ein idiotisches *Buch* sollte wichtiger sein als sie, als wir beide, als unsere Liebe, als unser Leben? Nein, nein, sagte ich schnell, das Buch sei mir schnurzegal, aber wir seien vollkommen abgebrannt, drei Mieten im Rückstand, ohne Gas, Telefon und Strom. »Na und?« fragte sie, offenbar unerschütterlich verliebt. Ich sagte, ich würde ja wiederkommen. Tat ich auch. Aber es nützte nichts.

Der Frau ging es danach so schlecht, daß sie lebensgefährlich erkrankte. Äußerlich war es nur Bulimie, aber die Ärzte kriegten sie nicht in den Griff. Ich dachte an Holger Meins, als ich sie wiedertraf, die Taschen voller Geld. Erst nach unserer endgültigen Trennung, Jahre später, erholte sie sich. Alle unsere Freunde warfen mir vor, ich hätte das Mädel fast umgebracht mit meinen Fluchten. Insgesamt dreimal hatte ich sie verlassen, um Geld zu verdienen. Und natürlich wandten sich alle unsere Freunde von mir ab.

Hohes Gericht! Zu meiner Verteidigung möchte ich vortragen, daß ich ein körperlich schwacher Mensch bin. Genauer gesagt: ein nervlich schwacher Mensch. Meine Nerven vertragen nur eine Stunde Kommunikation pro Tag. Die übrigen 23 Stunden brauchen sie, um diese eine Stunde kommunikatives Nervengewitter zu verarbeiten. Es wird für jeden einsichtig sein, daß ich mich zum Schreiben zurückziehen mußte. Später fand ich ja auch Wege, Liebe und Schreiben miteinander zu vereinbaren. Nämlich durch eine verständnisvolle Frau, die ich dann auch heiratete. Aber mit dieser ersten großen Liebe, dem Telegraphenmädel, das mich immer bei sich haben wollte, wäre das nicht gegangen. Tag und Nacht mußte ich der Liebe Opfer bringen. War es so einfach? Das uralte Menschheitsproblem der Künstlerbeziehung reichte gewiß tiefer. Schwierige Menschen verliebten sich oft in ihr naives Gegenteil und umgekehrt. Mir war das immer wieder passiert, doch nie hatte ich mir Regeln gesetzt, um den Schaden, der daraus erwuchs, zu begrenzen. So kam es zur Frauenabnutzung, und bald hatte ich den entsprechenden Ruf. Als mir einmal eine Frau vorgestellt wurde, sagte die, ganz ohne böse Absicht: »Ach, du bist der Mann, der die Frauen so schlecht behandelt?« Nun, zum Glück wurde das alles anders, wie gesagt, als ich Carla kennenlernte.

Aber was sollte ich jetzt machen, ohne Carla, wieder mit der Frauenabnutzung beginnen? Wenn doch wenigstens das noch ginge. Nein, selbst wenn es ginge, es war keine Perspektive. Es gab überhaupt kein vorne mehr, nur noch zurückschauen konnte ich, dafür war jetzt die Zeit gekommen. Wieviel Schaden hatte ich angerichtet, und konnte ich mir verzeihen? Zum Beispiel bei Elena. Ein junges Ding, das ich nie anders sah denn als ein Opfer der fortschreitenden Pornographisierung von Staat und Gesellschaft. War sie nicht auch ein Mensch? Hatte ich je ihre Seele wahrgenommen? Ging es mir überhaupt nahe, daß sie vor einer Abtreibung stand?

Oder Luna. Ihr lustiges Wesen stand mir noch klar vor Augen. Der Eindruck, den sie auf mich gemacht hatte, war noch frisch. Einmal hatte sie mitten im Flur einen Handstand gemacht und blieb darin, und das kleine Unterhemdchen rutschte ihr ganz langsam nach unten, über den dünnen Oberkörper bis vors lachende Gesicht. Dieses putzmuntere Mädchen wurde sicher einmal eine große Frau, und auch Frau eines berühmten Mannes. Warum nur hatte aber ich mich, fast ihr Großvater, mit ihr eingelassen? Was für ein gedankenloses Handeln. War ich denn nur noch ein steuerloses Stück Holz im Sturzbach gewesen? Ja, natürlich, genau das war ich, das war die Erklärung.

Mit meiner einen Stunde Kommunikation pro Tag hatte ich mich nicht ernähren können. Die Bücher floppten, die Frau war weg, die Konten waren gesperrt, der Marktwert meiner Texte tendierte gegen null. Die Anklage sagte nun, ich hätte, wenn es denn so war, aufstehen müssen gegen die Not. Wer am Boden liegt, muß gefälligst wieder aufstehen. Sonst würden ja irgendwann alle am Boden liegen, krepieren und blöde jammern. Was hatte ich dazu zu sagen?

Hohes Haus, Abwärtsbewegungen sind niemals monokausal, sondern bestehen aus einer Kette von Niederlagen; man steht wieder auf, fällt wieder hin, steht wieder auf – fast jeder Tag verläuft so. Zwischen vielen Niederlagen gibt es auch kleine Siege. Und wie beim Roulette ist man erst ganz am Ende wirklich bankrott.

Aber wie entstehen überhaupt Abwärtsbewegungen? Mich hat das Thema, bezogen auf Prominente, immer schon beschäftigt. Wie kam ein geachteter Staatsschauspieler wie Hans-Jürgen Wussow von der Wiener Burg ins Hinterzimmer eines Bordells, wo er wie ein Hund verendete, höhnisch abfotografiert von der Bild-Zeitung, verlassen und verachtet von Frau, vier erwachsenen Kindern, zwölf Enkeln, ehemaligen Freunden, Kollegen, Intendanten, Fans, den seriösen Medien, den Kultursenatoren? Was hat er anders gemacht als sein Freund Traugott Buhre, dessen Sarg mit Fanfaren und Kirchengeläut in die geweihte Erde eingelassen wurde, unter der Anteilnahme Hunderter bewegter Freunde aus acht Lebensdekaden?

Wo war der Bruch, der alles drehte?

Auf mich bezogen, kann ich nur sagen, liebe innere Geschworenen, daß der Bruch am 1. April 2004 erfolgte. Wie Fürst Myschkin in Dostojewskis »Der Idiot« erlitt ich an diesem Tag einen Nervenzusammenbruch.

Eigentlich müßte man es anders nennen. Bei Myschkin war es ein epileptischer Anfall infolge nervlicher Überspannung, bei mir war es ein Identitätskollaps aus dem gleichen Grund. Meine Frau, die jahrelang soviel Verständnis für meine Einsamkeitsphasen gezeigt hatte, überredete mich, zu ihr in ihre Stadt in ihre Wohnung mit ihren Mitbewohnern, ihrer Mutter, ihrem Hund und ihren Freunden zu ziehen. Ich wußte plötzlich nicht mehr, wer ich war. Ich konnte mich nicht mehr authentisch verhalten. Ich hatte Angst vor meiner Frau. Jeden Tag rechnete ich damit, daß sie mich verließ. Ich flüchtete in Arbeit und in arbeitsbedingte Reisen, erwartete das Ende. Gleichzeitig wurde ich immer verliebter in meine Frau und pries Gott für jeden weiteren Tag, den ich nicht als Single beenden mußte. Meine Frau, die spürte, daß ich Angst vor ihr hatte, begann sich vor mir zu ekeln, wurde allergisch gegen jede Art von Zärtlichkeit. In dieses erotische Vakuum stieß dann die fernöstliche Religionsgemeinschaft und beendete es. Über zwei Jahre hatte es gebraucht, ehe es soweit war. Solange hatte ich mich gegen das Ende gestemmt. Was, hohe Anklagebehörde, hätte ich denn noch machen sollen?

Ich spürte, wie als Antwort der Gedanke in der Luft lag, ich wolle Mitleid erheischen. Und daß das ja wohl das letzte sei, was ich erwarten durfte.

Warum eigentlich nicht? Noch nie hatte jemand Mitleid mit mir gehabt. Das war doch der Punkt, auch bei Wussow: Leute, die aus dem Durchschnitt herausragten, bekamen a priori kein Mitleid. Und schon gar keine Schriftsteller. Wer wortmächtig war und somit über den Dingen stand, mußte selbst zurechtkommen mit seinem Leben. Mit so einem identifizierte sich niemand. Über Fürst Myschkin konnte man noch weinen, nicht über Dostojewski. Die Figur Nagel aus Hamsuns »Mysterien« berührte einen, der Autor dagegen wurde verachtet. Als ich einmal Norwegen bereiste und nach Knut Hamsun fragte, schämten sich die meisten für ihn. Es hieß dann, er sei wohl der größte Dichter des Landes gewesen, aber natürlich ein Arschloch. Solchermaßen im kleinen erging es nun mir. Gar nicht zu denken an Woody Allen. Den mochte keiner. Ich kannte Millionen Frauen, die seine Filme liebten, aber ihn selbst? Never! Der war doch so witzig und ironisch, sollte er doch selbst über sich und seine Probleme lachen, anstatt Leute zu behelligen, die weiß Gott andere Sorgen hatten! Und dann die Stieftochter heiraten, pfui Teufel! So ungefähr. Komödianten bekamen am wenigsten Mitleid von allen, und ich war nahe dran an dem Status. Auch die besten Freunde, als ich sie noch hatte, bekannten immer wieder, daß sie niemals mit mir fühlen könnten, da sie mich nicht ernst nehmen könnten. Ich sei ihnen ein Fremder, da immer verrückt und ironisch. Ich sagte dann verstört, ich sei doch gar nicht ironisch, und da mußten sie schon wieder lachen. Es war furchtbar.

Aber ich will mich nicht um die Frage herumdrücken, was der entscheidende Moment des Niedergangs genau war. Wie gesagt, er geschah an diesem ersten April vor über vier Jahren. So lange hatte es also doch gebraucht, bis ich ganz unten angekommen bin, in diesem Strandkorb.

Was genau war geschehen? Ich hatte nachts nicht schlafen können in der neuen Wohnung. Ich hörte die verhaßte Schwiegermutter in der Küche rumoren. Auch der Mitbewohner, der mich nicht leiden konnte und der ganz auf meine Frau eingeschworen war, mußte anwesend sein, ich hörte seine Stimme, und daher traute ich mich nicht aus dem Schlafzimmer. Ich sah mich außerstande, mit den fremden Leuten da zu reden. An diesem Tag war auch noch der Bruder meiner Frau angekündigt. Meine Sozialphobie eskalierte. Der Hund schlug an, bellte böse gegen die Tür, da er genau wußte, daß ich mich da versteckte. Als meine Frau nach Stunden endlich schlechtgelaunt ins Schlafzimmer kam – schlechtgelaunt, weil ich noch im Bett war –, bat ich sie, mit mir zu schlafen.

Ich sagte, ich wolle dadurch etwas Selbstsicherheit tanken. Sie sah mich befremdet an. Ich hatte ein Tabu verletzt. Man schlief nicht aus Zweckmäßigkeit miteinander. Sie teilte mir mit, daß sie nicht per Vorsatz mit jemandem schlafen könne, sondern nur, wenn ihr danach sei. Ich bettelte aber so lange, bis sie es doch machte. Sie setzte sich kerzengerade auf mich, sah genervt aus dem seitlichen Fenster und führte monoton und aufreizend langsam den gewünschten Akt aus. Von da an war nichts mehr so wie vorher. Ich glaube, sie hatte danach nie mehr Lust auf Sex mit mir. Und ich kam nie mehr aus meiner untergeordneten Lage heraus, aus der Lage des notgeilen Bittstellers. Später, sehr viel später genoß ich es, bei Elena in der umgekehrten Position zu sein.

Mein barbarischer Hunger kämpfte nun stark gegen die innere Staatsanwaltschaft an. War es nicht üblich, Prozesse zu vertagen? War es nicht doch möglich, mit meinem Restgeld eine Pizza zu bezahlen, sie zu essen und *dann* weiterzuverhandeln? Oder auf einem einstweiligen Urteil zu bestehen, etwa: »Nach Lage der Dinge ergeht ein Freispruch dritter Klasse«? Nein, ich wollte eigentlich gar kein Urteil gegen mich. Sondern eins gegen die Welt.

Denn die war schlecht. Ich war immer viel zu blauäugig gewesen. Viel zu nett zu den Menschen. Immer so idealistisch. Ja, die Welt war hassenswert. Ich haßte sie, das beschloß ich jetzt, das sollte das Urteil für heute sein. Diese ganze Scheißwelt von Elena bis Carla, von Jens Tuborg bis zu meinem Bruder. Von Grottammare bis Berlin-Mitte. Die Popwelt. Die Spießerwelt. Ich verfluchte sie, ballte sogar die Faust gegen den nun wieder azurblauen Himmel. FUCK YOU!

Ich stand auf. Hinter dem Strandkorb lief ein etwa achtjähriges Mädchen vorbei, im Bikini, und holte kleine blaue Kinderschuhe ab, die da lagen, und ein quietschoranges, aufblasbares Gummiteil, dessen Funktion ich nicht kannte. War das nicht das Mädchen, mit dem sich Carla damals angefreundet hatte? Schon möglich, ich konnte es nicht herauskriegen, ohne Italienischkenntnisse.

Ich kannte den Weg vom Hotel Sylvia zum Dorfplatz, an dem die Pizzaria lag, sehr gut. Es waren die beiden Eckpunkte der Grottammare-Welt, ich konnte beide vom Strandkorb aus sehen. Es war kein zweites Hotel mehr errichtet worden, und auch das Hotel Sylvia lag ganz am Rand, eigentlich außerhalb des Ortes. Die Bewohner wollten anscheinend keinen Tourismus bei sich haben, jedenfalls keinen Massentourismus. Auch war das Sylvia nie ausgebucht, und die Preise waren dermaßen niedrig, daß selbst ich mir in den zurückliegenden Jahren fast ein Zimmer hätte leisten können, nämlich 30 Euro die Nacht. Auch die großen Villen am Strand standen in der Hochsaison leer. Sie gehörten reichen Familien aus Rom, und das seit über 100 Jahren. Diese betuchten Leute verhinderten wahrscheinlich, daß das verwunschene kleine Dorf zerstört und an die Neuzeit angepaßt wurde.

Nur eine kleine Konzession hatten sie dann doch gemacht. Auf dem Dorfplatz gab es seit wenigen Jahren einen echten und handelsüblichen EC-Automaten, den ich gleich einmal ausprobieren wollte. Ich besaß eine EC-Karte, die, wie das »E« in EC zeigte, in ganz Europa gültig war. In Deutschland hatte sie mir seit Monaten nur noch Kummer bereitet. Das Konto war erst leer, später heillos überzogen, schließlich von Gläubigern blokkiert. Die Bank teilte mir mit, daß ich erst wieder Geld bekäme, wenn die Forderungen dieser Gläubiger erfüllt seien, und selbst dann würde es schwierig, weil anschließend das Konto gekündigt würde. Ich hatte aber ein freundschaftliches, ja inniges Verhältnis zu meiner Kontoführerin, einer attraktiven Ostfrau um die 45 mit dem Namen Flegel, und ich brachte sie dazu, das Konto offenhalten zu wollen. Bald käme Geld, das große Geld vom Verlag, sagte ich ihr, und dann gäbe es nie, nie, niemals wieder Sorgen. Diese Frau Flegel war wirklich der *burner*. Sie war äußerst gepflegt und wirklich schön, dazu altmodisch. In ihren Augen schickte es sich wohl nicht für eine Dame jenseits der vierzig, noch zu flirten. Ich tat es deshalb um so mehr und brachte sie immer wieder zum Erröten. Sie hatte sicher seit dem Mauerfall, als der Pappa rübermachte und die sechsköpfige Familie allein in Pankow zurückließ, die körperliche Liebe entbehren müssen. Wenn sie Wort gehalten hatte, diese aparte Frau Flegel, die ich einmal völlig unabsichtlich Frau Ferkel genannt hatte, dann war meine EC-Karte noch immer aktiviert. Wenn nicht, würde sie nun bei der Eingabe verschluckt werden.

Ich steckte sie in den italienischen Schlitz und verfolgte mit Herzklopfen, wie die kleine deutsche Karte von der Berliner Sparkasse in das korrupte Bankenwesen des Berlusconi-Staates eindrang.

Sie wurde anscheinend nicht sofort geschluckt, nicht, bevor ich nicht die Geheimzahl eingab. Zum Glück waren meine Sprachkenntnisse immerhin soweit vorhanden, als ich die ersten zehn

Ziffern auf italienisch wußte. Quattro, sette, sette, uno. Ich wurde gefragt, wieviel Geld ich wollte. Ich gab zehn Euro ein.

Der Apparat jaulte etwas, wie mein altersschwacher iMac, wenn die Kühlung ansprang. Es waren diese Geräusche, die ich schon lange nicht mehr gehört hatte und die jeder kannte, der ebenfalls schon einmal erfolgreich Bargeld per EC-Automaten abgehoben hatte. Eine schmale, gußeiserne Klappe schnappte auf und hielt mir einen Zehneuroschein hin, den ich schneller ergriff, als ich denken konnte.

Wie war das möglich? Ließ sich das wiederholen? Ich blickte mich verstohlen um. Keiner hatte mich gesehen.

Wußten sie hier nichts von den nationalen Pfändungen? Hatte Frau Flegel heimlich und doch im Rahmen des Legalen getrickst? Oder war mein Konto tatsächlich aufgefüllt worden? War das große Verlagsgeld gekommen, der legendäre Vorschuß, den van der Huelsen mir seit einem halben Jahr versprochen hatte? Warum eigentlich nicht? War ich etwa nicht ein großer deutscher Nachkriegsautor, in der Tradition von Böll, Grass, Walser und Stuckrad-Barre? Vielleicht war Stuckrad-Barre gestorben, und man setzte jetzt auf mich? Ich mußte einen höheren Betrag eingeben, um das herauszufinden. Der größtmögliche Betrag war 1000 Euro. Das war aber womöglich auch genau die Obergrenze, die man an einem Tag abheben durfte. Also gab ich 990 Euro ein.

Wieder diese Geräusche, auch wenn sie jetzt später kamen. Vielleicht bildete ich mir die Verzögerung auch nur ein. Und dann: Plopp! Wieder das Geld. Ein ganzes Bündel, fein abgezählt. Ich griff es, sah mich wieder erschrocken um, steckte es in die Innentasche meines Jacketts.

Ich hatte Glück. Noch immer beobachtete mich keiner bei meinem ungeheuerlichen Tun. Ich konnte theoretisch noch weiter auf diesem Fleck stehenbleiben und dem Impuls zu fliehen standhalten. Ich durfte nicht emotional handeln, zu hoch war die Summe, zuviel stand auf dem Spiel. Wenn das Geld mir nicht zustand, würde es der Computer innerhalb eines Datumstages merken. Allerspätestens morgen würde er die EC-Karte schlucken, vielleicht jetzt schon oder in wenigen Minuten, wenn irgend jemand, bei dem jetzt gerade ein Error-Signal auf dem Bildschirm aufleuchtete, einen entsprechenden Steuerbefehl gab. Wieviel durfte man pro Tag abheben? Waren es nicht sogar 3000 Euro, in Deutschland?

Ich gab noch einmal den Höchstbetrag ein, und er kam. Dann ein drittes Mal, und die 1000 Euro wanderten erneut in mein Jackett. Erst beim vierten Mal kam nichts mehr, nur ein Hinweis auf italienisch. Wieder blickte ich nach allen Seiten, nahm mein Kärtchen, und dann knöpfte ich mein ungereinigtes Jackett mit allen drei Knöpfen zu. Und ging zügig weg, mit angelegten Ohren, direkt zum Auto zurück, ohne Umwege.

Ich dachte natürlich rasend schnell über alles nach. Wenn ich gerade die Dorfbank von Grottammare ausgeraubt hatte, mußte ich verschwinden. Wenn aber van der Huelsen mein Konto aufgefüllt hatte, konnte ich bleiben. Aber warum dann bleiben? Dann konnte ich auch in Monte Carlo leben oder in den Hamptons nahe New York oder im Ritz in Paris. Ich mußte also beim Verlag anrufen. Nicht bei Frau Flegel – das kam ja einer Selbstanzeige gleich.

Ich nahm den Zehneuroschein vom Anfang, kaufte damit eine Hanuta-Waffel mit einem Fußballbildchen drin (Maseratti) und verwandte das Wechselgeld zum Telefonieren in einem unverdächtigen öffentlichen Münzfernsprecher. In Grottammare gab es noch so einen. Ich wählte 0049221, die Vorwahlnummern von Deutschland und Köln. Dann die Sammelnummer des Verlages.

Beim dritten Versuch kam ich durch.

»Lohmer, guten Tach. Ach bitte, geben Sie mir mal kurz die Buchhaltung!«

Ich tat so, als sei alles ganz normal. Ich wollte auf keinen Fall mit van der Huelsen sprechen, denn der hätte vielleicht wieder nur gesagt, das Geld sei so gut wie unterwegs, was alles und nichts bedeutet hätte.

Um es kurz zu machen: Die Buchhaltung bestätigte, daß ein Vorschuß in voller Höhe in der Vorwoche ausbezahlt, das heißt überwiesen worden war. Ich dankte zerstreut und grüßte in der üblichen Form.

Das Geld war wirklich meins! Frau Flegel hatte die Gläubiger mit ihren lächerlichen Forderungen abgegolten und das Konto wieder für mich freigemacht. Nun mußte ich jeden Tag 3000 Euro abheben, bis ich wirklich alles in den Händen hielt. Ich konnte auch einen Teil auf der Bank lassen – was sollte jetzt noch schiefgehen? Trotzdem verbarrikadierte ich mich erst mal in Lunas Studentenauto, um mich zu fassen. Ich durfte jetzt keinen Herzschlag kriegen oder eine Ampel übersehen oder mein Jackett ausziehen. Ich mußte für ein paar Minuten die Augen schließen. Ich mußte sicherstellen, daß ich das eben nicht geträumt hatte.

Ja, es war wahr. Warum auch nicht? Hatte ich je daran gezweifelt? War etwa irgend etwas unlogisch daran? Ich war Johannes Lohmer, Erfinder der deutschen Popliteratur, ein Künstler von Welt, von den Frauen begehrt, von den Mächtigen geschätzt: NATÜRLICH mußte es eines Tages wieder aufwärtsgehen. Dieser Tag war jetzt!

Alles war vollkommen natürlich. Mein ganzes Leben, wie das aller anderen, war nie anders gewesen: mal rauf, mal runter, mal wieder rauf. Und ausgedrückt wurde der jeweilige Stand eben in Geld. So schrecklich und absolut aussichtslos-todtraurig mir meine Lage auch schon früher oft vorgekommen war, vor allem als Kind, so blieb sie doch niemals so, egal, ob ich etwas dagegen tat oder nicht. Das Leben selbst schrieb das nächste Kapitel, und zwar ein heiteres. Und nun hieß es also wieder: vorwärts!

Reichtum, Wohlstand und Glück warteten auf mich. Die vielen Scheine polsterten meine Brust. Gut, daß die Italiener nicht mehr in Lire auszahlten. Ich hätte sonst mit mehreren Tonnen Papiergeld fertig werden müssen. Ich hätte Brennmaterial für den Winter gehabt, im Lohmer-Haus am Berg, zu dem ich jetzt zurückkehrte. Ich legte mich auf das eine Bett und sah gegen die Wand. Wie und wo verwahrte ich das frische Vermögen am besten? Wo hätte es Josef Ackermann wohl hingetan, in einen schwarzen Aktenkoffer aus edlem Leder? Den hatte ich nicht. Ich hatte ja ohnehin praktisch gar nichts anzuziehen. Also war es das beste, ein paar Sachen zu kaufen: Hemden, ein italienisches Sakko mit Innentasche samt Reißverschluß, ein größeres Portemonnaie, einen Koffer mit Zahlenschloß. Und ein Gummiboot, um baden gehen zu können. Ich konnte dann den Geldkoffer in das Gummiboot tun und mit aufs Meer nehmen. Während ich im Wasser schwomm und planschte, behielt ich das Gummiboot mit dem Koffer im Auge. Im Grunde brauchte ich auch noch eine Schußwaffe, um die 3000 Euro notfalls mit der ganzen Härte des Gesetzes zu verteidigen. Aber den Gedanken verfolgte ich nicht weiter.

Ich fiel in einen kleinen Minutenschlaf, der nach der immensen Aufregung zuvor nur verständlich war. Es war aber kein Tiefschlaf, denn plötzlich hörte ich ganz deutlich eine Stimme:

»Permesso?«

Es war Anna Pomili, die schöne Sorella. Sie erkannte mich, ich hatte sie schon bei meinem letzten Besuch vor zwei Jahren gesehen. Damals hatte Carla übersetzt. Nun war die Verständigung schwierig, ja unmöglich. Sorella redete gestenreich und komplett unverständlich auf mich ein. Sie war inzwischen 72 Jahre alt, zahnlos und selbst für einen Italiener wahrscheinlich schwer zu verstehen. Ich wollte aber auch nicht schweigen. Vor allem wußte ich ja nicht, ob sie mir gerade Vorwürfe machte – ich hatte mich illegal ins Haus geschlichen – oder sich über mein Auftauchen freute. Mit neun war ich so verliebt in sie gewesen! Diese herrliche, dunkle Frau, schon etwas reif, aber im besten Alter, sinnlich, aber ohne Mann! Der Inbegriff der schönen Südländerin, lachend, halbnackt, weiße Zähne, groß und schlank: einfach ein Traum. Und beim Fernsehen durfte ich immer auf ihrem Schoß sitzen.

Nun war davon nichts mehr übrig. Ich stand auf und begann, ebenfalls gestenreich zu reden, auf deutsch. Ich sagte, es gebe ja gar nichts mehr zu essen in diesem Haus und keinen Kaffee, keinen Zucker, keine Weintrauben, und auch keine Handtücher und keine Bücher und keine Zeitschriften. Wo seien denn all die Donald-Duck-Hefte hingekommen, die mein Bruder und ich immer gelesen hätten? Die Karl-May-Bücher meines Bruders? Ich ging auf und ab, deutete hierhin und dorthin, sprach die deutschen Worte mit italienischem Akzent aus.

Dann tat ich zum erstenmal etwas, noch ohne groß nachzudenken, was bald zu einer lieben Gewohnheit für mich wurde und meine Situation jedesmal erheblich verbesserte. Ich griff in die Innentasche meines Jacketts, nahm ein paar Scheine heraus und steckte sie Sorella unauffällig zu. Dabei sagte ich ihr, sie möge es im Haus ein wenig hübsch machen. Per Bildsprache formte ich Seife, Brot, Pasta, Vorhänge, Besen und all das – es war gar nicht so schwer, mich zu verstehen, wenn man das Geld dazunahm. Geld hieß immer »Tausch«, hieß »Wunsch«, »Bedürfnis«, »Befehl«, »Dienstleistung« oder »Konsum«. Sorella konnte also ungefähr in die richtige Richtung raten. Und ihre Stimmung schlug vollkommen um. Nicht das Geld, sondern das plötzliche Verstehen weckte alle verschütteten Kräfte. Sie sprang auf, redete noch lauter und gestenreicher als vorher, lachte wieder wie früher, wenn auch nicht mehr erotisch, weil nicht weißzähnig. Offenbar machte sie Vorschläge, wie sie das Anwesen wieder wohnlich machen würde. Ich sagte immer »si, si«, feuerte sie begeistert an. Bald verschwand sie, um gleich mit den guten Taten zu beginnen. Als erstes brachte sie mir drei gebügelte Hemden von Fratellino ihrem Bruder. Leider war er schon tot, wie übrigens auch Fratello und auch Nonna, aber die Hemden waren wie neu. Ich hatte wirklich Glück, denn auch Sorella war bereits krank und würde bald sterben, wie sie Carla gesagt hatte. Sie hatte wohl Krebs, hatten wir gemutmaßt. Schön also, daß sie noch da war, zwei volle Jahre nach der Diagnose. Bestimmt hatte sie die Comichefte noch, und es wurden angenehme Ferien.

Ich fuhr nach Grottammare basso, also in die Neustadt nach unten, erst die kurvenreiche Via Madonna degli Angeli entlang, die der DKW Kombi immer eher rutschend als fahrend bewältigt hatte, bog nach rechts in die Viale Fratelli Rosselli, dann nach dreihundert Metern links in die Via Laureati. Hier war schon der Dorfplatz, und eigentlich brauchte man für diese kurzen Wege kein Auto. Unser Vater hatte wahrscheinlich nur angeben wollen mit der deutschen Familienlimousine, denn die Einwohner des Fischerdorfes kannten damals nur zwei Fahrzeugtypen: den kleinen Fiat 600 und den noch kleineren Fiat 500. Dagegen war der DKW natürlich der reinste Porsche, schon von der Lautstärke her. Ich ging nun also lieber zu Fuß, den Rest bis zum Dorfplatz.

Es gab da eigentlich nur zwei Geschäfte. In dem einen kaufte man Badeartikel, Taucherbrillen und Gummiboote, in dem anderen italienische Mode, also Bekleidung. Natürlich gab es noch die Eisdiele und die Pizzeria. Ich ging nun in das Modegeschäft und ließ die Leute auf mich los. Ich wußte, daß ich sowieso nichts finden würde und daß es eine unangenehme Situation war. Deshalb war es das klügste, die schwulen Verkäufer den Job machen zu lassen. So ging es am schnellsten. Sie waren auch gar nicht schwul, sondern ein mittelalter Mann und eine dickliche Frau Mitte Dreißig, und sie verhielten sich ganz ernst und authentisch. Ich bekam ein hellbeiges Sakko und eine etwas dunklere, hellbraune Hose, dazu ein blaues Lacoste-Hemd. Teuer war nur der Gürtel, so daß ich lieber meinen alten, abgewetzten weiterbenutzte, bei dem ich die letzten Löcher selbst gebohrt hatte – ich war ja immer dünner geworden.

Ich setzte mich, die alte Tradition aufnehmend, in die Pizzeria. Bald setzten sich zwei Frauen an meinen Tisch, die aus Deutschland kamen. Sie hatten offenbar keine Berührungsängste gegen mich, wie ich sofort registrierte. Meine Aura mußte sich geändert haben! In den Monaten der bitteren Armut hatten die Leute sich instinktiv von mir abgewendet. In der Straßenbahn setzte sich keiner neben mich. Keiner fragte mich nach dem Weg oder bat um die Uhrzeit. Kinder schienen sich vor mir zu fürchten, schöne Frauen sahen durch mich hindurch. Und nun auf einmal dieses so lange nicht mehr gehörte »Sind diese beiden Plätze vielleicht noch frei?«, gesprochen von zwei attraktiven Frauen.

»Aber ja, setzen Sie sich! Aber woher wissen Sie, daß ich ein Deutscher bin?«

Die beiden kicherten. Die eine war blond, hatte straffe, harte Silikonbrüste und eine gute Figur. Sie trug eine hautenge Hose aus einem Stoff, der einmal die amerikanische Fahne gewesen war. Die andere hatte kurze dunkle Haare, hatte ein schönes Gesicht, konnte aber eine Lesbe sein. Sie war es, die antwortete:

»Wir kennen Sie doch. Sie sind ja nicht gerade unbekannt ...«

»Was?«

»Der große Popautor ...«, sagte die Blonde gedehnt, wobei ihre Nippel wie Steinkugeln fest durch das enge Oberteil drückten. Die Frau war ganz offensichtlich eine Schlampe. Ihr Gesicht war grob gesehen makellos, strahlte aber etwas Unangenehmes aus, eben etwas Künstliches, Operiertes. Ich konnte nicht sagen, WAS an diesem Gesicht operiert war, aber ich kannte mich auch nicht aus. Wahrscheinlich war die gesamte Haut neu bespannt worden oder so. Ich konnte nur hoffen, daß sie wenigstens Schauspielerin war. Vor der Kamera sah sie vielleicht anders aus. Aber ich will nicht ungerecht sein: Natürlich freute ich mich trotzdem über die beiden heißen Hexen. Auf dem Sexualmarkt hätten sie trotz aller Manipulationen ganz vorne mitgemischt. Und die mutmaßliche Lesbe wirkte ganz freundlich und gebildet. Sie sagte, ich sei doch Johannes Lohmer. Gerade habe sie »Zombie Nation« zu Ende gelesen, das ein besseres Buch sei als »Die Jugend von heute«. Das stimmte, und damit bewies sie ihr vortreffliches Urteilsvermögen.

»Das höre ich gern. Darf ich die Damen zu einem Grappa einladen? Oder zu einem Prosecco?«

Es war das erstemal in diesem Jahr, daß ich jemanden zu etwas einlud, also darum bat, für ihn oder sie Geld auszugeben. Die Wirkung ließ nicht auf sich warten. Die Schlampe nahm fast zeitgleich mein rechtes Bein zwischen ihre Knie. Ich verstand: Das war dieser neue »offensive« Typ, den Frauen der diesjährigen Schlampenklasse gerade mit viel Spielfreude ausprobierten. Die küßten auch verdutzte Männer unbekannterweise schmatzend auf den Mund, nur so. Ich wandte mich der Gebildeten zu, um mir meinen Schreck nicht anmerken zu lassen. Aber eigentlich erlebte ich gerade die Sekunde, in der ich merkte, daß die alte Welt mich eingeholt hatte, mit einem Mal, und ich hatte nichts dazu getan. Es war ein Anschlag.

Berlin-Mitte war in Grottammare angekommen. Ja, die beiden Schlampen waren schon vor mir hier gewesen. Die kannten sich schon besser aus als ich. Ich nahm es erst mal so hin. Dadurch, daß die eine so gebildet war, ertrug ich die andere, die so eine gute Figur hatte, und umgekehrt.

Ich aß die Pizza, die ich immer hier gegessen hatte, die Margherita, und freute mich an dem unveränderten Geschmack nach Meer, Salz, Fisch und mit Fleisch eingekochter Tomate. Ich hörte nicht auf das, was mir die Gebildete über Stierkampf und neue Bücher südamerikanischer Autoren erzählte. Dafür nahm ich dann gern den Vorschlag der Damen auf, noch einen Cocktail in ihrer Hotelwohnung zu nehmen. Sie wohnten im La Scogliera, Concessione 33. Ich kannte das Gebäude, einen Bungalow, denn genau hier hatten die Urlaubsfreunde meiner Eltern gewohnt, die einzigen in 16 Jahren, deren blondes Dienstmädchen dann von Papi herangezogen wurde, diskret gesagt. Also in dem dann ausbrechenden Eifersuchtskonflikt. Ich will das nicht noch einmal erzählen. Aber der moderne 60er-Jahre-Bungalow machte mir schon damals viel Eindruck wie der Mercedes 220 SE, die Überholmanöver und die blonde Sexbombe. Es waren schöne Erinnerungen, die Ahnung, daß es noch ein anderes Leben gab, eines wie in »Goldfinger«, und daß es gar nicht so weit von mir entfernt stattfand.

Wir tranken unsere Cocktails, und ich war hin- und hergerissen. Mal haßte ich die eine, weil ich noch nie so langweilige Ansichten über Jonathan Littell gehört hatte, dann die andere, weil sie von den tausend »Kerlen« ihres sex life's prahlend und sich an Schmutzigkeiten delektierend erzählte. Aber beide zusammen, gemischt mit teurem Alkohol, ermöglichten eine angenehme Schwebe. Nur, ich wollte einen klaren Kopf behalten – gerade erst war ich zu Reichtum gekommen – und ging frühzeitig. Ich wollte meine Einkäufe machen, bevor der Lebensmittelladen im Corso Gustavo Mazzini schloß.

Beim Einkaufen merkte ich, daß ich etwas Sinnloses tat. Als reicher Mann brauchte ich keine Kerzen mehr, kein Petroleum für den Kocher, keine Mürbekekse, keine Konserven für die kalte Jahreszeit. Die Wahrscheinlichkeit, einen Helikopter zu mieten und damit nach Köln geflogen zu werden, direkt zum schon wartenden Lektor, der mir die fehlenden Seiten aus den Händen riß, war größer, als in Grottammare mit der schönen Sorella gemütlich den Lebensabend einzurichten und auch zu verbringen. So kaufte ich nur Brot, Schinken, Käse und Coca-Cola.

Sorella hatte mir das ehemalige Elternschlafzimmer ein bißchen hergerichtet. Das Bett war nun bezogen, und vor dem Fenster und der Balkontür stand das Tischchen, auf dem die Schreibmaschine einst ihren Platz gehabt hatte. Ich machte per Pantomime und Handbewegungen die Schreibmaschine nach, und Sorella lachte nett und zahnlos. Vielleicht würde sie mir eine besorgen, dann konnte ich van der Huelsens Buch auch hier zu Ende schreiben. Ich hatte Sorella einen schönen Strauß Sommerblumen mitgebracht, was wohl ihre Stimmung auf bemerkenswerte Weise verändert hatte. Sie war zu mir nun wieder ganz vertraulich, und ich hätte beim Fernsehen auf ihrem Schoß sitzen dürfen, also theoretisch jedenfalls.

Die nächsten Tage verbrachte ich zwischen dem Bungalow der beiden Frauen, dem Lohmer-Haus mit Sorella und dem Strand. Natürlich hatte ich ständig um mein Geld Angst. Jeden Morgen nach dem Frühstück holte ich weitere 3000 Euro aus dem EC-Automaten, was meine innere Unruhe nur vergrößerte. Mir war klar, daß ich keinen normalen Urlaub hatte, bevor ich mein frisches Vermögen nicht in Sicherheit gebracht hatte. Das ging nur, indem ich nach Berlin zurückkehrte. Um das Terrain schon einmal zu sondieren, ging ich in die örtliche Telefonzelle und rief Elana Plaschg an. Es machte mir diesmal gar nichts aus. Wenn sie gleich wieder nach dem Geld fragte, konnte ich ruhig weitersprechen. Ich hatte jetzt eine andere Position dazu.

Als ich die Nummer wählte – es gab noch eine Wählscheibe –, fiel mir ein, daß ich zunächst nach dem Baby zu fragen hatte.

»Hi! Ich bin's! Dein Freund Johannes. Ich wollte mich einmal nach unserem BABY erkundigen.«

Sie polterte nicht sofort los, sondern konnte ihre kindliche Freude nicht verbergen. Sie konnte sich ohnehin niemals verstellen, und daß ich nun anrief, war in jedem Fall eine positive Überraschung. Elenas Stimme war plötzlich ganz weich und berührend süß, ehe sie sich besann und mit dem Schimpfen und Wehklagen loslegte. Innerhalb von 30 Sekunden erreichte sie dabei ihre gewohnte Geschwindigkeit und Ausdruckskraft:

»Hey Mann, so eine Scheiße, sag ich dir, so eine Schwangerschaft ist echt das Letzte! Die ganze Zeit bist du müde, du kriegst das Leben nicht mehr in Gang, alle Kräfte fließen ins Baby … wo bist du überhaupt?«

»Ich bin noch im Urlaub. Aber mach dir keine Sorgen, die Dinge werden bald geregelt.«

»Mann, ey. Dieses Pennen andauernd! Man sieht ja noch nichts, am Bauch und so, aber ich habe am ganzen Körper Pigmentstörungen! Dunkle Flecken, helle. Und ich muß so Vitaminpräparate zu mir nehmen, so langweilige Flüssigkeiten mit Kohlensäure. Und statt dessen darf ich viele andere Sachen nicht mehr essen, Ei, und so Salmonellenzeug, also Sachen, wo die Gefahr mit Salmonellen besteht … WO BIST DU? Wann gibst du mir endlich mein Geld?«

»Sobald ich in Berlin bin. Es ist jetzt alles geregelt.«

»Wieso bist du überhaupt abgehauen?«

»Na, um endlich alles zu regeln! Das muß dich doch freuen.«

»Ist das wahr? Du hast Geld?«

»Natürlich.«

»Also … wirklich?«

»Na, hör mal! Jetzt stell dich nicht dumm. Wieso sollte ich kein Geld haben? Meinst du, all meine Tantiemen spende ich andauernd notleidenden Bauern in China?«

»Ja, das habe ich mich ja auch immer gefragt …«

»Also jetzt sei vernünftig!«

»Mann, ich will das Scheißbaby nicht. Ich darf keinen Schinken mehr essen, kein Hack. Ich soll so Vorbereitungskurse besuchen und mit einer Hebamme Kontakt aufnehmen, obwohl die erst im fünften Monat kommen soll, um mich zu beobachten …«

»Aber du bist doch erst im ersten Monat?«

»Ungefähr, ja. Aber die werden ja völlig verrückt, von Anfang an, die AOK-Familienberatung schickt mich zu …«

»Aber Elena, du willst das Kind doch gar nicht austragen.«

»Ja, aber die Abtreibung ist teuer und vor allem total verpönt bei denen, die sagen immer, wenn man das blöde Embryo erst auf dem Bildschirm gesehen hat und das kleine blöde Herz pumpen sieht, bekommt man es total lieb, und sie labern einen voll mit dem Zeug die ganze Zeit und dann werden …«

»Moment mal! Bist du nun krankenversichert oder nicht?«

»Ich war als Schülerin in der AOK, weißt du, hab dann aber die Beiträge nicht mehr bezahlt.«

»Abtreibungen sind aber nicht teuer. Die tausend Euro gebe ich dir gleich als erstes, wenn wir uns sehen. Dann kannst du machen, was du willst.«

»Wirklich?«

»*Natürlich*, Baby.«

»Dann ist ja gut.«

Ich verwies nun auf die skandalös überteuerten Fernsprechkosten und beendete das Gespräch taktvoll und betont freundlich. Auch Elenas letzte Worte klangen fast schon liebevoll. An dieser Front schien also Ruhe einzukehren.

Dritter Teil: Himmel

Ich brauchte eine ziemlich lange Zeit, um meine neue Lage zu begreifen, oder besser gesagt, um sie leben zu können. Ich verstand schon, daß ich nun Geld hatte, ja nach meinen Begriffen reich war, und daß das schier endlose Leiden ein Ende hatte. Aber die zurückliegenden Monate, eigentlich Jahre, hatten zu sehr in mein Leben, meine Persönlichkeit eingegriffen, als daß ich nun einfach in die Hände spucken und einen Neuanfang starten konnte. Nicht langfristig. Ein paar Tage lang schon. Diese Tage hatte ich in Grottammare mit den beiden Frauen erlebt und durchgefeiert. Die Geschichte ist aber zu gewöhnlich, um sie erzählen zu können. Ganz offensichtlich waren die beiden Mitbürgerinnen einfach nur späte Opfer der allgemeinen Pornographisierung von Staat und Gesellschaft, die eine direkt, die andere indirekt. Ich merkte schnell, daß ich nach meiner noch frischen, tiefgehenden Traumatisierung etwa anderes brauchte, nämlich Ruhe, Sicherheit, stillen Luxus, kurz: Rekonvaleszenz. Ich fuhr ganz unspektakulär zurück nach Deutschland, mit der Eisenbahn, um den Geldkoffer nicht kontrollieren lassen zu müssen. Natürlich hatte ich immer noch Angst, das Geld wieder verlieren zu können. Es dauerte Wochen, ja Monate, bis das anders wurde.

In Deutschland konzentrierte ich mich auf behutsame Arbeiten am Wiederaufbau meiner fast restlos zerstörten Existenz. Ich beeilte mich nicht. Nachdem es mir gelungen war, eine der beiden Wohnungen zu retten, ja sogar wieder elektrischen Strom darin zu beziehen, erfaßte mich eine ungewohnte Müdigkeit. Ich wurde schlafsüchtig. Vielleicht war das meine Art, etwas Schlimmeres abzuwehren, etwa einen posttraumatischen

257

Schlaganfall. Obwohl das unwahrscheinlich ist, denn echte Armut und Geldlosigkeit, wie ich sie erfahren hatte, kennen auch Milliarden andere Menschen, ohne daß sie der Schlag trifft.

Ich schlief also den ganzen Tag und die Nächte sowieso und ging immer nur für ein paar Stunden nach draußen. Ich war wahnsinnig gern allein und schrieb sogar ein Tagebuch. Das klang dann meistens ganz rührend lyrisch, etwa so:

»Ich kann mich nicht daran erinnern, daß der Himmel über Berlin je so blau gewesen ist wie gerade jetzt in dieser Stunde, nämlich wirklich mehr blau als hellblau. Von rechts fällt ein bombastisches Licht auf die beiden Bäume im Innenhof und zeichnet jeden Ast und jedes gelbe, rote und grüne Blatt kontrastreich und scharf gegen ebenjenen Himmel über der Holm-Friebe-Straße 36, in der ich immer noch wohne. Es ist der 17. August 2008 um 17.30 Uhr nachmittags, offenbar ein Montag. Ich habe in der letzten Woche ungewöhnlich viel geschlafen, insbesondere am gerade zurückliegenden Wochenende, da ich eine, ich mag es gar nicht hinschreiben, Zahnwurzelentzündung habe, was ich aber nicht akzeptieren will. Ich will nicht zu den Ärzten. Nicht ohne Kampf. Eine Entzündung ist eine Entzündung, und sie kann auch wieder weggehen. Man muß nur herauskriegen, woran es liegt. Ich werde jetzt einmal eine Viertelstunde darüber nachdenken …

Der Himmel ist nun nicht noch blauer, aber dunkler geworden, und eine andere, nicht-nur-blaue Farbe mischt sich hinein, Petrolblau, Graublau? Manchmal huscht ein fast beängstigend großer Schatten übers Dach, das muß ein Vogel in großer Ferne sein, der dennoch von der Sonne erfaßt und durch die klare Luft über Hunderte von Metern als Schatten abgebildet wird. Auf dem linken Baum läuft von unten nach oben etwas hoch, das ja wohl nur ein Eichhörnchen sein kann. Ich sehe genauer hin, entdecke auch Vögel in den oberen Ästen. Müßten die nicht vor dem Eichhörnchen weglaufen? Nein, sie wechseln nur den Ast.«

So schrieb ich damals, man mag es nicht glauben, wie ein 13jähriges Mädchen, ich, der Erfinder der schnörkellosen, transitiven Popschreibe – und ich schämte mich nicht. Ich dachte nicht darüber nach, und wenn doch, beruhigte ich mich damit, daß es noch Peinlicheres gebe, etwa ausgewachsene Männer, die Gedichte schrieben, und auch noch öffentlich vortrugen, zum Beispiel in »Open-Mike«-Wettbewerben, die mein armer Lektor van der Huelsen aufsuchen mußte, ohne sich die Ohren zuhalten zu dürfen.

Egal, ich schrieb so, und so lebte ich auch. Anstatt in der »Maxim-Biller-Bar« die Korken knallen zu lassen und Lokalrunden zu geben, ja anstatt die jungen Frauen auf den Tischen tanzen zu lassen – als Bild stellt sich Lilo Pulver in Wilders »Eins, zwei, drei« ein –, tat ich das genaue Gegenteil. Ich wurde, wenn auch nur für relativ kurze Zeit, Hermann Hesse.

Mir war die Lust am riskanten Leben anscheinend gründlich vergangen. Nie wieder Abgrund!, schien ich zu denken oder zu fühlen. Daß ich für das viele Geld eine Gegenleistung zu erbringen hatte, verdrängte ich erst mal. Lieber ging ich durch den Park am Friedrichshain oder um den Arnswalder Platz und setzte mich auf eine Bank, um mich ein paar Spatzen, die Brotstückchen von mir bekamen.

Auch das Fernsehen konnte mich nicht mehr fesseln oder die Zeitungen oder das Kino. Ich abonnierte die Frankfurter Allgemeine Sonntagszeitung, um zu lesen, was meine engsten ehemaligen Freunde dort schrieben. Auf diese Weise bekam ich dann doch ein bißchen von den beiden Ereignissen mit, die nach und nach die Welt beeinflussen sollten, nämlich die sogenannte Finanzkrise und zeitgleich den Aufstieg des schwarzen Präsidentschaftskandidaten Barack Obama, der schließlich sogar ins Weiße Haus einzog. Ich gönnte es ihm.

Mein Auto, der schrottreife Wartburg Tourist 353, kam mir inzwischen wie ein Symbol der schrecklichen Zeit vor. Ich erinnerte mich fast schon mit Ekel, wie er immer absoff, nicht ansprang, wie an jeder dritten Ampel die Kupplung versagte und der ganze Verkehr stockte. Wie die jungen Leute und Mitte-Hipster auf den hinteren Sitzen johlten, immer unterwegs zur nächsten Party, zur noch *besseren Party* als die, von der man gerade kam. Und ich am Steuer, aber nicht als Steuermann, nicht als Kapitän, sondern als Chauffeur. Wie hatte ich das nur alles ausgehalten? Wie hatte es nur soweit kommen können? Damals konnte ich mir Einsamkeit noch nicht leisten. Ich mußte mich rühren, mußte etwas versuchen, mußte mindestens ein kaltes Buffet erreichen. Ich mußte auf eine Chance hoffen. Das ging nur, indem ich abends ausging und tagsüber van der Huelsen endlose Briefe schrieb. Am Ende hatte er mich erhört.

Aber den Wartburg konnte ich nicht mehr sehen. Es wäre jetzt leicht gewesen, ihn instand zu setzen, doch ich gab ihn weg. Statt dessen machte ich mir das Vergnügen, Autosalons aufzusuchen und mir Neuwagen vorführen zu lassen. Das hatte ich schon seit Jahrzehnten nicht mehr getan. Mein letztes nagelneues Auto hatte ich 1995 erworben, als Volkswagen den Verkauf des Erfolgsmodells »Käfer« einstellte. Ich bekam eines der allerletzten Exemplare. Das mußte schon sein, schließlich hatte mir mein Vater immer von dem Fahrzeug vorgeschwärmt. Es war sein erstes eigenes Auto gewesen, damals im Rußlandfeldzug. Nach dem Käfer, den meine Frau behielt, holte ich mir den Wartburg, weil der keinen Marktwert hatte und nichts kostete, auch nicht im Unterhalt. Doch nun wollte ich einmal sehen, wo der Fortschritt in der Automobiltechnologie heute stand. Beide ehemaligen Autos, Käfer und Wartburg, waren Ende der 30er Jahre konstruiert worden. Jetzt sollte es ein Auto werden, das 70 Jahre danach entwickelt wurde. Da bot sich natürlich ein Japaner an. Oder der neue Opel Insignia, der gerade zum Auto des Jahres gewählt wurde. Schließlich kaufte ich einen fünftürigen schneeweißen Cuore. Das Auto besaß ein Navigationssystem und bestach durch absolute Laufruhe.

Manchmal, wenn ich nicht gerade schlief, machte ich einen kleinen Test. Ich stöpselte das Telefon ein und nahm den nächsten Anruf entgegen, wer immer es auch war. Es war natürlich immer Elena. Seitdem sie mein neues Auto gesehen hatte, hatte sich ihre Einstellung zu mir sehr zum Positiven gewandelt, was mich ehrlich freute. Bei der ersten Fahrt hatte sie vor Aufregung mit ihren Stiefeln das Navigationssystem zertreten, das noch unausgepackt vor dem Beifahrersitz im Fußraum stand. Elena hatte instinktiv die Gegenstände als »Müll« registriert und zugetreten, denn bei ihr in der Wohnung stand der Müll auch immer kniehoch auf dem Teppich. Zum Glück konnte ich das komplizierte technische Gerät noch umtauschen, der Händler war kulant, hielt mich allerdings fortan, nachdem er Elena gesehen hatte, für einen Zuhälter. Als spießiger Automobilverkäufer hatte er von der gängigen Lady-Bitch-Ray-Mode noch nichts mitgekriegt. Elena erzählte mehr als lauthals ihre neuesten Fickgeschichten, und ich lächelte altersmilde. Gewiß hätte ich lieber etwas anderes gehört im Beisein von Zeugen, ehrlich gesagt wäre mir *alles* andere lieber gewesen, zum Beispiel Gedichte von ausgewachsenen Männern, aber ich war einfach frei von Groll geworden.

Ich hatte schon ziemlich frühzeitig begriffen, eigentlich schon bei den zwei Frauen in Grottammare, daß sich mein Status grundsätzlich geändert hatte. Oder es war jedenfalls so eine Ahnung. Ich wollte gar nicht darüber nachdenken. Ich ahnte also, daß ich nie mehr der sein würde, der ich noch im Sommer gewesen war. Selbst wenn ich es wollte. So wie Lady Diana, nachdem sie den Prince of Wales geheiratet hatte, nie wieder die einfache Volksschullehrerin werden konnte, oder was auch immer sie vorher gewesen war. Die Menschen sahen mich jetzt einfach anders. Wenn ich dem Kellner mit einem unmerklichen Wippen der Hand zu verstehen gab, daß er mir nichts mehr herausgeben mußte und das überhöhte Trinkgeld behalten durfte, wußte er, wo ich stand. Nämlich oben.

Am deutlichsten merkte ich es bei den Singlefrauen, aber auch bei allen anderen, sozusagen nichtpaarungswilligen Frauen war dieses Leuchten plötzlich da, das ich entweder nicht gekannt hatte oder das ich vergessen hatte. Nur: Ich konnte und wollte nicht darauf eingehen, denn ich war innerlich noch krankgeschrieben. Ich wollte auch nicht mit Elena koksen oder gar mithilfe des verabredeten Notgeil-Paragraphen ins Bett gezogen werden. Am meisten fürchtete ich mich vor Jens Tuborg, dessen zudringliche Mail-Nachrichten in immer kürzeren Abständen bei mir eintrafen. Es mochte damit zu tun haben, wie ich mir sagen ließ, daß Jens in einen finanziellen Engpaß geraten war.

Das hieß übrigens nicht, daß er plötzlich ärmer als ich war oder gar so arm, wie ich vorher gewesen war. Nein, er hatte inzwischen tatsächlich eine Festanstellung als Redakteur im Kulturressort des Nachrichtenmagazins DER SPIEGEL ergattert, und die Leute dort verdienten extrem gut. Mein ehemaliger Freund aus diesem Bereich, Matthias Matussek, berichtete mir mehrmals ziemlich atemlos, Jens Tuborg solle sogar Kulturchef werden, also seinen Posten bekommen. Das war vollkommener Unsinn. Selbst als Redakteur mußte Jens ziemlich überfordert sein. Wie als Finanzberater. Er war jedenfalls der erste in meinem Bekanntenkreis, der diese Probleme wirklich hatte, von denen die Medien gebetsmühlenhaft berichteten: Kreditkündigung, Wertverlust, Pleitepapiere, Zahlungsunfähigkeit. Mit einem Offenbarungseid konnte er beim SPIEGEL nicht bleiben, deshalb suchte er nun verstärkt wieder meine Freundschaft. Ich ließ ihn aber zappeln, aus Trägheitsgründen. Erst als Luna eine aufwühlende Mail schickte, verabredete ich mich. Vielleicht konnte man sich ja zu dritt irgendwie einig werden. Ein bißchen Geld konnte ich schon entbehren, denn der warme Regen des Verlages hatte mich dauerhaft saniert. Dank dem guten van der Huelsen hatte ich mit allen Boni, Einmal- und Sonderzahlungen, Umsatz- und Mehrwertsteuern einen fast fünfstelligen Komplettbetrag eingestrichen! Bei der Lebensweise, die ich mir angewöhnt hatte, konnte ich das, selbst wenn ich 100 Jahre alt wurde, nicht allein ausgeben.

Aber ich arbeitete daran, etwas weniger knauserig in den Tag zu gehen. Zum Beispiel speiste ich nun immer schlecht, aber teuer im Restaurant »Brot & Rosen«. Es war wie ein Kompromiß aus sparsam sein und etwas ausgeben. Das schon erwähnte italienische Speiselokal war einmal der einzige Italiener in der sogannten »DDR« gewesen, also der sowjetischen Besatzungszone Ostberlins, und das Stammlokal Günter Mittags, damals Wirtschaftsminister des Unrechtsregimes, der sich hier junge Theaterschauspielerinnen zuführen ließ. Ich mochte den alten Holzfußboden, die braunen Bohlenbretter, überhaupt die gänzlich in abdunkelnden Nußbaum gehaltene Inneneinrichtung. Alles war aus diesem muffigen alten »DDR«-Holz, auch die Rahmen der Doppelfenster, die Zwischenwand, die Bar, die schlichten wackeligen Stühle. Hier war seit der Wende kein Pfennig mehr investiert worden, und deshalb kostete das teuerste Spaghettigericht auch nur vier Euro. Ich tat so, als sei ich ein alter »DDR«-Bonze, oder ein Nachfahre davon, und redete die Bediensteten mit »Kellner!« an, manchmal sogar, wenn ich »Weltniveau« demonstrieren wollte, mit »Garçon!«. Danach tat ich immer besonders liebenswürdig, und siehe da: Die Leute wieselten hocherfreut um mich herum. Meistens las ich einfach die Zeitung, bis das Essen kam, das »Neue Deutschland« oder Broschüren der immer noch existierenden Freien Deutschen Jugend. Es waren ruhige Stunden, die mir gefielen, in meinem neuen ruhigen Leben. Nie ging ich in Gesellschaft in dieses schöne Lokal, denn ich wollte mich nicht anstrengen. Nie mehr.

Es war viel leichter, in Erinnerungen zu leben, als reale Konfrontationen mit Menschen auszuhalten. Wenn Elena mich nachts zu einem Spätkaufladen zog und ich ihr eine Flasche Veuve Cliquot für 59 Euro kaufen mußte, hatte das bereits etwas nervlich Anstrengendes für mich, ich weiß nicht, warum. Wenn ich dagegen im milden Licht des frühen Oktoberabends allein und gedankenversunken durch den hügeligen Park am Friedrichshain schlenderte und mich an das Schlittenfahren im Schnee erinnerte, das ich an gleicher Stelle einst als junger Mann mit Holm Friebe und seiner Clique erlebt hatte, war das nur schön, so antimateriell, ein kurzes zartes Hellwerden im Gehirn. Mein Leben war also auch einmal herrlich gewesen, vor dem Absturz in die Armut, aber es konnte nicht einfach wieder gut werden, jetzt, als wäre nie etwas Furchtbares geschehen.

So nach und nach mußte ich das wahre Ausmaß des Absturzes erst realisieren und verarbeiten. Als es real passierte, hatte ich mir das gar nicht leisten können. Ich begriff nun, daß ich als ein Mann dastand, der von einer hochbürgerlichen, knallharten und durchtrainierten, allseits geachteten Karrierefrau an eine sentimentale Asoziale mit Riesenbrüsten weitergereicht worden war. Ich konnte mir gut vorstellen, wie alle anderen Karrierefrauen inzwischen von mir dachten. Nur die Männer bewunderten mich, aber auch nur, weil Elena als Mittzwanzigerin als knackig galt. Sie hatten ja keine Ahnung, wie es war, von diesen überdimensionierten festen Milchtitten schier erschlagen zu werden, wenn das heillos besoffene Mädchen sich im Schlaf röchelnd umdrehte ... Als homme des femmes wußte ich die enorme Festigkeit ihres Bindegewebes durchaus zu schätzen; dergleichen hatte ich noch nie zuvor erlebt. Auch vergaß ich bei allen vulgären Zügen nie das zweite, das andere Gesicht meiner kleinen großen Freundin: ihr Talent als Modemacherin. Aber mir hatte das alles überhaupt nicht gutgetan.

Ich bekam nun ein besonderes Gespür für Veränderung. Waren wirklich nur ein paar Monate vergangen, maximal zwei oder zweieinhalb Jahre? Das Lokal »Schwarzer Rabe«, Mittelpunkt der kreativen Szene in Mitte, gab es plötzlich nicht mehr. Hier hatten in der Schröder-Ära die Maler, die Politiker, die Start-up-Gründer verkehrt. Doris Schröder-Köpf hatte einen eigenen Tisch, meine Nichte Hase kellnerte, ihre Freundinnen tummelten sich in diesem neuen Fin-de-siècle-Zauber, der in den Nullerjahren ausgebrochen war. Das Wort müßte natürlich anders lauten, Matin-de-siècle oder so, aber dann verstünde man es nicht, also diese aufgekratzte, unbeschwerte Stimmung, diese Hemmungslosigkeit ohne Angst; in den Goldenen 20er Jahren war es ja auch hoch hergegangen, übrigens auch im »Schwarzen Raben«, den es damals schon genauso, mit derselben Möblierung gegeben hatte, aber die Freude kannte bereits den drohenden Abgrund auf der anderen Straßenseite. Nun, wie auch immer, ob naiv oder doppelbödig, nun gab es gar keine Freude mehr, kein Lokal, sondern statt dessen eine weitere leerstehende Edelboutique, gesichts- und geschichtslos, global, tot. Ich erschrak nicht wenig.

Aber auch sonst war nichts mehr wie früher, fand ich auf einmal. Holm Friebes Modelfreundin arbeitete nicht mehr bei »Bild online«. Gab es überhaupt noch sogenannte Onlineredakteure? Das ganze Gebiet schmeckte nach einer vergangenen Ära. Wer sprach noch von digitalen Revolutionen? Man hatte weiß Gott andere Sorgen. Philipp Rühmann war bei der »American Academy« rausgeflogen. Ein unfaßbarer Tatbestand. Man konnte sich Philipp unmöglich als etwas anderes vorstellen als den Mann, der in beiden Kulturen zu Hause war, der deutschen und der amerikanischen, und sie moderierend verband, in fast täglichen Veranstaltungen, Lesungen, Abendessen. Und nun? Er lief als abgerissener Slacker durch Berlin-Mitte. Es war fast so absurd, als hätte er eine Wohnung im alternativ verratzten Friedrichshain genommen. Manchmal kam ich am »Borchardt« vorbei, auch so ein Lokal wie der »Schwarze Rabe«, und dachte, Philipp könne dort vielleicht sitzen, mit einem neuen New Yorker Star-Schriftsteller. Aber dann saß ich dort allein und nippte an einem weißen Martini für elf Euro. Philipp doesn't live here anymore, murmelte ich, passend in seiner geliebten englischen Sprache. Vielleicht war er nur geflohen, weil er mich rechtzeitig erkannte und befürchtete, mir wieder den Drink bezahlen zu müssen. Dabei hätte ich diesmal *ihn* eingeladen, ganz im Ernst …

Wenn ich so einsam in den ehemals boomenden Lokalen saß, dachte ich manchmal, ganz selten, daran, daß ich ja eigentlich meinen Roman schreiben mußte, jenes voluminöse Werk, für das van der Huelsen diesen unterirdisch fetten Betrag lockergemacht hatte. Ich dachte jedesmal ungern daran, aber der Lektor saß mir nun einmal im Nacken. Er schrieb mir fast wöchentlich, wie sehr er sich auf »den Text« freue. Was für ein ekliges Wort, *den Text*. Seine etwas geistesabwesende Art hatte er mir gegenüber aufgegeben. Er war richtig engagiert geworden, dachte positiv, war nett und zupackend. Irgendwann begann er sogar, bei mir anzurufen. Erst auf dem Handy, dann sogar, als das Telefon bezahlt war, auf dem Festnetz. Auch wurden seine E-Mails immer euphorischer, länger, und vor allem trafen sie in immer kürzeren Intervallen bei mir ein. Einmal überlegte ich mir schon, sie klammheimlich unter »Spam« einzuordnen. So etwas war technisch möglich. Aber wenn es herausgekommen wäre, hätte ich wie ein Arschloch dagestanden. So trafen mich van der Huelsens fast tägliche Botschaften weiterhin wie kleine Nadelstiche und erinnerten mich daran, daß ich bald mit dem Schreiben zu beginnen hatte. Auch für van der Huelsen war die Welt nicht leichter geworden in den zurückliegenden, ruhigen Monaten. Ich war anscheinend der einzige, der sie genossen hatte. Ein Partnerverlag in Amerika war im Laufe der sogenannten Finanz-, später Währungs-, schließlich Wirtschaftskrise zusammengebrochen, und für die deutschen Mitarbeiter bedeutete das weniger Gehalt, gekürzte Sonderzahlungen, wegfallendes Weihnachtsgeld, vor allem aber: Angst um den Arbeitsplatz. Ich konnte verstehen, daß ich nun für meinen braven Lektor, dem ich meinen Aufstieg verdankte, die letzte Hoffnung auf den großen befreienden Coup war.

Aber worüber sollte ich schreiben, ausgerechnet jetzt? Es ging mir gut, und das wollte natürlich niemand hören in Zeiten der Großen Depression. So verdrängte ich das erst mal. Ich traf mich mit unverdächtigen Zeitgenossen, zum Beispiel meinem Bruder. Diesen Luxus hatte ich mir schon seit Jahren nicht mehr erlaubt. Ich hätte es nicht gemocht, Fragen über meine gescheiterte Ehe zu beantworten und so weiter. Nun war es mir egal. Ich wußte, daß ihn mein neuer japanischer Mittelklassewagen so beeindrucken würde, daß schadenfrohe Zweifel an meiner Lebenslage gar nicht aufkommen würden. So gingen wir an einem Sonntag nachmittag im fernen Ostteil der größten deutschen Stadt spazieren und unterhielten uns über unsere Eltern. Und über unsere gemeinsame Kindheit. Das taten wir immer, und zwar in einem soziologischen Duktus, den wir uns bereits im letzten Drittel des vergangenen Jahrhunderts zugelegt hatten. Es ging uns immer darum, die Familienkatastrophe zu erklären. Darauf waren wir fixiert wie deutsche Mainstreamfeuilletonisten auf den Holocaust. Die Familienkatastrophe erfolgte im Jahre 1969, als unser Vater einem innerparteilichen Gegner unterlag, was einen Dominoeffekt in der Lohmerschen Welt auslöste – aber das ist eine andere Geschichte.

Diesmal berichtete mein Bruder von einem Detail, das ich noch nicht kannte und das heikel war. Er senkte die Stimme und ging etwas geduckt, als er davon sprach, als 14jähriger Zeitungsjunge gewesen zu sein. Es klang wie das Geständnis von Leuten der Flakhelfergeneration, mit 16 ein Eintrittsformular der SS unterschrieben zu haben. Mein Bruder sagte, als Zeitungsjunge habe er niveaulose Fernsehzeitschriften wie »Bunte« und dergleichen auch in einem Viertel austragen müssen, von dem behauptet wurde, dort lebten »die Flüchtlinge«. Es waren aber gar keine richtigen Häuser. Es gab auch keine richtigen Eingänge. Die barackenartigen einstöckigen »Wohnungen« betrat man über ebenerdige Balkone. Auf diesen Balkonen standen erwachsene Leute in unansehnlichen Bademänteln – das war das, was heute Jogginganzüge sind –, rauchten Zigaretten und stanken schon am frühen Nachmittag nach Alkohol. Für meinen Bruder war das natürlich ein Schock. Erst jetzt, so viele Jahre später, konnte er mit mir darüber reden.

»Ja, nicht wahr, das ist unheimlich«, antwortete ich, »also daß du sozusagen als Kind die ersten Ausläufer jenes Phänomens beobachten mußtest, das heute die gesamte Gesellschaft prägt.«

Ich meinte die Zunahme der Unterschicht und die sie tragende Unkultur des Unterschichtsfernsehens, aber das mußte ich meinem Bruder nicht sagen.

Ich fuhr mit ihm einmal um den Block, er durfte das Navigationssystem ausprobieren. Dann verabschiedeten wir uns herzlich. Er sagte, es hätte ihn so sehr gefreut, daß ich ihn besuchte, und ich konnte das Kompliment nur zurückgeben. Nun hätte ich einfach nach Hause fahren und ein bißchen schlafen können. Aber leider hatte Elena mich während des Spaziergangs auf dem Handy erreicht, und ich akzeptierte ein kurzes Treffen in der »Maxim-Biller-Bar«.

Meine Skepsis war berechtigt gewesen. Das liebe Kind hielt mir einen lange vorbereiteten Vortrag über die Finanzkrise. Das konnte nur bedeuten, daß ich ihr Geld geben sollte. Jetzt, da ich ihr nichts mehr schuldete, konnte sie nicht einfach plärren:

»Wo ist mein Geld?!«

Sondern mußte sich eine Geschichte ausdenken, eine Verpakkung. Eine Neuauflage des Notgeil-Paragraphen inklusive strategischer sexualökonomischer Erweiterungen hatte ich bereits abgelehnt. Nun also die Finanzkrise. Seltsamerweise wurde ich in diesen Wochen aber gut darin, Wünsche abzulehnen. Man kann das trainieren. Die fliegt einem richtig zu, diese Fähigkeit. Es heißt ja auch: Der Mann wächst mit der Aufgabe. Es geht darum, daß Leute, die nichts von einem bekommen, am Ende voller Liebe und Dankbarkeit vor einem stehen, als hätte man sie sehr wohl beschenkt und mit Geld überschüttet. Und so verabschiedete ich mich diesmal frühzeitig und mit konziliantem Lächeln, während Elena aufrichtig versprach, nie mehr Drogen zu nehmen und keine fremden Männer mehr zu ficken. Unsere Beziehung entwickelte sich endlich in die richtige Richtung.

Natürlich traf ich in meiner vergnügten Wiederanlaufphase nicht nur meinen guten alten Bruder – er hieß übrigens Ekkehardt –, sondern auch meinen legendären Lieblingsneffen Elias, mit dem ich ein paar Jahre in Berlin zusammengewohnt hatte, als dieser sein Abitur machte. Er war vorher im faschistoiden Bayern, in dem damals noch nicht Seehofer herrschte, sondern Nachfahren und Gesinnungsgenossen des Oberfaschos Franz-Josef Strauß, dreimal durchgefallen. Nun stand Elias wieder vor meiner Tür. Vielleicht hatte er von meiner seltsamen finanziellen Rettung erfahren, vielleicht auch nicht; dann kam er nur aus menschlichen Motiven und wollte nach mir sehen. Ich packte ihn selbstverständlich sofort in das neue Auto, und er begann mit dem Navigationssystem zu spielen. Man konnte richtig sehen, wie Pawlowsche Spielreflexe ihn geradezu *zwangen*, mit dem Zeug Unsinn anzufangen. Er programmierte das ganze System um, machte eine Spielekonsole daraus. Die Fahrbefehle der französischen Frauenstimme kamen immer noch, aber falsch, absurd und irreführend. Gleichzeitig gab Elias eingene Fahrbefehle, die dem zuwiderliefen, und schließlich hatte ich auch noch eigene Vorstellungen vom Straßenverlauf. Der hintere Bereich des Autos füllte sich mit blutjungen Mädchen, auf die Elias, inzwischen stolze 30 Jahre alt, scharf war und die er allesamt »aufgestellt« hatte. Ich konnte mit diesen harmlosen, durchaus sehr netten und gut erzogenen Geschöpfen nun gar nichts anfangen, außer ein bißchen aufmunternder Konversation. Die Jugend von heute ist rührend nett, aber das wußte ich ja bereits. Ich wußte überhaupt schon alles. Daß Elias alle 20 Minuten einen Joint rauchen würde, sich in das einzig abweisende Mädchen unsterblich verlieben und sie aber nicht im Traum kriegen würde. Eine blöde Rechnung war das, wie man es auch drehte und wendete. Ich erinnerte mich wieder an die alte eigene Wahrheit, daß man alle Lebenserfahrungen in der Zweierbeziehung machte. Wer nun beziehungsunfähig war und somit nie eine Zweierbeziehung erlebte, blieb immer auf dem gleichen Stand, so wie Elias. Er war noch immer 16. Das machte ihn mir aber nicht unsympathisch. Ich würde ihn immer wie einen Sohn mögen, nur brachte mich dieses konfuse orientierungsgestörte Gekurve im überfüllten Kifferauto um den Verstand. Die Folge war, daß ich ihn erst mal lieber nicht wiedersah. Eigentlich schade. Auf lange Sicht mußte ich auch ihn auf den richtigen Weg bringen, wie Elena. Der schöne neue japanische Mittelklassewagen roch noch lange danach wie eine Haschisch-Stube in Kandahar, und ich hatte Glück, daß kein Polizist in die Nähe kam. Der hätte sofort seinen Anteil verlangt.

Eines Tages meldete sich Victoria wieder bei mir, die schöne Vollschwarze aus Johannesburg. Den ganzen Sommer über hatte ich nichts mehr von ihr gehört. Ihre Stimme klang jetzt ganz nett, ohne die frühere Aggressivität. Sicher hatte sie erfahren, was aus mir inzwischen geworden war, also ein erfolgreicher Schriftsteller, der im Geld schwamm, der heiße Tip des kommenden Buchjahres. Es war keine Schande, mit so jemandem zu schlafen. Ich schaltete mein neues Navigationssystem ein und ließ mich in die asoziale Ungegend fahren, in der Victoria wohnte, Moabit.

Sie nahm gerade bei Nachbarn das Abendessen ein, bei einem Algerier, der mir öffnete. Die kleine Zweizimmerneubauwohnung war mit vielen freundlichen Menschen gefüllt. In dem einen Raum wuselten ein gutes Dutzend Erwachsene um Tische, Sessel, Stühle, in dem anderen saßen viele Kinder vor einem Fernsehapparat. Die Umgangssprache war Deutsch, auch wenn in kleineren Gruppen oder zu zweit arabisch, russisch, donkosakisch und ukrainisch gesprochen wurde. Der Algerier war mit einer in der Ukraine geborenen nationalistischen Russin verheiratet, die die Aufnahme der Ukraine in die Nato als Verbrechen brandmarkte. Er besaß angeblich den Doktorgrad. Ein anderer Nachbar holte eine kleine Flasche nordkoreanischen Alkohols aus seiner Wohnung: ein sensationelles Gesöff. Dreimal täglich sollte man einen Fingerhut davon zu sich nehmen, um den Blutdruck zu senken. Ich trank in schneller Folge die drei Einheiten weg und fühlte mich gleich wie »der liebe Führer« Kim Il Sung II, also großartig.

Ich sah nun, wie lieb die Menschen hier waren. Nur Victoria selbst paßte nicht ganz dazu, weil sie meist griesgrämig vor sich hin starrte wie eine Böses ausbrütende Voodoo-Priesterin oder häßlich laut auflachte. Aber schön war sie trotzdem noch. Ihre Gesichtszüge waren bemerkenswert streng wie die einer britischen Oberschichtsblondine mit Vaterkomplex, gar nicht wie die einer Negermami. Sie war noch schöner als Obama und weniger hell. Nun, da sich der Beginn des Obama-Jahrzehnts abzeichnete, paßte eine schwarze Freundin ganz gut in die Zeit, dachte ich und nahm ihr ihre negative Ausstrahlung nicht krumm. Ich erinnerte mich an Elenas Reaktion damals, als sie erfuhr, daß ich mit der Schwarzen in ihrem, Elenas, Bett gewesen war. Sie hatte wirklich geglaubt, die Laken seien dadurch dunkel geworden und müßten mit Extrableichmitteln nachgewaschen werden. Ich mußte nun darüber schmunzeln. Es war sicher nicht nur verdeckte Eifersucht gewesen, eher die Angst vor weiterem sozialem Abstieg. In dieser Hinsicht war ja nun alles anders geworden …

Ich freute mich an den geradezu bezaubernden Menschen in dieser bescheidenen Umgebung, und ich hatte mit einem Male das für mich völlig neuartige Bedürfnis, ihnen etwas Gutes zu tun. Es waren Ausländer, und denen wollte ich als Deutscher helfen. Sie lebten in unserem Land, waren unsere Gäste, hatten so viele Kinder und mußten doch mit wenigen Tausend Euro Sozialhilfe im Monat auskommen. Glaubte man Melanie Butenschön, so mußten sie sogar die Lernmittel ihrer Kleinen teilweise selbst entrichten. Das wollte ich nun ändern. Aber wie? Ich drückte dem ältesten Sohn des Arabers einen Fünfeuroschein in die Hand. Dann fiel mein Blick auf einen älteren Holzsessel, dem eine Strebe in der Lehne fehlte und der bereits recht wackelig aussah. Mehrere Schrauben standen etwas vor, die mußte man festziehen. Das Ding kam definitiv vom Sperrmüll, hatte keinerlei Wert. Ich bot dem Hausherrn nun an, ihm diesen »sehr wertvollen Holzsessel« für 150 Euro abzukaufen. Der Mann war natürlich hocherfreut, und so konnte ich ein gutes Werk tun, ohne daß der stolze Berber sein Gesicht verlor. Seine Frau, die besser Deutsch sprach als er, weinte vor Glück. Sie sagte, sie habe sofort mein Gesicht gesehen und gewußt: »Das ist ein guter Mensch.«

Victoria verfolgte das alles genervt. Den Fusel aus dem stalinistischen Nordkorea hatte sie natürlich verschmäht. Sie dachte nämlich fortwährend, sie sei »etwas Besseres« und sagte das auch gern und oft. Aber ich wollte, daß auch sie von der positiven Stimmung im Raum erfaßt würde. Ich dachte, wer so lange Beine hatte wie sie und so knackige kleine Pobacken darüber, mußte ebenfalls geehrt werden. Wie konnte ich ihr helfen? Ich sagte, für Victoria sei der Korea-Schnaps nicht gut genug, ich wolle ihr Champagner besorgen. Das war gelogen, denn Champagner hatte keinesfalls eine größere Wirkung, ganz im Gegenteil. Ich hatte von Champagner noch nie etwas anderes bekommen als Depressionen. Es war das Getränk der Mode-, Werbe-, Medien-, Nutten- und PR-Welt. Wer das trank, wollte vertuschen, daß ihm zum Heulen zumute war. Aber Victoria ging sofort darauf ein, was zur Folge hatte, daß wir bald aufbrechen mußten.

Ich schied als neuer Freund des Hauses. Die Frau des Arabers machte mich nachdrücklich mit ihrer ukrainischen Freundin bekannt, die angeblich heiraten wollte. Alle bestätigten das, und sie selbst auch.

»Ich möchte heiraten, aber nur, wenn alles perfekt ist!«

Sie meinte damit, daß sie sich bis dahin aufheben würde. Sie wirkte auf mich in der Tat wie ein braves Mädchen, das nicht in der Gegend herumhurte. Aber sie war schon um die 40 und hatte graue Haare. Eigentlich gefiel mir die Mischung, zumal sie ein ebenmäßiges Gesicht hatte und sich vehement für den Eintritt ihrer Heimat in die Nato aussprach.

Die Kinder begleiteten uns in freudiger Erregung bis zum Auto. Sie waren offener und fröhlicher als deutsche Kinder, ich fand sogar: besser erzogen. So hatte mir bei meiner Ankunft ein achtjähriger Junge bereitwillig die Tür aufgeschlossen und mich freundlich begrüßt, anstatt furchtsam wegzulaufen. Jetzt verstaute er den morschen Türkensessel im Fond meines Luxuswagens. Wir parkten genau vor dem Familienauto des Arabers, einem Porsche Cayenne, und der setzte ihn lautlos einen Meter zurück, damit wir mehr Platz zum Verstauen hatten.

»Sieh einer an, der Herr fährt ja ein stattliches Auto ...«, murmelte ich anerkennend, »und das als Ausländer, der sich fern der Heimat durchschlagen muß: respect!«

Victoria widersprach. Es ginge den Leuten gerade nicht so gut, die Lage habe sich dramatisch verschlechtert. Der Autoschwarzmarkt sei praktisch zum Erliegen gekommen.

Ich stellte das hypermoderne Navigationsgerät auf das neue Ziel ein, nämlich die Auguststraße in Berlin-Mitte, wo eine bedeutende Großparty der »Kunstwerke« stattfand. Unter dem Namen »Political / Minimal« stellten Damien Hirst und Hans Haacke Bilder der letzten Erfolgsjahrzehnte aus. Bei dem Wort »Political« ging in Berlin immer noch ein Ruck durch die Szene, und alle machten sich auf den Weg. Diesmal waren es viele Tausend. Und das waren die Besten der Besten, aus der ganzen Welt. Eben die internationale Kunstszene. Ihr Lieblingsort war definitiv NICHT Schanghai, auch nicht London, New York oder gar das dämliche Miami, sondern Berlin. Das wurde mir in dieser glitzernden, klirrend kalten Novembernacht bewußt, und es gefiel mir. Die Finanzkrise hatte die Welt nicht häßlicher machen können. Ich sah in die beseelten Gesichter der weltläufigen Kunstfreunde, geprägt von Geld, Geschmack und Feingefühl. Vor allem die Frauengesichter leuchteten geradezu, vor allem, als beim feinen 500-Dollar-Dinner rührende Reden gehalten wurden. Etwa hundert Leute saßen in einem großen Tischerechteck im Kerzenschein beisammen und lauschten innig den unzähligen Gruß- und Dankesworten der Veranstalter, Künstler, Galeristen und Kunstsammler. Am Ende war wohl jeder der Hundert irgendwie freundlich erwähnt und gepriesen worden. Trotzdem staunte ich nicht schlecht, als ich zwischendurch auch meinen Namen hörte. Die Leute waren einfach sehr aufmerksam, und so sagte Feridun Zaimoglu, eigentlich wie ich nur ein Schriftsteller und mit dem Kunstbetrieb nur interessehalber verbunden, ein paar salbungsvolle Worte auch in meine Richtung, in diesem schauderhaften und daher besonders sentimenttreibenden Englisch:

»And I just saw a good old friend of international art work, Johannes Lohmer, in this room, and I know, he is a very sensitive guy, and it costs him a lot to go out and socialize with people, so it is a big, big pleasure for me and for us to have him with us now, thanks a lot for coming and helping us, Johannes Lohmer!«

Ich erhob mich kurz und dankte knapp; nur ein schnelles Dämpfen des Beifalls mit einer wegwerfenden Handbewegung. Es kannte mich ohnehin niemand außer Feridun Zaimoglu. Doch ich täuschte mich. Auch Elena Plaschg hatte es bis in den erlauchten Dinnersaal geschafft, sie hatte Feriduns Grußnote gehört und erhob sich krachend. Gläser fielen um, eine Rotweinflasche zerschlug auf dem Boden, Leute reagierten erbost und begannen zu schimpfen. Klar, Elena war auf dem Weg!

Sie schaffte es, daß nun endgültig alle von mir Notiz nahmen. Die Leute wollten befremdet wissen, auf wen denn dieses Sexmonster bloß zusteuerte. Elena drückte den neben mir sitzenden Hamburger Sammler, einen semmelblonden Mittvierziger mit 80er-Jahre-Tolle und heller Babyhaut auf den runden Bakken, einfach beiseite und plapperte auf mich ein. So war ich von zwei aufsehenerregenden Frauen eingerahmt, der aggressiven lackschwarzen Schönheit aus Johannesburg und der Porn-star-Ikone Elena Plaschg aus der Kölner Unterschicht. Auf diese Weise wurde wiederum Rainald Goetz auf mich aufmerksam, mein lebenslanger Schriftstellerfeind. Er war in dem anschließenden Raum, in dem auch die Kunst hing, und ließ durch seine Anhänger die verschiedenen Eingänge so versperren, daß ich beim Verlassen des Dinners an ihm vorbeigehen mußte.

Und so kam es auch. Ich sah ihn relativ früh, und ich merkte, daß er sich auf die Begegnung bereits freute. Da nahm ich mir vor, ihn reserviert, aber respektvoll zu behandeln. Die Menschen standen dichtgedrängt. Man kam nur schrittweise voran.

Schließlich waren wir nur noch anderthalb Meter voneinander entfernt, und Rainald Goetz kämpfte sich frei, stieß gewaltsam in meine Richtung vor und zwang mir seine Hand zum Händedruck auf. Gleichzeitig schoß er mit dem Kopf nach vorn, ich dachte schon, er wolle mir einen Kopfstoß geben, aber er drehte seitwärts ab, um mir etwas ganz nah ins Ohr zu brüllen. Man kennt diese Bewegungsabläufe aus dem Nachtleben, den viel zu lauten Clubs, in denen mein Feind verkehrte. Dort konnte man nur miteinander reden, wenn man seinen Mund direkt vor das Ohr des anderen preßte und losbrüllte. Aber hier, in der großen Halle der Kunstwerke, war es gar nicht laut. Es war also nur ein Reflex von Goetz, er kannte es nicht anders. Er schrie also:

»Lange nichts mehr von dir gelesen! Eigentlich sehr schade! Gerade heute wieder im Blog nachgeschaut, da ist immer noch der blöde Obama nur drin! Solltest wieder mehr schreiben!«

»Ja, hab ich mir auch gedacht. Jedenfalls einmal im Monat.«

»Ja! Genau!«

Ich sah ihn eine halbe Sekunde lang reserviert freundlich an, lächelte kurz und ging weiter.

Ein guter Auftritt, zweifellos. Ich dachte daran, wie schlecht noch vor wenigen Wochen mein Ruf gewesen war, mein sogenanntes »Standing«. Rainald Goetz hatte öffentlich erklärt, also geschrieben und drucken lassen, daß mein gesamtes Schreiben objektiv erbärmlich geworden sei und ich damit endlich aufhören solle. Dabei schrieb ich zu dem Zeitpunkt kaum noch, vor allem: Es veröffentlichte mich keiner mehr. Ich war am Ende, strich um die Suppenküchen für die Obdachlosen herum, und Goetz, der mich seit 20 Jahren beobachtete, hatte das natürlich mitbekommen. Es war der ideale Zeitpunkt, um nachzutreten, also nach dem legendären Nietzsche-Wort das zu treten, was schon fällt. Er hatte den jahrzehntelangen Kampf gewonnen. Er war Rom, das nach dem Dritten Punischen Krieg das geschlagene Karthago auch noch schleifen ließ. Und doch – das Blatt hatte sich wider alle Erwartung noch einmal gewendet. Jetzt mußte Goetz zittern, denn sein Verlag war voll in die Buchkrise gerutscht. Es gab nämlich parallel zur Finanz- und Wirtschaftskrise nun auch noch eine Buchkrise. Man rechnete mit einer Halbierung aller Umsätze binnen zweier Jahre. Und sein Verlag spuckte in nächster Zeit bestimmt keinen Vorschuß mehr aus, vielleicht *nie* mehr. Ich dagegen hatte meinen schon. Wahrscheinlich war es ein Mißverständnis, eine Schludrigkeit, wie die 300 Millionen Euro, die eine bundeseigene Großbank der amerikanischen Bank Lehman Brothers überwies, obwohl diese bereits Konkurs angemeldet hatte. Wie auch immer, ich *hatte* das Geld und mein Schriftstellerfeind nur ein Manuskript. Also nichts, nach Lage der Dinge. Ich hatte Frauen, er hatte Fans. Sie standen mit offenen Mündern zu dritt um ihn herum und nickten bei jedem seiner hektischen, unnatürlichen Worte heftig mit den Köpfen, wie ich aus den Augenwinkeln sah. Davon kann er sich auch nichts kaufen, dachte ich, denn er war ja nicht schwul. Aber ich hatte mit meinen Frauen auch nicht nur die reine Freude. Zunächst bedrohte Elena Plaschg die Stimmung mit seltsamen Wutausbrüchen gegen die anwesenden Kunstfreunde. Sie hatte bereits erhebliche Mengen getrunken, Rotwein, Wodka, Bier, in dieser Reihenfolge:

»Ich glaube, ich hasse diese reichen Kunstmäzene, diese verfickten, verblödeten, einfallslosen Arschkriecher, die sich, weil sie sich in ihrem verfickten, saublöden, superlangweiligen, gähnend langweiligen Scheiß-Fick-Millionärsleben zu Tode langweilen, zur Unterhaltung irgendwelche armen, jungen Künstler halten, die ihnen dann das Gefühl vermitteln sollen, ihr verficktes, arschlangweiliges Leben sei *interessant*! Ich meine, ich hasse es einfach, wenn solche verfickten …«

Und sie sagte den ganzen Satz gleich noch mal. Und dann noch mal. Ich sagte behutsam:

»Elena, ich glaube, wir wissen, was du sagen wolltest.«

Aber sie war nicht zu stoppen. Sehr betrunkene Frauen waren wirklich nur im Bett eine feine Sache, und hier, in den Kunstwerken in der Auguststraße, war weit und breit kein Bett aufgestellt. So ließ ich es geschehen, daß ein Kollege aus meiner Jugendzeit mich ansprach und in ein Gespräch verwickelte. Er hieß Dietmar Demeter und schrieb seit einem Vierteljahrhundert eine Biographie über den Kölner Künstler Martin Kippenberger. Unter der Hand war ihm der Künstler nun weggestorben, vor mehr als zehn Jahren schon. Ich kondolierte pro forma.

»Tut mir leid wegen Kippi.«

»Ja, danke.«

»Was wird denn nun aus deiner Biographie?«

»Die schreibe ich weiter.«

»Aber Kippenberger lebt doch gar nicht mehr!«

»Trotzdem. Jetzt erst recht.«

Das war konsequent. Das mochte ich an den Kölnern, sie hatten ihre eigene Zeit. Für sie starb nie einer ganz, eigentlich gar nicht. So lebte Heinrich Böll noch genauso in ihren Gassen wie Kardinal Frings oder die heilige Barbara. Ich fragte den Mann, wie er die beiden Frauen fände, die mit mir gekommen waren. Er sagte, die seien ihm gar nicht aufgefallen. Ich erinnerte mich kurz, daß mein Gesprächspartner bekennender Homosexueller war, von Kindesbeinen an, pränatal, unrettbar. Ein feiner Herr, trotzdem. Es war unmöglich, mit ihm vulgär zu werden. Also diskutierten wir über die Ausstellung. Als wir damit aufhörten, waren die beiden Frauen natürlich weg. Elena war in ein Taxi getorkelt und von da in ihr Bett, wobei ihr ein unterbezahlter Redakteur des Axel Springer Verlages einfach gefolgt war. Der lag neben ihr, als sie aufwachte. Für *das* Baby wollte ich aber diesmal keine Abtreibung mehr bezahlen.

Und Victoria? Ich wußte es nicht. Bei näherem Nachdenken interessierte mich nun auch mehr die naive Ukrainerin, die »perfekt heiraten« wollte. Dem Fall wollte ich noch nachgehen, nur deshalb wollte ich die zuweilen hochaggressive Südafrikanerin weiter treffen. Wozu überhaupt noch cholerische Frauen umwerben? Hatte ich das *jetzt* noch nötig? Mit *dem* Geld im Rücken? Ich hatte übrigens erfahren, daß bei der Überweisung tatsächlich ein Fehler passiert war. Man hatte eine Null zuviel eingetragen, und es habe angeblich sogar einen Tobsuchtsanfall des Geschäftsführers deswegen gegeben. Es hieß, van der Huelsen habe den Bock geschossen, aber der verwies auf eine noch ungeübte Buchhalterin (die sofort wieder entlassen wurde). Natürlich wurde es nach außen vertuscht. Ich hoffte, einer der beiden Beschuldigten habe wenigstens unbewußt für mich etwas tun wollen. Nun, all das waren Gerüchte. Offiziell war ich der hochdotierte Spitzentitel des folgenden Buchjahres, und der Druck war entsprechend. Da van der Huelsen andauernd anrief, verfiel ich bereits auf seltsame Ideen. Auf die Frage, ob ich denn seit Wochen GAR NICHTS mehr geschrieben hätte, antwortete ich wahrheitsgemäß: doch, in mein Tagebuch.

»Ein Tagebuch?! Wie kleine Mädchen?« entsetzte sich der Lektor.

»Ja, warum nicht? Sogar Thomas Mann soll einmal ein Tagebuch geführt haben.«

»Der war auch im Exil!«

»Sind wir das nicht alle, heutzutage?«

»Also schicken Sie mir das Zeug. Ich werde sehen, ob wir was draus machen können.«

Gut! Auf diese Weise wurde ich nicht vertragsbrüchig. Ich legte umstandslos die handbeschriebenen Seiten unter den Scanner. Es war ja die Wahrheit: Ich hatte dieses pubertäre Tagebuch tatsächlich geschrieben, ja schrieb es noch. Mir war eben immer noch so blümerant zumute, nach all den Erschütterungen, die das Jahr 2008 mir gebracht hatte. Natürlich las ich die Ergüsse nicht und überflog erst jetzt mit Befremden die gerade im Scanner aufscheinende Seite:

»… ja, an die Eleganz der Nouvelle Vague erinnernd. Diese Filme, die ich mit 19 sah und die schon damals eine Zeit … die lange versunken … auf den nassen nachtschwarzen Pflastersteinen glitzern die Neonreklamen … die große, fremde Stadt mit ihren fremden, verzweifelten, tollkühnen jungen Menschen, die noch nicht fassen können, daß sie auf der Welt sind, hier sind, im großen Berlin, der ewigen Stadt. Noch immer winken lustig anzusehende handgroße einzelne Kastanienblätter von den weitgehend kahlen Bäumen. Noch immer stehen Tische draußen vor den Straßencafés. Sie haben einfach überall diese neuartigen Straßenöfen aufgestellt, diese gutmütigen, wie Laternen aussehenden Dinger, die oben mächtige Heizröhren brennen haben. Ich ziehe durch diese leeren Straßen und

fühle mich beschützt, durch die liebevoll zurechtgemachten hohen Bürgerhäuser, gepflegt, frisch gestrichen, die Fassaden aus dem 19. Jahrhundert nachgezogen, in den Fenstern mildes Licht, Adventskränze, Kerzen, Holzspielzeug und Ökopuppen. Überall wohnen rechtschaffene neue deutsche Familien, gerade erst gegründet und hergezogen, hier erst möglich geworden, zusammenrückend in der sibirischen Kälte. Familien mit vielen Kindern und entmännlichten neuen deutschen Vätern, Sklaven ihrer selbstgerechten »starken« Frauen. Kein bißchen alte Bürgerlichkeit mehr, kein geerbtes Geld, kein Spießerfremdgehen, keine Bordellrechnungen auf Firmenkosten, keine ins Nichts gequetschten valiumabhängigen Frauen, keine schizoiden Kinder zwischen Fecht-, Klavier- und Ballettunterricht. Statt dessen kleine benzinsparende acht bis zehn Jahre alte Autos, die Smart, Lupo, Golf oder Vectra heißen. Der viel zu hohe Himmel, diese schwarze nasse Suppe, durch die sich die Lichter ihren Weg bahnen wie einst Görings Scheinwerferkegel beim Angriff der alliierten Bomberflotten …«

Hier wurde es mir dann doch zu schwül. Ich beeilte mich, die schwarze Suppe fertigzuscannen und auf Nimmerwiedersehen wegzumailen. Die Reaktion der anderen Seite konnte nur betretenes Schweigen sein.

Tage später ging es mir aber noch mal um einiges besser, und ich dachte gar nicht mehr an mein Tagebuch. Eigentlich ging es mir nun jeden Tag ein kleines bißchen besser, wie den Spielern des FC Bayern München, die unter der Anleitung ihres Trainingsleiters Klinsmann ebenfalls täglich besser wurden, wie dieser selbst den Medien verriet. Ich saß wieder einmal im »Borchardt« und fröstelte bei dem Gedanken, noch vor wenigen Monaten bettelarm gewesen zu sein. Ich erinnerte mich noch gut. Die kleine Spargelcremesuppe für elf Euro wäre damals für mich schier unerschwinglich gewesen, und die fünf Euro Trinkgeld hätten mich gereut. In diesem Moment rief Elena an. Sie hatte ihre sehr unnatürliche süßliche Stimme eingeschaltet. Ob ich nicht vorbeikommen wolle, sie vermisse mich so. Ich schlug vor, lieber in der »Maxim-Biller-Bar« ein Getränk zu nehmen. Dann schmiß ich den Hybrid an und düste davon, unter dem Winken des »Borchardt«-Portiers.

Elena war wirklich nett an diesem Abend. Sie sah ein, daß ihre Art oftmals zu aggressiv für die feine Gesellschaft war. Ich sagte:

»Du hast noch Glück, daß wir im toleranten Berlin leben, mit den vielen Ausländern. Im feinen Hamburg oder im protzigen München würdest du aus jeder Party rausgeworfen, mein liebes Kind.«

Sie wollte sich bessern, und es klang echt. Da machte ich gleich weiter:

»Außerdem solltest du etwas für deine Bildung tun. Immer nur Internet, das reicht nicht.«

»Soll ich etwa Goethe lesen, oder was?!« brauste sie auf.

»Warum nicht?«

»Okee. Ist ja richtig. Aber dann mach mir mal eine Liste mit den fünf besten Goethe-Büchern!«

Ich ließ mich nicht zweimal bitten und schrieb sofort fünf Titel auf die nächstbeste Serviette. Elena fand das cool, weil es eine feine Damastserviette war, mit den MBB-Insignien eingestickt, und die mußte ich jetzt auch noch verschwinden lassen. Mir kam es darauf an, daß Elena sah, wie wichtig mir der Vorgang war. Und sie hatte nun eine eindringliche Gedächtnisstütze.

Es war rührend, daß Leute aus bestimmten Schichten immer noch Goethe mit Bildung synonym setzten. Ein zweiter Autor wäre ihnen nicht eingefallen. Dabei konnte man, theoretisch, durchaus auch noch Thomas Mann lesen.

Wir fuhren zu Elenas Wohnung, und dort waren die schönen Vorsätze wieder wie tot: Elena klappte instinktgesteuert ihren Laptop auf und klapperte ihre Lieblingsseiten ab: Perez Hilton, Facebook, MySpace, Parship, Hannah Montana, Youporn und natürlich ihren E-Mail-Account. Sie holte sich ihre sogenannten (und tatsächlichen) Liebhaber ja immer aus dem Internet, was ich schockierend fand, aber selten bemängelt hatte. Sie war jung, sie war internet, so what? Doch an diesem Abend, an dem sie schon soviel Besserung gelobt hatte, wagte ich mich auch an dieses Tabu. Der Wind stand günstig. Ich nahm richtig Anlauf, atmete mehrmals tief durch und sagte:

»Elena, du bist doch ein braves, anständiges Mädchen.«

»Das ist wahr!«

»Warum holst du dir bloß immer deine Freunde und Liebschaften aus dem *Internet*?«

Sie verstand mich erst nicht.

»Was meinst du?«

»Aus dem Internet. Ich meine, das ist so … unromantisch.«

Jetzt lächelte sie. Und zwar über mich. Auf ihrer Stirn stand geschrieben: Ach du armer, lieber, süßer Trottel von Mann, wenn du wüßtest! Und dann erklärte sie es mir ganz behutsam:

»Johannes, ALLE menschlichen Verbindungen und Liebesbeziehungen werden heute über das Internet hergestellt. Dafür gibt es bestimmte Regeln, die alle kennen und einhalten. Es geht völlig anonym ab. Man datet sich, fickt, ändert das Passwort und geht wieder seiner Wege.«

»Aber … es muß doch noch ALTE Leute geben, die es noch auf die normale, äh, die alte Tour machen.«

»Überhaupt nicht! Die Alten sind noch viel schlimmer. Die hängen nur noch an ihren Partnervermittlungsseiten.«

»Und die Klugen? Die Gebildeten? Die REICHEN?«

»Gibt für jede Gruppe die entsprechende Partnervermittlung im Internet.«

»Welche Seite ist denn dann für … reiche Leute?«

»Die größte heißt highsocietypartner.de, die haben, glaube ich, über eine Million Mitglieder.«

»So viele Reiche haben wir in Deutschland?«

»Ich sag doch, die machen das ALLE. Da kommen dann schon eine Million zusammen.«

Richtig, das waren nur etwa ein Prozent der Gesamtbevölkerung. Elena wurde nun offensiv:

»Weißt du was, du mußt das einfach auch mal machen! Es wird höchste Zeit. Du mußt endlich in der Gegenwart ankommen.«

»Ich sehe doch, wie DU das machst.«

»Ach was, du mußt es machen.«

»Ich sehe dir doch seit JAHREN zu und sehe genau, daß dabei überhaupt nichts rauskommt.«

»So? Und Shao?«

»Wer ist Shao?«

»Mein letzter Freund!«

»Who the fuck war dein letzter Freund?!«

»Na eben Shao! Der aus Neuseeland!«

»Hieß der nicht anders?«

»Jetzt heißt er Shao.«

»Warum?«

»Egal! Er heißt jetzt so!«

»Richtig. Was macht er so, neuerdings? Saß er nicht … im Gefängnis? Im Irrenhaus?«

»Er macht einen Crack-Entzug in einer sehr angesehenen Klinik, und zwar schon seit über vier Jahren.«

»Braucht man dafür so lange?«

»Nee, aber er ist eben immer wieder rückfällig geworden.«

»Gut soweit, er ist also in der Klinik, und du hast ihn aus dem Internet. Genau das meinte ich.«

»Meinst du, er wäre nicht in der Klapse, wenn ich ihn in der *Straßenbahn* angesprochen hätte?«

»Sag mal, selbst du bist doch schon so alt, daß du auch noch eine Zeit ohne Internet erlebt hast, oder? Mit 13 oder 15? Was hast du denn da gemacht?«

»Meinen ersten Kontakt hatte ich auf den Rheinwiesen, unten bei Bayenthal, da haben wir uns immer in der Clique getroffen. Um zu saufen und Sex zu haben. Ich hab dann einem älteren Jungen so perfekt einen runtergeholt, daß ich gleich sehr angesehen war.«

»Ich hoffe, ihr wart beide volljährig.«

»Ja und nein. Also er schon, 18 war der wohl. Also hat er gesagt.«

»Und du?«

»Ich hab 14 gesagt, aber war ich natürlich noch nicht.«

»Hattet ihr vorher E-Mails getauscht?«

»Nee.«

»Siehst du, geht doch!«

»Ja, damals … Aber heute ist das anders, glaub mir. Wenn du nicht in die Einsamkeit abrutschen willst, mußt du im Internet aktiv werden. Gerade du! Ich finde, du solltest da mal etwas nachholen, so wie ich bei den Goethe-Büchern. Und ich helfe dir auch. Ich mach dir eine Liste mit den fünf wichtigsten Partnerbörsen.«

»Eine reicht. Die mit den Millionären.«

»Ach ja, du bist ja jetzt wohlhabend. Sag mal, bloß weil du jetzt so einen läpschen Vorschuß eingesackt hast, bist du doch noch kein Millionär!«

»Prüfen die das nach?«

»Logisch.«

»Wie wollen die denn DAS machen?«

Schon wieder blamierte ich mich mit meiner Ahnungslosigkeit. Elena erklärte mir die Sache mit den Datenströmen, dem GPS, Google Earth, Gläserner Bürger, BKA-Gesetz, Schäuble und so weiter, also, so hätte ich es genannt, sie hatte natürlich andere Worte, um nahezulegen, daß im Prinzip jeder über jeden alles wissen könne, wenn er nur wolle. Ich sagte, ich wolle es trotzdem bei den Millionären versuchen.

»Das kann aber GANZ ÜBEL enden!«

»Wie denn?«

»Im schlimmsten Fall können sie dir sogar den Account sperren!«

»Riskier ich!«

Wir riefen die Seite auf, und Elena gab meine Daten ein. Sie erstellte ein Profil für mich, stellte drei Fotos von mir in den

Bewerbungsbogen, ging mit mir einen Persönlichkeitsfragebogen mit Hunderten von Fragen durch. Ich wurde nun wirklich gläsern. Nur mein Name wurde verschlüsselt.

Das alles dauerte ärgerlich lange und machte überhaupt keinen Spaß. Sicher war es umgekehrt lustiger für Elena, das erste Goethe-Buch zu lesen, nämlich »Theatralische Sendung«. Das Buch besaß ich und wollte es ihr als erstes übergeben. Ich wußte aus früheren Versuchen, daß Elena sich äußerst schwertat mit richtiger Literatur, ja daß man sie damit tatsächlich quälte. Eher legte sich ein Hund einen Wurstvorrat an, als daß Elena freiwillig in einem Drama von Schiller blätterte, um es einmal launig auszudrücken. Dafür wollte ich mich nun ebenfalls quälen lassen, eben mit den langweilen Testfragen der Partnervermittlung. Alle waren mehr oder weniger gleich nichtssagend. Etwa so: »Konflikte in der Zweierbeziehung sollten mit Verständnis und Toleranz gelöst werden. Stimmen Sie dem sehr zu, weitgehend zu, ein bißchen zu, eher nicht zu, gar nicht zu oder überhaupt nicht zu?« Ich kreuzte dann natürlich das letzte an. So wurden mir 74 ideale Partnerinnen vermittelt, die angeblich dieselbe Punktzahl hatten. Beim Nachprüfen – man konnte alles einsehen – bemerkte ich aber, daß die idealen Frauen ganz anders als ich angekreuzt hatten, nämlich stinknormal. Wenn sie unter Hobbys Literatur angekreuzt hatten, meinten sie damit Krimis, bei Sport Tai-Chi und Pilates. Sie wanderten gern, fuhren Rad, kochten gern und so weiter. Ein Schrei entfuhr mir:

»Elena, du kannst mich doch nicht mit diesen Muttis verkuppeln, die Krimis lesen und Tai-Chi machen! Das geht nicht. Denk an dich selbst – du hast dich doch auch nicht mit solchem Junk eingelassen! Sei ehrlich! Du warst bei einer ganz anderen Agentur, nicht wahr?«

»Ich war bei fünf Agenturen!«

»Welches war die beste?«

»Hör mal, DU wolltest doch zu den Millionären. Ich war bei kostenlosen online dating agencies. Die beste dabei war ›finya.

de‹, würde ich sagen. Da habe ich an die fünfzig Männer abge-
schleppt.«

»F Ü N F Z I G ?!«

»Ja.«

»Ist ja grauenvoll.«

»Was ist daran schlecht? Guck mal, die erste ›Idealfrau‹ hat dir
schon geschrieben.«

»Ich will es gar nicht lesen.«

»Aber ich!«

Und sie begann sogleich, laut vorzulesen. Eine Polin, etwas
älter als ich, in Westpolen lebend, 14 Jahre in Deutschland verbracht, Import-Export, und drei Fotos waren auch schon dabei.
Die Frau sah gar nicht so schlecht aus, fand ich. Wahrscheinlich
nur ich. Objektiv war sie wohl SEHR häßlich, aber mir gefiel
ihre Ausstrahlung. Auch war ihr Deutsch passabel, also besser
als das Elenas. Ich ließ der Frau eine kleine anerkennende Nachricht zukommen.

Schon kam »Idealfrau« Nummer zwei auf den Screen. Die war
sechs Jahre jünger als ich und sah unglücklich und abgerissen
aus. Sie schrieb dann auch, daß ihr das Leben gerade übel mit-
spiele. Sie habe aber eine Tochter, und das wäre ein ziemliches
Glück. Die Frau tat mir sofort leid, und ich schrieb ihr, sie könne
mich jederzeit anrufen, wenn ihr mal wieder zum Heulen zumute sei. Elena protestierte:

»Das ist gegen die Regeln, Jolo, man gibt die Telefonnummer
NIEMALS preis!«

»Auch nicht, nachdem es, nun ja, zum Äußersten gekommen
ist?«

»O my god, dann erst recht nicht!!«

»Hm, die arme Millionärin … wenn es ihr doch aber gerade
schlecht geht …?«

»Dann fickt sie dich, dafür ist das doch da, Mann!«

Stop. Halt. So ging mir das zu schnell. Ich klappte den Laptop
zu und bat Elena, erst einmal in aller Ruhe über ihre realen
Erfahrungen mit den fünfzig online datings zu referieren. Das

ließ sich die Gute natürlich nicht zweimal sagen. Ihre schönen großen Augen leuchteten, ihre gewaltige Brust hob und senkte sich in erhebender Weise, und sie legte los.

»Also es war in der Zeit, als ich Mike vergessen wollte. Du weißt, Mike aus Los Angeles, der Filmtyp ...«

»Filmvertriebstyp!«

»... ja, der Typ aus der Filmbranche ...«

»Sehr beschönigender Ausdruck.«

»Also Mike eben, aus Hollywood. Ich MUSSTE ihn einfach vergessen, nach den scheußlichen Sachen, die er mit mir gemacht hatte, du weißt es ja, hab ich ja erzählt ...«

Ich fürchtete mich davor, sie würde die gewalttätigen Sadomasospiele des fifty-somethings noch einmal erzählen, diese unfaßbar gewöhnlichen Pornoszenen eines ungebildeten amerikanischen Handelsvertreters jenseits der Midlife-Crisis. Aber ich ahnte, daß auch die nun folgenden Erzählungen nicht wirklich lustig für mich werden würden. Doch ich irrte mich. So schlimm wurde es gar nicht. Es hörte sich fast wie ein munteres, manchmal tapferes Soziologiestudium an. Elena sagte auch, daß sie seit jener Zeit ein umfassendes Bild über die gesamte männliche Bevölkerung Deutschlands besitze. Sie wirkte auf mich überzeugend dabei. Nun ging sie einen Fall nach dem anderen durch. Ihre Beschreibungen waren erstaunlich unscharf, exakt so wie die nichtssagenden Fragen des eben ausgefüllten Persönlichkeitstests. Es ergab sich für mich überhaupt kein Bild. Der jeweilige Typ/Onlinekandidat war immer »schon irgendwie cool«, also »witzig, locker, man sah, daß er Sport machte, behandelte mich gut, kein ekliger Macho«, oder er war »nicht so verkrampft, schon okee so humormäßig, sah gar nicht mal übel aus, also auch nicht gut, aber schon okee, groß, nur leichter Bauch, ein lustiger Typ irgendwie«, oder »mit dem hatte ich schon Spaß, der sah gut aus, hatte 'n guten Job, wollte immer alles bezahlen, sah die Dinge easy, hatte 'ne kleine Tochter und 'ne coole Frau«.

»WHAT?! Der hatte bereits eine Frau?«

»Logo. Haben doch fast alle. Jedenfalls alle, die cool sind. Die notgeilen Typen mag ich sowieso nicht.«

»Verstehe.«

Sie machte weiter. EINMAL hatte sie sich dann sogar verliebt. Ich hatte es schon gar nicht mehr erwartet. Nun hätte es spannend werden können. Doch was kam, war folgendes:

»Ja, der Typ, da habe ich mich dann verliebt, wie gesagt.«

»Ja, weiter!«

»Sagte ich doch schon!«

»Ich meine: Was war mit dem, wie sah er aus? WARUM hast du dich in ihn verliebt? War er nett? Hat er Knut Hamsun im Original gelesen?«

»Wen?«

»Goethe!«

»Bestimmt nicht. Der war einfach … okee, als Typ, als … ich weiß nicht. Ich mochte ihn eben. Weil er schon cool war, doch. Er sah gut aus, hat die Dinge nicht so verbissen gesehen, hat gut geküßt, und, ach ja: Wir hatten Sex im Lift einer S-Bahn!«

Ich wollte nicht fragen, wie man denn SO WAS macht. Gab es da einen Notstop-Hebel? Diese Erfahrungen Elenas waren auf meine Existenz einfach nicht anwendbar.

Sie redete noch ein Viertelstündchen, dann spürte ich eine gewisse Ermüdung in mir, ja ein Verkrampfen, und das war oft der Vorbote eines Anfalls von Kopfschmerzen. Ich zog es daher vor, eine Folge von Larry David zu sehen. Elena hatte die komplette sechste Staffel für mich heruntergeladen. Sie meinte aber, ich müsse die Anfragen der Partneragentur noch beantworten. Das gehöre sich so, da würden die drauf achten. Es gebe da so Standardantworten, die müsse man nur anklicken. Ich merkte, daß es in der Internetwelt noch strengere Gebote gab als im Straßenverkehr.

»Okay, ich mache eine Standardantwort, aber ich schreibe sie selber.«

Ich textete also ein paar richtig schwülstige, hochemotionale, dennoch originelle Sätze. Ich hätte mich gerade über IHRE

Nachricht so dermaßen gefreut, wie ein Kind und doch wie ein großer, erwachsener, vitaler Mann, und ich könne gar nicht sagen, wie gern ich weitere Mitteilungen gerade von IHR haben würde, und im übrigen sei ich vermögend, gebildet, politisch interessiert, und, ach ja: irgendwie cool, locker, unverbissen, humormäßig okee und ein guter Küsser. Vorlieben: Sex im Lift einer S-Bahn. Elena streikte beim letzten Punkt. Das seien andere people als bei finya.de, ich solle lieber schreiben, ich hätte ein Haus in der Toskana.

»Warum? GELD haben die Millionärinnen doch schon.«

Wir einigten uns auf einen Schlußsatz, in dem Zärtlichkeit und Liebe vorkamen, und klickten das Ding in alle bisher abgerufenen Anfragen.

Und dann zum Glück Larry Davids »Curb your enthusiasm«. Der amerikanische Maxim Biller bot uns verschüchterten deutschen Intellektuellen seit Jahren ein Paralleluniversum, in das wir flüchten konnten, wenn die Vulgarität wieder einmal überhandnahm. Die Serie war ungeheuer menschlich, und zwar aus einem einzigen Grund: Die Leute da besaßen noch Inhalte. Sie waren nicht nur gewöhnlich (gewöhnlich wurde ja sonst immer mit »menschlich« verwechselt), sondern auch geistig, und nur beides zusammen ergab Humanität. Elena machte den Fehler, etwas aufwühlend Nettes zu bemerken:

»Ich WEISS einfach nicht, woran es liegt, aber immer wenn mal alles total schlecht läuft und ich die mörderschlechte Laune habe, muß ich nur ein paar Minuten »Curb your enthusiasm« gucken, und alles ist wieder gut.«

Ich hätte jetzt diskutieren können, wollte aber lieber fernsehen. Trotzdem nagten jetzt alle möglichen Gedanken in mir, die mit dieser Äußerung zusammenhingen. Und den Stunden davor natürlich. Warum ging es in Elenas Liebesleben grundsätzlich nicht menschlich zu? Warum merkte sie nicht, daß die Leute in der Larry-David-Welt ein viel besseres, weil humanes Leben hatten? Warum mußte Elena fünfzig Männer ficken, um »Mike« zu vergessen? Warum mußte man überhaupt jemanden vergessen? Warum war es ein absolutes, gesellschaftlich sanktioniertes Muß, den geliebten Menschen, den man verlor, zu hassen, zu dissen, auszulöschen? Ich erinnerte mich nun, mit Elena diese Debatte schon mehrmals geführt zu haben, gleich zu Beginn unserer seltsamen sexuellen Kameradschaft. Sie fand es äußerst pervers von mir, daß ich immer noch an meine von mir gegangene liebe Frau dachte. Die Standardfloskel war damals »Bist du masochistisch, oder was?«, wahlweise auch »Was'n das für 'ne schwule Nummer, eh!«, und ich schämte mich nicht schlecht dabei. Fortan versuchte ich, meine nostalgischen Gedanken an die verlorene Liebschaft immer zu verbergen. Das war manchmal gar nicht so leicht, weil ich ungefähr achtmal am Tag genau daran dachte, genauer gesagt: mich erinnerte. Genau diese Erinnerungsmomente, das sagte nicht nur Elena, sondern ALLE Menschen unseres Planeten dachten wahrscheinlich so, waren übel, böse, pervers, ungut, zwielichtig; mit denen stimmte was nicht, die waren nicht koscher. Ich überlegte nun, was die Leute meinten. Mein Gefühl während des Erinnerns war schön, leicht, erhebend, es war die Sekunde eines Déjà-vu, eines Wissens um Glück, des Begreifens des Wichtigsten: daß man gern gelebt hat. Fast jede Erinnerung war anders, denn es gab ja theoretisch unbegrenzt viele verschiedene Momente, die ich im Laufe von 18 Jahren mit der Lebensgefährtin erlebt hatte. Wenn ich einen Zug bestieg, dachte ich vielleicht an die etwa zehn SMS-Nachrichten, die wir jedesmal während der Fahrtdauer wechselten, und wie ich stets versuchte, die Lage im Zuginnern zu dramatisieren. Die Freundin sollte immer denken, ich harrte eine Ewigkeit in einem überfüllten ICE aus, mit angebrochener Achse, ohne Sitzplatz, zwischen betrunkenen Bundeswehrsoldaten und schwangeren Frauen aus dem Baltikum – nur, um zu ihr, zur geliebten Frau zu kommen. Sah ich auf der Straße einen Hund, dachte ich gleich an den Hund meiner Frau und wie sie ihm Lieder aus dem Tigerentenland vorgesungen hat. Umgekehrt, das wußte ich, existierten für meine Frau keine Erinnerungen an mich. Als ich sie einmal anrief, erkannte sie meine Stimme nicht. Selbst an meinen Namen konnte sie sich erst nach dreimaliger Nennung vage erinnern. Und sie sagte dann auch, daß sie alle Dinge von mir vernichtet hätte und ich für sie nicht existierte. Nicht, weil ich mich falsch verhalten hätte, nein, ganz im Gegenteil, sondern weil wir uns *getrennt* hätten. Wem immer ich das erzählte, diese furchtbare Grausamkeit, der begann heiter zu werden, zu lächeln, milde abzuschwächen, nach der Melodie: »Also mein lieber Freund, so ist das nun mal! Das ist doch ganz natürlich. Alles andere wäre höchst ungewöhnlich, ja befremdend. Du willst doch nicht etwa eine komische Tussi, die dir hinterherrennt?« Doch, doch, für mein Leben gern hätte ich so eine verrückte Tussi! Einen Menschen, der das Erlebte wertschätzt, erstens das selbst Erlebte, aber natürlich auch das Erlebte des ganzen eigenen Volkes.

An dieser Stelle kam dann immer der Nazi-Vorwurf, den ich aber sofort aushebelte, indem ich die Erklärung nachschob, es seien natürlich nur die demokratischen Entwicklungen gemeint, die man erinnern sollte, so wie ich ja auch nur die schönen Momente der Liebesbeziehung erinnerte und nicht die redundanten Streitereien dazwischen. Das stimmte sogar ungefähr, in beiden Richtungen. Schon als Kind konnte ich die undemokratische Vergangenheit der Urgermanen nicht leiden. Abscheulich bereits die Geschichte, wie Herrmann der Etrusker die Friedens- und Menschenrechts-Einsatzkräfte des römischen Parlaments bestialisch abschlachtete wie Vieh. Und auch alle anderen vordemokratischen Geschichten unserer angeblichen Ahnen waren unsympathisch und vulgär. Diese zotteligen Wilden, die aussahen wie Heavy-metal-Bands! Ungebildet, mit niedriger Stirn, dumm, dumpf, gewalttätig. Das ganze Mittelalter ein sinnloses Gemetzel. Der feiste Luther mit seinen dreckigen Stammtischsprüchen. Erst mit der Aufklärung kam Licht in diese Welt. Eben die Humanität. Erst jetzt entstand der Mensch, schüttelte das Tier ab, und dieser Prozess war dann doch zu größten Teilen ein deutscher. Darauf konnte man stolz sein. So wie man auch auf die großen romantischen Phasen einer Liebesbeziehung stolz sein konnte, auch im nachhinein, ja gerade im nachhinein. Waren das nicht zweifellos die Höhepunkte der eigenen Biographie? Von der Wertigkeit her war Glück höher einzuschätzen als Erfolg. Und auf die eigenen Erfolge war man doch auch stolz. Warum nicht auf das Glück?

Nun, ich fand in Elena keine Seelenverwandte für meine Gedanken, und auch sonst stand ich allein da. Ich beschloß daher, mich endlich damit abzufinden. Die Welt verfluchte die Vergangenheit und feierte die Gegenwart, und ich wollte das Spiel jetzt endlich mitmachen. Während wir »Larry David« guckten, schrieben mir sicher weitere Millionärinnen und luden mich ein, ein gemeinsames Leben zu starten. Von mir aus. Leider übertrieb es Elena mit dem Fernsehgucken. Nicht eine, sondern vier Folgen hintereinander mußten es sein, bis sie endlich in Schlaf fiel. Draußen war es heller Vormittag, meine Augen schmerzten, im Kopf klopfte eine heftige Migräne.

Und doch wurde auch der nächste Tag schön. Elena hatte gute Laune und sah hinreißend aus, wie Penélope Cruz. Sie war einfach eine Naturschönheit. Ihre Haut war zu jeder Tageszeit hell und ihre Lippen dunkel, die Augen groß und die Haare voll und kräftig. Gerade wenn sie sich nicht stundenlang zurechtgemacht hatte, sah man ihre ganze Schönheit. Am besten sah sie im Schlaf aus, oder im Koma nach mehreren Flaschen Wodka.

Ich besaß eine Einladung von Oliver Maria Schmitt, der in Kreuzberg den 30. Geburtstag seiner Zeitschrift »Titanic« feierte. Elena, die wie alle Deutschen mit 13 »Bravo« und mit 16 »Titanic« gelesen hatte – danach dann nicht mehr viel –, freute sich darauf. Mal wieder gut ablachen. Sie kannte die deutsche Comedyszene nicht, auch nicht Schmidt & Pocher, da bei ihr das Internet alle anderen Medien verdrängt hatte. Was man nicht runterladen und auf dem Computer sehen konnte, zählte nicht für sie. Sie wußte daher nicht, wie sich der Humor seit ihren »Titanic«-Tagen weiterentwickelt hatte, und lachte laut über die harmlosen Scherze von Gsella und Sonneberg, die auf der Bühne standen und »Birne« veralberten, den ehemaligen Kanzler.

Mit ihr freute sich ein dankbares Kreuzberger Publikum, junge Leute, im Schnitt deutlich unter 30. Sie sahen alle gleich aus, aber gesund und nett. Keine Markenkleidung, auch sonst keine Zeichen am Körper, glatte Gesichter, indifferent gesund. Schon wieder wirkte Elena mit ihrer Nuttengarderobe wie eine Flasche Nitroglycerin in einem Koffer flauschiger Angoraunterwäsche auf dem Förderband eines internationalen Flughafens. Und ich paßte mit Papis gutem Nadelstreifenanzug auch nicht in die Menagerie. Aber ich war ja persönlich eingeladen worden, von Oliver Maria Schmitt, dem Chefredakteur. Er erkannte mich aber nicht. Ich ging während der Veranstaltung zur Bühne, reckte meine Hand nach oben, aber er ergriff sie nicht. In der Pause drangen wir in den Backstagebereich ein, um dem Freund endlich hallo zu sagen und ihm zum 30. Geburtstag seiner Zeitschrift zu gratulieren.

Als er mich sah, öffnete sich sein Mund, aber kein Laut entfuhr ihm. Sein Blick war nämlich zu Elena weitergewandert, ihrer Kleidung aus Pelzjacke und Strumpfhose. Zwischen beidem fehlte eigentlich etwas, zumindest ein kleines Röckchen oder ein Handtuch. Elena wirkte wirklich so, als habe sie beim Anziehen das Wichtigste vergessen. Oliver Marias Kiefer war nach unten geklappt und ging nicht mehr in die Normallage zurück. Ich hätte fast gesagt: »Mensch, hast du noch nie eine nackte Frau gesehen?«, ließ es aber natürlich. Außerdem war sie ja strenggenommen gar nicht nackt. Schließlich sagte ich:

»Hey, ich bin's! Und das da ...«

»Willst mich zur Bühne zurückholen, was?«

»Genau. Die Soldaten warten schon.«

»Soldaten?«

»Na, die jungen Leute, deine Fans. Die haben ja alle diesen Drillich an ... diese Soldatenkleidung!«

»Ich verstehe dich nicht ...«

»Diesen military look! Könnte natürlich auch von Fidel Castro stammen, aus alten revolutionären Beständen.«

»Ha, ha, ha …«

»Jetzt muß ich dir aber *Elena* vorstellen, die Frau an meiner …«

Er ging plötzlich rasch an mir vorbei, nahm überhaupt keine Notiz von Elena und eilte zur Bühne.

Schade. Er reagierte also auch nicht anders als die üblichen Spießer. Auf einer Adelsparty, zu der ich Elena einmal mitnahm, hatten die älteren Semester sofort massiv getrunken, um sich ihr dann schäkernd und widerlich zu nähern, wie Dietrich Heßling in einem alten DEFA-Film, und ihr auf den Pöker zu klopfen. Gut, verglichen damit wirkte Oliver Maria noch gut erzogen. Trotzdem war Elena enttäuscht. Sie holte sich ein Sixpack Bier von der Theke, setzte sich wieder in die erste Reihe und begann lautstark zu pöbeln.

»Elena, so geht das nicht … Das kann ich mir beruflich nicht leisten …«

Sie sah mich erschrocken an. Eigentlich hatte sie nur Spaß machen wollen. Aber mir damit schaden – nein.

»Dann laß uns sofort abhauen!« meinte sie.

»Nee, das wäre nicht gut. Zu auffällig.«

Wir blieben sitzen. Doch nun schlief Elena mitten in einer Lesung von Gsella einfach ein! Es war gar nicht absichtlich. Die vorgetragene Geschichte war schlicht zu lang und zu langweilig. Gsella machte sich über die Blödigkeit der Leute in einer kleinen Provinzstadt, nämlich Soest, lustig. So hatte ich in den 70er Jahren selbst geschrieben, wofür ich mich nun schämte. Oliver Maria sah nun, daß Elena schlief. Er hatte plötzlich eine Digitalkamera in der Hand und machte ein Bild von uns beiden, von der Bühne aus: Lohmer mit Penner-Girl.

Ich weckte Elena, weil sie sonst vom Stuhl gerutscht wäre. Immerhin konnte ich jetzt so tun, als kümmerte ich mich um eine in Schwierigkeiten befindliche Zuhörerin, als ich sie nach draußen führte. Alle sahen mich, wie ich die schläfrige Person stützte. Auf der Bühne stockte der Ablauf. Oliver Maria Schmitt räusperte sich vernehmbar, zögerte die Pointe in einem »Angie-Witz« hinaus. Angie war Angela Merkel, das »Mädchen« von Birne.

Endlich in Sicherheit, in der Vorhalle, setzte ich Elena auf eine Treppenstufe. Viele Drillich-Jugendliche, die keine Karte bekommen hatten, standen hier friedlich herum und freuten sich ihres unspektakulären Lebens. Sie sahen nett aus, so independent, nicht ganz wie Seattle 1993, aber auch nicht mehr wie Lüchow-Dannenberg 1983. Zeitlose, gewaltlose (Über-)Lebenskünstler. Die neue große Wirtschaftsdepression konnte ihnen nichts anhaben. Die wehte einfach vorbei. Diese jungen antikapitalistischen Helden boten keine Angriffsfläche mehr für all den Wind um Nichts … Ich bekam meine gute Laune zurück, die kurz gefährdet gewesen war durch Oliver Marias ungalantes Verhalten. Nein, die Welt war schön, das zeigte sich jetzt ganz deutlich. Es gab keinen Grund, sich nicht am Dasein zu freuen! Hatte ich Krebs? Fehlte es mir an Geld? War die Schlafende in meinen Armen *nicht* sexy? Mußten wir alle hungern wie die Schwarzen in Afrika? Ging uns der Humor aus wie der »Titanic«-Redaktion? Nein, nein, nein!

Ich wartete, bis Elena etwas sagte. Sie konnte so niedlich aussehen, wenn sie ballaballa war.

»Du, ich bin plötzlich *sooo müde* geworden …«

»Das macht doch nichts. Jetzt sind wir wenigstens draußen … Hier passen wir sowieso nicht mehr hin, zu den armen Leuten.«

Ich schlug vor, beim nächsten Mal richtige Kultur anzustreben beim Ausgehen, also Theater, Oper oder Ballett.

»Oder einen Wohltätigkeitsball …«, lallte Elena.

Tolle Vorstellung. Wahrscheinlich fiel Elenas porn style weniger unangenehm auf, wenn viele andere verrückte, promisüchtige Frauen im Raum waren, die sich schrill anzogen. Wir würden unser Plätzchen schon noch finden, in der schönen neuen Welt der sozialen Gegensätze, jetzt, da wir zu den Guten gehörten. Sagte nicht schon Brecht, wer Geld hat, hat auch Moral? Ich wurde so zuversichtlich, daß ich mich zu Hause an den Schreibtisch setzte und meine Post beantwortete. Elena chattete mit dem totgeglaubten »Shao« im Internet.

Und wirklich – ein Glück zog das andere nach sich. Mein Lektor hatte mir geschrieben. Er zeigte sich angetan von den Tagebuchauszügen, die ich ihm geschickt hatte. Er meinte es anscheinend sogar ernst. Er war hin und weg! Eine große Stimme sei da zu vernehmen, die sich nun kraftvoll zu Wort melde im Orchester europäischer Gegenwartsschriftstellerei, eine Stimme noch ohne Haus, aber die Essenz selbst, die pure Worthaftigkeit im Status nascendi sozusagen. Ich verstand ihn schon. Bei van der Huelsen, der parallel eine Podolksi-Biographie lektorierte, mußte man immer etwas nachsichtig sein, wenn er erregt formulierte, weil er als Belgier nicht ganz firm war im Deutschen. Der gute Mann wollte nun noch mehr von dem Stoff.

Das war nicht schwer, da ich mir das Tagebuchschreiben inzwischen als kleines heimliches Laster angewöhnt hatte. Ich mußte van der Huelsen nur die letzten Einträge scannen. In meinem Jackett steckte das griffige schwarze Moleskine-Buch, das alle anderen staatlich anerkannten Schriftsteller ebenfalls benutzten, und ich sah nach, was ich zuletzt hineingeschmiert hatte. Ah, richtig, ich war wieder einmal im »Borchardt« gewesen, allein, und hatte mich gelangweilt, gestern:

»Ein 60jähriger Kellner schwebt wie eine Sänfte vorbei. Tiefbraungebrannt, weißer Schnurrbart, hochnäsiges Gesicht. In welchem Fünf-Sterne-Côte-d'Azur-Hotel der wohl den Hauptteil seines Lebens hinter sich gebracht hat? Beim Eingießen dreht er den linken Arm unnatürlich in den Rücken, was allerdings nicht schlecht aussieht, also Eindruck macht. Ein Lokal, wo sich der Ober beim Glasfüllen so ziert, muß schon etwas Tolles sein. Allein diese schmerzhafte Übung ist mir einen Euro extra wert! Er ist bei weitem nicht der einzige Kellner, der hier so affektiert rumstreicht. Ein Massenaufgebot ist im Einsatz,

umzingelt überfallartig Tisch um Tisch, immer gleich drei Kellner auf einmal. Einer für das Essen, einer für den Wein, einer für die Etikette, also Begrüßung und Befehle. Das ist mein Restaurant, hier bin ich zu Hause ... endlich angekommen, nach so vielen Jahren, oben, wo ich hingehöre ... sie kennen mich schon, achten auf die leisesten Zeichen, die ich ihnen gebe. Johannes Lohmer, Erfolgsautor, Mitte-Star, schreibt an einem neuen Roman. Man sieht es daran, daß er dauernd etwas in ein Moleskine-Büchlein kritzelt. Zum Glück ist mein Hemd frisch gebügelt. Finanzsenator Sarrazin geht würdig vorüber, im künstlichen Zentimetertempo. Ich bestelle eine kleine Suppe für neun Euro, das billigste Gericht, das sie anbieten, nur eine Pfütze, die allerdings in einem Riesenteller serviert wird. Sättigend daran ist der Brotkorb, der mit dazugestellt wird. Ich futtere die Weißbrotstückchen in mich hinein wie ein Verhungernder. Hoffentlich fällt es nicht so auf. Ich lächle entschuldigend in alle Richtungen, die Backen voll mit dem köstlichen Teig. Der Oberkellner hat die Lage bereits erfaßt und bringt mit strengem Blick zum zweitenmal die Karte. Wer Hunger hat, soll auch entsprechend bestellen. Zum Beispiel roh marinierten Thunfisch mit Wasabi-Ingwer-Vinaigrette und Krustentiertatar. Oder Kalbsnieren in Sherry-Majoran-Glace mit rotem Zwiebelconfit. Oder einfach nur Apfelspalten und Terrine de Foie Gras mit Mango-Chutney und Brioche für 28 Euro, wenn es partout etwas Kleines sein soll. Mit dem Oberkellner ist nicht zu spaßen. Hier herrscht noch eine klare Hierarchie wie in den beliebten deutschen Hotelfilmen aus den 50er Jahren. Deswegen hatte man sie ja gedreht. Jeder hat seinen Platz, klare Befehle, perfekte Umgangsformen, zwischendrin Schmäh und Schleimerei. Meine Welt eben.

Eigentlich ist es eine schreckliche Inneneinrichtung: Das Licht fällt gelb und kontrastlos diffus von einer hohen Decke herab aus absurden, unpassenden 80er-Jahre-Design-Leuchten. Das erzeugt die unbehagliche Stimmung eines Mensabesuchs in den Semesterferien. Auch die Beschallung ist nicht besser:

›I am walking on sunshine‹, kraftlose Domestikenmusik in der zehnten weichgespülten Supermarktfassung. Man erkennt gerade noch den Titel, also die einstige optimistische Idee des Stücks, und hört dann das knochenlose, verprügelte Ende des Prozesses.

Die Kellner sind alle zwei Minuten bei mir, drängen auf eine Entscheidung, auf meine nächste Bestellung. Warum nicht Carpaccio vom Kobe-Rind mit Perigord-Trüffel, verdammt noch mal, für schlappe 30 Euro? Das muß doch noch drin sein! Sie stehen zu zweit an meinem Tisch. Einer baut ein Beistelltischchen auf, der andere hat einen Sektkübelständer angeschleppt. Wahrscheinlich inszenieren sie das schon für den nächsten Gast, denn mein Tisch ist ab 20 Uhr für jemand anderen reserviert. Ich tue so, als merkte ich das alles nicht, als sei ich ganz in meinen Gedanken vertieft, für den neuen Roman natürlich.

Der Maître kommt, man erkennt ihn daran, daß er keine vom Gürtel bis zu den Schuhsohlen reichende Schürze trägt, sondern einen extrem engsitzenden Jüngelchen-Designer-Anzug, wie Medwedew, der Putin-Nachfolger. Als die Kellner ihn sehen, putzen sie hastig die Weißbrotkrümel von den doppelten glitzerndweißen Damasttischdecken. Die Krümel fliegen mir auf den Anzug, aber ich schreibe weiter. Das kann ich gut: völlig abschalten beim Schreiben, in eine Art Trance verfallen, so sieht es jedenfalls für andere aus. So legitimiere ich mein Talent. Und es klappt auch diesmal, sie lassen mich allein.

Zu früh gefreut. Kaum blicke ich einmal auf, steht der hübsche Horst-Buchholz-Kellner aus dem Felix-Krull-Film von 1958 wieder vor mir. Ich sage voller Bonhomie:

»Ich danke Ihnen sehr für die Karte, aber ich möchte jetzt doch nur einen Kaffee trinken!«

Als hätte er es schon geahnt, knallt er ihn nur Augenblicke später vor meine Nase. Man kennt mich eben bereits. Ich trinke unendlich langsam. Ein wunderbarer Kaffee ist das. Auch die kleine Suppe hat meinem Magen erstaunlich gutgetan. Die Sachen sind schon phantastisch hier. Ist es nicht eine wahre

Freude, zu den Reichen zu gehören? Gewiß halte ich meine Rechnung klein, aber nicht, weil ich immer noch zu den Armen gehören würde, nein, dann würde ich ganz anders aussehen, sondern weil ich geizig bin, und das ist gut so. Ja, ich bin stolz darauf, und die Domestiken spüren das.

Oh, am Nebentisch hat Marietta Slomka Platz genommen. Die hat aber keine besonders gute Laune. Sie schweigt sich mit ihrem Gegenüber an. Freudlos kaut sie irgendwas. Ich traue mich nicht, hinzustarren, weil sie so nahe ist. Im Fernsehen sieht sie ja so geil aus. Hier eher wie eine graue Maus. Liegt natürlich am Licht.

Die mächtigen Chefredakteure, die wie selbstverständlich im Borchardt verkehren, Tag für Tag, jedesmal für eine dreistellige Summe, erkennt man sofort an der Statur, das sind echte Bullen, immer über 1,90 Meter groß und 100 Kilo schwer. Die können einen Ressortleiter schon zusammenfalten, ja selbst dann, wenn der seine Sache gut gemacht hat. Sie können gar nicht anders, als andere in die Knie zu zwingen. Dafür sind die Frauen in der Berliner Medienrepublik demonstrativ glanzlos, man könnte auch sagen häßlich. Es ist geradezu verpönt, ja faktisch verboten, mit einem sexuellen Statussymbol das Borchardt zu betreten, also einer attraktiven Frau, vielleicht sogar einer jüngeren. Das ist der neue Code, an den sich alle halten. Erst mit knapp 50, also offiziell 49, dürfen und müssen Frauen wieder sexy sein. Das geht dann nach der Formel ›Sieh, ich hab es zu was gebracht, und ich bin AUCH NOCH SEXY!‹ Fast kann man sagen, eine Frau von offiziell 49 Jahren, die hier ohne knapp sitzendes Kostümchen und langen Beinen in Netzstrümpfen erscheint, macht etwas falsch. Hier funktioniert der porn style wieder, weil er ja bei einer offiziell 49jährigen nicht ins Konkrete überführt werden kann. Keiner würde es wagen, einer Richterin des Obersten Verfassungsgerichts die Hand zwischen die Beine zu legen. Aber entsprechend freudlos ist die ganze Veranstaltung dann auch. Es liegt keine Erotik im Raum. Weder offen noch subtil. Es ist der erotikfreieste Raum *der Welt. Wieviel lebhafter, menschlicher, humorvoller, eben erotischer geht es in der Familienpizzeria von Grottammare zu, einem italienischen Städtchen an der Adria, das keiner kennt. Hier dagegen: Joschka Fischer sitzt da hinten, gerade mit dem Kunstmäzen Flick gekommen. Richtig böse Gesichter überall. Na ja, es ist ja auch noch früh. Der superteure und hoffentlich superwirksame Alkohol fließt erst später in Strömen. Dann wird die gute Laune schon angeworfen werden. Und jetzt sehe ich auch Strunz, den Vornamen habe ich vergessen, den Mann aus der Fernsehsendung ›Was erlauben Strunz?!‹. Er blinzelt mich munter an. Reicht es nicht, wenn man EINEN netten Menschen im Zimmer hat? Ich winke ihm zu, und er macht jetzt sogar Zeichen, ich solle doch an seinen Tisch kommen!«*

An der Stelle hatte ich das Büchlein zugeklappt und war zu Herrn Strunz gelaufen, dem Chefredakteur mit menschlichem Antlitz, dem Springer-Mann der Herzen. Es war der letzte, also der neueste Eintrag. Van der Huelsen konnte ihn von mir aus haben. Wahrscheinlich waren alle Einträge für van der Huelsen brauchbar, ich mußte sie nicht noch mal lesen.

Am darauffolgenden Wochenende machten wir uns fein und gingen ins Theater. Aus dem Underground- und Clubleben der notleidenden Berliner Bohemejugend waren wir nun endlich herausgewachsen. Diese Leute, selbst wenn sie erfolgreiche Künstler waren wie der romantische Maler Till Eifel, konnten kaum mehr als fünfzig Euro pro Abend in Getränke investieren. Soviel kosteten bereits unsere Karten, wobei diese sogar noch vom Kultursenator subventioniert waren. Eigentlich kosteten sie sogar 150 Euro. Das ganze Theater mußte ja aufwendig am Laufen gehalten werden, mit Tausenden von hochtariflich bezahlten Bühnenarbeitern, Schneidern, Kantinenköchen, Kulissenschiebern, Journalisten, Intendanten und Nachtwächtern. Da ich die Karten nicht selbst bezahlen wollte, rief ich eine mir bekannte Schauspielerin an, die uns durch den Bühneneingang lotste. Das war schon deshalb gut, weil Elena eine volle Stunde zu lange für ihre Garderobe brauchte und wir durch den Haupteingang gar nicht mehr hereingekommen wären. Dabei sah sie aus wie immer, also »sehr extrem«, wie die Schauspielerin es unvorsichtigerweise gleich ausdrückte. Elena wollte sofort wissen, was sie damit meine. Sie wollte das ohne Umschweife vor Ort klären, also ob das jetzt eine schwule Anmache war oder was, aber ich flüsterte, wir dürften die Vorstellung nicht stören. Elena kochte vor Wut. Bis zur Pause sprach sie aufgebracht vor sich hin und achtete nicht auf das Stück. Und wieder hatten wir Glück: Da nur wenige Zuschauer gekommen waren und die Reihen vor uns leerstanden, beschwerte sich niemand über Elenas Selbstgespräche. Auf diese Weise kam es zu keiner Schlägerei, und das Stück konnte friedlich heruntergespielt werden, obwohl sich Elena leibhaftig im Publikum befand. Ich hoffte, es würde so bleiben. Ich bewunderte Elena für ihr Temperament, für ihre gerade, unverstellte Art, wollte andererseits keinen Ärger haben. In der Pause sagte ich ihr, sie müsse bedenken, daß wir uns nun in einer anderen sozialen Schicht befänden:

»Wir sind jetzt bei den Reichen, bei der herrschenden Klasse, und da gehen die Uhren anders, weißt du. Da müssen wir uns anders benehmen.«

»Nee, was ist das Problem? Hast DU EIN PROBLEM damit, oder was?«

»Elena, wir SIND jetzt die herrschende Klasse. Wir streiten uns nicht mehr mit irgendwelchen Schauspielern rum, oder mit Türstehern oder wem auch immer. Da stehen wir jetzt drüber. Das tun andere für uns, die wir dafür bezahlen, im Prinzip.«

»Wie? Was? Ich muß mich von der Tussi von schräg hinten anlabern lassen, und jemand anderes gibt ihr auffe Schnauze?!«

»Genau! Ich lasse sie entlassen, wenn du dich über sie geärgert hast.«

»Cool.«

Sie schmiegte sich an mich. Sie war so sanft geworden in letzter Zeit.

Nach der Aufführung gab es einen Empfang mit den Schauspielern, anderen Theatergewaltigen und etwa hundert Gästen aus Kultur, Medien und Politik. Es war die eigentliche Aufführung, zu der auch mehr Menschen strömten als zur Vorstellung. Sicher wurden die meisten Subventionsgelder für diesen Empfang benötigt. Mit einem Freudenschrei stampfte Elena zur Bar, als sie hörte, daß es freie Getränke gab. Ich konversierte erst einmal mit den Herrschenden, was ich als überraschend anstrengend empfand. Theaterprojekte, Reisen, Städtevergleiche, meine eigene Arbeit – furchtbar. Ich merkte, wie weit ich mich von normaler Kommunikation entfernt hatte durch Elenas ruppige Art. Ich hatte seit Monaten nur noch »Wer fickt mit wem«-Gespräche geführt, und nun fehlte mir die feine Art. Und während ich mich mühte, einen guten Eindruck zu machen, mischte hinter meinem Rücken schon wieder Elena die Versammlung auf: mit »Wer fickt mit wem«-Gesprächen!

Aber meine Sorgen waren ganz unnötig. Die Leute waren begeistert von genau diesen Gesprächen, die sie selbst am liebsten führten. Längst war ganz Deutschland dort angekommen, wo Elena immer schon war. Als ich mich einmal dazustellte, berichtete eine bejahrte Theaterfrau aufgeregt von ihren Datingabenteuern im Facebook-System. Als Elena anmerkte, ich würde Facebook noch nicht kennen, sprudelte die Theaterfrau freudig und hilfsbereit alles Wissenswerte darüber heraus. Sie war völlig begeistert davon. Jeden Tag sei sie mindestens einmal im System. Ihr gesamtes Dating laufe über Facebook. Insgesamt, war sie sich sicher, lief bei 90 Prozent aller Deutschen das Dating über das Internet. Also kennenlernen, flirten, treffen, in die Kiste springen und vergessen.

»Dieses Land wird untergehen«, dachte ich. Kein Mensch las mehr Bücher, keiner eine Zeitung. Und Obama war noch immer nicht im Amt. Hoffentlich kam er nicht zu spät. Als erstes mußte er das Internet verbieten.

Um auf andere Gedanken zu kommen, wandte ich mich nun gezielt an den ältesten Mitbürger, den ich im prunkvollen Saal entdecken konnte. Er war bestimmt schon 65, trug eine schwarze eckige Hornbrille und zwei verschiedenfarbige Seidenschals.

»Na, Herr Direktor, wie fanden Sie die Vorstellung?«

»Ach, nein, die Schauspieler waren im Kopf da, aber nicht mit den Beinen. Da hätte man noch ein bißchen trainieren müssen. Die redeten immer die ganze Zeit, und die Füße schleiften sie wie tote Paddel hinterher ...«

Er machte es vor, lief vor mir auf und ab, wie eine quakende Ente. Ich meinte, das könne man ja noch abstellen, diese Art.

»Nein, das war heute die letzte Vorstellung. Der Staatsfonds zur Förderung des deutsch-tschechischen Kulturaustauschs hat das Geld gestrichen.«

»Und ohne dem geht es nicht?«

Er sah mich einmal von oben bis unten an. Ihm dämmerte, gerade mit einem Vollidioten zu reden. Ich lachte entschuldigend:

»Ha, ha, ha, ich meine: Kann nicht der Senat einspringen? Wenn die Oper schon 250 Millionen extra bekommt, kann doch auch das Theater ...«

»Für wen schreiben Sie?«

»Die Tageszeitung.«

»Der Tagesspiegel?«

»Genau.«

Er rückte näher und sprach auf mich ein. Die Claus-Peymann-Platte. Der barbarische Staat, dem die Kultur nichts mehr bedeute. Die lächerlichen zig Millionen, mit denen man kein anständiges Theater führen könne. Die Stellungnahme von ver.di zum Kahlschlag in der öffentlichen Kultur. Die globale Finanzkrise als Ausrede für die Zurückhaltung beim Einsatz weiterer kultureller Fördermittel. Blablabla. Ich sehnte mich beinahe nach den »Wer fickt mit wem«-Plaudereien. Das war ja wie die Wahl zwischen Pest und Cholera. Nun fragte der Mann auch noch, ob ich schon Mitglied des Förderkreises Berliner Theater sei. Ich sagte, meine Frau und ich überlegten es gerade. Ich zeigte auf Elena, die in ihrer zerrissenen Strumpfhose breitbeinig mitten im Louis-seize-Saal stand, in jeder Hand ein Glas Weißwein und eine Zigarette, und viel zu laut auf einen Homosexuellen einsprach.

Der Direktor nahm schnell Abstand. Der Homosexuelle auch, und so konnte ich mit Elena wieder allein sein.

»Na, wie geht's? Wie fühlen wir uns in der Upperclass?«

»Super. Dem Schwulibert hab ich's richtig gegeben. Hab ihn mitten im Satz stehenlassen! Blöde Schwuchtel, hat mich immer so blöde angestarrt, als wenn ich das Letzte wäre. Und hat nach jedem Satz so getan, als wenn er mich akustisch nicht verstehen würde. Ich hab ihn dann richtig angeschrien …«

»Ehrlich?«

»Und jetzt kommt die Schwachmatikerin dran, die mich vorhin angemacht hat!«

»Nein! Das tust du nicht. Die Frau hat uns immerhin reingelassen, das war doch nett von ihr. ICH werde das übernehmen!«

Ich sah die befreundete Schauspielerin bereits auf uns zukommen, stieß mich rasch von Elena ab und führte die Frau zu einer Sesselgruppe. Ich kannte sie seit ihrem achten Lebensjahr. Inzwischen war sie 27. Als Kind hatte sie einmal eine Filmrolle bei Wim Wenders gehabt. Ihre Mutter war mit Wenders befreundet, und mit mir natürlich auch. Ich sagte:

»Lisa, meine Freundin denkt noch immer darüber nach, warum du sie vorhin als sehr extrem aussehend bezeichnet hast.«

»Ach, hab ich das? Das bezog sich, glaube ich, auf diese Unterhose, die sie anhat und die überall da Löcher hat, wo sie gerade keine haben sollte.«

»Gut. Und sonst so, wie geht's?«

»Super! Ich bin ja so aufgeregt. Im Januar geht mein einmonatiger Workshop in Los Angeles los! Bei Vince Borkov, das ist der Meisterschüler von Lee Strasberg, und der führt das Actors Studio in Los Angeles, und ICH darf da rein!!«

»Hm.«

»Du mußt dir das mal vorstellen. Schon letztes Jahr wollten sie mich nehmen, aber ich war so aufgeregt, so WAHNSINNIG aufgeregt, daß ich es nicht gepackt habe.«

»Warum denn bloß?«

»Weil man sich da nicht verstecken kann! Da mußt du alles geben, hundert Prozent, da mußt du auch deine Ängste zeigen. Da kannst du dich nicht wie sonst wegdrücken. Da stehst du da, und du kannst nicht deine Spielchen spielen, verstehst du?«

»Nein.«

»Mensch, das ist, wie wenn du auf der Straße bist, und jemand macht dich an, und du sagst ›verpiß dich!‹, und dann kommen seine homies hervor und stehen hinter dir, und du kannst nicht weglaufen … ach, du mußt es auch nicht kapieren. Es ist einfach … total spannend für mich gerade!«

Ich erinnerte mich. In der Kinderrolle war sie umwerfend gewesen, ein Remake des »Rosen-Resli« von 1954. Damals hätte sie ohne jede zusätzliche Anstrengung ein Kinderstar werden können. Aber die Mutter wartete, bis die Kleine in die Pubertät kam. Und mit der Pubertät verschwand seltsamerweise jedes Talent. Also wirklich jede Spur einer Spur eines gewesenen Talentes, es war ein vollständiger Verlust und irreparabel. Trotzdem steckte die Mutter das arme Ding in tausend Schauspielschulen. Seit 20 Jahren war Lisa in einer ewigen Ausbildung zur Schauspielerin, ohne je eine weitere Rolle angeboten zu bekommen. Immerhin durfte sie nun am Theater spielen, als fußlahme Ente in einem Stück, daß der Staatsfonds bezahlte. Man konnte es nicht mitansehen. Ihre noch immer einflußreiche Mutter steckte dahinter. Und tatsächlich spielte Lisa eine Rolle, nämlich die Rolle »ich werde einmal eine Schauspielerin«. Ihre Sätze paßten in jede Talk-Show, wurden schon von Millionen von Sternchen genau in dieser Art gesagt und würden auch immer wieder gesagt werden, solange es das Fernsehen gab:

»O my god, ich habe *Lampenfieber*, ich bin so was von aufgeregt am set! Es ist crazy, ja das ist es. Aber es ist natürlich, daß es so ist, weil, Robert De Niro hat einmal gesagt …«

Ja, solange es das Fernsehen gab, was nicht mehr lange der Fall war. Eigentlich gab es das Fernsehen schon jetzt nicht mehr. Alle waren ins Internet gewechselt, bis auf die Greise, die nicht gelernt hatten, Computer zu bedienen. Ich hörte noch ein paar Minuten zu und fühlte mich wie bei Oma vor der Glotze. Dann war ich froh, zurück zu meiner versauten Freundin schlendern zu können. Das Leben war doch schön, wie es jetzt geworden war. Wollte ich wirklich zurück zu den Zeiten der öffentlich-rechtlichen Hochkultur? Nein. Und so beschloß ich, die Dinge fortan einfach POSITIV zu sehen, und legte meinen Arm um Elenas mächtige Schultern. Sie stieß einen Satz aus, den alle hörten:

»Hey, was tatschst du an an meinem body rum, eh, damit die Leute denken, wir sind EIN PAAR, oder was?!«

Ich sah ungefähr hundert Augen entsetzt auf mich gerichtet, als Elena meinen Arm angeekelt von ihren nackten Schultern schüttelte, als wäre er eine fette Giftschlange. Das war peinlich, aber andererseits konnte man nicht alles auf einmal im Leben haben.

Vielleicht hatte sie mich ja trotzdem lieb. Manchmal. Auf jeden Fall öfter als früher. Eigentlich war unser Verhältnis in den letzten Monaten immer besser geworden, menschlicher, fast herzlich. Es gab auch keine Kokainausraster mehr. Elena wurde unter meinem Einfluß sensibler, entwickelte erste Momente von Herzensbildung. Eines Tages würde sie auf meine Ratschläge mit einem gehauchten »Danke« reagieren, anstatt mir eine zu knallen. Trotzdem ging ich am nächsten Abend ohne sie aus. Meine alten Intellektuellenfreunde hatten mich zum erstenmal seit der verlorenen Europameisterschaft wieder eingeladen. Da war ich natürlich sehr gespannt und ging kein Risiko ein.

Zu meiner Überraschung fand das Treffen nicht mehr in unserem alten Lokal, der »June Bar« in der Sredzkistraße statt, sondern in einer dunklen Spelunke im Winsviertel. In der »June Bar« kostete jedes Getränk acht Euro, sie gaben nur Cocktails aus, und das war den Freunden nun zu teuer. In der neuen Spelunke gab es Flaschenbier für kleines Geld, und man konnte anschreiben lassen.

Die Begrüßung war über die Maßen herzlich. Jens Tuborg fehlte, aber der gehörte auch nicht mehr dazu, seitdem er beim SPIEGEL aufgestiegen war. Philipp Rühmann stürmte als erster auf mich zu. Die Freunde saßen an mehreren Tischen, und an jedem Tisch winkte mir jemand zu, ich solle doch dort Platz nehmen und nicht woanders. Es war wieder so wie früher, als ich mit einem Buch in den Bestsellerlisten geführt wurde, nein, es war noch besser. Ich fühlte mich wie der heimkehrende Sohn. Denn nicht nur mein gigantischer Vorschuß hatte sich herumgesprochen – ich gab immer gern eine Null zuviel an –, sondern gleichzeitig waren alle Freunde bis auf Jens Tuborg abgestürzt. Und auch Jens kämpfte ja mit dem Rücken zur Wand mit seinen Finanzproblemen. Beim SPIEGEL wollten sie ihn zudem wieder loswerden, weil er nicht schreiben konnte. Das alles wußten die Freunde natürlich, und so wurde ich zu ihrem einzigen Hoffnungsträger. Johannes Lohmer – der Mann aus ihrem Kreis, der es geschafft hatte! Ich wußte, was ich zu sagen hatte:

»Kinder, ihr habt mich nie im Stich gelassen, das werde ich keinem von euch vergessen. Wenn ich mal etwas für jemanden tun kann, tue ich es natürlich, und zwar gern …«

Als erstes bezahlte ich den Deckel von Holm Friebe. Nach der Geburt seines ersten Kindes, dem Totalflop seines letzten Buches, der Insolvenz seiner Firma und dem Aus seiner Ehe war er ein bißchen aus dem Tritt gekommen. In letzter Konsequenz hatte es alles mit der Finanz- und Wirtschaftskrise zu tun. Die deutsche Wirtschaft befand sich inzwischen im freien Fall. Täglich wurden die Zahlen des Abschwungs korrigiert und dramatisiert. Die Zahlen selbst schienen sich aufzulösen. Was früher einmal eine Million war, hieß nun Milliarde, und aus Milliarden waren auf einmal Billionen geworden, ein Wort, das man bis dahin gar nicht gekannt hatte, eine Phantasiezahl aus Dagobert-Duck-Comics. Philipp Rühmann erzählte von einem Betrüger namens Muffod, dem man gerade auf die Schliche gekommen war und der mal eben 50 Milliarden Dollar eingesammelt hatte. Von Golferfreunden. Ohne Zweifel hatte sich die Realität aufgelöst, aus der Wirtschaft war ein infantiles Monopolyspiel geworden. Aber war das schlecht? Ich fand das nicht. Die Welt war so schön wie immer. Kein Mensch war gestorben, kein Stern vom Himmel gefallen. Im Gegenteil: Indem sich der materielle, berufliche, finanzielle Bereich als Schall und Rauch entpuppte, lebte das Menschliche wieder auf. Die Bürger rückten zusammen, wie meine Freunde und ich in dieser alten Kneipe im Winsviertel.

Die Leute scharten sich um mich. Jeder schien wenigstens einmal mit mir sprechen zu wollen. Sascha Lobo, dessen letztes Ratgeberbuch am Buchmarkt zerschellt war und der die teure Miete seiner neuen Wohnung in der Schönhauser Allee nicht mehr bezahlen konnte, nahm mich in den Arm. Der Irokesenschnitt stand matt und eingeknickt auf seiner Glatze wie eine eingegangene Blume. Er drückte mich mehrere Sekunden lang, ungefähr zehn Sekunden waren das, richtig innig und fast tränentreibend! Keiner konnte mehr sagen, daß ich nicht geliebt wurde. Das war ein anderer Ausdruck von Zuneigung als die Momente, wenn Elenas trunkener Körper im Schlaf auf mich rollte und mir die Luft zum Atmen nahm. Nein, jetzt fühlte ich mich angenommen, jetzt war ich wieder zu Hause. Und da ein Glück selten allein kommt, wie das Sprichwort schon sagt, lernte ich an dem Abend auch noch eine neue Frau kennen.

Sie hieß Angelika Schuberth, sah auch so aus und schlug mir gleich einen ausgedehnten Spaziergang vor, da sie Kneipen nicht leiden könne. Ich habe dabei nicht viel erfahren, aber am nächsten Montag nahm ich sie kurzerhand mit zu Jens Tuborg und Luna. Ich ließ mir bei Leuten, die ich gerade kennenlernte, immer als erstes die Telefonnummer geben, um gleich Interesse zu heucheln. So kam es, daß ich Angelika Schuberths Handynummer besaß und sie meine, und als zugleich Jens und Angelika Schuberth anriefen, verband ich Personen und Zufälle. Als guter Spieler mußte man wissen, wann eine »occasion« kam. Mir entging auch nie, wenn in Frankfurt auf dem Parkett eine Ralley startete. Jetzt war eine Glückssträhne angesagt, mit ganz

vielen Frauen und noch mehr Sex, Sex, Sex ... Jens Tuborg sollte als erster davon erfahren und blaß werden. Vor allem freute
ich mich auf das erstaunte Mariengesicht Lunas.

Ich holte Angelika Schuberth mit dem neuen Luxuswagen ab.
Sie sollte gleich sehen, daß sie eine Brieftasche auf zwei Beinen
geangelt hatte. Ich machte abfällige Bemerkungen über Kreuzberg, wo Jens und Luna wohnten. Die hatten es wohl nötig. Der
Job beim SPIEGEL stand auf der Kippe, da konnte man keine
großen Sprünge mehr wagen. Frau Schuberth war gerade von
Zehlendorf nach Prenzlauer Berg gezogen. Sie teilte meine Einstellung gegenüber Kreuzberg. Aber ich war ungerecht. Jens
und Luna wohnten völlig abgeschieden in einer weiträumigen
Dachwohnung eines Hinterhauses – und sehr bürgerlich. Das
Viertel gehörte nur postalisch zu Kreuzberg.

Luna öffnete, und ich umarmte sie. Dann Jens. Dieser war
sichtlich irritiert, daß ich eine fremde Person mitgebracht hatte,
noch dazu eine, wie er sogleich durch kurzes Googeln heraus-
fand, die keine Reputation in der Medienszene besaß, ja, die weder ihm noch mir beruflich nützen konnte! Er war fassungslos.
Was sollte dieses Manöver? Wollte ich die Schuberth als Vor-
zimmerdame im SPIEGEL-Sekretariat unterbringen? Und was
hatte ER davon?! Ich war selbst etwas erschrocken und fragte
mich, warum ich sie nicht schon selbst gegoogelt hatte. In diesen unseren Zeiten war es doch unverzeihlich, das Googeln zu
vergessen! Jens sprach es aus. Erregt flüsterte er:

»Sie scheint schon okay zu sein, aber ich versteh nicht, daß du
sie nicht im Netz gecheckt hast! Am Ende kommt bei so was doch
nur raus, daß man mit einem No-name am Tisch sitzt ...«

Nach den ersten Warm-ups gingen wir durch einen langen
Flur in das große repräsentative Wohnzimmer und setzten uns
rund um einen Couchtisch. Das Thema des Tages war natürlich wie überall auf der Welt die Finanzkrise. Das Jahr 2008
näherte sich dem Ende, und die Menschheit begriff allmählich, daß diese Zahl 2008 bald und dann für immer synonym
sein würde für Wirtschaftszusammenbruch und Zeitenwende,

so wie 1933 für Naziherrschaft stand und 1968 für den Terror der Studenten. Es gehörte sich also, darüber zu reden, jetzt, wo es stattfand, das legendäre Jahr 2008. Aber natürlich machten alle nur wieder ihre Scherze über Medienhysterie und lächerliche Panikmache. Nichts habe sich geändert, meinte Jens. Er würde erst dann an die Krise glauben, wenn auf seinen Kontoauszügen irgend etwas davon zu lesen sei. Luna enthielt sich ganz der Kommentare. Frau Schuberth ebenfalls. Also redeten nur Jens und ich, wobei ich den definitiven Weltuntergang für Ende Januar 2009 voraussagte und Jens nur griente, lachte und beschwichtigte. Noch nie habe er von den bisherigen Krisen etwas in seinem eigenen Leben bemerkt. Luna konnte nicht mitreden, da sie aus Altersgründen noch keine der früheren wirtschaftlichen Rezessionen miterlebt hatte. Aber wie unwichtig schien mir das nun! Das Mädchen war so schön wie am ersten Tag, und von einem Martini zum anderen wurde sie schöner. Frau Schuberth und ich hatten nämlich eine große 0,7-Liter-Flasche Markenmartini mitgebracht, in Originalabfüllung nach echtem italienischem Rezept, und der war nicht billig gewesen. Meine Freunde, die einst miterlebt hatten, wie ich gefälschten Aldi-Martini in Shampooflaschen bei mir trug, staunten nicht schlecht. Keine Frage, ich war wieder wer. Vielleicht lag es an meinem wiederhergestellten Selbstbewußtsein, daß mir Luna so begehrenswert erschien, wie sie tatsächlich war. In Italien hatte ich, als hoffnungsloser Kaputtnik, nichts mehr ernst nehmen können.

Irgendwann fragte ich dann auch, wie denn ihre Italienferien ausgegangen waren. Sie erzählte lebhaft, daß man ihre leibliche Mutter überredet hatte, zu Hilfe zu kommen. So kam es zu einer Art Familienrat, einem therapeutischen Prozeß, bei dem schon bald die gescheiterte Ehe der Eltern das Hauptthema wurde und Lunas Eskapade mit dem älteren Schriftsteller verdrängte. Da die neue Frau des Vaters anfangs noch mit am Tisch saß, wurde es ein Tribunal gegen den Italo-Svevo-Professor.

Dies alles teilte uns Luna in der natürlichsten Weise mit, und auch Jens wirkte offen und unbelastet. Entweder hatte seine Freundin ihm nichts »von uns« verraten, oder er hatte ihr alles restlos vergeben. Oder hatte er sich verändert? Auch er wirkte im Lichte des dritten Martinis milder. Er hatte eigentlich schöne, warmherzige Augen und ein ruhiges Gesicht. Man konnte nicht feststellen, daß er um die Hälfte älter war als seine blühende junge Freundin. Die beiden paßten zusammen. Nun lebten sie auch schon eine lange Zeit gemeinsam, machten sich nichts aus anderen Menschen und dem Nachtleben, so daß es verständlich war, daß sie sich ähnlich wurden. Daß Jens sich nur für seine Karriere interessierte, hatte ich vielleicht nur falsch verstanden. Wenn man auf die 40 zuging und noch nichts war, mußte man einfach monomanisch an den beruflichen Erfolg denken. Womöglich aber hatte ihn nur die Tätigkeit beim SPIEGEL geheilt. Nun, da er einen imageträchtigen Posten ergattert hatte, sah er, daß es ihm nichts bedeutete. Als ich ihn danach fragte, erzählte er erstaunlich freimütig über sein vollständiges Scheitern:

»Ich mache das da, aber eines Tages, ja ... da habe ich auf einmal gemerkt: Hey, du hast doch hier gar nichts zu sagen! Also nicht im Sinne von keine Macht haben, keine Bedeutung haben, sondern im Wortsinne, nichts mitzuteilen zu haben. Ich habe nichts, was ich den SPIEGEL-Lesern sagen möchte. Und seitdem habe ich innerlich abgeschaltet.«

Ich ließ mein Auge immer hemmungsloser über Lunas reizenden Körper wandern. Sie war so groß wie Jens, aber halb so breit. Bei 1,80 Metern wog sie wohl nur 50 Kilo, und doch hätte man sie nicht mager genannt, und zwar, weil alle Körperteile in vollständiger, unerreichter Harmonie zueinander standen und weil sie sich auch so bewegte. Dieses marienhafte Mädchen war die Natürlichkeit selbst. Kein Wunder, daß die Maler der Vorrenaissance sie immer hatten malen wollen. Ihre langen Glieder steckten zudem hauteng und doch locker in geschmackvollen Understatement-Klamotten, Jeans, Wildlederstiefel mit langen Wildlederschnüren, very mittelalter, einem Pullichen, der viel Haut zeigte rund um die feinen Schlüsselbeine. Die langen blonden Haare flossen schräg über die hohe Stirn, bedeckten sie genau zur Hälfte, türmten sich dann eher waagerecht am musikalischen Hinterkopf. So sahen zuletzt Frauen in den 60er Jahren aus, etwa Jane Fonda in Barbarella oder die junge Candice Bergen. Und ich war sicher, daß Luna das nicht wußte. Jens schon, denn er war für das gerahmte Brigitte-Bardot-Schwarzweißfoto verantwortlich, das als einziger Wandschmuck das große Wohnzimmer dominierte. Ich begann ihn plötzlich zu beneiden und betrachtete ihn feindselig aus den Augenwinkeln. Als hätte er es bemerkt, nahm er mich zur Seite und überraschte mich mit der Nachricht, Angelika Schuberth sei ja eine bemerkenswert schöne Person.

»Schön?«

Es war mir noch gar nicht aufgefallen. Aber ich mochte sie daraufhin schlagartig lieber und fuhr sie später sogar deswegen nach Hause. Dort angekommen, in der Mitte ihrer Straße, fragte sie mich, warum ich den Wagen nicht parkte. Ich tat es widerwillig und wartete ab. Nach einigen Sekunden hörte ich tatsächlich diesen schrecklichen Satz, also diesen Satz aller Sätze, den ich nur aus schlechten Filmen kannte, den mit dem Kaffee, den man oben noch trinken könne. Ich sagte als höflicher Mensch, der andere nicht in direktester Weise demütigt:

»Ja, ich will.«

Es klang aber so leidenschaftslos, daß sie noch einmal nachfragte. Ich schob ein paar lustige Worte nach, und wir gingen nach oben.

Damals war es für mich noch etwas Neues, daß mir kostenlos Sex angeboten wurde, ausgerechnet nun, da ich die Leistung hätte bezahlen können.

Wochen später wurde ich Zeuge, wie mein bester Freund Holm Friebe tatsächlich Bankrott machte. Er hatte im Laufe des Sommers zu seiner Eigentumswohnung am Arnswalder Platz noch eine zweite dazugekauft, nämlich die Wohnung darüber, und dann beide Wohnungen durch aufwendige architektonische Baumaßnahmen miteinander verbunden. So konnte seine Freundin nach der Geburt des ersten Kindes zu ihm ziehen. Ein komplizierter Vertrag mit der sehr entgegenkommenden Münchener Bank Hypo Real Estate hatte den Kauf und die Investitionen finanziert. Ja, Holm Friebe hatte wirklich Glück gehabt, mit seiner hübschen Freundin, seinem neuen Baby, der schönen Wohnung, der generösen Bank, und ich beneidete ihn dafür. Anfang Januar, kurz vor dem Amtsantritt Barack Obamas, fand die große Housewarming-Party statt. Ganz Mitte war auf den Beinen, oder wie es früher hieß, die Crème de la Crème. Auch ich war gekommen, was einmal mehr bewies, daß ich wieder dazugehörte. An meiner rechten Seite glänzte die ehrenwerte Elena Plaschg.

Schon hundert Meter vor dem neuen Domizil trafen wir einzelne Mitte-Größen, die sich erregt dem Holm-Friebe-Building näherten, zum Beispiel Penélope und ihren Freund, den Comiczeichner Rattelschneck. Der Tag war schön gewesen, ein kristallklarer Sonntag mit Wintersonne und Schnee, und selbst hartgesottene Intellektuelle und Stubenhocker-Nerds hatten ihre Computer verlassen, um in der plötzlich ganz und gar himmelblauen Stadt spazierenzugehen. Die Sicht war endlos gewesen und der Sonnenuntergang ein Stunden währendes Schauspiel. Nun stapfte man durch den knirschenden Pulverschnee auf die Party zu, um 19 Uhr, schon war tiefste Nacht. Die gute alte Freundin, die sie nun wieder war, Penélope, umarmte mich fast theatralisch. Wir hatten uns im abgelaufenen Jahr fast nicht gesehen, was aber nur an meinem Niedergang gelegen hatte. Sie wäre jederzeit für mich dagewesen, wenn ich die Kraft und das Selbstbewußtsein aufgebracht hätte, sie anzurufen. Eine bessere Freundin in der Not gab es gar nicht.

»Johannes, mein Lieber, es soll dir wieder gutgehen, habe ich gehört!«

»Ja, stimmt! Ist ja toll, euch schon hier zu treffen, da können wir zusammen zur Party laufen!«

»Und uns dabei schon alles erzählen, was wir uns auf der Party erzählen wollten ...«

Aufgekratzt machten wir uns wieder auf den Weg. Es war schön, wieder gemocht zu werden, aber ich sorgte mich ein wenig um Elena, die von dem warmen Regen der Zuneigung nichts abbekam. So sagte ich mehrmals:

»Ihr kennt doch Elena noch, meine schöne Freundin? Ihr habt euch doch schon einmal so nett unterhalten, glaube ich.«

Das wirkte. Gleich fühlten sich alle besser. Der gute Wille, Elena in die Gemeinschaft der Menschen endlich aufzunehmen, war mit Händen zu greifen. Aber Elena ließ uns zurückfallen und flüsterte mir zu, Penélopes Busen sei ihr zu groß. Er hänge um sieben Zentimeter zu tief. Ich verteidigte meine neue alte Freundin.

»Ich weiß aber, daß ihrem Freund ihr Busen gefällt. Er hat es mir selbst einmal gesagt! Er hat mir wirklich gesagt, daß ihn keine anderen Frauen interessieren, weil er auf großbusige Frauen fixiert sei.«

»Aber der Busen *hängt* einfach. Das ist scheiße.«

»Nein, er ist groß, größer als bei allen anderen Frauen.«

Elena wurde wütend. Sie rief irgend etwas über abstoßende Hängebrüste in die Nacht, was jeder hören mußte. Es hatte aber keine Folgen. Vielleicht, weil alle noch gutgestimmt waren, wie eben zu Weihnachten, das noch nicht lange zurücklag. Oder weil der ungewöhnliche und reichhaltige Schneefall alle euphorisierte. Oder weil man in der Erwartung Obamas lebte. Nur noch wenige Wochen, und Barack Obama würde das Weltgeschehen zu steuern beginnen, und natürlich zum Vorteil aller oder zumindest zu unserem Vorteil. Denn er war *unser* Mann. Der erste Weltenlenker seit Lenin, den die Intellektuellen hervorgebracht und gekürt hatten.

Holm Friebes Frau gab jedem von uns drei Küßchen, und dann zeigte sie mir auf meinen Wunsch die neue Prestigewohnung. Schon jede einzelne Etage war überdimensioniert. Zimmer reihte sich an Zimmer, vom langen Flur aus, der mit seinen in der Decke eingelassenen Starkstromleuchten an das Innere eines futuristischen Bankgebäudes erinnerte. Diese vielen Zimmer sollten von lediglich zwei jungen Erwachsenen und einem Baby mit Leben erfüllt werden? Nein, hier hatte sich jemand übernommen wie einst der rumänische Diktator Ceauşescu mit seinem Großpalast. Holm Friebe wußte nicht, wie er die Raten für den Kredit aufbringen sollte. Sein letztes Buch lag in den Regalen der Buchhandlungen wie Blei. Neue Aufträge blieben vollständig aus. Mit hängenden Schultern und Angstaugen wand er sich durch die Gästeschar. Es war für ihn, er ahnte es wohl, die finale Party, das letzte Hurra, der Schlußpunkt seiner Erfolgsstory. Erst als er mich sah, flackerte eine absurde Hoffnung in ihm auf.

»Lohmer! Freund! Mein Lieber ... schön, daß du gekommen bist!«

Der Erfolg war in meiner Person doch noch in sein Unglückshaus gekommen.

Der Literaturagent Thomas Hölzl kam auf mich zugesprungen. Noch im Spätherbst hatte er mich einfach übersehen, wenn ich ihn gegrüßt hatte. Von allen meinen Freunden hatte er die längste Leitung. Dafür war er nun um so freundlicher, ja wie ausgewechselt, wie neugeboren. Er nickte achtmal und mahlte mit den Zähnen, ehe er zu sprechen anhob. Man müsse jetzt endlich ein Buch miteinander machen. Er habe auch schon einen phantastischen Verlag für mich. Und wenn das doch nicht funktioniere, mit dem Verlag, aus wirtschaftlichen Gründen, wisse er auch schon einen anderen.

Ich wagte nicht, nach dem Verlag zu fragen. Sicher war es der Aufbau-Verlag, der gerade Insolvenz angemeldet hatte. Ich wollte Thomas Hölzl nicht demütigen, mehr noch: Ich entwickkelte plötzlich für ihn, den ich lange Zeit gefürchtet hatte, ein Gefühl der Nähe, ja der Freundschaft. Er tat mir auf einmal leid, und ich verstand, daß er immer nur das Beste gewollt hatte, für seine Autoren, für seine Kollegen, für seine Eltern und für seine Agentur. An sich selbst hatte er nie gedacht. Er besaß auch keine Freundin und lebte mutterseelenallein. Neurotisch zuckte sein Gesicht, die Augen schwammen unstet hinter viel zu dikken Brillengläsern. Noch nicht alt an Jahren, war Thomas Hölzl bereits am Ende aller Jugendhoffnungen angekommen. Nun klammerte er sich an mich wie ein Greis an die junge Krankenschwester. Bei mir war noch Leben, da ging noch was. Aber natürlich konnte ich ihm nicht helfen. Und ich unterdrückte auch den Impuls, den frischgebackenen Hartz-IV-Empfänger zu umarmen.

Die Bar von Holm Friebe war immer legendär gewesen, daran erinnerte ich mich nun, und begann zu suchen. All die in Jahren gesammelten exquisiten Spirituosen konnten noch nicht restlos ausgetrunken sein. Und so fand ich eine Flasche Edel-Absinth für 120 Euro, die ich kurzerhand in die Außentasche meines Jacketts steckte. Zudem mixte mir eine Schönheit namens Julia Schulte-Ontrop gleich zu Beginn einen unschlagbaren Cocktail aus »Absolut«-Wodka, Tabasco, Zimt, Kirschsaft und Eis, der für einen optimalen Beginn der organisierten guten Laune sorgte. Ich war erstaunt, daß dieses Mädchen das für mich tat. Ich himmelte sie schon lange aus der Ferne an, hielt mich aber für vollkommen und definitiv chancenlos. Sie war einfach das schönste Mädchen unseres Freundeskreises, und es bestand die einhellige Meinung, daß sie in den virilen Schriftsteller Wolfgang Herrndorf verliebt sei. Nun aber trat Jens Rühmann, der in der Liebe unerfahrene jüngere Bruder von Philipp Rühmann an mich heran, um mir in verkrampfter Körperhaltung zuzuwispern, dieser cocktailmixende Engel habe sich enthusiastisch darüber geäußert, daß ich sie in einer meiner nun zahlreicher werdenden Publikationen erwähnt hatte. Auch Wolfgang Herrndorf selbst stand bald darauf glückstrunken-schweigend neben mir, unfähig, etwas hervorzubringen, bis er schließlich eher würgte als sagte:

»Der Kaiser!«

Viel Ehre an nur einem Abend. Und er fing erst an. Ein anderes großes Mädchen mit einer riesigen Barbra-Streisand-Nase gefiel mir besonders. Sie guckte die ganze Zeit so nett und interessiert aus der Weite zu mir. Ich sah, daß sie die Gespräche anderer heimlich belauschte und daß sie allein gekommen war. Sie war zwar 20 Jahre jünger als ich, aber mit dieser monströsen Nase hatte sie ohnehin bei keinem eine Chance. Ich nahm mir vor, im Laufe der Veranstaltung auf sie zuzugehen, und machte ihr bereits Zeichen. Aber es war schwer, denn ich wurde unaufhörlich angesprochen. Manchmal stolperte mir auch Elena über den Weg, die nämlich unbedingt häßliche Sätze über die Anwesenden loswerden mußte, etwa:

»Diese Leute sind ALLE haargenau wie meine Eltern, nur eben eine Generation jünger. Weißt du, was ich meine? Sie sind genauso! Mit dieser selben Art! Total uncool, wie Lehrer oder ...«

»Elena, es sind eben Kreative, und die ...«

»KREATIVE, die?! Niemals! Da kenne ich mich aus. Die sind ...«

»Also gut, es sind Intellektuelle, und die sahen noch nie gut aus. Sartre war 1,50 Meter klein und schielte.«

»Wer ist denn Sartre?!«

»So ein Philosoph, wie heute Diedrich Diederichsen.«

»Wer ist denn *Diedrich Diederichsen*?!«

»Äh ... auch ein Philosoph, etwa zu vergleichen mit ... also einer wie Marcel Reich-Ranicki, nur in jung.«

»Ja, ich glaub, davon habe ich gehört. Obwohl, ist dieser ... Reich-Ranicki ... nicht eher so ein Fernsehstar?«

»O ja.«

»So wie Dieter Bohlen?«

»Hm, schon.«

»Und dieser Diederichsen sieht scheiße aus?«

»Das sagst DU!«

»Ist der hier?«

Ich verneinte und begrüßte andere Leute. Der wesentlich eloquentere der Rühmann-Brüder, Philipp, zog mich in ein Gespräch über den Einmarsch der israelischen Truppen in den Gazastreifen und die Haltung der zukünftigen Obama-Administration dazu. Leider hatte Elena auch zu diesem Thema eine dezidierte Meinung, die sie sofort lautstark verkündete:

»Diese ganzen Wichser sollen vom Erdboden verschwinden! Das ganze Thema nervt! Die sollen das ganze Gebiet absperren und dann die Leute sich gegenseitig umbringen lassen, bis kein einziger mehr übrig ist! Kein Israeli, kein Palästinenser, niemand – und endlich ist Ruhe da!«

Philipp Rühmann sah sie erschrocken an, stammelte etwas von Auschwitz und ob man da ebenfalls … er kam nicht weit, weil Elena gleich weiterbollerte. Ich ließ die beiden Diskutanten allein, da sie sich so angeregt unterhielten. War es nicht schön, dachte ich beruhigt, daß wir in einem Land lebten, in dem die jungen Leute frank und frei über alles reden konnten und so, wie ihnen der Schnabel gewachsen war? Noch unsere Großeltern wären dafür bestraft worden. Also wenn sie die Position von Philipp Rühmann vertreten hätten.

Ich schlenderte zu Heike Melba Fendel, der Frau, die mich von ihrer schrecklichen Party mit den Worten entfernt hatte, ich hätte nun genug Essen und Trinken geschnorrt, oder so ähnlich. Ich wollte testen, ob sie mich noch immer verachtete. Da sie gerade ein ziemlich aufwendiges Lachs-Meerrettich-Gurke-Baguette verschlang und den Mund voll hatte, war der Moment günstig.

»Melba, altes Haus!«

Sie spuckte das Zeug fast aus, ruderte mit den Armen, schwang die Katherina-Wagner-Mähne, aber sie konnte noch nicht sprechen. Ich wartete geduldig ab. Immerhin wurde bereits deutlich, daß sie mich voller Freude begrüßen wollte. Kurz bevor sie den Partyfraß runtergewürgt hatte, wünschte ich guten Appetit, wandte mich ab und ging auf einen anderen Gast zu, auf Petra Slomka.

Diese Petra Slomka war zierlich, hochattraktiv, konnte alles tragen, sah aus wie 19, ein echtes Beauty. Aber sie war bereits über 30, studierte im dritten Fach, besaß bereits zwei Doktortitel und war verheiratet. Ihr Studienort war irgendeine ostdeutsche No-name-Universitätsstadt, ihr Fach zur Zeit interdisziplinäre Sprachlinguistisch-Philosophische Grenzwissenschaft mit Schwerpunkt Genderforschung & ökologisches Verhalten. Diese Person, die unbeirrt eine akademische Karriere betrieb und womöglich als einzige der Anwesenden in fünf Jahren eine unkündbare Stelle als Beamtin besaß, sah mich von oben bis unten voller Geringschätzung an. Sie, Petra Slomka, war der einzige Mensch hier, der die Kunde von meinem Aufstieg noch nicht vernommen hatte. Kein Wunder: Da, wo sie studierte, in Erfurt nämlich, gingen die Uhren anders. Und so sagte die aparte Möchtegerndozentin gedehnt:

»Du willst mich doch nicht etwa anpumpen, Lohmer?«

Meine Partylaune war längst gegen solche Gemeinheit immun, und ich reagierte mit einem Lachanfall. Dann zwang ich mich zu einer ernsten Miene und bettelte:

»Mensch, Scheiße auch, nur einen Euro … ich bitte dich darum! Sei nicht grausam, ich verliere sonst mein Gesicht.«

Sie schnitt eine Grimasse, die ich gar nicht deuten konnte. Sie wollte wohl noch verächtlicher gucken als vorhin, aber das Gesicht verrutschte ihr. Bevor sie kommentieren konnte, was sie meinte, wahrscheinlich »Ich kotze auf dich und dein Geschnorre«, steckte ich ihr einen 20-Euro-Schein in den Pulloverausschnitt und sagte gutmütig:

»Mit Zinsen zurück! Du hast doch meinen Kaffee bezahlt, damals in der ›Bar 103‹, als wir Christian Kracht trafen.«

Dann ging ich schnell weg von dieser unheimlichen Frau. Sie war tatsächlich alles, was ich haßte. Vor lauter Bildung dumm geworden, ohne Courage, ohne Abenteuer, von der Wiege bis zur Bahre emotionslos, grausam und alimentiert. Zäh gelangten solche Typen im Laufe ihres entsetzlichen Lebens an die Schalthebel der Macht, wurden die Hohepriester der jeweiligen Kultur, von den alten Pharaonen bis heute. Bäh!

Gut also, daß ich Elena Plaschg hatte, das genaue Gegenteil. Da bekam ich doch glatt Lust, mir wieder einen ihrer abfälligen Kommentare anzuhören.

»Weißt du was? Weißt du, welchen *Verdacht* ich bei der Frau von Holm Friebe habe?«

»Nee, Schatz, sag doch mal! Jetzt bin ich aber gespannt.«

»Ich *glaube*, daß sie Bulimie hat!«

Gähn. Das hatte Elena bisher jedesmal über Friebes Frau gemutmaßt. Dabei war sie seit dem Baby fülliger geworden. Ich hörte mir trotzdem gern noch einmal Elenas ganze Bulimie-Theorie an. Es war einfach ihr Lieblingsthema. Natürlich konnte man über Friebes Frau viel Interessanteres sagen. Ihr Werdegang barg nicht nur eine tragische Stelle, sondern mindestens vier. Mit 17 war sie die Muse Martin Kippenbergers gewesen, den sie abgöttisch liebte. Trotzdem war sie später ausgerechnet von der Bild-Zeitung angestellt worden – und damit ahnungslos zum roten Tuch für alle rechtschaffenen Menschen herabgesunken. Schließlich war sie 40, magersüchtig und zickig, als sie den zehn Jahre jüngeren Holm Friebe kennenlernte: ausgerechnet den letzten lebenden Frauenverführer alter Schule. Es gab ja in ganz Deutschland keine Frau unter 50, mit der Friebe nicht geschlafen hatte. Aber bei ihr wurde er vom Saulus zum Paulus, also verliebt und dauerhaft treu. Und sie verließ die Bild-Zeitung, wurde warmherzig und brachte niedliche Kinder zur Welt. Das alles war rätselhaft und diskussionswürdig. Doch Elena konnte immer nur das Banale, Grobe und Äußerliche wahrnehmen: Saß die Hose am Arsch richtig, war die Brust operiert, fehlten ein paar Pfunde oder waren derer zu viele, stand jemand auf Schwule, kokste einer, oder tat er es nicht, hatte jemand Kohle, oder war die Tasche von Prada nur ein Imitat – das waren die Fragen der Elena Plaschg an die Menschheit. Und Elena stand damit nicht allein. Alle waren inzwischen so, alle in ihrem Alter.

Ich dachte wieder über die Internetgeneration nach, aber diesmal ohne Groll. Eigentlich dachte ich immer ohne Groll über die Jugend nach. Ich war ja auch mehr als froh, Elena kennengelernt zu haben, ohne die ich so gut wie nichts über die neue Zeit und die kommenden Generationen gewußt hätte. Und gerade als ich so über die liebe zukunftsmächtige Elena nachdachte und ihr Gegenstück, die hassenswerte Provinzakademikerin Petra

Slomka, und ich mir Elenas Bulimie-Theorie zu Ende anhörte, entdeckte ich meine von mir geschiedene Exfrau im Eingangsbereich.

Hätte ich es nicht ahnen können? Mein Weg hatte seit über drei Monaten kontinuierlich nach oben geführt, also dorthin, wo ich gewesen war, als die Trennung passierte. Daß mir meine Frau auf dem Weg nach unten nicht mehr begegnete, war logisch. Frauen stürzen bei Trennungen nicht ab. Sie bleiben, wo sie sind, erben das gesamte gemeinsame Netzwerk. Eher steigen sie noch auf, weil sie ja die Sieger im Ehekrieg sind. Es tut ihrem Ego gut, den Mann abgeschossen zu haben, und selbst dann, wenn der Mann es war, der sich getrennt hatte, bläht sich ihr Ego auf, ganz einfach, weil Frauen ohne Männer stärker sind als mit denselben. Frauen brauchen keine Männer. Doch nun bewegte ich mich wieder in lichter Höhe, also inmitten unseres erlauchten Freundeskreises von früher. Klar also, daß meine Exfrau früher oder später auftauchen würde. Ich hätte es voraussehen und mich darauf vorbereiten können. Das hatte ich versäumt, als durchschnittlicher dummer Mann. Aber ich hatte insofern Glück, als es auf dieser prominenten Party passierte und ich betrunken war und in guter Form.

Natürlich ging ich nicht direkt zu ihr. Es vergingen zwei weitere Drinks, ich füllte aus meiner Absinthflasche bequem nach, und dann wurde ich von der Seite von ihr angesprochen. Sie sah ungünstig aus, also auf den ersten Blick schlecht, auf den zweiten nur schlecht angezogen, schlecht geschminkt, die Haare vernachlässigt, die Kleidung auch. Keine Superfrau, kein *burner* auf dieser Party, eher eine normale Frau, gutgelaunt und seelisch und körperlich gesund. Da Elena noch neben mir stand, war die Unterhaltung unpersönlich und lustig, und als es dann doch einmal kurz persönlich wurde, winkte Carla schnell ab. Auch ich gab sofort zu verstehen, daß ich über das Thema »Wir beide« nicht reden würde, und das war eine solide Grundlage für die nächsten Minuten. Als die überstanden waren, hatte ich eine Eingebung. Mir fiel plötzlich ein, was ich zu tun hatte. Die

Millionen Minuten, die ich in der Trennungszeit fruchtlos zergrübelt hatte, spuckten nun ein Ergebnis aus, natürlich das einzig logische. Nämlich: Ich mußte neben der Frau stehenbleiben. Wenn ich nicht wegging, nicht auf die Toilette, nicht zur Bar, nicht zu anderen Gästen, wenn ich nicht Elena zur Tür bringen würde bei ihrem wütenden Abgang, würde Carla auch nicht weggehen.

Und so war es dann. Zweieinhalb Stunden später standen wir immer noch zusammen. Inzwischen waren ungefähr 150 gute und beste Freunde an uns vorbeidefiliert, hatten freudig erregt auf uns eingeredet, Small talk gemacht, Einladungen ausgesprochen, betrunken Witze gerissen. Elena war natürlich wütend weggestürzt, Carla hatte gesagt, ich dürfe sie doch nicht einfach gehen lassen, ich hatte dazu geschwiegen und war unverrückt neben ihr stehengeblieben. Immer wenn wir zu zweit dastanden, sprachen wir auch über Persönliches, und so erfuhr ich, daß Carla zuletzt Pech im Beruf gehabt hatte. Sie war im Kunstbetrieb tätig, und ihre kleine, aber sehr angesehene Galerie war infolge der Finanz- und Wirtschaftskrise leider kollabiert. Unsere große Wohnung, in der sie nach der Trennung alleine gewohnt hatte, war nun zu teuer für sie geworden. Sie hatte die letzten Mieten nicht mehr bezahlt und suchte jetzt eine kleine, bescheidene Wohnung. Doch gerade das sei schwer, sagte sie, da inzwischen alle eine kleinere Wohnung suchten. Große Wohnungen seien dagegen leicht zu haben. Ich sagte, das sei eben die Krise, und da müßten nun alle näher zusammenrücken und sich helfen, das sei wie nach dem Krieg. Ich sei gern bereit, die Miete zu bezahlen, bis die Lage wieder besser geworden sei.

»Dann mußt du da aber auch wohnen, sonst kann ich das nicht machen.«

Ich blickte ernst in mein letztes Glas Absinth, die große 1,0-Liter-Flasche war aufgebraucht, und ich mußte so tun, als dächte ich nach. Dann nickte ich und sagte möglichst glaubwürdig und emotionslos:

»Gut. Du hast eigentlich recht. Ich wohne wieder da, das ist auch für mich besser.«

»Aber es bedeutet nicht, daß wir eine Beziehung haben.«

»Ha! Bloß nicht.«

Ich lachte künstlich. So waren sie, die Frauen. Man mußte sich an die Regeln halten.

»Wann würdest du denn ... ›einziehen‹, wenn man das so sagen kann ... also da sein?«

Ich dachte nach, also ich tat nicht nur so, sondern dachte wirklich nach. Dann schlug ich den 20. Januar vor.

»Ja, gut! Dann können wir zusammen die Inauguration von Barack Obama sehen.«

»Steht der Fernseher noch vor dem Bett?«

»Ja.«

Um das Leben zu ertragen, hilft es, jede Dramatik als künstlich zu begreifen. Die große Finanz- und Wirtschaftskrise, die so plötzlich wie sinnlos nun über die gesamte Welt hereingebrochen war, half bei dem Vorsatz, das zu lernen. Ich war nun wieder reich, alle anderen wieder arm, na und? *Dramatisch* war das nicht. Die Dramatik wurde nur beschworen, von den Medien, von den Freunden. Teilweise wurde das Dramatische so sehr künstlich hergestellt, daß es mich empörte.

Elena Plaschg zum Beispiel, deren kleines Modelabel keine Orders mehr bekam, trank nun hemmungslos jede Flasche Weißwein leer, die sie, sic!, ordern konnte. Es ist keine Übertreibung zu sagen, daß sie stündlich einmal erzählte, bald kein Geld mehr zu haben und das damals sogenannte Hartz IV beantragen zu müssen. Ihre Firma sei vor dem Ende, ihren Freund habe sie verloren, ihr Leben sei gescheitert. Sie müsse auswandern, doch wisse sie nicht, wohin. Sie habe Depressionen, sie könne nicht mehr schlafen, sie wolle sich umbringen. Von allem stimmte ein bißchen. Ihren Freund, mich, hatte sie tatsächlich in gewisser Weise verloren, denn ich war in Gedanken schon bei der Wiederaufnahme meiner Ehe mit Carla. Doch das wußte Elena nicht, zudem war es noch ziemlich spekulativ. Ich war auch, als Freund und Kamerad, netter zu ihr als früher. Sogar den Mantel hatte ich ja bezahlt, ihr größter Wunsch an mich das ganze abgelaufene Jahr hindurch. Ja, und auch ihre im Affentempo runtergesoffenen Weißweinschorlen beglich ich nun immer öfter. Oder meinte sie gar nicht mich, wenn sie bekanntgab, ihren Freund »verloren« zu haben? Der koreanische Freund von einst, Shao, hatte sich immerhin in der Entzugsanstalt das Leben genommen. Fernab der Heimat, in einer Klinik für mißratene Kinder in Auckland, Neuseeland, hatte sich der kleinwüchsige Junge den goldenen Schuß gesetzt. Man fand seinen Leichnam in der Toilette, auf der Klobrille sitzend, den unentbehrlichen Laptop aufgeklappt auf den Knien. Bis zur letzten Sekunde mußte der arme Bub gechattet, im Internet gesurft und die Pornoseiten geguckt haben, woraus man schließen kann, daß der Tod ihn überrascht hat. Vielleicht konnte er sich das vollkommen reine Heroin nicht mehr leisten, und der Stoff war gepanscht und die Dosis damit zu hoch gewesen. Seine Mutter, eine in Seoul während des globalen Booms hochgekommene Großproduzentin von Billigtextilien, hatte kein Geld mehr, und die kleinen Geschenke, die sie ihm sonst regelmäßig machte, wenn sie ihn sah, blieben nun aus. Zuletzt hatte sie ihm, so rührend wie kitschig, einen Jaguar geschenkt. Wahrscheinlich dachten Asiaten immer noch, »Jaguar« sei etwas Feines, nicht die verramschte Ford-Produktpalette mit falscher Aufschrift. Jedenfalls stand das Ding längst beim Dealer, und das Ende war vorgezeichnet. Elena verlor den Kontakt zu ihrem virtuellen »Freund« zwar schon lange vorher, aber als sie nun die Umstände seines Todes erfuhr, geriet sie doch etwas aus der Bahn. Man sah, daß es ein Schlag für sie war, für ihre Nerven. Sie suchte nun überall weitere Zeichen für eine Krise, für eine echte Lebenskrise. Sie wollte gern in die Psychiatrie eingeliefert werden. Einige ihrer Freundinnen waren schon drinnen. Einmal fuhren Elena und ich zur geschlossenen psychiatrischen Abteilung der Berliner Charité, um uns den Laden schon einmal anzuschauen.

Nervenkrankheiten scheinen genauso ansteckend zu sein wie alle anderen. Wenn meine Frau humpelt, werde ich es auch bald tun. Wenn sie spinnt, spinne ich bald auch. Bei Elena war es ihr Geschäftspartner Fabian, der als erster mit dem Psychiatrie-Tick anfing. Auch er konnte es schwer ertragen, daß es von einem Tag auf den anderen keine Orders mehr gab. Eine ganze Kollektion, in Paris während der Modemesse präsentiert, blieb einfach liegen, unbeachtet. Fabian, der standesgemäß homosexuelle Geschäftspartner, stürzte sich daraufhin in sexuelle, drogenunterstützte Exzesse, die in der Nervenheilanstalt endeten. Dort blieb er dann, überzeugt, ein »Cyborg« zu sein. Auf die Brust klebte er sich einen Ein-Aus-Schalter, mit dem man ihn ein- und ausschalten mußte.

Dieser Zustand wurde überhaupt nicht besser. Eine andere Freundin, Saskia, saß schon vorher in dieser Anstalt, und zwar ganz ohne Drogen- und Sextamtam. Sie hatte sich etwas traurig gefühlt, und als die Stimmung einfach nicht mehr nach oben gehen wollte, hatte sie sich an die Ärzte gewandt. Die hatten ihr wohl zunächst die falschen Tabletten verschrieben, nämlich alte, langweilige, fettmachende Paroxat. Es gab sogar in Berlin noch Ärzte, die gedankenlos die Diazepam-Präparate verschrieben, die ja immer schon das Ende jeder fröhlichen Biographie bedeuteten. Von da an hatten die Leute nur noch Sand im Getriebe beziehungsweise Matsch im Kopf. So landete Saskia in der Geschlossenen, wo es ihr aber auch nicht besserging, wie Elena und ich bei unserem Besuch feststellten. Trotzdem gefiel Elena das Gebäude. So ruhig. So alt. Im Innenhof ganz viele Bäume. Auf den Fluren junge kräftige Männer in weißen Kitteln. Elena hätte nicht übel Lust gehabt, sich von denen den Arm nach hinten drehen und abführen zu lassen. Insgeheim überlegte sie schon einen kleinen Tobsuchtsanfall.

Silke aus dem »Girls Club«, die als nächste die Nähe der Ärzte suchte, bekam bereits das richtige Rezept: Citalopram, eine geniale Prozac-Weiterentwicklung. Silke schrieb seit viereinhalb Jahren an ihrer Magisterarbeit. Nun, da sie praktisch fertig war, dämmerte ihr, was ihr bevorstand: der Abstieg von der Studentin zur Arbeitslosen. Allerdings erwies sich Citalopram als echtes Gegengift. Das Leben schien wieder aushaltbar, wenigstens das. Manchmal ergaben sich sogar medikamentenbedingte Phasen absurder Hoffnungsfreude: Ja, es werde schon alles gut werden, irgendwie, warum auch immer. Wie bei Adolf Hitler, der manchmal, wenn Dr. Morell ihm Ephedrin gespritzt hatte, an den Sieg glaubte, im Frühjahr 1945.

Es sprach sich allmählich herum, daß es den Mädchen mit Citalopram nicht schlechtging. Andere hatten Fluexetin oder Fluexetinhydrochlorid verschrieben bekommen und seit Monaten genommen, ohne darüber zu berichten. Offenbar erzählt man es nicht weiter, wenn ein Medikament nichts taugt, sondern erst, wenn es einem bessergeht. Das mag die Erfolgsgeschichte von Heroin erklären, bei dem man sich ja wohl zunächst prächtig fühlt. Nun also, da alle über die Psychopharmaka sprachen, zeigte sich, wie verbreitet das Zeug längst war. Mehr oder weniger jeder war tablettenabhängig, und jetzt, in der Wirtschaftskrise, reichten die bisherigen Präparate nicht mehr aus. Schon gar nicht die alten Hausmittel Valium, Bromzepam oder Tavor. Die letzteren beiden wurden vornehmlich von Männern geschluckt. Einer meiner besten »Freunde«, bevor ich in die Armutsfalle geriet und sozial vereinsamte, nämlich der erfolgreiche romantische Maler Till Eifel, nahm gern Tavor. Nun, da seine romantischen Bilder erst mal ein bißchen auf den Weiterverkauf warten mußten – so richtig abgestürzt war noch keiner der echten guten Künstler, und zwar in keiner Krise –, erhöhte er die Dosis. Generell galt, daß man Tavor nicht toppen konnte, da es das stärkste Mittel war. Man konnte nur die Dosis erhöhen oder sich in die Wanne legen. Bekanntlich hatte der Politiker Barschel die Marke in Deutschland beliebt gemacht.

In die Wanne legen, die Dosis erhöhen, sich einliefern lassen: Das waren alles nicht die Antworten auf die Krise, die einem gefallen konnten, die modern und der neuen Lage angemessen schienen. Und auf mich traf es schon gar nicht zu. Als ich arm war, hatte ich nicht einmal die zehn Euro Praxisgebühr für einen Artzbesuch gehabt. Und jetzt, da ich das Wohnzimmer voller Geld hatte – ich hatte es damals gern *physisch* vor mir, in Einkaufstüten gestopft à la Peter Graf, weil ich es sonst nicht geglaubt hätte –, verlangte es mich überhaupt nicht nach Valium, Tavor, Diazepam oder was auch immer. Wenn ich aufwachte, freute ich mich, in meinem geliebten Pariser Himmelbett aufzuwachen, die Geldbündel vor Augen, und nicht angeschnallt auf einer Pritsche der Charité, vor mir der maskierte Anästhesist mit der tropfenden Spritze. Aber meine Mitmenschen und Freunde konnten nicht so zufrieden sein wie ich. Jens Tuborg zum Beispiel stand wirklich unter Zugzwang. Er war nun weiß Gott ein anderes Kaliber als die Mädel vom »Girls Club«, und für ihn kamen Psychopharmaka und künstliche Nervenzusammenbrüche nicht in Frage, das war mir klar. Ich hätte gern gewußt, wie es ihm nun ging, hätte ihn gern getroffen. Das war aber gar nicht so leicht. Nicht alle, die in den Zeiten meines Niedergangs den Kontakt zu mir abgebrochen hatten, aus Gründen, für die ich wirklich Verständnis hatte, waren mir nun einfach wieder gut. Es gab auch Menschen mit Charakter, die sich die Begründung für die Ablehnung meiner Person selbst glaubten, selbst jetzt noch. So verweigerte Jens die volle Wiederaufnahme der Beziehungen. Ich mußte andere fragen, nämlich Matthias Matussek selbst, der nun wieder mit mir sprach, um zu erfahren, daß Tuborg nicht nur beim SPIEGEL unter rätselhaften Umständen entlassen worden war, sondern auch bei einer der wenigen gut bezahlenden Onlinezeitungen, bei der er, mit dem Überflieger-Nimbus des SPIEGEL-erfahrenen Journalisten, danach angeheuert hatte. Ich traf Matussek in dem Edelasiaten »Good times« in der noblen Friedrichstraße.

Es war wirklich verrückt: Sogar Matussek, einer der Gründerväter des modernen Nach-Wende-SPIEGEL, ging am Stock. Die vorangegangenen vier Monate hatte er, auch er, im Sanatorium verbracht. Mit Beginn der Finanz- und Wirtschaftskrise war bei ihm ein nicht identifizierbarer Virus ausgebrochen, der erst eine Erkältung, dann eine Lungenentzündung ausgelöst hatte und der dann von der Lunge ins Gehirn gewandert und dort geblieben war. Eine scheußliche Geschichte. Natürlich hatte das auch bei ihm eine Depression ausgelöst, und das fand ich gut. Endlich eine natürliche Reaktion. Auch Matthias Matussek schluckte nun das Mittel, das auch Elena nahm – eine schöne Gemeinsamkeit. Da sie, wie es ihre Art noch immer war, alle zehn Minuten anrief und quengelte, eben ganz die ewige Fünfjährige, sagte ich, sie könne dazukommen.

Minuten später saß sie mit am Tisch und fragte, was sie bestellen dürfe.

»Alles, mein Kind.«

Ich nickte ihr gütig zu, wollte Eindruck bei meinem ehemaligen Chef machen, der zusammengesunken vor uns saß wie Bruno Ganz in »Der Untergang«. Elenas Anwesenheit schien ihn zu freuen. Er lächelte ein wenig, wirkte altersmilde und fast ein wenig glücklich. Beide Hände zitterten stark, eben wie bei Bruno Ganz, der seit einem Attentatsversuch Lähmungen im linken Arm hatte. Matussek war während des Klinikaufenthalts um 20 Jahre gealtert. In der Finanzkrise hatte er den größten Teil seines Vermögens verloren, wie er nun erzählte, wahrscheinlich in der Absicht, die Rechnung später nicht bezahlen zu müssen. Ich sagte rasch:

»Du bist eingeladen, Matthias! Bestell einfach, was du möchtest.«

Das Gespräch stockte trotzdem. Aber nicht aus Peinlichkeit, sondern weil Elena den Abend an sich riß. Ich sagte ihr nämlich, daß Matthias ebenfalls Citalopram nahm, und nun legte sie los mit ihrer eingeübten künstlichen Dramatisierung von Staat und Gesellschaft, Privatsphäre und Politik, Sex und Drogen.

Alles sei ja so furchtbar geworden! Nachts könne sie nicht mehr schlafen. Ihr Körper gehorche ihr nicht mehr. Ihre Beine würden unbeherrschbar zappeln und zucken wie bei einem Epileptiker. In ihrem Kopf rauschte ein wilder Sturzbach unerträglicher Phantasien und Zwangsgedanken. Sie wolle sich umbringen. Ihr Modelabel stehe vor der Pleite. Ihr Leben sei am Ende. Und so weiter. In der Geschlossenen sei sie auch schon gewesen, in der Klapse, aber nur zum Angucken. Jetzt nehme sie Citalopram, und vielleicht helfe es ja, das müsse man abwarten. Sie sei noch in den ersten Wochen, und die seien besonders problematisch. Sogar auf dem Beipackzettel stehe: »In den ersten Wochen der Einnahme besteht die Gefahr eines Selbstmordes.«

Matussek hörte glücklich zu. Ja, das verstand er. Der jungen Frau ging es auch nicht anders als ihm. Noch besser als er verstand *ich* die unglückliche Sexbombe, denn ich lag immer neben ihr, wenn die Beine epileptisch zuckten, wach oder im Schlaf, und wenn der ganze Körper stundenlang in Bewegung war, als würde etwas Unheimliches in ihm arbeiten. In früheren Jahrhunderten hätte man sich darüber keinen Kopf gemacht, hätte einfach gesagt: »Die Frau hat den Teufel im Leib«, und sie verbrannt. Aber so geht man natürlich inzwischen nicht mehr vor.

Matussek aß gaaanz langsam, wie ein Greis. Dadurch wurde meine Rechnung nicht so hoch. Er brauchte schier Ewigkeiten, bis er die Gabel bis zum verhärmten Mund geführt hatte. Seine Gesichtshaut war seltsam gesund, nämlich gebräunt, denn im Sanatorium konnte und sollte man sich oft sonnen. Mit den zittrigen Fingern konnte er aber nicht mehr schreiben, sich also keine Notizen machen. Für einen Journalisten war das jedoch wichtig. Ich fragte nun weiter nach Jens Tuborg, drang damit nicht durch. Elena kippte in einem Zug die erste Weißweinschorle hinunter und erhöhte die Schlagzahl ihrer Worte, verdoppelte die Lautstärke, vervierfachte Ausdruck, Gebärden, Dramatik und Drastik ihrer Performance. Um Elena herum entstand eine Glocke extremer Intensität und persönlich-privater Ausschließlichkeit, die keine Gespräche über inhaltliche Themen mehr zuließ. Weder über die Finanzkrise, noch über den SPIEGEL oder gar Jens Tuborg. Elena merkte wohl, daß die neuen Psychopillen die Wirkung ihres altvertrauten Alkoholkonsums vervielfachen konnten, und freute sich darüber. Was für phantastische Möglichkeiten eröffneten sich da! Ich dagegen dachte nur, daß die Zeit, zu meiner Frau zurückzukehren, sichtlich näher rückte.

Das Geld brachte mich den Menschen wieder näher. Ich konnte es fast einatmen, das Geld, und den Strom, der mir die Menschen endlich zutrieb, dieser fast schon stürmische Luftstrom. Wenn ich die Augen schloß und tief einatmete, spürte ich, wie Carla näherkam, sich bereits auf mich zubewegte. Noch immer hatte ich über 5000 der 8000 Euro übrig, die ich erhalten hatte! Das Leben war herrlich – dennoch durfte ich nicht vergessen, weiter an dem Buch zu schreiben, für das ich die hohe Summe bekommen hatte. Und tatsächlich setzte ich mich immer öfter mit meinem inzwischen rosa eingefaßten Tagebuch in ein Café in Berlin-Mitte und schrieb meine Gedanken auf. Es waren intime Gedanken, Impressionen, sehr sensibel und dennoch keine Mädchenphantasien à la »Feuchtgebiete«, im Gegenteil. Es war – oder sollte werden – das männliche Gegenstück zum Charlotte-Roche-Bestseller. So saß ich an einem der ersten Tage im Jahr, an denen die Temperatur nicht mehr klirrend kalt bei minus zehn Grad, sondern fast schon frühlingshaft war, im Wintergarten des »Nola's« und schrieb:

»Liebes Tagebuch!

Der kälteste Winter seit dem Zweiten Weltkrieg neigt sich nunmehr sichtlich dem wohlverdienten Ende zu. Wie im Winter 42/43 hat auch der jetzige menschliche Not und wirtschaftliche Verwerfungen gebracht. Die Männer sind häßlich geworden. Die Frauen nicht. Die Frauen sind sogar noch reizvoller geworden. Ich will partout nicht sagen, daß sie sich kleiden wie käufliche Dirnen, nein, liebes Tagebuch, das nicht. Aber das Mißverhältnis zwischen ihrer hübschen Kleidung und der häßlichen, verwahrlosten der jungen Männer ist höchst augenfällig geworden. Außerdem bedienen sie sich durchaus – und würden das jederzeit stolz zugeben – des sogenannten ›porn chic‹. Also, sie tragen schneeweiße Hosen, weiße Leuchtschuhe, dazu 15-Zentimeter-Absätze, silberne Patronengürtel, Perücken und natürlich künstlich gebräunte Haut. Bedenkt man, daß 87 Prozent der heute 15jährigen nicht mehr Ärztin oder Krankenschwester werden wollen – wie noch im Winter 42/43 –, sondern Fotomodel oder Pornostar, wird klar, daß sie die Frage ›Was kostet es?‹ als Kompliment und nicht als Beleidigung auffassen (zumal wohl die wirtschaftliche Not jedes Jobangebot in günstigem Lichte erscheinen läßt). Nein, sie sehen aber auch ohne ›porn chic‹ besser aus als ihre männlichen Entsprechungen. Die häßlichen Männer von Mitte sind ein ästhetisches Ärgernis geworden, jedenfalls für mich, der ich mich neuerdings von einem indischen Schneider einkleiden lasse. Der Mann kommt aus Alt-Delhi und arbeitet für (umgerechnet) fünf Euro in der Stunde. Ich habe ihn aus dem Internet. Sein erstes Werk, ein Sommeranzug in Sandgelb, macht mich etwas alt, sieht auch nicht so toll aus, wie ich dachte, aber immer noch besser als die Sachen, die die häßlichen Männer von Mitte tragen. Nämlich olle Armeehosen, deren Beine sie mit einer Getreideschere selbst abgeschnitten haben, und zwar in Kniehöhe. Sie sehen in diesen Dingern aus wie ihre dreijährigen Kinder, die sie ununterbrochen zeugen und großziehen, oder wie sie sagen: für die sie ›Verantwortung übernehmen‹. Das ist ja das Zauberwort, und es steht ihnen ins Gesicht geschrieben: ›Ich finde es gut, Verantwortung zu übernehmen. Ich finde es gut, sich für Kinder zu entscheiden. Ich bin gut in Computer. Ich bin vernünftig und nicht ironisch. Ich habe keinen Humor. Ich bin Mitte. Ich bin neuer deutscher Vater, und das ist gut so. Ich bin blöde und sehe auch so aus, basta!‹

Die häßlichen Männer von Mitte zeigen gern Haut. Wenn die Sonne rauskommt wie jetzt oder zu Hause in der geheizten Idylle. Dann wird die häßliche runde Wollmütze von der Glatze genommen oder die jungenhafte Base-cap mit dem überlangen Schirm, die aus jedem 40jährigen einen 4jährigen macht, und der unschöne blanke, meist deformiert wirkende Schädel samt wulstigem Stiernacken kommt zum Vorschein. Eigentlich sehen hier so gut wie alle Kerls wie Flegel im Pfadfinderalter aus, unelegant, rothaarig, was man an dem rötlichen Flaum auf ihrer grobporigen, bleichen Haut an den Unterarmen oder den drallen Waden – übermäßig drall durchs ewige Mountainbikestrampeln – sehen kann. Sie stehen zu sich. Sie stehen dazu, breitbeinig herumzulaufen, Flasche Bier in der Hand, Zigarette in der anderen. Stolz sind sie wieder. Vernünftig. Übernehmen Verantwortung. Laufen schwanzzentriert durch die Gegend, als hätten sie Schlag bei den Frauen, die armen Säue. Und sind immer so hektisch, als schluckten sie andauernd irgendwelche Pillen. Die Arme sind vom Körper gestreckt, und beim Gehen fallen die Körper immer von links nach rechts und umgekehrt, als gäbe es keine Knie oder sie wären zumindest aus Holz. Natürlich haben sie alle Bizeps und Sixpacks, deswegen tragen sie ja nie etwas anderes als ihr blödes ungewaschenes Unterhemd (›muscle shirt‹). Also T-Shirt, Bubi-Hose und die häßlichsten Schuhe seit Vertreibung von Adam und Eva aus dem Paradies: mit tausend Streifen, Polstern, Höckern, Schriftzügen überfrachtete, verdreckte Turnschuhe, die ihre Füße doppelt so groß erscheinen lassen und die gesamte Figur weiter infantilisieren. Und dann wieder dieser verbiesterte Blick: ›Ja, ich weiß, daß ich niemals einen Job bekommen werde. Daß es niemals zum eigenen Auto reichen wird. Daß ich nirgendwo einen müden Euro verdienen werde, solange ich lebe. Daß niemand mich haben will. Aber ich habe respect vor mir. Jawohl, ick kann kaum noch loofen vor soviel respect, wie ick vor mir habe!‹ Denn: Er ist gut in Computer und übernimmt Verantwortung.

Also macht Kinder. Durch die Fruchtbarkeit seiner Weiber wird Germanien sich wieder erheben, nicht wahr, liebes Tagebuch, so hat es doch schon der Führer geahnt. Oder so ähnlich. Wollen wir nicht politisieren. Richten wir vorurteilslos den Blick wieder auf die Männer hier im Café. Die häßlichen Männer von Mitte …«

In dem Moment sah ich aber leider EINE FRAU. Und die war so schön, daß ich minutenlang buchstäblich den Verstand verlor.

Der wahre Grund war, daß sie mich an Carla erinnerte (und natürlich, weil mir der Schrecken über die intensiv betrachteten Mitte-Männer in den Knochen saß). Sie lief außen an dem Wintergarten vom »Nola's« vorbei, und ich schmiß das rosa Tagebuch und alle meine pittoresken Utensilien (Tintenfaß, Löschblatt, Kamera, Motorola-Antennenhandy von 1998, eine erste Steinmeier-Biographie »Frank-Walter Steinmeier: Politik in menschlicher Gestalt«) in eine LIDL-Tüte und rannte hinterher wie einst in meinen Jugendjahren.

Es war eine Art kurioses Wiederholungstrauma. Ich lief ihr bis zur Straßenbahn nach, sprang in die Straßenbahn, stieg mit der Frau aus, verfolgte sie unbemerkt bis zu ihrer Straße, ihrem Haus, merkte mir den Eingang, studierte die Vor- und Nachnamen der Klingelschilder. Bis ich endlich wieder zu mir kam und mir einfiel, daß wir inzwischen im Zeitalter der Googlefizierbarkeit lebten. Man lief nicht mehr physisch Frauen hinterher, man googelte sie. Ich hätte durch einen simplen Vorwand ihren Namen erfragen müssen, und ich wüßte wenig später ihr Leben, ihr Sternzeichen, ihre Vorlieben, Kinder, Eltern, ihre Familie bis in die Steinzeit, ihre beruflichen Leistungen, alles. Die Menschheitsgeschichte zerfiel in zwei große Teile: die Zeit vor der Googlefizierbarkeit aller Menschen und die Zeit seitdem. Wir lebten im zweiten Teil. Ich hatte mich völlig albern verhalten. Andererseits zeigte mir der kleine Vorfall erneut, wie innerlich nahe ich Carla bereits gekommen war. Ich erwartete offenbar täglich die Wiedervereinigung, oder anders ausgedrückt: Die ganze Berlin-Mitte Realität war für mich nur noch ein Spuk. Ein Alptraum, aus dem ich endlich erwachte.

Dafür »sah« ich nun ständig entsprechende »Zeichen«. So rief mich Matthias Matussek eines Tages wutentbrannt an, so kannte ich ihn gar nicht, und preßte die ungeheuerliche Nachricht durch den Lautsprecher meines altersschwachen Handys, seine Frau habe etwas mit Jens Tuborg:

»Ausgerechnet Tuborg, der *Treueste der Treuen*! Den ich groß gemacht habe! Das ist Verrat, ruchlosester Verrat, wie er noch nie vorher vorgekommen ist! Ich werde dieses Subjekt vernichten! Ich werde ihn aus allen Ämtern entfernen! Es ist dafür zu sorgen, daß dieser ganz und gar würdelose, unbedeutende Mann nie wieder im deutschen Pressewesen Fuß fassen wird …«

Ich wandte ein, daß Jens doch ohnehin gerade arbeitslos sei, aber Matussek hörte überhaupt nicht zu. Es war ein seltsamer Schlußpunkt, auch für mich, für dieses Kapitel, denn danach ging mein einstiger Widersacher nach Dänemark zurück, wo sich seine Spur rasch verlor. Luna trennte sich noch in Berlin von ihm, ohne Grund. Der Vater, dieser knochenlose, enttäuschende Professor, nahm sie wieder zu sich, nach Italien, um ihre Erziehung zu übernehmen und abzuschließen. Das teilte er mir schriftlich mit. Wirklich, das hat er getan, verrückterweise. Den Brief habe ich heute noch: ein Dokument der Umständlichkeit und Unsicherheit, mehr Armutszeugnis als ein echter Brief, leider.

Ja, leider, denn all die Abstürze und Unglücke waren ja nicht nur persönliches Versagen. Jens Tuborgs Pech wäre niemals ruchbar geworden, wenn er nicht 200 Euro aus dem Portemonnaie von Matusseks Frau entwendet hätte. Nur dadurch hatte sie ihn am Ende fallenlassen. Der Alte hätte doch unter normalen Umständen im Leben nicht davon erfahren. Es war in allerletzter Konsequenz allein die weltweit wütende Finanz- und Wirtschaftskrise, die den großen Jens Tuborg, selbst ihn!, zu Fall brachte. Ich schrieb es befriedigt in mein Tagebuch.

Eines Tages rief mich Melanie Butenschön an, die bezaubernde Vizesprecherin der Linkspartei. Die hatte ich schon ganz vergessen, und zwar nicht, weil ich sie nicht mehr schön fand, sondern weil ich die Sozialreportage, die ich mit ihr verabredet hatte, so gründlich verdrängt hatte. Die 80 Euro, die mir die taz im besten Fall dafür bezahlt hätte, brauchte ich inzwischen ja nicht mehr. Einige Sekunden lang war ich verwirrt. Duzten wir uns? Wie war der letzte Stand unserer Beziehung gewesen? Sie nannte mich »Johannes«!

»Ah, Melanie! Ja, hallo … das ist ja … schön, daß Sie … anrufen.«

»Kannst du denn gerade sprechen, oder störe ich?«

»Ja, nein! Das … geht schon, du. Es geht sicher, äh, um … die Sozialreportage!«

»Wie geht es dir so? Was hast du gemacht die ganze Zeit?«

»Doch, doch, ich habe es nicht vergessen, dieses, wie nannten wir es doch, äh: ›Melanie Butenschön – die Evita Péron der Berliner Suppenküchen‹, nein …«

Sie sagte wieder etwas, aber so leise, oder auch nur verklemmt oder zart, daß ich es nicht verstand. Außerdem war ich noch in Gedanken bei meinem Fauxpas, der mir gerade unterlaufen war. Evita Péron hatte ich ihr gegenüber nie erwähnt, das war eher Teil meiner heimlich geplanten Metaphorik gewesen. Ich sagte daher:

»Der Kapitalismus zeigt jetzt sein ganzes wahres Gesicht. Selbst doofe FDP-Wähler und Mittelständler sagen jetzt, daß Karl Marx recht hatte. Ulf Poschardt zum Beispiel hat zum erstenmal in seinem Journalistenleben …«

Sie unterbrach mich. Ob ich denn nun ja sage zu ihrem Vorschlag.

»Hab ich jetzt nicht so verstanden. Sprich mal etwas lauter!«

»Ich habe eine schöne Pasta zu Hause, und ich wollte doch einmal für dich kochen! Und da habe ich gedacht, ich habe gerade so schöne italienische Lieder wiedergefunden, beim Umzug.«

»Was für Lieder? La lutta continua von den Roten Brigaden? Das können wir natürlich auch mit einbauen in die Reportage … Melanie Butenschön, der Engel der Entrechteten, nein: die Schwester Teresa der Hartz-IV-Entrechteten … hm, hat auch ein Privatleben. Der Mensch hinter der Ikone … hört …«

»Nicht Schwester Teresa!«

»Nun ja, Sie sind natürlich, äh, *du* bist natürlich jünger.«

»Ja? Bloß *jünger*?!«

»Hm, ja, du siehst natürlich auch gut aus. Also schöner sozusagen. Also – wenn's dem Sozialismus dient.«

»Was?«

»Versteh' mich nicht falsch. Ich sehe in dir natürlich die inhaltliche Persönlichkeit. Trotzdem finde ich, und ich hoffe, daß das jetzt nicht männlich-chauvinistisch klingt, daß du auch als Mensch nett bist, humane Werte verkörperst.«

»Trägst du immer noch das alte Fischgrätenjackett?«

»DAS?! Um Gottes willen. Also nur noch manchmal, wenn ich bei Genossen bin, die … die das mögen, sag ich mal.«

»Liebst du Paole Conte?«

»Conte? Nee.«

»Oh!«

»Na ja, vielleicht doch.«

»Was magst du denn so?«

»Ich mag ›All that she wants‹ von Ace of Base.«

»Das ist ja gar nicht italienisch.«

»Ich mag auch Rita Pavone.«

»Kenn ich nicht nicht.«

»Wie auch immer! Ich muß sowieso grad mit der Chefredaktion reden, da klär ich das alles gleich noch, versprochen! Dann machen wir einen Termin, auch mit der Fotoredaktion. Jetzt im Moment kann ich nicht so gut reden, weil ich gerade SCHREIBE.«

»Ach so!«

Ich wußte, daß beim Wort SCHREIBEN jedes Gespräch sehr rasch in Ehrfurcht verstummte. Aber diesmal klappte es nicht sofort. Frau Butenschön sagte irgend etwas von »helfen«, sie sprach wieder so leise. Ich nahm das Stichwort auf:

»Helfen, ja, darum geht es. Das ist ja das Tolle an dir: immer HELFEN. Schon das Wort ist, wenn du es aussprichst, mehr als nur dieses Wort, es ist eine Konfession, ja, der Glutkern deines Wesens, und man hört darin plötzlich sogar mehr als ›nur‹ den dialektischen Materialismus, es ist fast so etwas wie –«

»Aber ich sagte doch *mir* helfen!«

»Ja, ja, klar. Sag ich doch. Ich red jetzt mit Peter Unfried, und dann ruf ich dich zurück!«

Wir hängten bald ein. Und ich sprach natürlich nie wieder mit Melanie Butenschön. Sie war ja wie gesagt sehr hübsch, aber ich verband mit ihr inzwischen so sehr das ganze Elend der sogenannten Berliner Republik, die ich ja ohnehin bald verlassen wollte, daß es mir ganz recht war. Hartz-IV-Empfänger, pah! Ich badete inzwischen im Geld, hatte weiß Gott andere Sorgen als diesen Quatsch. Vor allem mußte ich mir überlegen, was ich Carla sagen wollte.

Die Begegnung mit der unbekannten Schönen, der ich bis in die Straßenbahn hinein hinterhergerannt war, hatte mich rechtzeitig in die neue Realität zurückgeholt. Das war eine Frau, eine typische Französin, also genau jener Typ von Frau, den sich die Menschheit spätestens seit den frühen Filmen mit Stéphane Audran als die coole Französin vorstellte. Da konnte ich jetzt nicht in der Suppenküche von Lothar Bisky herumlaufen und bald so aussehen wie der. Horror!

Lieber zählte ich in Gedanken mein aktuelles Vermögen durch. Ich tat das jeden Tag: 5192,86 Euro waren es noch, und es gab Anzeichen, daß der Betrag seit Wochen kaum weniger wurde. Denn Geld zog Geld magisch an, wie man seit Dagobert Duck wußte. Ich bekam immer öfter Aufträge aller Art, und ich sagte meistens unverbindlich zu. Einmal überwies mir sogar ein Fernsehsender eine Aufwandsentschädigung, nur weil ich ein paar Sätze in die Kamera geplappert hatte. Es wurde wirklich immer schöner.

Ich weiß übrigens gar nicht, ob es dem Leser ebenso geht wie mir. Also, ob ihm der Anfang des Buches, die Zeit, die nun fast ein Jahr zurückliegt, ebenso unbegreiflich weit zurückzuliegen scheint. War ich wirklich einmal so arm gewesen? Hatte es wirklich diese Abende gegeben, in denen ich Elena Plaschg bitten mußte, mein bereits ausgetrunkenes Mineralwasser zu bezahlen, und diese dann im ganzen Lokal herumkrakeelte, ich sei ein Schnorrer, ich wolle sie ausnehmen wie ein ganz ordinärer Zuhälter? War ich wirklich einmal so tief gesunken? Daß ich fast eine absolut verheerende Schwangerschaft nicht hätte abbrechen lassen können? Ja, und hatte ich wirklich einmal vor Hunger so deliriert, daß ich der *Bundeskanzlerin persönlich* einen offenen Brief geschrieben hatte?! In dem ich mich allen Ernstes über die »Verschwendung von Steuergeldern« im Afghanistankrieg beschwert hatte? Mußte man da nicht Carla verstehen, daß sie mich strikt gemieden hatte nach der Trennung?

War es nicht schön, daß sie nun selbst in finanziellen Schwierigkeiten steckte? Das Leben war so gerecht. Und so schön. Gott hielt seine Hand über mich, ich hatte es ja immer gewußt.

Der Tag war hell und aufgeräumt, die Straßen plötzlich wieder trocken und sauber, und die Menschen ahnten den nächsten Frühling. Vielleicht war es auch nur die Stadt Köln, die so frühlingshaft daherkam, im kalten Monat Januar, und zwar immer schon, aus Prinzip. Der Kölner Karneval gewann Ende Januar erst an Fahrt, die gute Laune, die Geselligkeit, während in Berlin alles den Bach runterging, je näher der Februar kam und dann der März. Wer in Berlin im März glaubte, den Winter nun hinter sich zu haben, täuschte sich ganz und gar. Erst im Juni wuchs dort der erste Grashalm, und in diesem Weltuntergangsjahr 2009 noch nicht einmal der. Die Zahl der Pennergestalten, die einem dort in der U-Bahn die Obdachlosenzeitung andrehen wollten, hatte sich seit Jahresbeginn schlagartig verdoppelt. Und die Stadt war voll mit diesen unheimlichen, den Schädel sträflingshaft rasierten, finsteren Nazi-Jungmännern, die es immer schon gegeben hatte, nur anders und in geringerer Zahl. Jetzt waren sie noch dünner, kahler, hungriger, brutaler, und sie standen zu sechst, zu neunt vor den Hauseingängen, die Hände frierend in den Taschen ihrer Adidas-Turnanzüge, und sie lachten lauter und böser und häßlicher, auch befreiter, als ginge es jetzt aufwärts, als wäre die Zeit bald reif für sie. Ihre ohnehin rabenschwarze Weltanschauung wurde nun endlich bestätigt. Es war alles Beschiß, das System krachte zusammen, so wie sie es bereits lange vorher gespürt hatten. Natürlich waren die meisten gar keine Neonazis, aber war das noch wichtig? Sie sahen so aus, fühlten wie sie, waren aus dem Osten und begriffen den Überbau des Westens nicht, waren arbeitslos, ohne Freundin, ohne Bildung, und wollten nur noch zuschlagen, freuten sich darauf. Wie gesagt, plötzlich gab es sie überall, immer draußen, als hätten sie sich aus Versehen ausgesperrt, und immer im Haufen und zu dünn angezogen. Rauchend. Die deutschen Ostmänner. In Berlin. Von denen kommend, erschien mir Köln und seine gutherzige Bevölkerung wie die Insel der Seligen. Und ich hatte auch noch ein Rendezvous mit einer netten Kölnerin, nämlich meiner Frau. Besser gesagt Exfrau. Das erste Date seit der Trennung. Kein Wunder, daß mir die Stadt wie der Frühling selbst vorkam. Ich ahnte schon, daß ich hier gar nicht mehr weggehen würde.

Noch mal zurück nach Mitte? An die Stätte meines schlimmsten Jahres? Zu Elena, freiwillig? Ich mußte ja verrückt sein! Ein letztes Mal dachte ich an sie. Sie war schon süß; die Tochter, die ich nie gehabt hatte. Eine Sechsjährige. Eine Temperamentsbombe ohne Beispiel. Aber alles an ihr war zu grell, zu grob, zu plump … und immer am Anschlag, immer die Lautsprecher übersteuert, zu laut … Yellow, Klatsch und Tratsch, Germany's Next Topmodel, nur Scheiß, nie etwas Sinnvolles! Die Hölle! Nach 365 Nächten lief immer noch die unterirdisch eklige Oliver Geissen Show, obwohl ich stets Brechreiz davon bekommen und dagegen anargumentiert hatte. Nein, Elena kam direkt aus einer billigen Vorabendserie und würde da auch bleiben. Ich würde sie nie wiedersehen, so niedlich sie auch gewesen sein mochte. Ich atmete tief durch, unendlich erleichtert. Das gute Kind! Adieu.

Meine Begegnung mit Carla während der House-warming-Party in Berlin war ja noch ganz zivil gewesen, höflich, den Umständen entsprechend konventionell. Man hätte auch sagen können vertraut. Aber bei dieser zweiten Begegnung merkte ich, daß konventionell doch das bessere Wort war. Ich war meiner Frau nämlich nicht vertraut, auch nicht fremd. Sie hatte keine besondere Beziehung zu mir, sondern eine normale, wie zu jedem anderen Menschen, mit dem sie verkehrte. Während der Trennung hatte sie mich auch nicht gehaßt, sondern nur vergessen. Ich war einfach nicht so interessant gewesen. Jeder Tag war anders, das Leben führte hierhin und dorthin, geplant war da nichts. Mal hatte sie mehr mit einer Freundin aus Stuttgart zu tun, mal mit einer anderen, wie es eben so kam. Und jetzt war eben ich wieder etwas mehr in den Vordergrund getreten. Es ging mir gut, beruflich hatte ich einen Lauf, und so ergab sich eben auch mal wieder die Gelegenheit zu etwas mehr Austausch. Man kam sich wieder näher, schlief miteinander, eröffnete eine halbe Fernbeziehung oder so, das mußte man abwarten. Mein Vorschuß für das neue Buch soll ja gigantisch hoch gewesen sein. Das mußte ich jetzt alles erst mal erzählen!

Da wir zum Obama-Gucken verabredet waren, lief bereits demonstrativ der Fernsehapparat. Ich wunderte mich über den großen Kasten, den man andernorts schon nicht mehr benutzte. In Berlin sah kein Mensch unter 40 noch fern, das war das Medium des vergangenen Jahrhunderts. Was hätte man auch sehen sollen, die Tagesschau? Gab es besser im Internet. Einen Spielfilm? Gab es erst recht besser im Internet. Selbst die Vereidigung von Obama verfolgte man bequemer nebenbei auf einem Bildchen im Klapprechner. Da konnte man nebenher noch weiterarbeiten, auf demselben Gerät. Aber hier in Köln gingen die Uhren vielleicht anders. Das eine oder andere rheinische Muttchen sah womöglich wirklich noch fern, also diese unsäglichen Ferkelprogramme der privaten Sender und ihre Imitate im Staatsfernsehen. Irgendein Opa, der nicht mehr begriff, wie man Youporn in den Computer reinbekam, sah noch die Nackedeis im Nachtfernsehen mitsamt der abscheulichen Pornowerbung. Dies war übrigens wirklich ekelhaft, also menschenunwürdig, denn die Frauen dort erklärten unaufhörlich ihre Käuflichkeit, während die fickenden Paare im Internet nur ihrer Lust frönten.

Jedenfalls staunte ich nicht schlecht, als ich nun meine eigene Exfrau dabei ertappte, noch einen solchen höchst anrüchigen *Fernsehapparat* zu benutzen. Die Erklärung war aber, daß sie ihn extra aus dem Keller geholt hatte, für unser Date, damit wir von Anfang an im Bett waren.

Die Übertragung lief bereits, ja sie lief schon seit Stunden, und zwar auf dem Ereigniskanal »Phoenix«. Ein junger Mann mit punkgelben, hochgefönten Haaren stand vor dem Weißen Haus und quasselte endlos und aufgeregt in eine Riesenbanane von Mikrophon direkt vor seiner Nase. Hinter ihm waren Gerüste, Menschen in Winterkleidung, schneebedeckte abgesperrte Flächen. In Washington mußte es noch kälter sein als in Ostberlin, auch wenn sich das niemand vorstellen konnte. Der junge Mann war wesentlich aufgeregter als meine Exfrau oder Neufrau, die cool in ihrem Zimmer blieb und mich erst mal nicht beachtete. Sie mußte, wie jeder normale Mensch, erst eine oder zwei, drei E-Mails zu Ende schreiben.

Zu meiner Überraschung war sie überhaupt nicht sexy angezogen. Zu unserer aktiven Zeit hatte sie immer Netzstrümpfe getragen, und da sie die längsten Beine der Stadt hatte, war der Effekt enorm gewesen. Nun trug sie ein schwarzes Kleid, und zwar so ein Wickelkleid, das eher zu einer Theateraufführung in der Provinz paßte als zu einer Verabredung mit einem Liebhaber. An sich stand ihr Schwarz gut, aber heute hätte mir etwas Buntes besser gefallen, ein kurzer blauer Rock, ein roter grober Pullover. Das Schwarz wirkte traurig.

Ich sah mich erst mal in der Wohnung um. Offiziell war es sogar meine Wohnung, denn ich hatte den Mietvertrag als Hauptmieter unterschrieben und die Kaution gestellt. Auch hatte ich meiner Frau ja zugesichert, bei der Miete etwas zu helfen, jetzt, wo es wirtschaftlich ein bißchen schwierig wurde. Ich wollte nicht kleinlich sein, das mochten Klassefrauen nämlich nicht, wie ich sofort gut verstand. Alles war noch an seinem alten Platz, dachte ich, was aber nicht stimmte. Manches war noch besser geworden, erneuert, ausgetauscht. Das Waschbecken in der Küche war neu und so groß und überdimensioniert, daß drei Kühe daraus hätten trinken können. Aus einem Stück gehauen, ein edler Stein oder Keramik oder was das war, keine Ahnung. Mußte ein Vermögen gekostet haben. Und der Transport in den vierten Stock – ein Wunder, wie der Transport der Steine bei den alten Pyramiden. Es gab da ja Sondersendungen, also im alten Fernsehen. Raffinierteste Seilzüge brachten den Mörtel nach oben, im Gegenschnitt brachte der Pharao Blutopfer dar …

Der Flur war mir früher gar nicht so lang vorgekommen. Die Bohlen waren nun heller, gelber. Die hatte sie wohl abschleifen lassen. Von meinen Sachen war nichts in der Wohnung geblieben, aber ich hatte eigentlich auch keine eigenen Sachen besessen. Einmal hatte ich ein Foto im Wohnzimmer angebracht, dafür wollte mich meine Frau gleich lynchen. Ich mußte das Foto nicht nur augenblicklich wieder abhängen, sondern sogar vernichten. Als Zeichen, daß ich ihre Oberhoheit über die Wohnungsgestaltung, ja ihr alleiniges und unabänderliches Recht auf jeglichen ästhetischen Aspekt daran respektierte. Die Wohnung war das Reich der Frau; ich konnte ja Bücher schreiben, wenn ich mich austoben wollte. Es war mir recht, denn meine Frau hatte Geschmack, und ich hatte nichts davon. Die Waschmaschine rotierte behaglich brummend, wie mir erst jetzt auffiel.

Ich ging zurück zum Fernseher. Eine Dreierrunde quatschte nun über den großen Tag, im Phoenix-Studio in Deutschland. Ein Politwissenschaftler mit schulterlangen grauen Haaren, trotz seines Alters völlig unbekannt, gab grundsätzlich Selbstverständliches von sich. Ein Amerikaner, der kaum Deutsch konnte, versuchte es trotzdem immer wieder und blieb notgedrungen auf Kleinkindniveau. Der Moderator schielte nur auf seinen Monitor, der die Bilder aus Amerika brachte. Endlich durfte auch ich sie sehen: Michelle Obama watschelte wie ein Kerl die Treppe vom Capitol hinunter, die langen Arme schwangen hin und her, berührten fast die Knie dabei. Ihr Gesicht war immer noch schön und ausdrucksstark, da guckte man gerne hin, aber ihre Motorik war einfach schauderhaft, eben weil nicht nur männlich, sondern sehr übertrieben männlich. Um so zarter war natürlich Obama. Lange Zeit war nichts von ihm zu sehen. Die Kameras konzentrierten sich fast alle auf den scheidenden Präsidenten George W. Bush, wohl aus alter Gewohnheit. Acht Jahre lang konnte man nicht genug sehen von dem smarten Kerlchen, und selbst jetzt sah man viel lieber in sein verschmitztes, dennoch verängstigtes Gesicht als in das von all den anderen versammelten Großprominenten, etwa Al Gore, Hillary Clinton, Aretha Franklin und Muhammad Ali. Ständig raste sein Blick von den linken Augenwinkeln zu den rechten, als müßte er alle zwei Millionen Menschen nach Attentätern scannen. Er grüßte Leute, aber niemand grüßte ihn. Er ging ganz allein, um ihn ein menschenleerer Radius von mehreren Metern – sehr seltsam sah das aus, in dem extremen Supergedränge. Aber in die Nähe von Bush kommen, nein, danke, das wollte niemand mehr. Der arme Junge, seine Eltern haben das bestimmt gesehen.

»Ich glaube, jetzt kommt Obama, Liebling!« rief ich in Richtung des Zimmers meiner Frau, was gar nicht stimmte, aber ich wollte sie endlich bei mir haben.

Doch Barack Obama kam nun wirklich. Ganz im Gegensatz zu Bush hatte er den totalen Tunnelblick. In die Ferne und etwas nach oben gerichtet, nichts und niemanden wahrnehmend. O mein Gott! dachte ich unwillkürlich, der sah ja fast durchgeknallt aus, wie auf einer Haschischwolke schwebend, high and happy. Das war ja peinlich. Doch immer noch hatte er ein gutes Gesicht, das einzige gute und junge Gesicht unter all den alten zerstörten Gespenstergesichtern der Politgreise Washingtons und ihrer hexenhaften alten Frauen. Eine Wohltat, dieses naive Kiffergesicht zu sehen und nicht die bösen Fratzen der korrupten Mumien um ihn herum. Seine Lippen waren rot geschminkt, was clownesk wirkte und puppenhaft, als werde er von einer Prozession als ausgestopfter Heiliger herumgetragen. Doch das alles spielte sich nur in der Halle ab, im Innern des Kapitols.

Barack dachte sicher, die Kameras fingen ihn erst draußen ein. Er war wie einer dieser Fußballspieler, die noch im Gang gefilmt werden, bevor sie draußen von der Menge gesehen und frenetisch gefeiert werden. Erst dann werden sie zu Stars, zu Ballack Obama sozusagen. Vorher: ein trostloses Stückchen Mensch.

Nun aber trat er vor die Menge und kam aus sich heraus. Er war wieder der coole Typ, den wir kennen, der andere umarmte, ohne von ihnen vereinnahmt zu werden. Der im größten Jubel sein ernstes Gesicht behielt – was ihn, nebenbei gesagt, unwiderstehlich machte. Millionen Kinderfähnchen wurden hektisch hin und her gerissen, so sah es jedenfalls in der Totale aus, und Obama blieb ernst. Jeder andere wäre in einen debilen Ausdruck höchster Egogenugtuung gefallen, berauscht und bestochen von soviel Anerkennung seiner tollen Person – aber Obama nicht. Ihm ging es um die Sache. Er war nicht Berlusconi, sondern Jesus Christus. Grob gerechnet.

»Hey, Schatz, Obama zieht echt die totale Show ab!«

Nun kam sie. In alter Tradition schlüpfte sie gleich unter die Decke. Es war ein reines Schlafbett, man konnte schlecht auf der Decke sitzen und es bequem haben.

Später fragte ich sie überflüssigerweise, ob sie manchmal an mich gedacht habe, hier in unserem Bett. Sie schüttelte verständnislos den Kopf. Wir guckten weiter die Fernsehübertragung, anstatt miteinander zu reden. Die Verabredung hatte keine geheime Bedeutung, war so gemeint wie gesagt: zusammen die Vereidigung Obamas angucken. Die hatte aber Längen. Obama war eher selten im Bild. Meistens starrten wir auf die Clintons, Carters, Nixons, Reagans oder wer sonst noch nicht tot war. Vor allem aber auf die Töchter des neuen Präsidenten. Alle Sender hatten ihren Kameraleuten eingeschärft, diese Kinder bevorzugt einzufangen, das sei nämlich rührend. Dann wieder wurde ganz auf diese Eindrücke verzichtet, und die drei Amateure im deutschen Phoenix-Studio durften ihre Selbstverständlichkeiten psalmodieren. Auch der neue Präsident könne nicht alle Erwartungen erfüllen und werde wahrscheinlich bevorzugt die Interessen Amerikas im Blick haben und so weiter. Carla fand das sehr richtig, was die drei Experten, die gewiß nicht leichtfertig waren, zu bedenken gaben. Die hübsche Stirn in ungewohnte Falten gelegt, hörte sie zu, den Mund geöffnet. Da probierte ich gern eine kleine Provokation aus und fragte, ob auch andere Männer in diesem Bett geschlafen hätten. Carla wollte mir bestimmt etwas Nettes und Aufbauendes sagen, indem sie mich kurz offen-freundlich ansah und eine kleine Philosophie ausbreitete:

»Du, das weiß ich gar nicht mehr. Vielleicht war da mal was, aber selbst wenn, wäre es doch gestern gewesen und nicht heute. Das Heute ist aber das einzige, was real ist.«

»Also bin ich real.«

»Ja!«

Ich guckte lieber weiter Obama. Das Gestern und das Morgen hatten also keinen Wert. Es gab nichts Bleibendes und nichts Zeitloses. Alles war vorbei, sobald die Sekunde verstrichen war. Deswegen hatte auch das Eheschließen keinen Sinn. Und das Kinderkriegen. Das erinnerte mich plötzlich an meinen Bruder, der mich an Weihnachten nicht eingeladen hatte und dabei ganz ähnlich argumentiert hatte. Er hatte statt meiner unsere beiden Cousins und ihre Frauen eingeladen. Das war neu. Das gemeinsame Weihnachtsfest mit meinem Bruder war eine Tradition gewesen, seit wir auf der Welt waren. Nun aber meinte er, er verstünde sich gerade mit den Cousins besser als mit mir. Oder simpler ausgedrückt: Er habe gerade den besseren Draht zu ihnen. Er würde sie auch eingeladen haben, wenn er nicht mit ihnen verwandt wäre. Schließlich sei Blutsverwandtschaft für ihn ohnehin nie ein Wert gewesen, ganz im Gegenteil. Er habe unsere Eltern auch bewußt stets mit ihren korrekten Vornamen angesprochen und nicht als Vater oder Mutter. Und auch unsere Mutter habe immer darauf bestanden, unsere Freundin zu sein und nicht unsere Blutsverwandte. Blutsbande seien Relikte aus dem Dritten Reich und der nationalsozialistischen Gewaltherrschaft. Das sei Tradition übrigens meistens, in Deutschland.

Ich hatte das eigentlich gar nicht so hochtrabend gemeint. Das Tolle an Verwandten war für mich, daß sie immer da waren, daß sie nicht durch gute oder schlechte Taten relativiert und damit ungültig gemacht und ausgelöscht werden konnten. Selbst wenn Papi die Bundestagswahl in seinem Wahlkreis verlor, blieb er immer noch der Papi. Das sah mein Bruder also ganz anders, nämlich so: »Wenn einer wie er politisch unhaltbare Positionen vertritt, werde ich nicht weiter mit ihm zu tun haben wollen, nur weil er zufällig der Spender des Samens ist, der damals zur Befruchtung von Sylvia geführt hat.« So brutal hätte er es natürlich nicht gesagt, aber im Prinzip so gemeint. Und auf jeden Fall hätte er auf der Tagesaktualität von Beziehungen bestanden: Kontakt nur bei aktuellem Interesse. Deswegen hatte er die Beziehungen zu den meisten unserer Verwandten im besten Einvernehmen abgebrochen. Sein liebster Ausdruck dabei war immer, es passe halt gerade nicht. Vielleicht später wieder, wenn die Welt sich gedreht habe, wer weiß. In einem anderen Leben. Wenn gemeinsame Interessen entstehen sollten. Aber bitte schön NIEMALS aus Bluts- oder Erinnerungsgründen. Somit strich er unsere Verwandten genauso aus seinem Leben wie all die vielen anderen Menschen, die kamen und gingen, ein endloser Fluß, Freunde, Frauen, Kollegen, Nachbarn – nichts blieb. Nur die blöde Sekunde, die seine Digitaluhr gerade anzeigte. Ich konnte das alles überhaupt nicht verstehen. Die unverrückbaren Gefühle aus meiner Kindheit waren der einzige Boden, auf dem ich stand. Später entwickelte ich auch zu Erwachsenen Gefühle, und auch diese veränderten sich nicht. Sie waren das Feste in meinem Leben. Die Kindheitsgefühle kollidierten manchmal in schon grotesker Weise mit der Wirklichkeit. Mein jüngster Cousin war für mich bis in alle Ewigkeit jene wohlvertraute etwas zu ernste Seele, die in den Herbstferien immer in Westerland auftauchte und es ablehnte, Cowboy und Indianer zu spielen, im Alter von zehn, und mir lieber den Rassenkonflikt erklärte. Dieser Junge war als krankhafter Moralist auf die Welt gekommen, und für mich blieb er immer derselbe. Umgekehrt befremdete es ihn zutiefst, wenn ich ihn später anrief, da wir doch nichts mehr miteinander zu tun hätten. Westerland lag für ihn gefühlte 140 Jahre zurück, für mich eine knappe Viertelstunde. Und nun also dasselbe mit meiner Frau. Ich hatte sie keinen einzigen Tag vergessen, doch die Wirklichkeit sah anders aus: Seit Jahr und Tag gab es »uns« nicht mehr. Das Verhältnis zu meiner Frau hatte ich mir nur eingebildet, genau wie das Verhältnis zum kleinen Cousin oder zu meinem Bruder. Ich hatte ein ganzes Leben lang in einer Illusion gelebt, nämlich der Illusion, die anderen seien da. Sie waren aber nicht da, sie waren weg, Lichtjahre weit weg, ja *ganz* weg.

Trotzdem war in diesem Moment die Exfrau wieder da, das konnte niemand leugnen, sie lag direkt neben mir unter der Decke. Ich faßte sie zur Sicherheit leicht an, und sie stöhnte leise auf. Aber war es die Frau, von der ich immer gemeint hatte, sie sei immer noch da, während sie in Wirklichkeit weg war? Oder war es inzwischen eine gänzlich andere Person, nicht meine Frau von damals, sondern eine Fremde? Nein, nein, das konnte doch nur ein unsinniger Gedanke sein! Oder doch nicht? Nur wenn ich sie als völlig neues Wesen, als weißes Blatt, unbeschrieben, sah, als gänzlich neu zu beeindruckende Fremde, mit neuen Chancen und neuem Glück, konnte es etwas mit uns werden. Für die jeweilige Sekunde, of course. Mir wurde ganz schlecht, bei diesem erbärmlichen Gedanken, diesem tiefen Schluck aus der Trivialesoterik, dieser Kostprobe des Ameisenbewußtseins, und ich starrte wieder in die Glotze.

Inzwischen hatten sie einen Sonderbericht »Obama in Afrika« eingeschoben, weil sich in Washington nicht viel tat. Dieser Bericht löste übrigens eine weitere Runde Expertengeblöke im Phoenix-Studio ab, die Carla angestrengt verfolgt hatte. Meine Carla! Ich mochte es, wenn sie so gefesselt war. Bei ihr galten andere Regeln. Alles, was ich bei anderen Menschen inhaltlich peinlich fand, fand ich bei ihr liebenswert. Sie konnte zum Beispiel sagen, die Terroristen würden jeden Monat mehr Passagierflugzeuge kidnappen und in die Luft sprengen, und ich fand, daß sie vollkommen recht hatte. Ich war richtig empört darüber, wie sie. Hätte ein anderer Mitbürger diese hahnebüchene Falschmeldung vertreten, hätte ich mit dem nie wieder ein Wort gesprochen. Es gab wirklich nichts, was ich inhaltlich blöde gefunden hätte, wenn Carla es gesagt hätte, wirklich nichts, ich hatte den Test Tausende von Malen innerlich gemacht, nämlich immer, wenn eine andere Frau etwas ärgerlich Dummes gesagt hatte. Ich machte dann heimlich den Carla-Test, und plötzlich drehte sich das gerade Vernommene ins Gegenteil, wurde liebenswert und interessant. Auch die Expertenrunde erfuhr jetzt dieses Schicksal. Der Amerikaner, der nur Kleinkinddeutsch kannte, äußerte, es könne sein, daß Obama mehr Pflicht wolle von die »Deutsche for Äfghänistän«. Carla drehte sich kurz zu mir um und sagte besorgt, daß dies ja eine schlechte Nachricht sei, wenn es stimme. Gerade für uns und unsere Vergangenheit mit den Hitler-Kriegen. Ich dachte: Ja, richtig, da hat sie eigentlich recht! Dann muß die Merkel vielleicht noch mehr Soldaten dorthin schicken, daran habe ich noch gar nicht gedacht! Und das nach Stalingrad, Auschwitz und so weiter …

Dann wieder Obama, endlich. Nach mehreren Pastoren, Richtern, allen möglichen Würdenträgern und Rocksängern, die alle sprechen, singen und beten durften, wurde er vereidigt. Das Wetter war immer noch perfekt, pures Hollywood-Licht, klare Konturen, leuchtende Farben. Der Eid war kurz, und Obama machte den größten denkbaren Fehler, den G.D.F., indem er sich den Satz nicht merken konnte, den Eidessatz.

Aber wie völlig wurscht das ist, zeigte sich, als alles normal weiterlief, obwohl er exakt diesen Satz *nicht* gesagt hatte. Er hatte einfach geschwiegen, anstatt den vorgesagten Satz nachzusprechen. Vor Aufregung natürlich. Alles, was er rausbrachte, war ein genuscheltes »Gott helfe mir«. Nun zeigte sich, wie klasse seine Frau war. Sie lachte ihn nur verliebt an und klopfte ihm stolz mit ihrer Bauarbeiterpranke auf den Rücken, bis er hustete und sich vor Schmerz fast krümmte.

Dann folgte – nach weiteren Gebeten vor Gastpastoren – Obamas Antrittsrede. Sie war noch mitreißender als seine früheren Reden im Wahlkampf. Man müsse sich auf die Vergangenheit besinnen und auf die Werte und Ideale, die Amerika in den letzten 200 Jahren groß gemacht hätten. Man habe ein Recht auf Glück, müsse es sich aber erst verdienen. Die Vorfahren hätten die Richtschnur vorgegeben, und die jetzige Generation müsse dem folgen, indem sie Charakter und Traditionsbewußtsein zeige, um Versprechen, die ewig gültig seien, aufs Neue einzulösen … und so weiter.

Hoppla, dachte ich, das widersprach aber diametral der »Nur das Jetzt zählt«-Lumpengesinnung, die falsche Gurus und ostdeutsche Swingerclubs den bewußt- und geschichtslosen Konsumenten heute nahebrachten. Auch Carla war ja nach 18 Ehejahren dem längst überholten Propheten »Bhagwan« auf den Leim gegangen, einem Scharlatan, der die Kinder der Nachkriegsspießer ansprach, zwanzig Jahre vor unserer Zeit, mit der Forderung nach Untreue, Promiskuität, Egoismus und Familienzerschlagung. Alle preußischen und auch sonstigen Tugenden seien Vati-Mutti-Kultur und somit abzulehnen. Den Frauen befahl er, sich ganz zu versenken und nur noch auf ihre Muschi zu hören. Daraufhin nahm ich still meinen Hut und zog nach Berlin um. Als ich eine Woche und einen Bhagwan-brainwash-Workshop später zu Hause anrief, konnte sie mit meinem Namen kaum noch etwas anfangen. Aber – nach ihrer eigenen Lehre war das ja nun vorbei. Vergangenheit. Unwichtig. Der heutige Tag zählte. Also Obama und seine Botschaft. Ich merkte, wie Carla die kleinen makellosen Ohren spitzte. Es war ihr anscheinend sehr wichtig, was der neue Messias ihr zu sagen hatte. Bhagwan war tot, Barack aber lebte!

Und der legte noch erheblich zu. Ich weiß nicht mehr, wie oft er die Worte Pflicht, Mut, Glaube, Hoffnung, Tapferkeit, Entschlossenheit, Ehrlichkeit, Patriotismus und Erbe ausstieß, aber jedes einzelne mindestens fünfmal, dazu noch zahllose Synonyme. Er wurde immer ernster und verantwortungsvoller im Ton,

und die Stimme hob immer mehr an, bis sie jeden einzelnen Er-
denbürger zu erreichen schien. »Für uns haben die Ahnen alles
gemacht, haben gekämpft, gelitten, sich ausbeuten und auspeit-
schen lassen, für uns, damit wir heute stark und frei und wohlhabend sind, und diese lange Reise werden wir fortsetzen!«

Carla war immer schon leicht zu rühren gewesen, ihre Empa-
thie war wirklich grenzenlos. Sie konnte in Tränen ausbrechen,
wenn in Japan ein Wal gefangen wurde. Jetzt war wieder so ein
Punkt. Obama hatte sie mit seiner durchdringenden, hochpa-
thetischen Rede ins Herz getroffen. »Wir können es schaffen,
wenn wir uns an die Worte unserer Väter und Gründerväter
erinnern: Nur Tapferkeit und Hoffnung bringen uns weiter!«

Ich flüsterte, nun sei es bald vorbei mit der fortschreitenden
Pornographisierung von Staat, Gesellschaft und Weltwirtschaft.
Zum Glück hörte Carla nur Obama, nicht meine blöde Bemer-
kung, die ja nichts als Schadenfreude über Bhagwans infantile
Vögelphilosophie und ihr unrühmliches Ende im Kommerzpor-
no ausdrückte.

Hier steht ein Mann vor Ihnen, fuhr er fort, dessen in Kenia
geborener Vater vor weniger als 60 Jahren noch nicht einmal im
Restaurant bedient worden wäre. Und dessen Sohn jetzt zum
Präsidenten vereidigt wird!

Die Menge begann jetzt erstmals zu rasen, und auch Carla
zuckte bewegt. Sogar ich fand, daß der Mann mir etwas zu sagen hatte.

»Es ist der Geist des Dienstes an unserem Volk, den unsere
Väter beschworen haben und an den wir uns wieder erinnern
sollten! Wißbegier, Glaube, Entschlossenheit und Patriotismus
sind die wahren Werte!«

Ich schaltete nun um, vergaß Schadenfreude und Besserwisse-
rei und meinte zu Carla, daß der Mann einfach recht habe.

»Ja, nicht wahr?« schoß es aus ihr heraus. Ihr Gesicht war bereits gerötet, die Augen glänzten. Er sah auch so toll aus, mit
jedem Satz vergrößerte sich sein gutes, fabelhaftes Aussehen,
sein Gesichtsausdruck wurde immer überzeugender und glaub-

würdiger, er fand immer besser hinein in diesen historischen Akt. Er war nun ganz in der Rolle, ganz er selbst, eine einzige fleischgewordene Gewißheit.

»Wir müssen unsere Pflicht erkennen, unsere neuen Werte der Verantwortung und der Erinnerung, und müssen erkennen, wer wir waren, um zu sehen, wer wir sind und wie weit wir es gebracht haben mit Tapferkeit und Mut und Hoffnung und …«

Es ging immer weiter. Eine Endlosschleife wie im Gospelgottesdienst, im Ton anhebend, im Rhythmus sich verschärfend, aber natürlich raffiniert abgebremst, damit es keinem auffiel. Obama kam aus einer Welt, die das Erzeugen von Stimmungen hochprofessionell beherrschte, seit vielen Generationen. Deshalb kannte er auch genau die Gefahr des Überziehens. Geradezu genial waren seine schmerzhaft ausgedehnten Kunstpausen. In ihnen kochte die Emotion wieder herunter, während gleichzeitig die Spannung bis zum Zerreißen stieg. Carlas Körper begann zu beben. Sie sagte mit heißem Atem:

»Ja, wenn alle mitmachen, wenn alle jetzt hören, was er sagt …«

»Das tun sie, Schatz! Milliarden hören das jetzt!«

»Dann … dann … können wir es doch schaffen!«

Ich hielt sie noch fester, sagte ja.

»Yes we can«, sagte sie ironisch und lachte schluchzend. Ich merkte, daß sie ganz weich wurde und sich mir zuwandte. Aber natürlich hörte sie weiter Obama zu, der mit immer festerer Stimme über die kalten Winter der Gründerväter redete, die im blutgetränkten Schneeboden 1776 in Massachusetts gegen die überlegenen Kolonialherren kämpften und ausharrten. Später wandte er sich der Wirtschaftskrise zu, dem Krieg im Irak, der Sicherheitspolitik, der Erziehung, den Konjunkturprogrammen und dem Gesundheitssystem. Es gelang ihm dabei, keinen einzigen Bruch spürbar werden zu lassen. Der rote Faden aller Ausführungen waren die Tugenden der Vorväter, die Tradition und das wertvolle Erbe. Ich wußte, daß es überflüssig war, jetzt

noch etwas gegen Bhagwan und seine gewissenlose Geldschnei-
dersekte zu sagen.

Und ich sah nun alles unfaßbar hell und klar: Ich hatte nicht
nur Geld inmitten der Krise. Obama hatte mir auch alle restli-
che Arbeit abgenommen. Und als er geendet hatte, schlug Carla
vor, ganz neu anzufangen, noch an diesem Tag, auf der Stelle,
in Köln.

Als ich zustimmte, merkte ich, daß ich es auch so meinte und,
ja, daß ich den Zustand des Glücks erreicht hatte.

ENDE